El cielo raso

Álvaro Pombo

El cielo raso

EDITORIAL ANAGRAMA
BARCELONA

Hombres de Galilea, ¿qué hacéis
ahí mirando al cielo?

Hechos, 1, 11

Lo primero que Gabriel Arintero recuerda es un sentimiento de intenso placer al besarse con un primo de su edad. Recuerda el lugar, recuerda la hora, pero recuerda sobre todo la delicia aquella de ser abrazado, acariciado, besado y masturbado. Y también una sensación de intensa intimidad con su primo, un haber pensado que a partir de aquel momento sí que de verdad eran amigos e iban a serlo para siempre. Aquella sensación de placer contenía la ternura como un termómetro contiene mercurio en su cubeta y esa ternura ascendía velozmente desde el principio hasta el final, hasta correrse los dos casi a la vez, sudorosos, jadeantes. Galopaba el corazón como al correr los tres mil metros. Al terminar se suspiraba placenteramente: unos diez, quince minutos de placer y de ternura que para Gabriel Arintero nunca dejaron de ocupar el primer lugar de sus recuerdos cada vez que hacía memoria. Cincuenta años después sigue ahí esa imagen indiscutible y vibrante como una frase certera, como un dato absoluto. Todo lo demás que después vino –mucho tiempo después, tal vez un año entero– pareció estrellarse contra aquel placer, recubrirlo, ahogarlo, cambiarlo de significación, pero fue en vano. Lo que vino después –que vino ya con nombre y apellidos grabados en la frente–, el sentimiento de vergüenza, el sentimiento de pecado y el de culpa, no obstante desde un principio reclamarse parte de aquel intensísimo placer de las masturbaciones y los besos, nunca tuvo análoga importancia en su conciencia o análoga energía. Por más que la vergüenza, el pecado y la culpa, una vez que aparecieron, de inmediato coparon todo el mundo exterior de Gabriel Arintero –desde los familiares y la casa hasta los amigos y sus casas, pasando por el colegio, con sus aulas y sus patios y su gigantesco eucalipto y los váteres y los cigarrillos fumados en los terraplenes de atrás, que llegaban a las huertas primero y después a los desmontes y a la playa–, por más que la vergüenza, el pecado y la culpa formaran parte de la educación y los desfiles y el amor a la patria y a la Virgen del Pilar, y a la vocación atlantista y a la voluntad de imperio de todos los alumnos de los escolapios, por más que por culpa de la vergüenza y del pecado y de la culpa de Gabriel Arintero murió Cristo en la cruz y llovió lluvia de fuego sobre la Sodoma y la Gomorra y el colegio de los padres escolapios, nunca fueron la vergüenza, ni el pecado, ni la culpa tan sencillos e infantiles y profundos como aquel placer –que quizá llegó a durar un año– de besarse, abrazarse y masturbarse Gabriel Arintero con un primo de su edad. El único otro sentimiento tan poderoso como aquel sentimiento de placer, tan resplandeciente y tan vivo como aquel sentimiento de placer, fue, bien entrada ya la madurez de Gabriel Arintero, el sentimiento o la voluntad de rebelión contra aquellos sentimientos de vergüenza, de pecado y de culpa que habían pretendido y casi conseguido desalojar la gracia del placer de su lugar de gracia. Entre ambos acontecimientos, sin embargo, entre el ingenuo placer de la infancia y la reflexiva rebelión de la juventud contra el pecado y la culpa, pasaron muchos años. Años que por supuesto no pasaron en vano, y que, al recorrerlos Gabriel Arintero cuando ya alcanzaba casi la madurez, le parecieron malbaratados, inservibles, y también desdibujados, incluso en sus rasgos positivos o felices, por una continua, muda e imperdonable cobardía. El otro sentimiento que Gabriel asociaba con su niñez y con el año de sus primeros besos y masturbaciones con su primo, era un sentimiento religioso: el fervor. Y este fervor aparecía en la memoria de Gabriel Arintero claramente del lado del placer amoroso, a la par del intenso deseo de amar y ser amado por su primo, y por completo separado –al menos al principio– de los sentimientos (que suelen considerarse específicamente religiosos en el mundo cristiano) de vergüenza, de pecado y de culpa. Placer y fervor se alzaron juntos en el patio infantil, en los desmontes y las playas infantiles de la niñez de Arintero, libres de la enredadera de la culpa, la tiña del pecado y el rosáceo amargor de la vergüenza. En un mismo acto fervoroso cabían Dios y su primo Manolín. Con Manolín se sintió Arintero tan feliz como, según decían, se sienten con Dios los propios santos.

Ni aquel fervor ni aquel placer –que eran de la niñez– podían ser de muy larga duración y no lo fueron. Gabriel Arintero no iba a olvidarlos nunca, pero con la adolescencia se quedaron larvados entre los repentinos juncos y cizañas del pecado mortal y la vergüenza. La vergüenza se diferenciaba del pecado por su origen, que era, en el caso de Gabriel Arintero, familiar. De pronto, toda una serie de comentarios que el padre de Gabriel hacía con frecuencia y que hasta entonces a Gabriel le habían parecido jocosos, empezaron a parecerle serios y, a poco que se descuidara, peligrosamente dirigidos a él mismo. Su padre había tenido una juventud exaltada, deportiva, parte de ella en colegios ingleses y franceses. De ahí y de su madre, la abuela de Gabriel, venía todo un aire internacional, mundano, desenfadado, y en ocasiones cruel. Una parte de la sabiduría paterna parecía provenir de su juventud anglófila y francófila, empastada al regresar a la península y a la alta sociedad provinciana donde vivían por una serie de prejuicios hispánicos: «Esas dos son de la acera de enfrente –comentaba su padre–. Nunca se las ha visto con un hombre. Siempre las dos del brazo. Viven juntas.» En una ocasión, almorzando con sus padres en el náutico, Gabriel se dio cuenta de que su padre miraba fijamente a tres comensales sentados a una cierta distancia. Tenían un aire extranjero. Un señor y una señora de mediana edad que parecían matrimonio, y un hombre más joven, aunque no ya un muchacho, bronceado, muy guapo y, sobre todo –pensó Gabriel–, muy bien peinado. Su padre cuchicheó excitado al oído de su madre: «¿Sabes quién es ése? Fermín Aguirre. Cómo está. No ha cambiado nada. Éstos no envejecen nunca.» Aquel almuerzo se convirtió en un entrecortado retrato de aquel joven Aguirre: que era uno de ésos, pero en un grado, además, exagerado, público y notorio. Siempre estaba a todos dando abrazos. A los chicos, a las chicas, exageradísimo además. Hasta que tuvo que irse porque le vieron en el parque abrazado al mancebo de Ultramarinos La Española. Nadie dio por él la cara. ¿Quién la iba a dar? Ser así era un verdadero compromiso para los amigos. Su padre oyó que se fue a París, a Niza y a París. Ahí se toleraban más cosas así. A veces en Francia las parejas protegían a chicos como éste. Por esnobismo, por placer, por lo que fuese. Todos ésos se conservaban eternamente jóvenes, como Aguirre, decía su padre. Gabriel se sintió incluido en el «todos ésos» de su padre. Tener que dejar a sus amigos, tener que irse de donde vivía, unido, como por compensación, al don de la eterna juventud, le parecieron fascinantes características a Gabriel. Pensó, casi estuvo a punto de decir: Como Aguirre, así voy a ser yo. Pero no lo dijo porque, en conjunto, el tono de su padre era despreciativo. Ser así era una lacra o una mancha que una vez encima de cualquiera se volvía indeleble, te cambiaba la vida. Daba miedo oír a sus padres hablar del asunto. Y ese miedo se convertía en vergüenza ante la posibilidad de ser descubierto. Ya entonces Gabriel Arintero se preguntó claramente si se avergonzaba del placer sentido con Manolín. Y respondió, ya entonces, que no: nunca se avergonzó de aquel placer, pero nunca creyó que podría integrarlo públicamente sin tener que avergonzarse. Con la vergüenza sucedía que no era sólo una emoción desagradable, negativa, que le invadiría a él, caso de ser descubierto, sino que todos sus familiares y amigos se avergonzarían de él si el asunto llegaba a saberse. La verdad es que nunca en su vida llegó a hablarlo con Manolín, que para entonces ya tenía otros amigos, lo mismo que Gabriel. Diferentes cursos, diferentes amigos. Así era en el colegio. La idea de vergüenza se concentró muy pronto en la notable noción de sambenito: marica, maricón, era el sambenito que te echaban encima si se descubría que lo eras. Ahí acababa todo, el sambenito lo devoraba todo, lo interrumpía todo y lo concluía todo. Gabriel Arintero recordaba con toda claridad otra escena: un domingo a mediodía, en el dormitorio de sus padres: su padre, recién bañado y afeitado, en bata de seda y chancletas. Gabriel recordaba sus fuertes piernas blancas y el olor del agua de colonia que su padre se echaba en la cara y en el cuello, por la cabeza que ya empezaba a calvear. Era un espectáculo masculino, enérgico, un poco repulsivo. Gabriel le había estado contando historias del colegio, y se le escapó en el ardor del relato –porque Gabriel era charlatán, le encantaba contar cosas y lo hacía con gracia–, se le escapó que a un chico del colegio le llamaban mariquita. Su padre fue al cuarto de baño y volvió, y mientras se arreglaba la corbata ante el espejo preguntó:

–¿Qué has dicho que le llaman a ese chico?

–Pues los que se lo llaman son unos mierdas ellos. Hijos de puta yo les llamo –dijo Gabriel.

–¡Da igual lo que ellos sean! Tú repite qué le llaman a ese chico.

–Lo que le llaman es insulto.

–Has dicho que le llaman mariquita, y sí, es insulto. Pero además de insulto, si es verdad, es el sambenito peor que puede caerte. Así que lo mejor, por si acaso, con ese chico más vale que no vayas.

Ahí quedó la cosa. Y fue entonces cuando Gabriel Arintero juró vengar la infamia del sambenito aquel alguna vez. Le pareció a Gabriel que el que no hubiese apelación, el que a su padre le bastara con la simple sospecha para que, sin preguntar más, le recomendara no frecuentar al chico aquel, era una infamia y una injusticia. Sentirse él mismo en peligro a riesgo de tener que avergonzarse él mismo por haber sido mariquita con su primo Manolín (a Gabriel no le quedaba por entonces duda de ser mariquita), sólo alimentaba su deseo de venganza y su deseo de hacer justicia: vengarse algún día de todos ellos sin saber, claro está, ni cuándo, ni dónde, ni contra quién: vengarse de aquellos que le hubieran sambenitado a él o a todos los que eran como él. Y este sentimiento de venganza, sin apartar aún del todo el de la vergüenza, mantuvo, sin vencerla, pero sin ceder a ella, la vergüenza a raya durante muchos años. Lo que no pudo nunca del todo la vergüenza, lo pudo, sin embargo, durante la adolescencia de Gabriel Arintero (y a consecuencia en gran parte de su fervor religioso, por ilusorio que fuese entonces), la noción de pecado. De una manera elemental, infantil, Gabriel Arintero se vio obligado a oponer a la opinión de los demás su propia opinión y su conciencia individual. En la medida en que consiguió hacerse con un grado de desvergüenza o falta de vergüenza para luchar contra la vergüenza, se fue haciendo un yo concentrado e individualizado, un yo dispuesto a defenderse contra todos y a defender, contra todos, a los que eran como él. El pecado era, en cambio, otro asunto: ahí lo que se oponía al yo recién inventado de Gabriel Arintero no eran todos los demás, sino Dios. Gabriel Arintero no tenía, a los once o doce años, manera de defenderse del concepto de pecado mortal que se asociaba a la idea de Dios.

El pecado fue el gran tema de la adolescencia de Gabriel Arintero. El otro gran tema, que venía a predicarse casi con la misma asiduidad que el del pecado, era el del amor a la Santísima Virgen. Gabriel Arintero nunca pudo con la Santísima Virgen. Su experiencia de la maternidad no coincidía en nada con la presunta experiencia de la maternidad del Niño Jesús. El pecado era el gran asunto de aquellos años, y la Cuaresma era el gran momento espiritual de aquellos años. La imaginería popular, en cambio, de los nacimientos y de los belenes y de los reyes magos, junto con las anguilas de mazapán que bajaban desde la altura de un caballete hasta justo al rape del escaparate, no tenían nada que ver con el pecado, ni tampoco con la gracia. La gracia se veía mejor junto al pecado. Donde abundó el pecado sobreabundó la gracia, se decía. En Cuaresma todo esto quedaba claro, y era además impresionantemente visible: los ornamentos morados, los ornamentos negros, la máter dolorosa. Gabriel Arintero cantaba con todos: «Madre afligida / de pena hondo mar / logradnos la gracia / de nunca pecar.» Esto emocionaba a Gabriel Arintero. La liturgia de Cuaresma

15

era muy emocionante. Era sombría, grave, cósmica. Se cantaba, mientras se desfilaba arrastrando los pies en señal de duelo: «No estés eternamente enojado, / no estés eternamente enojado, / perdónale, Señor»: el Dios Padre enojado, la Virgen María llorando, el velo del templo rasgándose, Ben-Hur, las estaciones, catorce estaciones. Los tres últimos años de bachillerato en el otro colegio, en los jesuitas, se hacían tres días de retiro espiritual. Se iba a un chalecito a las afueras de Valladolid, al otro lado del Pisuerga. Cada chico tenía su cuartito, el cuartito individual realzaba de por sí la importancia del pecado, la gravedad de la situación, la concentración, el examen de conciencia, el propósito de enmienda. Se hacían penitencias, se dejaba el postre, se dejaba el pan, se dejaba el primer plato o el segundo. Gabriel Arintero lo tomaba todo muy en serio. Durante años, durante todo el bachillerato, Gabriel Arintero vivió una vida de pecado, de confesiones y de gracia, y otra vez de pecado. Su pecado era masturbarse y pensar en las imágenes que aún procedían del recuerdo del placer que había tenido en su amor con Manolín. Manolín se volvió poético, lo poético, lo empecatado, lo prohibido. En aquel ambiente de fervor superficial con el que Arintero se sentía identificado, el placer amoroso con un compañero era concupiscencia de la carne, un pecado nefando, mortal, gravísimo. ¿Qué más se podía añadir a esto? El único añadido que Gabriel Arintero consideraba pertinente y alusivo a su situación era que –al ser el placer sentido con Manolín, y todo el placer en general, pecaminoso, y al ser su pecado, según parecía por las referencias veladas que se hacían, contra natura, anormalidad, inversión, perversión–, era que resultaba Gabriel mismo esencialmente impuro, impurificable además. De la pureza se hablaba constantemente: la pureza del alma, la pureza de las intenciones, la pureza de la

Santísima Virgen, la energía y la pureza de los Kostkas y de los Luises. En ese ambiente, la impureza de Gabriel Arintero quedaba garantizada. Todo aquel placer que había durado casi un año venía a ser una minirrepresentación de la caída de Adán y Eva: una minirreproducción del pecado original. Había serpenteado alrededor de Manolín desnudo, y después también Manolín había serpenteado alrededor de Gabriel. Se la habían chupado los dos al mismo tiempo con la cabeza de los dos entre los pies, calzados con las botas: ¿no era eso una viva imagen del árbol del paraíso y la serpiente, anillándose alrededor de Eva, una pitón para que comiera la manzana entera? ¿No era el pene mismo como una serpiente gruesa y resbaladiza que se metía uno en la boca hasta tocar la campanilla? La cabeza del pene en erección se parecía sin duda a la de una serpiente de tamaño medio. Esto era pecar de todas todas, no cabía duda, toda esta trágala de Manolín y los penes de ambos. Y también daba risa hablarlo. Ahora, desde este horizonte cuaresmal del pecado, se acordaba Gabriel Arintero de lo que hablaba metido en la cama con Manolín, de lo que la picha parecía. Era de mucha risa. ¿Qué duda cabe que tanta risa tenía que ser diabólica? De aquí que Gabriel cantara con vehemencia: «Pequé, ya mi alma sus culpas confiesa, y amante me pesa de tanta maldad... Acompaña a tu Dios, alma mía, por ti condenado a muerte cruel...» De todo aquel trabalenguas sentimental de penas, pecados y culpas sólo quedó curiosamente a salvo, incontaminado, el recuerdo de Jesús Nazareno: aquello tan realmente triste y tan poético de la última cena: cada vez que repartáis el pan entre vosotros hacedlo en memoria mía. Cada vez que dos de vosotros os reunáis en mi nombre yo estaré con vosotros. Amaos los unos a los otros como yo os he amado. Cómo vas a amar a Dios, a quien no ves, si no amas al prójimo

17

a quien ves. Te perdono todos tus pecados porque me has amado mucho. Ama de verdad y haz lo que quieras. No me elegisteis vosotros a mí sino yo a vosotros. Pero estas frases que entonces se oían, no se enganchaban con el: No estés eternamente enojado / perdona a tu pueblo, Señor, / no estés eternamente enojado. El resumen de todo ello, sin embargo, produjo una división territorial en la conciencia de Gabriel Arintero. El territorio del placer incluyó sin más explicaciones el recuerdo de Jesús y el triste desenlace de la cruz con las referencias del amor al prójimo como anclaje realista, empírico. Todo ello impedía a Gabriel considerarse por completo fuera del mundo cristiano. Cristiano se consideraba al comenzar la universidad en Madrid y también, más tarde, al irse de España, y al abandonar por completo toda práctica religiosa. No se consideraba ateo porque se sentía identificado con cualquiera de esas personas ignoradas y anónimas que se acuerdan de Jesús de Nazaret y que mencionan su nombre cuando se enamoran de un semejante. De alguna manera, ese territorio incluía una deliberada aceptación de su homosexualidad juntamente con prácticas homosexuales, más el recuerdo borroso de Jesús de Nazaret, más las referencias al amor que aparecen en el Nuevo Testamento. El otro territorio se componía de un Dios Padre omnipotente que había creado un mundo empecatado desde el origen, lo cual no le impedía juzgarlo severamente, cuya acción benéfica y cuya gracia aparecían con ocasión del pecado. Sólo con abundante pecado había sobreabundante gracia y toda una imaginería entre colegial y pasada de moda, entre infantil y costumbrista, entre inverosímil y cruel, totalmente inane para la vida privada de Gabriel y, a su juicio, también para la vida pública de quienes decían regirse por ella. Lo que ocurría sin embargo, lo que devaluaba el primer territorio desde el punto de vista de la práctica, era que el recuerdo de Jesús –no obstante su claridad y su benevolente aceptación del amor humano– tenía para Gabriel Arintero una connotación fuertemente poética que no daba lugar a ninguna práctica concreta: no se podía hacer nada salvo recordarlo en su lejana e inerme belleza. La vida de Jesús fue para Gabriel, desde que empezó su carrera hasta muchos años después, un sistema de imágenes latentes, que no le excluían a él mismo por razón de su homosexualidad (nada había en los recuerdos de Jesús que negara el amor entre hombres o entre mujeres, ni el amor espiritual ni físico), y por otro lado un cristianismo cada vez más oficial, más español y cada vez menos y menos digno de respeto o interés.

Sin que Gabriel Arintero mismo lo pudiera ver del todo, o en general percibir del todo, sin ser, tampoco, enteramente invisible o, en general, imperceptible, Gabriel salió de su niñez y adolescencia y llegó a Madrid y entró en la Complutense, acompasados sus movimientos por el aura de aquel su peculiar encanto, un nuevo encanto que empezó a recubrirle después del estirón que dio a los dieciséis-diecisiete años, y que consistía en ser, sí, vehemente, pero no decidido: lúcido e indeciso, vehemente en la contemplación y en el amor, e irresoluto en las gigantomaquias del amor, los lances, las búsquedas. Como la música, su ímpetu, que era genuino, permanecía, movimiento tras movimiento, informulado hasta el final: que no parecía nunca un determinado fin, un proyecto por limitado que fuese. Lucidez de una vehemencia cuyo proyecto mayor era un no-proyecto, porque no ponía toda la energía en acabarse y en lo acabado, en el logro, sino en el no acabarse. Su logro era existir en acto, sin entelequia. *Energeia* sin entelequia: una actividad sin fin. Lúcido e indeciso, es decir: pasivo. Gabriel Arintero se caracterizaba por su pasividad, que hacía las veces de liberalidad, de generosidad, de interés por los demás, e incluso de amor. Y es cierto que aquella pasividad tenía que ver con el amor, porque Gabriel Arintero se acostumbró a ser amado en vez de amante. A diferencia del hijo pródigo rilkeano, que es el hombre que no quiso ser amado, Gabriel, aunque no fuese exacto decir que quería ser amado, sí lo es decir que nunca quiso no serlo. Dejaba que le amaran, entre otros motivos, porque se daba cuenta, con cierta dosis de pesar, no insincero del todo, de cuantísimo complacía a sus amantes amarle. Esto era interesante (esta palabra «interesante» fue la palabra-llave de sus primeros años de universidad). Gabriel recordaba que había amado a Manolín, había sufrido cuando Manolín desaparecía y se iba a jugar al jockey sobre hierba, pero sin realmente buscarle, y dejándole ir cuando Manolín empezó a irse con los otros chicos, sin retenerle. Cuando estaban juntos, Manolín era quien le besaba, acariciaba y masturbaba, y él el que se dejaba besar, acariciar y masturbar. Incluso decía: «Yo soy tu novia, Manolín. Tu criada y tu querida, ¿a que soy eso?» Era un juego erótico, al fin y al cabo, como cualquier otro. ¿O no? ¿Era significativo, o no lo era, aquello? Con una diferencia de diez años, ¿había o no había entre el entonces y el ahora, a sus veinte años, una relación de causalidad siquiera formal, siquiera especular o ejemplar? Gabriel Arintero era encantadoramente pasivo, y fue ese pasivo encanto el que le llevó a casa de los hijos de una hermana de su madre, a casa de Leopoldo y Carolina de la Cuesta, con quienes durante la adolescencia sólo había tenido un trato somero y que ahora, de los diecinueve a los veinticinco, iba a frecuentar mucho más.

Ni en aquel entonces, ni tampoco después, en los primeros años de su vida adulta, hasta bien entrados los cuarenta, estuvo Gabriel Arintero en condiciones de convertir todo lo anterior en una totalidad unificada, en una configuración inteligible. El propio Arintero era, sin duda, consciente de esta incapacidad de ver su vida como un todo. Esto significa que sus proyectos vitales, los fines no inmediatos que jalonan nuestras vidas, resultaban demasiado imprecisos, demasiado propensos a oscilar entre opciones dotadas en apariencia del mismo valor. Esto le llevó a reconocerse en el título de la célebre novela de Musil *El hombre sin cualidades*. Esa incapacidad subjetiva tenía como correlato objetivo la dificultad e incluso la imposibilidad de ver el mundo real como una totalidad de partes bien integradas. A una conciencia oscilante correspondía un mundo oscilante a su vez. Se diría, incluso, empobrecido, puesto que los fragmentos del mundo, tomados por sí mismos, oscilaban también en cuanto a su peso específico. Eran, en la terminología filosófica clásica, lo que se llama fenomenismo. El rótulo hubiera servido para designar el modo con que Gabriel Arintero se percibía a sí mismo y su mundo circundante. A Arintero le encantó descubrir en una de las cartas de John Keats la noción de capacidad negativa: se reconoció nítidamente caracterizado desde este punto de vista en un texto de Wallace Stevens a propósito de la *negative capability*: «Hay gente que siempre sabe exactamente lo que piensa. Lamento tener que decir que yo no soy uno de ésos. Una misma cosa suele mantenerse activa ante mi conciencia y, sin embargo, rara vez se vuelve fija. Me ocurre con asuntos políticos y con asuntos poéticos.» Arintero no se había sentido nunca poeta o escritor. Tenía cierta habilidad literaria general y era bastante más culto y leído que la mayoría de sus contemporáneos, la gente que le amaba solía decirle que debería escribir y que era un poeta, pero Arintero siempre tomó esto sólo como una especie de cumplido. Un cumplido que nunca se le olvidó del todo y que valoraba más, en realidad, que los muchos que a lo largo de su vida oyó por razón de sus encantos físicos. Cuando le decían que era un poeta, tenía la sensación de que elogiaban su inteligencia casi más que su sensibilidad: su don de gentes y su perspicacia mucho más que su físico. Arintero se consideraba feo. Casi llegó a considerarse, al final de su adolescencia, sin conocer la referencia, como Franz Kafka, humillantemente flaco. Esto hizo que no se contemplara en el espejo con detenimiento en la adolescencia como solían hacer sus compañeros, y que evitara desnudarse en público. No era pudor sino más bien una especie de confuso temor a resultar quizá desagradable como alguien que teme padecer halitosis. De hecho, el intenso placer que había sentido de niño en los juegos eróticos con su primo, le dejó con la impresión de que su figura externa tenía algo femenino: solía pensar de adolescente, contemplando su sombra alargada delante de él, que hombros y caderas tenían en la proyectada sombra la misma longitud (estrecho de hombros y ancho de caderas), como en las chicas. Y recordaba que le había deleitado mover a la vez las caderas y los hombros cuando Manolín le abrazaba: Tengo esqueleto de mujer, llegó a pensar. Y se tentaba con los dedos ambas aletas de la pelvis, que le sobresalían de la piel, y pensaba que le sentarían bien las faldas de tubo. De hecho, cuando jugaba a ser la novia de Manolín y le besaba en la boca durante mucho tiempo, se quitaba los pantalones y los calzoncillos y se envolvía en una sábana que estrechaba alrededor de caderas y piernas como una falda de tubo. Al contemplar su imagen, en la oscilante penumbra del estío, en la luna del dormitorio del cuarto de jugar, daba la sensación de que ondulaba ligeramente al moverse, como una mujer delgadísima, Rita Hayworth quizá. La capacidad negativa venía a ser, más o menos, como en el propio Keats, una especie de adaptabilidad o disponibilidad, por usar la palabra de Gide que, sin embargo, Arintero nunca llegó a usar: una habilidad para dejarse llevar, una disposición a someterse de donde con los años fue emergiendo a contrapelo un negativo de virtud, un negativo quizá de la humildad, bajo la extraña forma de elogio de la sumisión. Este elogio de la sumisión –entendía Arintero– sólo tenía sentido cuando se formulaba estrictamente en las postrimerías de una vida humana individual, en el momento de la máxima dificultad que quiebra nuestras fuerzas del todo, a la hora de aceptar la pérdida, el desconsuelo por la pérdida de un gran amor. Sumisión irónica, hasta cierto punto, de los vencidos. Gabriel Arintero recordaba que de niño, con sus primos, cuando jugaban al último mohicano, él siempre quería ser el coronel Monroe: derrotado, avanza al frente de sus hombres con su casaca roja, pasa ante el general francés vencedor, que le saluda cortésmente, y se pierde en el bosque. No hay más remedio que ceder, hay que someterse al enemigo con una sonrisa apenas perceptible, llena de gracia amarga. Un joven poeta contemporáneo de Arintero expresaba este sentimiento parafraseando el «contamos contigo» de la propaganda oficial de aquellas fechas: «Camaradas, no contéis conmigo, / morir está al alcance de todas las fortunas.» Considerarse feo, o por lo menos demasiado flaco, canijo, con un esqueleto de mujer bajo la piel, como una mala acción que consta ante notario y que se oculta bajo la somnolencia y el tiempo de cientos y cientos de bien alineados protocolos de una notaría, era un impedimento para hacer deporte. De muy joven Arintero se forzaba para no participar en juegos o acontecimientos deportivos que, en sí mismos, abstracción hecha de la idea que tenía de sí mismo, le encantaban. Aprendió con un compañero del último curso de bachillerato, un compañero de quien estuvo enamorado sin nunca decírselo, a encestar brillantemente tiros libres. Bajaban los dos al patio a las horas de clase o iban al colegio los días festivos sólo por practicar los tiros libres. Nunca quiso ser del equipo de baloncesto: era una terquedad. Da asco verme, confesó a su compañero, que no le entendió. El otro texto del poeta contemporáneo que Arintero recordaba siempre en este contexto, decía: «Hemos dejado todo atrás, es hora de volver / y hay una clara sumisión limonar en todos los senderos que van de este a oeste.» La simpatía de Arintero por San Francisco de Asís, en la misma época en que leía a Rilke, se originó también a partir del célebre *sine proprio* franciscano. ¿No eran lo mismo –pensaba Arintero– el hombre sin cualidades o propiedades y el hombre *sine proprio*? ¿Y no era lo mismo también el pobre esencial, esos pobres de Jesús en cuya búsqueda, según Gustavo Gutiérrez, había empeñado su vida Bartolomé de las Casas y el poeta entregado a su capacidad negativa y a la sumisión de la tierra? Por otra parte, hablando con Carolina de la Cuesta, Arintero comentaba muchas veces: «Mi capacidad negativa, mi tendencia a la sumisión, mi gusto por lo que carece de toda propiedad y casi de toda cualidad, no haría de mí, si fuese yo, por hipótesis, un hombre religioso o un cristiano, un santo, sino justo lo opuesto: un miserable personajillo, un resentido en el sentido de Nietzsche.» Y, por otra parte, le gustaba comentar con su prima el célebre réquiem de Rilke por una pintora y en especial los versos que José María Valverde tradujo: «tan sin curiosidad fue su mirada y tan sin nada, tan de veras pobre, que no te deseó ni a ti misma, era santa».

Por un momento, durante dos cursos consecutivos, los dos últimos de la carrera, con sus vacaciones de invierno y de Cuaresma y de verano, el asunto de la imagen de sí mismo (de su amor físico por los hombres, de su fervor cada vez menos religioso y más laico, de su definitivo apartamiento de las prácticas de la religiosidad católica, cada vez más vacías a su juicio y más moralizantes, juntamente con su capacidad negativa para mantenerse enérgicamente suspendido entre el proyecto y la realización del proyecto, junto con su instintiva sumisión ante lo inevitable, el destino –que le parecía, por lo demás, una pose muy favorecedora y elegante–) estuvo a punto de desbaratarse y girar velocísimamente, rotar sobre sí mismo y despiezarse con una acelerante rotación autocontemplativa, y reintegrarse en su despiece hasta constituir un disco luminoso, aparentemente inmóvil y brillante, un infinitamente poderoso y firme movimiento inmóvil comparable –el propio Gabriel se complacía en hacer la comparación– al maravilloso movimiento centrípeto del primer motor inmóvil de Aristóteles, con ocasión de entrar Gabriel Arintero de golpe, por decirlo así, en el enérgico reino intelectual y amoroso de Carolina de la Cuesta, su prima carnal, su confidente, el punto cero de toda la trayectoria psicológica de Gabriel Arintero desde Manolín hasta sus veinticinco años.

La casa de los primos Cuesta era estupenda, era estupenda porque Carolina de la Cuesta era también estupenda. Leopoldo, su hermano, en aquel tiempo era un estudiante de Derecho muy convencional, con claras indicaciones ya de su interés por los temas económicos y la economía política, sobre todo con una pasión desmesurada por los automóviles y la natación. Pasaba muy poco tiempo en casa, era un muchacho rubio, guapo, a quien Gabriel, inexplicablemente, encontraba carente de cualquier atractivo físico o espiritual: le parecía un pelma inarticulado, o bien, cuando por fin decía algo, invariablemente solemne y pomposo. Gabriel llegó a instalarse prácticamente en casa de los primos en las épocas de exámenes. Carolina y Gabriel estudiaban juntos en un delicioso salón isabelino. Carolina de la Cuesta era ya una aventajada doctoranda, una incipiente estudiosa de la historia de las religiones, limpiamente atea. La única condición imprescindible para estudiar con seriedad las religiones, solía decir Carolina, es empezar por asentir a todas sus creencias, es decir: empezar por una *suspension of disbelieve*, para terminar sencillamente situándolas razonablemente a todas en los variadísimos niveles hermenéuticos de comprensión racional, es decir trabajándolas desde dentro mediante la razón sin creer en ninguna. Una de las piezas retóricas de Carolina –que de hecho fue el tema de su celebrada tesis doctoral– era un escrito de unos doscientos folios titulado *Contra el concepto zubiriano de religación*. Carolina mantenía que la tesis radical de Zubiri de que el ateísmo es de hecho imposible, era un piadoso sofisma del ilustre teólogo y filósofo cristiano. En esas conversaciones y debates teológico-filosófico-poéticos descubrió Gabriel, encantado y horrorizado a la vez, que su prima se había ido haciendo a él, enamorándose de él hasta quedar del todo enamorada.

Carolina de la Cuesta era estupenda. Y esta sencilla oración gramatical, puesta en presente de indicativo, Carolina es estupenda, le pareció a Gabriel por un tiempo, durante un curso tal vez entero, el perfecto enunciado-resumen de todos sus pensamientos y sentimientos relativos a Carolina. El trivial predicado «estupenda», que en el lenguaje coloquial de entonces se aplicaba a miles de personas y situaciones y medias emociones, casi a cualquier cosa que en general entusiasmara o simplemente excitara a quien lo pronunciaba o pensaba, le parecía, sin embargo, a Arintero la más exacta y casi única expresión adecuada para incluir aquella mezcla de continuada sorpresa y gana de reírse y aplaudir que le inspiraba el carácter de su prima. Estupenda era una expresión desenfadada, casi irreverente, puesto que servía para designar lo mismo la belleza moral, la belleza física y la belleza de un gol de Di Stéfano. Pensar en Carolina de la Cuesta, organizarse para pasar un fin de semana largo en mayo en su casa, con sólidas horas de estudio entreveradas por discusiones y tazas de té, era bello porque era una promesa de felicidad. Ir a reunirse con ella, esperarla en mayo a las salidas de clase, pasear por los radiantes paseos mal enlosados de la Complutense, o viajar en tranvía desde la Complutense hasta la Moncloa, era en acto ya el cumplimiento de una promesa de buen humor, de equilibrio, de desenfado que rozaba el desparpajo sin incurrir en él, de estupendamente bien controladas malignidades al pasar delante de la profesora, de estupendamente bien controladas miradas y caricias. Carolina era estupenda porque era dueña de la situación (Gabriel Arintero denominaba para su capote «la situación» al presuroso enamoramiento de su prima, al erotismo intelectual y casto con que su prima le rodeaba incluso cuando se peleaban o discutían encarnizadamente o dejaban de hablarse durante un largo rato, cada uno a un lado de la habitación con sus libros y cuadernos, hartos el uno del otro). Pero no las tenía, como suele decirse, todas consigo ni cuando la situación se expresaba en un perfecto equilibrio de estudio y descanso, trabajo intelectual y debate ingenioso, ni cuando su prima, fijamente, contemplaba a Gabriel ladeando la cabeza, separados por el tablero de la mesa. Ni se sentía tranquilo del todo sino más bien algo intranquilo, sin tenerlas, pues, todas consigo ahora tampoco, cuando reflexionaba abstractamente en que el concepto de situación implica siempre un dramatismo, una temporalidad propia, un principio, un punto culminante y, por desgracia, un fin. Carolina de la Cuesta controlaba la situación establecida entre los dos, pero al denominar Gabriel Arintero a lo que entre ellos sucedía «situación», o «situación bajo control», arrastraba, por el simple peso esencial del concepto de situación y del concepto de control, lo incontrolado también y además en carne viva y arrastraba de paso a gran velocidad el previsible gran trompazo como un apropiado fin, el único posible, el desdichado fin de la estupenda situación, su intrínseca desdicha. Por eso no las tenía Gabriel Arintero nunca del todo todas consigo, ni siquiera los primeros días del principio, sino que, como si tuviera hormigas en el pelo o en los sesos, como si supiese sin quererlo en realidad saber que los muchos aspectos y partes de lo que había entre los dos (la situación) se hallaban entre sí sólo hilvanados, prendidos con alfileres sólo, expectantes como las hombreras y la hechura toda de un traje hecho a medida, y que dependían del efecto resultante de la primera prueba, por no hablar de la segunda o de la última. Pero Carolina de la Cuesta, que se había educado a sí misma casi desde niña en la prevención de las manifestaciones emotivas, y que además era consciente de hallarse en aquel momento intensamente conmovida en presencia y en ausencia de su primo, posponía con admirable prudencia, con admirable instinto narrativo, el momento de la primera prueba, de la primera y fatal declaración de amor, por si las moscas. Como cualquier joven enamorada, Carolina estaba segura de que su amor era correspondido o al menos deseado oscuramente por su primo. Enamorarse conlleva en un principio, siempre, una experiencia de esta precaria seguridad. Carolina, pues, a la vez se acercaba velozmente a la primera prueba (la primera declaración de su amor) y la retrasaba. Y esta fascinante operación de dilatación y contracción duró, en realidad, unos dos años. Durante estos dos años, Gabriel Arintero experimentó la alegría y el bienestar de la relación con Carolina, no obstante temer siempre la conclusión a lo que todo ello obviamente conducía, y a la vez fue tomando la decisión de no dar, por terrible que fuese, a Carolina, una falsa prueba de amor, llegado el momento de la primera prueba.

Carolina, aquel fin de curso, mirando fijamente al frente, sin venir a cuento, declaró: «Gabriel, te quiero.» Y, tras eso, permaneció de perfil, inmóvil, como si de pronto sonriera. Gabriel dijo: «Lo siento mucho, Carolina. Yo no.» Carolina, ahora, contemplaba a su primo como si no hubiese entendido lo que le acababa de decir. Gabriel Arintero pensó en una persona que acaba de entrar precipitadamente en una habitación donde hay dos o tres personas charlando apaciblemente, que ante la súbita llegada se vuelven hacia la persona que acaba de entrar, con un aire sobresaltado aunque no asustado porque la conocen, y la recién llegada se siente de pronto el centro de una tensión excesiva, quizá llegaba tarde y ha entrado en la habitación desalada por eso y le brillan los ojos, se atusa el pelo o se arregla un poco el traje o un lazo y dice:

–¿Cómo que tú no? –Carolina parpadea y añade–: No te he preguntado nada, ¿te he preguntado algo?

–La verdad es que no.

–No te he preguntado nada. No tenías por qué contestar nada. Has contestado precipitadamente, reconoce.

–Quizá sí. Pero he dicho la verdad. Tú acababas de decir te quiero, y yo he creído que es mejor decir la verdad desde un principio. Yo no, es una abreviatura de: Yo no te quiero.

Gabriel Arintero lamentó durante muchos años haberse dejado llevar por semejante tono. Se daba cuenta de que las frases que iba pronunciando tenían que sonar congeladas a quien las oía. Gabriel Arintero no podía no reconocer que después de aquella primera declaración de amor –por lo demás bien tímida– Carolina no se merecía un comentario tan soso, tan frío como el suyo. Se reconoció –como quien encuentra por fin una disculpa– más agitado por la declaración de Carolina de lo que sus suaves maneras, sus ademanes lentos de hombre flaco y alto, manifestaban. Pero también reconoció con toda claridad que la declaración de Carolina, en su sencillez, era el resumen de un largo tiempo de comunicación –ahora se veía– equívoca entre los dos, y que su misma brevedad dejaba ver todo el entramado de dilataciones y contracciones del corazón de Carolina, cálculos acerca del mejor y el peor momento posible, prontos reprimidos y reservas lamentadas, intentos de decir eso mismo hacía ya tiempo con muchísimas más palabras, con ninguna, echándosele encima con un beso y un abrazo, aprovechando que era el día de Año Nuevo o el santo de su primo, cartas larguísimas no escritas, breves mensajes de los ojos, enfurecimientos, desdenes, justo lo contrario, todo eso que en suma se llama «contenido», por fin resumido en un insípido «Te quiero» soltado de repente, mirando al frente y de perfil, en cualquier caso con ímpetu excesivo, aunque a duras penas pudo oírse en la cómoda sala aquel mediodía de otoño, donde solían trabajar los dos durante el curso, los cursos anteriores, donde solían merendar. Pues incluso ahí, y así, apenas musitada, había sonado como un petardo callejero que le explota en los pies a uno que cruza la Puerta del Sol a las doce de la noche un Año Viejo. En un abrir y cerrar los ojos, tras oír decir a Carolina «Te quiero», había Gabriel sufrido el desencadenamiento de la explosión de un petardo, el sobresalto, la sensación de horrible absurdo de que por su culpa se había desplomado su relación con Carolina, el sufrimiento de Carolina, la inmediata reacción de Carolina de la Cuesta acarreando precipitadamente para la situación frases casi chuscas, o por lo menos frases un poquitín desatinadas que ocultaban no tanto el amor propio herido o el desencanto sufrido, como la angustia vislumbrada por haberlo, con su precipitación, todo malbaratado en un abrir y cerrar de ojos. ¡Pobre Carolinita de la Cuesta, que creía que por haber entrado en la habitación precipitadamente había llegado en el peor momento posible! Gabriel Arintero pensó entonces que una manera de ponerlo todo en claro, de salvarlo todo en ese nuevo instante que sigue a la caída del ahora precedente en el siguiente, era decir: Cómo no voy a quererte yo a ti, Carolina, ¿eres imbécil o qué eres? Claro que te quiero. Lo que es, que me has descompasado con tu Te quiero de niña pitonga. ¿Se hubieran reído los dos si hubiera Gabriel acertado a decir esto o algo parecido? ¿Es posible que sea preferible en ciertos casos, cuando hay, por hipótesis, una gran confianza entre ambos interlocutores, tomar una declaración de amor un poco al por mayor, un poco por encima, como si hubiese sido dicha por decir? Ése sí que sabía, Frank Sinatra, decir: *something silly like I love you*, y quedar bien, luego después, a salvo. El esfuerzo de Carolina por hablar un poco a tontas y a locas inmediatamente después de su declaración de amor, correspondía a una percepción, correcta en gran medida, del carácter de Gabriel Arintero. ¡Le he dado el susto de su vida! –llegó a decirse Carolina–. Sólo que nada más reconocerlo se vio obligada a reconocer también que el sobresalto o la brusquedad de la declaración, el susto, tenían poquísimo que ver con la reacción tan inmediata y cortante de Gabriel. Y esto sí que no lo entendió Carolina de inmediato: Carolina de la

Cuesta estaba preparada para reconocer verbalmente ante su primo y también de corazón que declararse así no son maneras de la gente que sabe hacer las cosas bien, la gente bien. Lo que Carolina no entendía era aquella afilada rigidez del rostro de su primo, aquella terrible y seca seriedad de su expresión tanto al decir «Yo no» como después. Tan no lo comprendía que llegó a decir: «¡Ea, chico. No pongas esa cara, hombre! Hoy en día todo el mundo se pasa todo el día diciendo a todo el mundo que le quiere y ahí queda la cosa. Es agradable que te digan que te quieren, ¿o no? Te he dicho que te quiero porque es la verdad, y tú has dicho que no me quieres porque ésa es la verdad. Esa cara no me pongas ahora a mí. Ahora que ya sé que no me quieres por lo menos podemos merendar.» Carolina dijo todo eso de un tirón, dándose cuenta, a la vez que lo decía que, ahora sí, hablaba por hablar. Tal vez, llegó a pensar Carolina, al darse cuenta de que hablaba para rellenar el hueco del silencio de Gabriel y la seriedad de su rostro, Gabriel cree que le estoy pidiendo el matrimonio y considera que no está aún en condiciones de casarse, que tiene que ganar la oposición primero o lo que sea. Tantas vueltas le estaba dando Carolina a todo en la cabeza que sintió que el corazón se le atrancaba al oír la voz de Gabriel después de tanto:

–El caso, Carolina, es que no es verdad que no te quiera. La verdad es que sí te quiero, pero yo no soy como tu hermano.

–¡Menos mal! –exclamó Carolina, creyendo que por fin los dos habían hallado un punto donde pararse y empezar a hablar–, Leopoldo es un petardo, estoy de acuerdo.

–Leopoldo no es ningún petardo, no se trata de eso. Yo soy homosexual. De eso se trata. Si no fuera homosexual te hubiera dicho que te quiero, porque te quiero, porque eres estupenda. A ti te quiero más que a nadie, y si no fuera homosexual, eso sería suficiente. Pero como soy homosexual, no es suficiente. Por eso, aunque te quiero, tengo que decir que no te quiero, porque soy homosexual.

–¡Madre de Dios, Gabriel, eso sí que es erotismo del barroco español, el eros como trabalenguas! ¿Cómo sabes tú que eres eso que dices que eres, homosexual?, ¿cómo sabes que lo eres?

En aquellos años, mediados de los sesenta, la pregunta de Carolina no sonaba tan ingenua como sonaría en la actualidad, unos treinta años después.

–Me siento atraído eróticamente hacia personas de mi mismo sexo.

–¿Quieres decir que estás enamorado de alguien en particular? –especificó Carolina con característica energía.

–De momento no –contestó Arintero–. No estoy enamorado de nadie en particular, no. Pero lo estaré algún día, supongo.

–Y eso te impide enamorarte de mí, que no soy de tu mismo sexo, aunque no haya nadie en particular de tu mismo sexo de quien estés enamorado justo ahora. ¿Es así?

–Sí, así es.

–Entonces mi rival, por hablar de esta manera torpe, no es ahora mismo nadie. Mi rival eres tú mismo, ¿es eso? Dices que me quieres, pero a la vez dices que no puedes quererme, como si fuéramos dos razas distintas, dos razas que es peligroso o imprudente poner juntas.

–No son razas. Son inclinaciones.

–Es un poco difícil de entender –declaró Carolina, ahora ya con su voz de siempre–. Es como si tú mismo te condenaras a no quererme por el hecho, de momento sólo hipotético, de que un día encontrarás a una persona de tu mismo sexo a quien querrás. ¿Cómo sabes tú que esa persona de tu mismo sexo con quien te encuentres un día va a quererte? Dicen que vale más pájaro en mano...

–Los refranes nunca aciertan, Carolina. Quizá si habláramos de pájaros, el pájaro en mano fuese el mejor. Pero entre seres humanos uno puede amar también a quien no conoce ni quizá conozca nunca.

Era difícil de entender, era difícil de explicar, era desde luego la única explicación que Gabriel Arintero podía dar a su rechazo de Carolina. Y, bien mirado, le parecía a Arintero más consoladora para Carolina esa explicación que el que Gabriel amara a otra persona y no la quisiese a ella por eso.

–¿No lo pasamos bien juntos? Estos últimos años hemos pasado juntos muchas horas, domingos, el día entero... Nos parecemos en muchísimas cosas. Los hombres nos gustan a los dos, así que incluso nos parecemos en eso. Podríamos querernos y dejar todo pendiente, como en los contratos, una cláusula por si tú encontraras a alguien, algún hombre del que tú te enamoraras y él de ti y con quien tú desearas vivir más que conmigo. ¿Qué tiene esto de absurdo?

Gabriel permanecía en silencio y Carolina preguntó con impaciencia:

–¡A ver, di! ¿Qué tiene eso de absurdo? ¿En qué se diferencia llevarnos bien, como tú y yo nos llevamos, de quererse?

–Cuando estoy contigo o cuando pienso en ti, me gusta tu manera de ser, las cosas que dices, las ideas que se te ocurren, pero no deseo más intimidad, no deseo acostarme contigo, no deseo acariciarte, no necesito acariciarte.

–Yo sí necesito acariciarte, Gabriel, sí lo deseo.

–¡Lo ves!

–Veo lo que quieres decir, supongo. Querernos, en nuestro caso, según tú, es ser íntimos amigos. La intimidad de los enamorados es otra cosa, es física. Eso ya lo entiendo.

–Sí.

Lo anterior les llevó toda la tarde, y cambió su relación. La relación entre los dos se hizo más íntima. Gabriel se dio cuenta de que Carolina no había renunciado a que Gabriel la amara. Sólo que ahora trataba de ahondar en lo que les unía profundamente con la esperanza, quizá, de que el amor físico surgiera. ¿Quién no ha tenido esa misma esperanza en casos semejantes? Gabriel se sintió muy angustiado entonces. Se dio cuenta de que, a partir de esa revelación, Carolina de la Cuesta había empezado a sentirse no menos sino más atraída hacia él que antes. Gabriel se dio cuenta de que gran parte de la dificultad procedía de que él necesitaba de verdad a Carolina. Necesitaba su sentido del humor, su invariable buen ánimo, su admiración, incluso necesitaba –aunque esto entraba en un segundo lugar– las comodidades que la posición de Carolina, muy desahogada a diferencia de su rama de la familia, le permitía disfrutar cuando estaban juntos. Carolina era en aquel entonces lo que solía llamarse un buen partido. La rama materna que les unía a ambos, sus madres eran hermanas, había ido de desastre en desastre económico, a excepción precisamente de la madre de Carolina, Sonsoles, que se había casado con un hombre muy rico. Esto era ciertamente secundario, pero era una parte del asunto. Estaba claro que mientras se vieran, Carolina seguiría enamorada y no estaría en condiciones de pensar en nadie más. Gabriel decidió que tenía que dejarla. Nadie se muere de amor –llegó a decirse–. Nadie en sus cabales, como Carolina, nadie inteligente, estudioso, lleno de vida como Carolina, se viene abajo de verdad por una desilusión amorosa. El entusiamo de Carolina por mí pasará, y cuando pase, y seguro que tardará menos de un año, Carolina me agradecerá que la dejara en paz. Mi deber es dejar a Carolina porque soy homosexual.

Lo hizo así de la noche a la mañana. Le dolió mucho más de lo que jamás pensó que le dolería. De pronto, en el silencio de su habitación, sintiéndose realmente solo y sin Carolina, Gabriel lloró amargamente por haberla dejado. Y fue en esa situación, sintiéndose desamparado y echando de menos a su prima, cuando comprendió que la razón para dejarla no era que fuese homosexual –de momento sin pareja– ni el deseo o la posibilidad de encontrar en su día una pareja adecuada, sino la voluntad de ser homosexual. No sólo era homosexual, sino que quería serlo. Querer ser homosexual era el centro de sí mismo, el punto de inflexión que reducía a cero toda otra variante o posibilidad, incluida, muy especialmente, la posibilidad de ser feliz. Y de este modo enganchaba, en esta voluntad pura y sin objeto aún, su niñez con su madurez. Aquel remotísimo placer que sintió de niño más el rechazo que hubo entonces de la vergüenza, del pecado y de la culpa, y por lo tanto también de las instituciones transmisoras del pecado y de la culpa, que eran la sociedad española y muy especialmente la Iglesia católica, llevaron a su voluntad de ser, ante el tribunal de su propia conciencia y por tanto también ante Dios, si es que Dios existía, con la felicidad o sin ella, con el éxito o sin él, acompañado o solo, homosexual hasta su muerte. Esta decisión le sacó de España al cabo de un año.

Hubo por esas fechas un incidente con la policía. Nunca jamás lo contó a nadie. Nunca jamás lo olvidó. Mediante ese incidente experimentó Gabriel Arintero en propia carne los problemas sociales que en la España de entonces sufrían los de su condición. Fue en septiembre. Todo el caluroso verano de Madrid le había retenido en casa preparando las oposiciones. El verano se deshizo de un día para otro tras un par de fuertes nublados. El aire terso del anochecer invitaba a pasear sin rumbo. La noche parecía más y más abierta cada vez, como una promesa a punto de cumplirse. Arintero se acomodó en un banco de la Plaza de España a las tres de la mañana. Estaba vacía. Sólo había frente a él, muy lejos, sentada otra persona. Le pareció un chico joven que había dejado su maleta o un paquete grande a su lado al sentarse. Un coche de policía irrumpió bruscamente en la plaza. Descendieron dos policías de paisano que se dirigieron rápidamente al muchacho sentado frente a Arintero. Arintero no creyó necesario levantarse y marcharse. No le pareció delictivo estar sentado en aquel banco a esas horas. En un momento los dos policías estaban frente a él. Uno de ellos llevaba la pistola metida en el cinto. Se dirigió a Arintero con el tono exigente que empleaban las autoridades franquistas. El mismo tono de los oficiales en los campamentos y cuarteles. Hasta los bedeles de la universidad tenían ese tono irritado al dirigirse a los estudiantes, a quienes se consideraba siempre un poco fuera de la ley mientras no se demostrase lo contrario. «A ti te conozco yo –declaró el policía–. Tú eres homosexual. Te he visto antes por aquí.» Arintero dijo, sin levantarse: «Sí, soy homosexual.» Y añadió: «Nunca vengo por aquí.» «Acompáñenos», dijo el otro policía, y le llevaron a la comisaría de la calle de la Luna. Pasó toda la noche en un calabozo donde metieron a otros dos a lo largo de la noche: un borracho y uno que parecía un mendigo. Arintero no pudo dormir. La oscuridad de la celda llegó a ponerle muy nervioso. Sólo acertaba a pensar que era una suerte que estuviese de vacaciones. Así el interrogatorio o la toma de declaración o lo que fuese no llamaría la atención de nadie. Amaneció, y hacia las ocho sacaron a Arintero y a sus dos colegas, que roncaban, y les llevaron al despacho central de la comisaría, donde los tres se sentaron en un banco contra la pared. El lugar de los policías se separaba de los detenidos por un pasillo y una balaustrada de madera. Los policías, al otro lado de la balaustrada, parecían más altos. Un policía de uniforme, un gris, tomó la declaración de Arintero a máquina. Arintero, de espaldas a los detenidos y frente a la mesa del comisario, tenía una sensación de agobio. El policía de uniforme escribió: «Delito contra natura.» Nadie estaba especialmente interesado en él: tampoco el comisario que le iba haciendo preguntas. Hasta que, después de comprobar que tenía un domicilio fijo, le preguntaron dónde trabajaba. Arintero dijo que preferiría no darles ese dato. Y el comisario dijo, alterándose considerablemente: «Si usted no me da la dirección y el teléfono, le aplico la Ley de vagos y maleantes.» Arintero dio la dirección del colegio privado de Vallecas donde estaba dando clases. Firmó su declaración, y después les llevaron a los tres, junto con unas chicas de la vida airada, que se decía entonces, a Gobernación. Ahí pasó dos días, luego le soltaron. Días después le llamaron por teléfono del colegio. El director del colegio le pidió su dimisión. Nadie pidió a Arintero su versión de los hechos. Se dio por sentado que si la policía le había detenido, lo había hecho por un motivo justificado. Arintero por su parte no ofreció explicación alguna. No pudo tampoco contárselo a Carolina, a quien había dejado definitivamente de visitar. Decidió que no tenía sitio en España y se fue a Londres.

¿Y Carolina de la Cuesta? De aquí a veinte años, ¿qué será de Carolina? ¿Fue capaz Carolina de comprender en su momento el significado de aquel brusco abandono? Carolina de la Cuesta no lo tuvo fácil. Tras su primera reacción frente a Gabriel, su aparente frialdad, su buen tono, hubo mucha impotencia y mucha desesperación. De hecho, Carolina no creyó en esa ocasión que Gabriel se atreviese a cumplir lo que decía. Creyó que su primo sólo trataba de enfriar la situación, interponer espacio entre los dos, dejar que pasase el tiempo, dejar que pasase todo un año. Carolina se aferró desde un principio a aquella unidad de medida, el año, que parecía designar a la vez una distancia enorme –los trescientos sesenta y cinco días, uno tras otro, de la ausencia– y una distancia inteligible y mínima, un año, que se pasa de cualquier manera. Esto fue consolador: Gabriel volvería al cabo de un año con su integridad homosexual intacta y reanudarían la comunicación, reanudarían –ya que no el amor, que no empezó– la maravillosa amistad, que sí había empezado, con sus tiempos y lugares y melodías y decaimientos y exaltaciones, cuya claridad Carolina podía recordar y repetirse a sí misma, murmurarla, dejar que la envolviera y la acunara, persuadiéndola de que nada había entre Gabriel y ella para siempre sido malherido, desbaratado o muerto. Dentro de un año todo volvería a empezar y Carolina jamás volvería a repetir aquel estúpido «te quiero». Ofrecería en su lugar sólo su amistad fulgente, la mejor realidad: amistad entre los dos, a secas, que ya Aristóteles –recordaba Carolina– decía que es lo más necesario de la vida.

Y Carolina se sostuvo durante todo un año en su unidad de medida, como un albatros inmenso se sostiene en el aire más alto. Pero un año en realidad es muy poco tiempo: sólo un instante para el corazón que planea en el turado cielo de los atardeceres. Después Carolina se reció contra Rainer Maria Rilke y todas sus estúpidas amantes: alrededor de las que aman no hay más que seguridad –declara Rilke–. El célebre texto de los *Cuadernos de Malte* sobre Mariana Alcofarado, Gaspara Stampa y las demás le parecía fraudulento: inventado por el eterno fugitivo de los compromisos amorosos que fue Rilke y, en última instancia, destinado a hacer el juego casero a la idea masculina de las relaciones entre hombres y mujeres. Era la falsa consagración de la soltería femenina: una apología del buen conformar. Carolina se juró a sí misma que su amor por Gabriel no se convertiría en su secreto atosigante, como en las amadas rilkeanas. Durante un tiempo se sintió avergonzada: la interpretación que hacía Rilke de la amada avergonzaba a Carolina, como si ella misma hubiera sido descubierta comportándose de un modo ridículo. Aquella irritante untuosidad de la voz de Rilke. Violentamente negó Carolina que el interior de Mariana Alcofarado, la portuguesa, se convirtiera en fuente. Negó que las amadas abandonadas se lanzaran, sin moverse de sus claustros, en persecución de aquel que han perdido. Negó a las abandonadas rilkeanas el derecho a quejarse. Pálidas criaturas encarceladas, anteriores a la gran revolución feminista: las célebres amantes rilkeanas le parecieron imbéciles. Carolina no tenía intención de quejarse. Ni siquiera por la pérdida de un ser eterno. La sensatez de Carolina le impedía aceptar que el amado, su primo Gabriel, se transformara en un ser eterno. De haber sido un ser eterno, yo no le hubiera amado, pensaba Carolina, y añadía mentalmente que si a pesar de todo aún le amaba, era justo porque su primo Gabriel no era, ni podría ser nunca, un ser eterno. Sólo una monja babieca se hubiera propuesto semejante cosa. Lo cierto, sin embargo, era que el entusiasmo por Gabriel parecía hincársele en la conciencia más y más cuanto más pretendía olvidarle. El olvido era rememorante: el esfuerzo por olvidar le hacía recordarlo todo con feroz exactitud. ¿Y qué recordaba? Recordaba ocurrencias cuya intensidad no podía controlar. Recordaba la última escena y todo en ella hablaba de precipitación y falta de control. A ratos se dejaba empapar por una intensa nostalgia. Muchas veces pidiendo el dulce regreso en la llanura del mar espumoso, como el poeta homérico. ¿Regresar adónde? Regresar al tiempo de ser los dos estudiantes, antes de que nada sucediera. Un tiempo que volvía a alzarse velocísimamente, de abajo arriba, de nuevo, como un formidable nadador, como un león marino, la nostalgia. Aquel tiempo en que sólo dar un paseo con Gabriel entre siete y diez de la noche en verano la hacía sentirse feliz todo el día siguiente: aquellos paseos estivales con Gabriel, con el primo carnal tan cercano, tan lejano, tan guapo. En Santander, en Piquío, bajo los tamarindos húmedos, oyendo a lo lejos el retumbo del oleaje encanecido en las playas, allá abajo, en la arena umbría, incesante, irremediable: bajo los tamarindos, al anochecer, en verano, por el jardín en cuesta bajando hasta la huerta, y salir quizá los dos a la calle, la calleja que bajaba hasta la playa tres kilómetros más abajo, parando a tomar un helado de tutti fruti en el carrito de helados de San Roque: hileras de chalets de los veraneantes, interpuestos entre el corazón de los dos primos, como ejemplos de vidas familiares que en aquel instante latían alegremente, prefigurando lo que sería la suya. Y más abajo aún las luces del balneario, las luces del gran hotel y del casino, lejanía de la lejanía, hablando mucho los dos sin mirarse, bajo los tamarindos, los atardeceres de aquel verano, de aquel amor insigne.

Desaparecido Gabriel, Carolina se concentró en sus

estudios. Decidió que Gabriel había sido una distracción y, durante años, el mayor problema de Carolina fue aprender a concentrarse. Educó su capacidad de atención con la tenacidad cotidiana con que un acróbata se entrena desde niño para llevar a cabo sus ejercicios en la cuerda floja. A sabiendas de que cualquier distracción, cualquier inclusión momentánea en el vedado territorio de Gabriel Arintero, sería mortal, se hincó en los temas de una oposición a cátedra de historia de las religiones. El esfuerzo por ganar aquella cátedra la salvó, creía Carolina, del amor por Gabriel Arintero. Por fin ganó la cátedra, y la historia de las religiones se extendió ante ella poliédrica, refulgente como los meandros multiplicativos de un inmenso río experiencial intensísimo: formas y subformas de vida espiritual y sentimental de individuos y pueblos enteros que la sobrepasaban hasta hartarla. La historia de las religiones tomó la forma global de una descripción densísima que Carolina temía traicionar si reducía o simplificaba, a la vez que deseaba con vehemencia simplificar, para no perderse ni dejar que se perdieran ni ella ni sus estudiantes en el entramado equívoco de todas aquellas leyendas artificiosísimas tejidas alrededor de los dioses en ausencia de los dioses. Durante esos años, Carolina se preguntó muchas veces por qué de entre todas las disciplinas académicas, de entre todos los asuntos humanos, había elegido precisamente aquel de las religiones, que en ocasiones parecía casi el más inhumano, y en otras, al revés, tan humano y concreto y localizado y folklórico como para no poder ser examinado científicamente por nadie. A veces Carolina se decía a sí misma que las religiones sólo podían ser creídas o practicadas, pero nunca estudiadas seriamente por nadie en sus cabales. Se maldecía entonces a sí misma, y la pregunta volvía a planteársele de cómo, no siendo ella misma creyente ni practicante de religión histórica alguna, se le había ocurrido dedicar su vida académica a ese tipo de estudios. La respuesta que acabó dando al asunto la divirtió tanto, que dedicó muchas horas y páginas de su diario personal a explicárselo a sí misma. Decidió Carolina que las religiones le venían a título de herencia por parte de su madre, Sonsoles. Fue una ocurrencia cómica. A aquella edad, en el rebufo aún de la vejación amorosa de su primo, recién sentada cátedra de historiadora de las religiones en la Complutense, aquella vivísima imagen de la religiosidad materna la hacía reír a carcajadas. Cómicos le parecían, no obstante el cariño filial que de verdad sentía por los dos, sus padres: don Leopoldo padre, recientemente fallecido, y Sonsoles, encaramada a perpetuidad en un Getsemaní combinado con monte Atos en las cercanías del Mar Muerto, una suite en el último piso de un hotel de lujo, frente por frente del Tiberíades, para ver visiones al atardecer, o visitar Kumram en taxi, o chinchar en Jerusalén a los padres capuchinos asistiendo de luto y con mantilla española a los oficios de los cristianos ortodoxos rusos en el Templo del Santo Sepulcro o en la propia cripta, los admirables coptos, el admirable rito copto, ése también. O para dar que hablar, increíble Sonsoles en su vejez, tras embarrarse bien del todo en aquel barro salitroso regenerativo y gris del Mar Muerto y exponerse luego en top-less recubierta con una gran pamela en los aledaños frondosos de la piscina más concurrida del hotel. De vez en cuando Carolina hablaba con ella por teléfono, siempre telefoneaba Carolina y siempre tardaba cuarto de hora o más en ponerse al teléfono su madre, y la voz se le había vuelto cada vez más alta y deslumbrada, interjectiva, sincopada, como si el intenso éxtasis que de continuo parecía causar en su madre todo el universo, pudiese sólo ser expresado con mayúsculas y muletillas vocativas en las tres lenguas –inglés, francés y un poco de hebreo moderno– que Sonsoles, indistintamente, parloteaba. Pero antes –y de ese antes es de donde viene el interés de Carolina por las religiones–, mucho antes de convertirse Sonsoles en una millonaria excéntrica fascinada por las religiones, durante toda la niñez y primera juventud de Carolina y su hermano Leopoldo, pero sobre todo Carolina (porque Leopoldo no llegó a participar en ello: de ahí su precoz resentimiento), Carolina había recorrido el mundo con sus padres de un extremo a otro por las rutas de las grandes religiones. Había sido en realidad sólo turismo –y turismo de gran lujo, por supuesto–, pero había logrado realmente hacer que Carolina se sintiese crecientemente animada, también jaleada por su madre, a saber de religiones más que ninguna niña del colegio. Ni las madres siquiera del Sagrado Corazón, ni la propia madre provincial siquiera, sabían con tanto lujo de detalles y tan en todo momento, y de repente sin preaviso, los profetas de Israel o las andanzas del príncipe Siddharta o los nombres de la fundadora y fundadores del adventismo del séptimo día en los Estados Unidos de América, con particular atención a la gran controversia entre Cristo y Satanás y la reforma de la salud mediante los solos poderes de la mente.

Como es natural, llegó un momento en la vida de Carolina de la Cuesta, que coincidió más o menos con su mayoría de edad y el brillante final de sus estudios universitarios y el asunto de Gabriel, en que la religiosidad materna dejó de parecerle impresionante para comenzar a parecerle absurda: precisamente porque la espiritualidad materna le parecía absurda, se interesó Carolina por las espiritualidades en general. Ahí tuvo parte el sentido común de su padre: un hombre de negocios chapado a la antigua, pero tolerante, que –no obstante considerar que la religión era cosa de mujeres, y por lo tanto una niñería– amaba lo suficiente a Sonsoles para acompañarla en muchas de sus expediciones místicas alrededor del mundo. A Carolina le encantaba la sensatez paterna, que hizo suya, advirtiendo al mismo tiempo que ninguna sensatez, prueba o contraprueba podía enfriar la propensión religiosa de su madre. Todas las cosas de este mundo –incluido su marido– se dividían, para Sonsoles, en religiosas y vulgares. O como Sonsoles, con un marcado deje despreciativo, añadía: profanas. Y todo aquello que no fuese religión y religación experiencial con el fundamento del fundamento de la vida humana, siempre le pareció, sencillamente, vulgar, es decir, profano. Una cosa insignificante que se menosprecia, como los decimales, o el mal gusto de las nuevas generaciones españolas con Franco. Leopoldo, en cambio, su marido, consideraba que el mundo era un lugar comprensiblemente y confortablemente vulgar. Todo para él, gracias a Dios, era accesible, vulgar, normal, cotidiano y profano, como debe ser. A su modo aventado, Sonsoles fue ofreciendo a su hija, a lo largo de los años, una cosmovisión completa, con su ética incluida. Era una cosmovisión original, a la vez que un gran dislate, llevada a cabo, con sorprendente coherencia, por un espíritu vehemente y entusiasta que no tenía de hecho más educación que la que recibían las chicas de su clase a principios de siglo. Parte esencial de esa educación fueron lo que Sonsoles llamaba en plural los estilos, y que se resumían en una confusa imperatividad de todas sus grandes afinidades y desprecios: Sonsoles despreciaba, por ejemplo, el desinterés. Nada en este mundo la ofendía más que ver que alguien adoptaba un punto de vista estético o una actitud desinteresada o contemplativa ante cualquier cosa de este mundo: «Las personas desinteresadas, lo que son es frías –mantuvo siempre–, lo que son es falsas, a mí nada me da igual, todo me importa, porque estoy interesada en su existencia. El desinterés es pasividad y petulancia.» Afortunadamente, Leopoldo padre, el sensato financiero, a pesar de su general bonhomía y benevolencia, era un perfecto escéptico al que todo daba más o menos lo mismo. Carolina solía pensar de adolescente que el escepticismo paterno era una feliz represa de la torrencialidad materna.

Carolina se daba cuenta de que todas estas características de sus padres eran, abstractamente consideradas, cosas sin importancia, y, sin embargo, siempre a la vez se apresuraba a indicar que, sin todas esas circunstancias y manías, ella misma hubiera sido una persona muy distinta. Y también su hermano Leopoldo. De Leopoldo nadie se ocupó –Sonsoles quizá menos que nadie–, y cuando Carolina advirtió la comparativa injusticia que se le hacía al chico, era ya demasiado tarde. Pero esto es otro asunto que vendrá después. En cualquier caso, el turismo religioso de su juventud sirvió para que Carolina llegara a formarse muy pronto –aunque con la natural imprecisión de la edad– una idea de lo que más tarde, profesora ya, iba a denominar con otros colegas: una idea de la verdad sin creencia. Prácticamente desde que tuvo uso de razón, Carolina se vio en la necesidad de utilizar este concepto, tanto para comprender a Sonsoles como para hacerse cargo del contenido de las sucesivas experiencias religiosas de Sonsoles: entender lo que Sonsoles era y creía, o rumiaba, requería ser capaz de extractar de todo ello un núcleo auténtico o serio o verdadero (en su juventud Carolina consideraba intercambiables los significados de las tres expresiones) en cada una de las múltiples religiones históricas que su madre fue adoptando. De entre el barro limoso, espeso, costumbrista, irracional, que todas las grandes religiones mundiales arrastraban consigo, como formidables caimanes de Florida al emerger a la superficie de la conciencia de Sonsoles, siempre una cierta verdad, seriedad o autenticidad podía repescarse y ser, por así decirlo, puesta en limpio. Un cierto original desvelamiento del mundo, una cierta esencia, parecía corresponder a cada religión y esto podía la joven Carolina admirarlo y justipreciarlo sin herir su sensibilidad u ofender su inteligencia. Estos desvelamientos esenciales, muy próximos aunque no idénticos a los poéticos, bien podían reclamar el asentimiento y la inspección minuciosa, como los objetos puros del entendimiento que eran, sin necesidad de ser creídos. La vocación profesional de Carolina tuvo mucho que ver con la posibilidad de contemplar teóricamente verdades sin creencia.

La voluntad de trabajo y la disciplina ayudaban a Carolina a preparar las clases. Pero tenía la sensación de que el gran desencanto de fondo –que acabó reconociendo con los años en parte injustificado, puesto que no era producto de una falta de Gabriel– la hacía sentirse huera, injustificada, casual, a ella misma. Así fue como poco a poco se embarcó en tareas administrativas, que la llevaron hasta un vicedecanato. Tuvo que hacerse cargo del cristianismo y del mensaje cristiano, y aquí sintió Carolina que su educación laica la traicionaba. No le resultaba posible acceder al cristianismo primitivo, tomar en serio las raíces de esa religiosidad, impedida por las sucesivas mediaciones que había habido a lo largo de la historia de esta religión y que ella conocía. No se sentía personalmente interpelada. Como historiadora de las religiones se encontraba con el brillante y horripilante mundo de la sacralización de ritos, misterios y mitos. Carolina, en el fondo de su corazón, se declaró incompetente: pensó que, por razones que tenían que ver con su imagen de sí misma y con su idea de la feminidad, se vivía a sí misma y su asignatura desde la afirmación de un desengaño. Como si al afirmar ante sus alumnos que el hombre no puede prescindir del sentido y que por ello busca el sentido en las formas religiosas, se diera cuenta de ser ella la que ponía y quitaba el sentido a las cosas. Hacemos y deshacemos para sostenernos, pero no hay nada más allá de nosotros. Comprendió por entonces que lo que había perdido con la marcha de Gabriel era fundamentalmente el ánimo: Gabriel la había animado a vivir, a escribir su tesis sobre la religación..., y esta animación fue para ella la experiencia de la animación del mundo. El mundo entero se animaba por Gabriel, porque él existía. Al desaparecer Gabriel, el mundo perdió su lustre, y su tarea como historiadora se limitó a la de hacer un catálogo de formas simbólicas. Pasaron los años y Carolina empezó a pensar en su envejecimiento, que no era visible, pero que podía postularse como el de cualquier otro ser humano a diez o veinte años vista. Carolina empezó a temer su envejecimiento, e incluso a leer desde el envejecimiento posible todos los actos de su rutina. Así por ejemplo, recogerse por las tardes ante su chimenea encendida o tumbarse en la terraza durante toda la primavera y el verano y contemplar el cielo móvil, acabaron pareciéndole refugios ilícitos: porque veía todo afectado por un debilitamiento imaginario. Le salvó la acción y curiosamente también un texto del Buda acerca de la rectitud. El texto del Buda le pareció que en su simplicidad podía ser su guía de conducta: también ella tenía que lograr la aniquilación de la concupiscencia, el odio y el error. Le parecía oír las palabras del Buda: Éste es el camino, amiga mía: recta visión, recta intención, recto discurso, recta conducta, rectos medios de subsistencia, recto esfuerzo, recta memoria y recta concentración. Curiosamente, esta lejana sabiduría le sirvió a la pobre Carolina para hacerse con su vida y con sus temores. Entre estos temores había dejado de contar el temor de que su hermano Leopoldo no supiese ocuparse de Esteban, el niño que había proahijado: a la vista estaba que sí sabía. Carolina fue venciendo poco a poco la imagen aniquilada de sí misma. Se fue librando del temor a la vejez y del temor a la vaciedad de todos los contenidos religiosos, mediante la recta consideración de quienes la rodeaban. Así pudo resultar de ayuda a sus alumnos y alumnas y de algún modo alcanzar una considerable ecuanimidad.

Carolina de la Cuesta había temido tanto su vejez que a la hora de la verdad se sintió muy animada y muy cómoda. Esa hora de la verdad, que antes de la ley Suárez-Pertierra sonaba a los sesenta y cinco, se había dilatado ahora. Carolina, sin embargo, fue reduciendo todo lo posible sus compromisos académicos para acomodarse a lo que ella llamaba humorísticamente su vejez, y que vivía, de hecho, como un retiro activo. Acudía a la facultad una vez por semana a dar un curso de doctorado. Aprovechaba las tardes de ese día para almorzar con algún colega, darse un buen paseo por el Retiro, e incluso aprovechaba el teleférico para recorrer de punta a punta la Casa de Campo a buen paso. Daba ahora de buena gana la razón a Kierkegaard: la realidad es un examinador mucho menos terrible que la posibilidad y la angustia. De hecho, en esta situación de retiro, la sensación de envejecimiento desaparecía al ir sustituyendo unas actividades por otras, los compromisos académicos por compromisos personales. Su situación real, a diferencia de la pensada durante los diez últimos años que precedieron a sus sesenta, era llevadera: sentía ahora una austera sensación de libertad que, en sus años mozos, sólo se permitió disfrutar con cuentagotas. Y de paseo al atardecer o sentada en su sala de estar frente a la lumbre o durante toda la primavera o el verano o el otoño, leyendo en su terraza, donde había instalado una amplia sombrilla y una tumbona, se decía a sí misma: Esto es llevadero. Y la palabra «llevadero» conllevaba, al decirla Carolina para su capote, toda la intensidad y el brillo y la aventura del desasosiego vencido. Para Carolina, la verdad es afirmación. Ante la angustia de la vejez, Carolina había asentido con su valentía juvenil intacta a los fantasmas de la soledad, la inactividad o la pérdida de posición social o de prestigio: había sucedido la llevadera y sosegada plenitud de una inteligencia recta y un corazón tranquilo. Su actitud reflexiva y su valentía (conviene insistir en que, para Carolina de la Cuesta, la angustia en los años previos a la vejez no fue imaginaria o caprichosa sino constante como un malestar crónico) transformaron poco a poco sus condiciones materiales de vida, sus gastos, la ropa que usaba, sus criados y su casa, sobre todo su casa, en un territorio precavido. Eliminó casi sin darse cuenta todos los gustos y deseos superfluos, los excesos decorativos, sustituyendo, siempre que pudo, lo excesivamente lleno por lo vacío: las habitaciones de su casa eran lugares luminosos ocupados por el espacio y la consonancia de sólo dos o tres muebles o adornos admirables. Lo acogedor, lo familiar, tenían ahí su lugar mediante ocurrencias desembarazantes. Como un esquematismo práctico que descansaba la vista y descansaba el ánimo e invitaba a la concentración de la mente en lo esencial. Lo simple, en su caso, no era lo extraplano ni lo geométrico, sino lo íntegro de las formas naturales o artificiales instaladas en el espacio como en su lugar natural, que parecen dispuestas para ser dibujadas. La línea era más importante que el colorido en casa de Carolina.

Una de las precauciones territoriales que tomó Carolina consistió en visitar a su hermano con regularidad, pero no en exceso. Tomaba el té con Leopoldo una vez por semana, pero no un día fijo, sino dependiendo de una previa llamada telefónica que anunciaba su intención de subir esa tarde. Leopoldo aceptaba o no, según tuviese o no tuviese gana de ver gente y según qué invitados tuviese aquella tarde. Esta relación con su hermano Leopoldo que, no obstante las precauciones que Carolina tomaba, era muy fluida, dejó de serlo tras la distancia abierta entre Leopoldo y su ahijado Esteban que había tenido lugar al terminar Esteban el bachillerato y empezar la facultad. Entonces vio Carolina que su relación con Leopoldo había dejado siempre mucho que desear y eso lo reflejaba ahora la situación de especial dificultad creada tan pronto como Esteban se instaló a vivir en casa de Carolina.

Esteban Montero había entrado en la vida de Leopoldo en 1975, con ocho años de edad, como una obligación que Leopoldo se había echado encima con una vehemencia que, en opinión de Carolina, no era característica de su hermano. Leopoldo tenía en aquel momento treinta y seis años, y su vida había cobrado ya la regularidad sedentaria que se confirmaría años más tarde. Leopoldo llevaba ya una década ocupándose de los bienes de la familia: llevaba sus negocios desde casa con una solvencia que parecía innata, y que, silenciosamente, incrementó el considerable capital que los dos hermanos heredaron de sus padres. Decidió ocupar toda la última planta de un bloque de viviendas construido por los abuelos en los prósperos años veinte. Carolina ocupó uno de los pisos de la anteúltima planta, un piso que hacía esquina, orientado así a mediodía y a poniente. Eran los años en que Carolina desarrolló su carrera académica, años de muchas horas de estudio por las tardes y a veces hasta altas horas de la noche, que compaginaba con las actividades académicas. Los dos hermanos se veían con regularidad un par de veces al mes. Lo suficiente para que Carolina se fuese dando cuenta del viraje de su hermano hacia sí mismo. Leopoldo estaba a punto de convertirse a los treinta y seis años en un solterón rico, reservado, con un punto de misantropía y gran afición a la lectura. Carolina puso especial cuidado en no juzgar la vida de su hermano. En su retiro –aparte el cuidado de sus intereses económicos– se convirtió Leopoldo en un coleccionista notable dentro de la gama de los españoles anglófilos: todo el siglo XIX inglés, con su solidez decorativa fue transustanciándolo Leopoldo a su enorme piso madrileño. A una mirada superficial le habría parecido que Leopoldo mantenía simplemente los gustos decorativos de sus padres y abuelos. Una mirada atenta, sin embargo, habría descubierto enseguida que las piezas menores, los floreros, las tapicerías, las cortinas, los espejos, incluso los arreglos florales con flores cortadas, correspondían a una memoria mobiliaria muy activa y muy bien informada. Un par de viajes anuales a Londres, donde tenía conexiones familiares y de negocios, le mantenían al tanto de lo que iba apareciendo de su época preferida. Aprendió muy pronto a distinguir en los lotes y subastas lo verdaderamente valioso de lo meramente pintoresco. Sabía comprar barato. Y tenía esa habilidad para el regateo que es esencial en estos negocios. Le llegaban con frecuencia catálogos de subastas más o menos privadas. Liquidaciones de bibliotecas donde el ojo cada vez más experto de

Leopoldo desenterraba joyas de bibliófilo. Su casa se fue convirtiendo en una lujosa reproducción, con todas las piezas auténticas, de otro modo de vivir que nadie ya, ni en Inglaterra ni en ningún sitio del mundo, adoptaba. Al reconstruir su casa con criterios estéticos de mediados del XIX, Leopoldo ponía en juego un gusto por objetos y evocaciones de ambientes que no podían ser recuerdos suyos. Accedía así Leopoldo al bienestar, a la extravagancia y al lujo de sus abuelos y bisabuelos, dentro todo de una interioridad sin exterior correspondiente. Leopoldo había logrado que no pareciese un decorado, ni un museo. Tenía su casa la vibración estética de lo vivido en otra época, como tienen a finales del siglo XX las habitaciones iluminadas por velas o las estancias calentadas por chimeneas de carbón o leña: un punto de incongruencia que la calidad de las piezas del mobiliario, inmediatamente, reducía al mínimo. Todo esto era visible ya en el año 1975. Un hombre así estaba, sin duda, protegido por la memoria, por los rituales del coleccionista y los hábitos parsimoniosos de la soltería. Así que cuando, de la noche a la mañana, Carolina vio a un niño de unos diez años tomando el té frente a Leopoldo, se sintió, con razón, sobresaltada. Carolina recordaba todavía el sentimiento protector que la invadió al ver a aquel niño delgado y triste, de pantalones cortos, que se puso en pie al entrar ella. Preguntó, por decir algo:

–¿Quién es este niño tan guapo?

–Es el hijo de Esteban. ¿Te acuerdas de Esteban, Esteban Montero? Falleció hace un año. Va a quedarse conmigo, ¿verdad, Esteban?, aquí, a vivir.

La frase contenía tanta información resumida que, a la vista del crío, Carolina prefirió dejar para mejor ocasión todas las preguntas. Y luego, cuando Esteban se fue a acostar, pidió explicaciones a Leopoldo. Es curioso que, en aquella ocasión, aceptó de buen grado la explicación más extremada: «Le prometí a Esteban que me ocuparía del chico y lo voy a cumplir. Sus abuelos se alegraron de que me hiciera cargo yo. Su madre se largó a Estados Unidos. Lleva tiempo sin dar señales de vida. Los abuelos están muy mayores. Aceptó venir conmigo a la primera. ¿Qué te parece?»

Carolina recordaba que en aquella ocasión sólo contestó que le parecía inverosímil, y cuando Leopoldo le preguntó por qué, ella respondió: «Porque no vas a saber qué hacer con él. Dentro de un mes, de vuelta el niño a casa de los abuelos. No te lo reprocho. Yo misma no sabría qué hacer.» Leopoldo respondió de inmediato: «Tú no. Pero yo sí.» Y Carolina tuvo la impresión de que esta última frase contenía, junto a la obstinación, un punto, insospechado hasta la fecha, de ternura.

–Tendrás que dedicarte mucho a él, es un niño muy pequeño. Necesita mucho amparo maternal, familiar, ¿qué sé yo? –dijo Carolina.

–Conmigo va a estar bien –aseguró Leopoldo.

Otra vez, en el tono de la voz, detectó Carolina una ternura que en su hermano se oponía a su sentimentalismo ocasional, siempre muy estetizante y nunca, hasta la fecha, expresado en ninguna acción concreta. Y Carolina recordaba haber pensado entonces que la ternura podía, después de todo, no ser indispensable en una relación últimamente tutorial, como la que ella supuso había de regular las relaciones efectivas entre Leopoldo y aquel niño. Y, a decir verdad, al clasificar así la relación futura entre su hermano y el niño, se quedó tranquila y les olvidó un poco a los dos. Los veía con regularidad un par de veces al mes en aquellos años que fueron los de su más esforzada participación en la política universitaria, junto con la dedicación casi exclusiva a su cátedra de historia de las religiones.

La vida de Esteban Montero, antes de aparecer Leopoldo de la Cuesta, fue accidentada e insulsa, por eso pudo después olvidarla del todo al integrarse en la nueva vida con Leopoldo: las peleas de sus padres, las voces airadas, las llegadas a distintas horas del día y de la noche de los dos a casa, los portazos de la puerta principal, las voces sofocadas tras la puerta del dormitorio de la salita de su madre. Esteban recordaba el bulto combinado de su padre y de su madre peleándose en sus habitaciones, sin llegar a verles, y viéndoles en cambio, con los ojos de Matilde, que había sido cocinera en casa de su abuela y que había seguido después con su padre y presidido la infancia y niñez de Esteban y el encono matrimonial, volviéndose, a medida que Esteban crecía y el aborrecimiento mutuo de los cónyuges aumentaba, más censuradora cada vez, más de parte del señor que de la señora, como ella decía, y que había recogido a Esteban en la cocina como en un pueblito en la montaña donde estaba la caldera de la calefacción de toda la casa y el fogón de leña con sus cuatro placas y el fogón de gas con sus dos fuegos y la gran mesa de mármol, donde se jugaba a las cartas y se escogían las alubias, y donde Matilde con gusto, a cualquier hora del día, servía a Esteban tazones de leche caliente, o naranjada si era verano, y panecillos con torreznos. En la mesa de mármol de la cocina se hacían los deberes y se hacía uno cruces en conmemoración de lo mal que se llevaban el señor y la señora, porque en la cocina se decían las verdades: «No da la felicidad el dinero, no la da, y la mala es ella, es ella la que empieza y él se calla, el pobre, y cuando le ha puesto a reventar, el pobrecillo estalla y son los gritos. Y ella a poner caritas y boquitas para hacer creer que es culpa de él. ¡A mí me va a engañar, ni ella ni nadie!» Una tarde, un jueves, al volver Esteban del cine del colegio y al llamar a la puerta de atrás, que abrió Matilde, todo parecía distinto, más oscuro, como si en el pasillo de atrás faltase luz y a los gatos se los hubiese quizá ahogado, y al entrar en la cocina Esteban, ahí su padre estaba –seguido de Matilde, que entonces empezó a moquear y lloriquear–, plantado en mitad de la cocina, que parecía el doble de alto, su padre le cogió por los hombros y le dijo: «He venido a decirte que a partir de ahora mismo ya no va tu madre a vivir en casa, se va tu madre a casa de sus padres a Madrid, ahí a quedarse por asuntos...» Y Esteban pensó que vaya trola y preguntó: «¿No va a volver ya nunca más mamá?» «De momento no –contestó su padre–. Luego después ya se verá.» Y Esteban, que acababa de cumplir los diez años, miró a Matilde de reojo y vio la cara que ponía y no hizo falta ya preguntar. A partir de ese día, cambió la casa tanto que hasta Matilde, que juraba que nunca cambiaría, cambió mucho. Ahora Matilde no freía ya torreznos ni perdía tiempo de charla en la cocina. Ahora preguntaba: «Esteban, ¿has hecho los deberes?» Y ahora decía: «En la cocina no te estés, vete con tu padre, el pobre, que está solo.» Y es que ahora Matilde, Esteban lo veía claramente, había vuelto a los buenos tiempos de cuando Esteban padre era pequeño y ella era la encargada de cuidarle y de llevarle a la camita chocolates hechos con leche a la francesa y una boronita hecha para él especialmente. Era como si su padre ahora ocupara el lugar de Esteban, y era verdad que estaba solo, y el niño lo encontraba en su despacho, sentado de perfil junto a la radio, sin ponerla, ni siquiera las noticias, ni siquiera el tiempo. Y estaba suscrito al *ABC* y ni siquiera lo leía, y la pena que le daba a Esteban ver así a su padre, echándose a morir, que decía Matilde, y sin ganas de vivir, y le daba a la vez que pena aburrimiento, con el mismo peso las dos cosas, llegando algunos días, domingos y festivos sobre todo, el aburrimiento a pesar más. Acabó Matilde por tener razón: aquel retraimiento, aburrimiento y melancolía de su padre se le acabó volviendo enfermedad, un cáncer que en poco más de un año le llevó a la tumba. Esteban lloró mucho por su padre. Y en la cocina, con Matilde, juró a su madre un odio eterno, que ni vino siquiera al funeral, ni quiso saber nada, que dijeron los abuelos maternos por teléfono que estaba fuera, de viaje, y no podían avisarla. A Matilde y a Esteban, a los dos, los recogieron los abuelos paternos, y Matilde se iba a jubilar y se jubiló lo antes que pudo. Esteban se quedó con los abuelos solo y enseguida vio que los abuelos no sabían qué hacer con él y se sentía desesperado, sin tener con quién hablar.

Al poco de estar con los abuelos llamó su madre por teléfono, porque según dijo vivía en Los Ángeles ahora, que era la capital –creyó entender Esteban– o la ciudad más importante de todo California. Como si Esteban no supiese que contar ese detalle por teléfono, a seis mil kilómetros que estaba de distancia, no sonase a falso y a pretexto para dar conversación. Lo mismo que todo lo demás. Esteban recordaba aquella conversación: «Ahora, en casa de la abuela, te tienes que portar, Esteban. Yo iré a verte y a buscarte tan pronto como pueda. Ahora no puedo. Bien quisiera ir, pero no puedo. ¿Me estás entendiendo, Esteban? ¡Como no dices nada!...» Esteban contestó secamente: «Sí te entiendo, estás diciéndome que no piensas venir...» «¡No voy porque no puedo, por eso no voy, porque no puedo, Esteban!...» «Pues si no puedes no vengas, ¿qué quieres que te diga?...» «¡Ponme con tu abuela, que yo hable con ella, por favor!...» Pero Esteban colgó el teléfono, y luego se le vino la abuela encima al cuarto de jugar diciendo: «¡Pero Esteban, cómo no me has dicho que tu madre quería hablarme!...» «Porque se me olvidó», contestó Esteban... «¡Pues menos mal que al salir del cuarto mío la oí en el auricular dando las voces! No te pongas, nietecín, difícil. Que ya es bastante difícil todo.» Los abuelos no daban para más: con Matilde ya pensando en irse al pueblo, jubilada, a Esteban le quedaba sólo ya el colegio, ¿y eso qué era comparado con Matilde y la cocina y los torreznos y la casa de su padre? Esteban tuvo entonces –aunque entonces no llegara a formularlo así– una experiencia del acabamiento de la vida, que parecía irse cerrando sobre sí misma sin que Esteban, como en una pesadilla, tuviera otro papel que el de testigo reflexivo de ese desconsolado acabamiento: Esteban se sentía vivo, tanto más vivo cuanto más consciente, en medio de la liquidación de todas las cosas que hasta entonces le habían servido de entretenimiento o de consuelo. Esta experiencia, a sus diez años, consistió, sobre todo, en amurriarse y aburrirse y en no saber a qué jugar o con quién hablar. Entonces apareció en su vida Leopoldo de la Cuesta. A ojos de Esteban, aquel hombre que decía haber sido íntimo amigo de su padre tenía todos los rasgos de un semidiós: era muy alto, sonreía, iba envuelto en un abrigo largo, casi hasta los pies. Había estado hablando ya un buen rato con los abuelos cuando llamaron a Esteban para saludarle: todo estaba ya confeccionado para Esteban, como un regalo sorpresa un día de Reyes. «¿Te gustaría pasar conmigo una temporada en Madrid? –le dijo Leopoldo–. Incluso ir al colegio allí si quieres.» Esteban dijo que sí a todo, los abuelos decían que sí a todo aunque lloraron al decirle adiós. Esteban no lloró. Al contrario: sintió que repentinamente su memoria se vaciaba de recuerdos, de cocinas, de torreznos, de Matildes, y todo el espacio de su corazón, donde según los yoguis reside la atención perfecta, se llenaba de Madrid y de Leopoldo y de mañana: una nueva existencia, aunque con diez años pareciera demasiado pronto para renovar la antigua.

Tardó muy poco en realidad Esteban en hacerse a la nueva casa y a Leopoldo y al criado y la doncella uniformados y a sentarse al té solemnemente sin abusar del exquisito hojaldre recién hecho ni atosigar con mermelada y mantequilla las rebanadas de pan de molde que llegaban calientes a la mesa. Se acostumbró a Carolina, a pesar de que al principio pensó que sería un hueso, y se pasó el año como un soplo, sin tener que preguntarse nunca qué haré ahora, qué irá a pasar mañana o el mes que viene o el año que viene o dentro de diez años. De pronto ya era octubre y quinto de EGB. Todo el verano sin mirar un libro, yéndose con Leopoldo a la isla de La Toja y a Finisterre y a los Picos de Europa y a más sitios y aprendiendo geografía de España y mil cosas más. Esteban tenía la sensación ahora de ir siempre a más y a más. Era divertido, por las tardes, del colegio regresar a casa y contarle a Leopoldo quiénes eran los nuevos aquel curso y los profesores nuevos y los libros nuevos y los equipos que se hicieron en el patio el primer día y que a él le pusieron de defensa, aunque no le dieron camiseta porque aún no estaban todas hechas. Era mucho mejor que con su propio padre, era mucho mejor que con Matilde. No había ninguna división, ninguna duda, ninguna prisa. Los días de diario y los festivos se sucedían animosamente. Esteban quedaba entre los primeros de la clase. Se fue dando cuenta poco a poco de que lo natural era vivir así: en manos de un amigo poderoso, que nunca presionaba, que escuchaba siempre atentamente, que explicaba la física y la química mejor que muchos profesores y que tenía en su biblioteca todos los libros ya leídos, en inglés, en francés y otros idiomas. Esteban no veía en todo aquello nada más que un significado, siempre el mismo: esta vida de ahora venía a ser como un premio merecido por haber pasado una niñez tan triste, por haberse quedado huérfano de padre y también sin madre, aunque no por defunción: aquí Esteban se paraba, aunque no mucho rato, con frecuencia y pensaba: Peor que huérfano de madre es tener una madre como la que tengo. No lo entendería ningún chico aunque se lo explicase, por eso no lo explico. A final de quinto, una tarde que jugaba al ping-pong en la terraza con Leopoldo, llamaron por teléfono, y ¿quién era?: era su madre que llamaba, y Esteban dijo: «Mejor decimos que no estoy.» Fue Leopoldo quien habló con ella y la invitó a almorzar al día siguiente. Almorzaron los tres, y a última hora, al café, vino Carolina. Carolina fue la primera que se fue, y después Leopoldo, que les dejó solos a su madre y él.

–¿A qué has venido? –le preguntó Esteban. Había seguido a Leopoldo con la vista mientras se iba, y cuando oyó cerrarse la puerta y estuvo seguro de que Leopoldo no volvería en un buen rato, miró a su madre a los ojos, y lo que había ensayado tantas veces que le diría si la viera, ahora lo dijo, aunque entre dientes, pero se entendía, y con un tono de voz más inseguro del que pensó que adoptaría cuando llegado el caso, como ahora, hablara cara a cara con su madre. La madre dijo:

–Estuvimos en Menorca estas vacaciones. Pensé que te gustaría verme, que me gustaría verte entre avión y avión.

–No me gusta verte –contestó Esteban–, ¿por qué me iba a gustar?

–Porque soy tu madre. ¡Yo qué sé! A los hijos les gusta ver a sus madres, ¿no?

–A mí no.

–¿De qué me vas a echar la culpa, a ver? –preguntó su madre, poniéndose, como solía decir Matilde, farruca.

–¿De qué te he echado yo la culpa? Me has preguntado si me gusta verte y te he dicho que no, porque es la verdad.

–Pues odio esa franqueza –dijo su madre, y se levantó bruscamente de la silla–. Es la misma franqueza de tu padre. Os la podéis los dos guardar, yo la llamo mala educación.

–¿Los muertos tienen mala educación, tú crees?

–¡Vas a hacerme llorar, si acabarás haciéndome llorar! ¡Esto es terrible!

Pero Leopoldo volvió a entrar en la habitación, Esteban pensó que entraba a propósito para interrumpirles e impedir que se mataran. Esteban no recordaba mucho más. Sólo se acordaba de haber pensado al quedarse los dos solos, Esteban y ella, que si no le hubieran dicho: «Ésta es tu madre», no habría podido saber si era su madre ni aun mirándola a un palmo de distancia y hasta menos. Parecía una extranjera, flaca y requemada por el sol, ridícula. Esteban pensó que se alegraba de que su madre pareciera débil e irreconocible. Y a la vez tenía la sensación de que estaba mal alegrarse por una cosa así: era como ensañarse o como vengarse, una maldad. Pero en conjunto la rigidez y la hostilidad de su comportamiento le complació. Por lo menos no era un débil: a su madre le había dado una lección, ¿o no? No se atrevió a preguntarle esto a Leopoldo para que no pensara Leopoldo que quizá en el fondo era medio monstruo y un mal hijo. En cambio lo habló con Carolina, y Carolina dijo: «No me parece tan terrible, al fin y al cabo ella os dejó. La próxima vez que os encontréis lo arreglas. Es mejor perdonar que no perdonar. Se olvida todo antes, más deprisa. La vida es más fácil si aprendes a perdonar lo antes posible. Todos somos pobres criaturas en el fondo, Esteban. Perdonarnos los unos a los otros es más fácil. ¿No ves que enseguida nos morimos?» Daba gusto hablar con Carolina, aunque Esteban tardó muchos años en entender aquel consejo.

61

La hostilidad de Esteban y el comentario de Carolina habían de formar parte, por derecho propio, de lo que había de suceder en el futuro, y eran, de hecho, elementos del futuro que en aquel momento presente no produjeron ninguna consecuencia. A todos los efectos, la conversación entre Carolina y Esteban pudo no tener lugar sin mengua alguna de los acontecimientos que efectivamente en aquel momento preciso, cuando Esteban tenía trece años (8.º de EGB) y llevaba dos instalado en casa de Leopoldo, tuvieron lugar. La entrada en escena de la madre de Esteban, de nombre Clara, sólo le pareció a Leopoldo de la Cuesta algo más retrasada de lo justo: contó, desde un principio, con que la madre de Esteban (no obstante sus aventuras californianas, e incluso a causa de ellas, si por fin llegaba a casarse con su actual acompañante) haría acto de presencia, con su exageración característica (Leopoldo había conocido a Clara antes de que se casara con Esteban Montero) y muy posiblemente en su papel de madre afligida. Al entrar Leopoldo en la sala, tras la conversación y discusión entre madre e hijo, comprobó que, en efecto, Clara lloraba o moqueaba a ojos vistas. Fue Leopoldo directamente al grano, y, dándose cuenta de ello Clara, dejó de llorar y encendió un cigarrillo, a sus anchas ahora, dispuesta a decidir sobre la marcha lo que fuese necesario y, en opinión de Clara (una opinión que Clara se formó para tratar con esta situación en aquel mismo instante, un asunto de considerable gravedad), que empezara él, mejor dejarle hablar y ver por dónde tiraba. Leopoldo la miraba fijamente. Le hablaba gravemente, maravillosamente. Todo conveniente para mí, pensó Clara, y volvió a sacar el pañuelito del bolso que tenía al pie de su sillón, como quien espera de un momento a otro romper de nuevo en llanto:

–Te voy a hablar con una gran franqueza, Clara. Tú

eres una mujer de corazón, de mucho corazón, y estoy seguro de que esta hostilidad infantil de Esteban te ha hecho mucho daño.

–Mucho daño. Así es. Me ha hecho mucho daño –comentó Clara, y levantó el pañuelo hacia el rostro aunque no llegó a llorar.

–Lo sé –declaró Leopoldo, e hizo una pausa–. Los dos queremos lo mejor para el niño.

–Lo mejor posible para el niño, sí. Dios mío.

–Lo sé –repitió Leopoldo–. Y por eso aquí le traje, a Madrid. Para que tú, cuando pudiese ser, se arreglase el viaje, todo esto, le tuvieses a mano. Por eso no te consulté por teléfono o por carta, porque dije: Lo mejor para Esteban es que yo me haga cargo de él, le matricule en un colegio aquí y ya Clara, cuando venga, que es su madre, decida si se queda o si se va. Como ella quiera.

–Y yo, figúrate, Leopoldo, se lo venía diciendo a Wesley, mi prometido, todo el tiempo: Wesley, yo sé lo que Leopoldo estará pensando y diciendo, que esta mujer es una mujer sin corazón, que a un hijo suyo lo deja en cualquier parte y no le viene a reclamar. Y Wesley decía: Tómalo fácil, *darling, take it easy, he knows you.*

–¡Y es verdad que te conozco, Clara! ¡Cómo no te voy a conocer!

–Porque lo que pasó, tú sabes, Leopoldo, fue horrible. Enamorada yo no me casé, Leopoldo. Bien lo sabe Dios, enamorada no. El pobre Esteban era un hombre triste. De novios era también triste. Íbamos al marítimo a comer... y triste, íbamos al tenis a bailar... y triste. Triste en misa, triste en casa de sus padres. En su propia casa también triste. En el despacho se ponía unas zapatillas, que me acuerdo, pobrecillo, que el primer día se lo dije, las zapatillas las traía en el ajuar: No te me pongas esas zapatillas, *darling,* que pareces ya una vieja chocha. Sin darme cuenta yo, recién casada, que las zapatillas eran todo un símbolo ya en el mismo día de la boda por la noche, en el hotel, recién casados, con las zapatillas y la edad, que me llevaba quince años, de tal manera que cuando tuve a Esteban yo me dije: Una y no más. No puede ser así. Si sigo así me acabaré volviendo triste yo y enferma, metida en casa también, en zapatillas, hasta entristecer los propios biberones y la propia papilla de mi hijo. El niño le alegró, eso es verdad. Se le giró la tristeza en la cabeza, pero no salió el sol, siguió nublado, sólo que ahora a base todo de la higiene y de que si al niño había que echarle justo sólo a la hora de dormir en su cunita, para que no se le apepinara la cabeza o al revés. Y que si le puse a andar tan de buenas a primeras y que las patitas se le iban a combar. Que si yo, como no le hablaba y arrullaba lo bastante, iba a darle una constitución hosca, fosca a la criatura. Todo en este plan, Leopoldo. Y qué quieres. Soy humana. Lo era y lo soy ahora, soy humana, así que no pude y me planté y empezaron las discusiones y los gritos. Me dije a mí misma o él o yo. Cogí y me fui y le dejé con Matilde y con el niño. Ahora tú te apañas como puedas, le dije, ya que dices que tú sabes de crianza más incluso que una madre... Yo contaba con volver, pero cuando quise reaccionar era ya tarde. Esteban se había muerto y con mis suegros no quería yo, porque no me daba a mí la gana, tener el menor roce. Por personas interpuestas me enteré de que te hacías tú del niño cargo y dije: Wesley, me ha venido Dios a ver.

–Hice lo que creía mi deber dadas las circunstancias, Clara, tú me entiendes. –Leopoldo, a duras penas, logró disimular una satisfacción guasona al llegar aquí.

–Admirablemente yo te entiendo a ti, Leopoldo. Porque eres una persona como yo, vital. Una persona con principios. Tú estás por la vida como yo: pro-vida. Tú no miras al pasado, Clara, Wesley dice. Y es verdad: al pasado que le den. Yo estoy por la vida: pro-vida. Por la alegría de vivir. Por el sol de California. Santa Mónica. En Santa Mónica tenemos a dos pasos de la playa un chalecito, un *pied-à-terre*. En el césped me tumbo y miro al sol y digo: Esto sí. Esto es vida. La alegría de vivir. ¡Y me acuerdo de mi hijo!

–Ya lo sé, Clara, ya sé yo que al niño has venido a llevártelo. Eres su madre, lo sé y te comprendo.

–¡Esto sí! –dijo Clara, secamente. Y Leopoldo tuvo que ocultar una sonrisa.

–Es perfectamente natural, Clara, que una madre quiera a todo trance que su hijo esté con ella.

–Desde luego yo es lo que quiero –dijo Clara–. A mi hijo llevármelo conmigo. Lo único que si..., no sé, la barrera del idioma. Colegios católicos los hay. En San Francisco hay colegios, de franciscanos y jesuitas, cómo no. Seguro que los hay, pero aun así el inglés es el inglés, y ya a mí misma la barrera de la lengua pues te impone. Es una cortapisa sine qua non, sí, sine qua non. Pero aun así es una lata, y por teléfono (que yo pido por teléfono las cosas) al final no sabes si los entiendes o te entienden y el pedido llega a bulto con cosas inclusive que no pensabas ni pedir: arenques ahumados y asquerosidades que no como. California, al fin y al cabo, es un estado anglosajón.

–Así es, Clara, eso es verdad. ¿Pero tú qué propones?

–Pues mira, Leopoldo, yo no sé. Es decir, yo al niño sí lo llevo, pero una vez que ya le tengo, ya allí, a Wesley se lo he dicho: Con el niño, Wesley, ¿ahora qué hacemos? Y Wesley no me supo contestar y eso que es una bellísima persona. Es de origen irlandés, eso además. Y claro, yo lo que te digo es lo que te digo, lo que te acabo de decir: la lengua, que es un problema. Y la adaptación, que lleva un tiempo. Desengáñate que aquello no se parece en nada a lo de aquí, es muy distinto: son los chicanos, son los chinos que vinieron a las minas de oro, son repuntes japoneses, jamaicanos..., aquello, como dice Wesley, es un verdadero *melting pot*. ¿Tú cómo lo ves, Leopoldo?

–Yo también así lo veo: como un verdadero *melting pot* –contestó Leopoldo.

–Pues entonces me dirás qué hago, porque también esto te digo, que Wesley es muy de la familia. ¡Desproporción!, que casi es desproporción la importancia dada a la familia allí, en todos los estados de la Unión. Y por supuesto Wesley ha asumido, yo lo sé que es una cosa que la asume, que al niño le tendré yo que tener en San Francisco, en Los Ángeles, o vaya donde vaya. Y yo le digo: ¡Wesley, no! No podemos tener a la pobre criatura *on the road*. Esto no es una película, no lo es. Y Wesley me dijo: Es posible que Leopoldo, como hombre de negocios, financiero, no pueda aunque quiera, por más que quiera, sea imposible darle a tu niño una buena educación. Quizá tenga Leopoldo que internarle... Ah, eso sí que no, yo le dije, interno sí que no. ¿Pero, entonces, cómo? En Menorca el tiempo, la mayor parte del tiempo, lo estuvimos discutiendo esto del niño sin llegar a ninguna conclusión. No había nada que tuviese sólo pros o sólo contras. Todo tenía tantos contras como pros, ésta es la verdad. No sé, Leopoldo, estoy confusa.

–¿Me permites que te sugiera yo una solución? –dijo Leopoldo–. Deja un tiempo al chico aquí conmigo. Al fin y al cabo tú tienes tu vida.

–Sí, Leopoldo, sí: tengo una vida, pero también soy madre. Lo primero madre. En esto sí que Wesley y yo estamos uña y carne.

–Me alegro de que sea así. Entonces, más a mi favor. Deja al niño a prueba aquí este curso y vamos a ver qué tal le va. Que te reclama, que se acuerda de su madre, que te necesita, pues te llamo y vienes. ¿Total qué son? ¿Diez horas, veinte horas de avión?, lo coges y te lo llevas.

–Hoy en día, lejos no es que estés en ningún sitio.

–Así es. Déjale aquí y nos hablaremos por teléfono.

–Sí. De acuerdo. Pero y si Wesley coge y dice: ¿Cómo es que no has traído al chico?, ¡qué edad tiene, no tiene edad de estar sin madre!

–Por eso no te preocupes. Aquí está también mi hermana Carolina, que, si se tercia, haría de madre.

–Ah, Carolina...

–Carolina, sí.

–¡Pero tantas molestias!, ¿eso qué? Igual Wesley me dice: No se puede molestar de esa manera a una persona que no es de la familia, porque ya te he dicho que Wesley es muy de la familia. Chocante lo que les llama la familia a todos ellos. Emigrantes, al fin y al cabo, más de la mitad.

–Carolina y yo seremos su familia. Tú sabes lo que fue para mí Esteban, tu marido.

–Sí, lo sé.

–Sé que lo sabes.

–¿Y los gastos?

–Los gastos, mira, los gastos no es dinero. A Dios gracias el dinero no es problema.

–Porque Wesley dijo que, si es eso, podía irle mandando al mes un tanto. Wesley en eso, a mí, no me ha puesto nunca a mí el más mínimo reparo.

–Tú tranquila. Tómalo como una vacación, como una tregua. Esteban acaba de empezar el curso. No vamos a liarle.

–No. No quisiera yo liarle, no, Dios mío.

–Pues para no liarle mejor dejar las cosas como están. Más adelante ya veremos.

Aquel año quedó la cosa así y los siguientes años la cosa quedó igual. Wesley y la madre de Esteban, cuando se referían a Esteban, decían siempre que Esteban estaba en buenas manos.

Leopoldo se divirtió en aquella entrevista. ¡Había sido tan fácil llevar el egoísmo de Clara hacia su terreno! Clara se iría ahora a iniciar o a continuar su nueva vida con Wesley con la conciencia tranquila. Durante muchos años no habría novedades. Sólo las habría, decidió Leopoldo, si por cualquier motivo el asentamiento de Clara en California no salía bien del todo. Para que la situación de Esteban quedara firmemente asegurada, tendría que haber alguna confirmación por escrito, algún contrato por escrito entre la madre y el tutor: todo eso podría esperar. Con ocasión de Clara, sin embargo, a Leopoldo se le presentó una nueva perspectiva en la adopción de Esteban. Confirmaba explícitamente su voluntad de retener al chico. Así, lo que había comenzado siendo un movimiento compasivo que se unía al recuerdo de su difunto amigo, cobraba ahora el aspecto de algo que Leopoldo deseaba lograr. Si teniendo la oportunidad de dejar al chico en manos de su madre, no lo hacía, si procuraba astutamente lo contrario, ¿no quedaban compasión y amistad muy en segundo plano, y en cambio en primer plano una voluntad apropiativa, un tratamiento de Esteban como propiedad o persona o cosa que uno adquiere un poco porque sí, pero que cobra más valor si advierte que también otra persona lo desea? Por otra parte, no resultaba difícil sustituir esta idea de la deliberada apropiación de Esteban por la idea de una obligación surgida a la vista del desamparo del chico: la conversación con Clara no le dejó en este sentido dudas a Leopoldo: se trataba de una mujer superficial, egoísta, y más preocupada por la opinión ajena que por su deber maternal. Ahora podría decir a sus amistades que había dejado a su hijo en buenas manos en Madrid. ¿Quién iba a dudar de su buena intención? Y Leopoldo, a su vez, se dijo: ¿Por qué empeñarme en el análisis de una acción mía que indudablemente ha traído ventajas al chico? Incluso si mi intención no era del todo desinteresada, llegará a serlo con el tiempo. Y el caso era que Leopoldo no sabía muy bien (una vez considerados todos los motivos que parecían egoístas o apropiativos) qué fue lo que le hizo traer consigo al chiquillo en primer lugar. Las dificultades que Carolina expuso en un principio, ¿no eran más teóricas que prácticas? La nueva vida de Esteban estaba en marcha ya. Se le veía contento, yendo al colegio de los escolapios, volviendo a casa con muy buenas notas y minuciosos recuentos en voz alta de sus actividades escolares: ¿qué más se podía pedir? ¿Qué podía echarse en falta, así las cosas, en la educación del niño? Daba gusto verle. ¿Dónde estaba el mal? Era un entretenimiento ayudarle a hacer los deberes por las tardes, ¿dónde estaba el mal? Más adelante, cuando creciese, más probable era que necesitara un padre que una madre. Al fin y al cabo ya no estaba en edad Esteban de cuidados maternales: vivía en un mundo integrado y laborioso de competiciones deportivas y académicas, necesitaba un principio de autoridad, una figura paterna. En último caso, ¿no podría Leopoldo proporcionar al chico una cierta variante de ternura maternal caso de necesitarla? Esa ternura materna que, hipotéticamente, Esteban necesitaría, ¿acaso la había tenido en su primera infancia, cuando dicen que es más necesaria? En aquel entonces estas interrogantes tenían para Leopoldo el redoble de lo afirmativo: ¿no era al fin y al cabo Leopoldo mejor protección que la que hubiera tenido de no haberse separado los padres o no haber muerto el padre? ¿Había el propio Leopoldo tenido más ternura en casa de sus padres de la que tendría Esteban sin padre, dependiente sólo de Leopoldo? Le pareció en ese momento a Leopoldo que sólo escrúpulos venidos de fuera, convenciones y lugares comunes introducían la duda en el significado de su acción, y le pareció que la nobleza y la dignidad y la generosidad de su primer instinto al adoptar al chico, al traerlo a casa, no debían ser nunca puestas en duda. Y además: ¿quién tenía derecho a evaluar todo esto? ¿No era todo esto un asunto interior, un asunto de conciencia, una experiencia pedagógica privada a la cual sólo los propios interesados tenían acceso? Si Esteban estaba a gusto con Leopoldo, si la relación funcionaba, y funcionaba, ¿a qué hacer intervenir otras posibilidades? No existe, todos lo sabemos, la educación o la situación educacional óptima. Todos nos hemos arreglado –pensaba Leopoldo– con lo que de bueno tuvimos a mano, fuese mucho o poco. Y todas estas evidencias, además, cobraban fuerza y reducían las naturales dudas con sólo que Leopoldo se dejara llevar por la agradable excitación de enseñar al chiquillo cosas nuevas: por verle de mes en mes cómo iba despertando su inteligencia o su memoria, cómo se iba pareciendo cada día, de un modo lejano y casi cómico, al propio Leopoldo de niño. Esteban sería un ejemplar humano único, puesto que su educación iba a ser también singular y única. Leopoldo y Carolina habían estado en manos de añas y preceptores toda su infancia y primera juventud: toda su generación lo había estado, toda la clase social a la que Leopoldo pertenecía. ¿Cómo no iba a ser Leopoldo tan bueno o mejor que cualquier otro preceptor laico o clerical? Sólo la acción hablaría de sí misma y por sí misma –pensó Leopoldo–. Lo que fuese a ser de todo ello se iría mostrando en sus inconvenientes y ventajas por sí solo. Leopoldo podía apropiarse tranquilamente de su pupilo, sin temor a interpretaciones malignas u oscuras. Las intenciones dejaron de contar. Sólo las acciones de la vida cotidiana empezaron a contar a partir de entonces durante todos los años de la primera juventud de Esteban.

Fue una lástima que los escolapios no tuvieran COU. A decir verdad fue primero una lástima y después le pareció a Esteban una gran suerte: había llegado el momento de cambiar de sitio, de cambiar de amigos, el momento de afeitarse, conocer chicas, ligar. No contaba Esteban con que el instituto fuese tan distinto del colegio en todo. De hecho había contado con que no fuese tan distinto: un sitio diferente donde los pasados logros pudiesen convalidarse con facilidad. No convalidar las notas sino los triunfos deportivos, el prestigio. Acostumbrado a ocupar los primeros puestos, le sorprendió que en el instituto todo empezaba para él, como para los demás, desde cero. Nadie se conocía. Los chicos parecían más sucios, más ruidosos, como si vinieran de los barrios. En el colegio se le consideraba alto, atractivo. En el instituto, en cambio, las chicas lo ocupaban todo, insurgentes, movedizas, habladoras: eran ellas las atractivas, no los chicos. No atractivas, atractoras. Un desorden que Esteban no sabía asimilar. Los metieron a todos en un aula enorme, con los pupitres en cuesta. Sentado en las primeras filas, Esteban tardó un par de semanas en oír a los profesores en medio del ruido, era evidente que su preparación era mejor. Sin embargo se sentía cohibido. Aquí no había competiciones como en el colegio, sino una constante confrontación informulada, que en su mayor parte dependía de hacerles gracia a las chicas. ¿Cómo explicarle a Leopoldo que se sentía cohibido? Al no mencionar nunca a las chicas, alborotadoras y lumias, Esteban comenzó a sentir que sus propios relatos de lo ocurrido en las clases dejaban fuera lo esencial. Esteban pensaba constantemente

71

en las chicas, que se reían y parecían no mirarle ni fijarse en él. De tal manera iban las cosas que Esteban, que deseaba la salida del instituto cada día para escapar, se sentía deseoso a la vez de volver al instituto cuando llegaba el fin de semana. Cuando estaba dentro quería salir y cuando estaba fuera quería entrar. En el segundo trimestre una chica gafosa en quien apenas se había fijado, y que se sentaba en la primera fila, le pidió por favor a Esteban su traducción de latín. Se la pasó durante la clase de historia del arte, dando la casualidad de que el profesor de latín mandó luego leer la primera a la chica de las gafas. La felicitó por su traducción: estaba radiante. Y aquel incidente cambió la suerte de Esteban. La chica contó todo a sus amigas. Ahora Esteban salía del instituto despacio charlando con las compañeras de su compañera. Descubrió que aquellas conversaciones le divertían más que las conversaciones con los otros compañeros. Se convirtió sin querer en héroe (aunque un héroe amansado y no tan grandioso como en el colegio) de las chicas durante aquel trimestre. Las echó de menos en las vacaciones de Semana Santa. Y la primavera, emocionante e incomprensible por primera vez en su vida, sorprendió a Esteban preguntándose cuál de las dos chicas que habitualmente le acompañaban era su verdadero amor. ¿Podría Leopoldo entender todo esto?

–Y ahora, Esteban, mi buen Esteban –comentó un día Leopoldo–, el merendar se acabó ya, y el cenar, el regresar se acabó ya y el volver, el pensar durante toda la tarde lo pensado y proyectado toda la mañana. El ayer es pajaril, quebradizo, no duradero. Eran las tantas, y yo me preguntaba en esta habitación, sentado ante mis libros: ¿Habrá llegado Esteban o no habrá llegado, con quién habrá estado, en qué estado habrá llegado?

–Fui a la plaza del Dos de Mayo con unos de la clase.

Había unos que cantaban. Allí nos sentamos, viendo el arco del centro, en unos escalones. La litrona nos la pasábamos. Y luego después acompañé a una compañera a su casa. Vivía cerca para ir en autobús y demasiado lejos para ir sola a pie.

Esteban decía esto, y Leopoldo se retraía, sonreía y no quería saber más. Esteban contemplaba a Leopoldo asombrado, porque parecía otro en estas ocasiones. A consecuencia de la extraña reacción de Leopoldo, Esteban se sentía vagamente culpable, y a medida que los días pasaban y que volvía tarde aunque no tanto entre semana como en fin de semana, a medida que estaba con compañeros que bebían y fumaban porros, aunque él no lo hiciera, fue sintiéndose más y más culpable de no ser ya como antes era y de ser incapaz de conectar con Leopoldo como antes.

Hacia finales de año, los compañeros y compañeras de instituto formaban un grupo indefinido: no siempre iban todos a todo. Ni siquiera las chicas se quedaban hasta tan tarde. En las partidas de pierde-paga al futbolín se quedaban Esteban y otro chico, los dos que mejor jugaban al futbolín. Jugaban de compañeros contra cualquiera que apareciese por allí. Ya no estaban las chicas, pero el ambiente del bar era muy distinto de la sala de juegos del colegio. Un ambiente deliciosamente libertario y laico, con parroquianos de todos los sexos y todas las edades: un sitio abigarrado que Esteban aprendió a llamar bohemio, como la taberna de Picalagartos, en *Luces de bohemia*, que leyeron aquel curso. Por primera vez en su vida Esteban empezó a fantasear sobre la taberna, que le parecía portuaria. Esteban tenía la sensación de que el tiempo se dilataba al confundirse el día y la noche. Mayo pareció un mes inmóvil, libre de cuidados, que brillaba desde temprano por la mañana hasta la madrugada, con un fulgor que no se parecía a ningún otro momento de su vida anterior. La juventud tenía el tamaño de los días de mayo, que se alargaban cada vez más, que borraban el pasado, empequeñeciéndolo. Se podía pensar en todo el pasado de golpe, como cosa de niños, y en todo el futuro, de golpe también, como un tiempo vigoroso para descubrirse a sí mismo dotado de nuevas cualidades. Esteban se miraba al espejo y se encontraba con un reflejo sombrío, ceñudo, de sí mismo, con un mechón de pelo por la cara, un personaje imprevisible y curtido, una expresión grave de chuleta, con cara de pocos amigos, con quien había que andarse con cuidado. Ahora, las referencias a sí mismo, que procedían de las cosas que las chicas decían de unos y de otros, se reunían cada mañana ante el espejo como posibilidades interesantes: Esteban se veía reflejado como quien sabe lo que se trae entre manos, como quien sabe qué es qué. Alguna vez llegó a musitar: Te lo advierto: conmigo no te pases un pelo. Esteban era alto y se compró una chupa de cuero negro y unas botas camperas. Desde su estatura y sus anchos hombros, ensanchados aún más por la chupa, no tenía por qué hablar. Bastaba con mirar, inspeccionar la situación, controlarla. Una amiga de la chica gafosa le dijo: Esto es poco para ti, Esteban. Tú aspiras a más. Te parecemos poco, ¡a que sí! Y Esteban contestó: Vale. Déjalo estar.

Era otro Esteban. Sacó buenas notas en Selectividad. El último día le preguntaron: ¿Qué vas a hacer este verano? Y contestó: Viajar. Curiosamente Leopoldo le fue a preguntar algo parecido y él contestó lo mismo. Aunque al hablar con Leopoldo empleó otra forma verbal. Dijo: Me gustaría viajar. Leopoldo pareció de acuerdo. Aquella súbita indiferencia de Leopoldo por sus planes, aquel estar de acuerdo casi sin preguntarle nada, le angustió por un momento mucho más de lo que dejó ver. Por eso añadió: Todos los del curso van a un sitio o a otro. Muchos van a hacer un viaje. Esteban de pronto se sintió vulnerable al inquietarse por lo que sentiría Leopoldo. Al comprobar que a Leopoldo parecía darle igual lo que hiciera aquel verano, se sintió absurdamente despechado, como si Leopoldo desechase la oleada de afecto que de repente Esteban sentía por él y no le valorase. El único choque que tuvo con Leopoldo antes de irse de viaje con una pareja de amigos, sus mochilas, y sus billetes de Inter-rail, fue a causa de la prematrícula:

–¿Pero tienes decidida ya la carrera que vas a hacer?

–Sí. Me voy a matricular en periodismo.

La reacción de Leopoldo fue muy brusca e inesperada:

–¡Periodismo! Nunca creía que caerías tan bajo. Periodismo es la línea de menor resistencia tal y como yo lo veo. No esperaba eso de ti.

Esteban pasó del azoramiento a la rebeldía y a la agresión en un instante:

–¿Qué pasa con periodismo? ¿Qué tiene de malo?

–No tiene nada de malo –dijo Leopoldo–, salvo que no es una carrera. Es sólo un carnet.

Estuvo Esteban a punto de decir que pensaba combinar periodismo con alguna otra carrera, pero no lo dijo, porque hubiera parecido que tenía dudas o que cedía a la provocación de Leopoldo. Días después, una vez efectuada la prematriculación, Esteban sacó de nuevo el tema y preguntó otra vez por qué le parecía tan poca cosa a Leopoldo. De alguna manera, la oposición frontal de Leopoldo había producido agresividad en Esteban. Por primera vez se preguntó en su vida: Quién es Leopoldo para hablar así de nada. Fue la primera manifestación, que se prolongaría insidiosamente durante el curso siguiente, de un deseo que Esteban sentía ahora de cuestionar la capacidad y los logros de su protector. Leopoldo disponía de una impresionante colección de libros, discos, libros de arte, ¿pero de qué le servía ahora todo eso? ¿Cómo se atrevía a poner en duda Leopoldo la validez del periodismo, cuando él apenas había escrito o publicado nada? Muchos intelectuales de primera fila en España habían escrito en los periódicos, empezando por Unamuno y Ortega y muchos más. ¿Qué tenían de malo los periódicos? A lo mejor no había que ser tan exquisito. ¿Qué quería que hiciera? ¿Qué había hecho Leopoldo en la vida? ¿Había escrito tantos libros él?

El ambiente del primer año de periodismo daba en cierto modo la razón a Leopoldo. Desde un principio Esteban tuvo la sensación de superar con creces a sus compañeros, que no pasaban en sus medias de aprobado alto. Con lo que sabía del bachillerato iba a tener de sobra para sacar todas las asignaturas en junio de aquel año. Esteban pensó: Debería aprovechar esta ventaja para ver otras cosas por mi cuenta. Pero no lo hizo. El ambiente novelero, agitado, de actualidad, lo invadía todo, y no se sosegó hasta mayo. Leopoldo tenía razón, aun reconociéndolo, Esteban no dio su brazo a torcer. Era fácil desde la posición de Leopoldo echar abajo periodismo o cualquier otra cosa. Leopoldo parecía no tener nada positivo que ofrecerle.

Entre las chicas del instituto y las de la facultad, advirtió Esteban de inmediato una diferencia que procedía no tanto de las chicas mismas como de la manera de estar con ellas durante y después de las clases. Esteban había convivido con sus compañeros y compañeras de instituto entrelazando días lectivos y días festivos en un rosario de tascas, paseos, conciertos. Ahora, en cambio, entre los compañeros de curso no había esa clase de relación. No todos bajaban después de clase al bar, ni los mismos los mismos días. Esteban conocía a todo el mundo en el instituto al cabo de un mes por sus nombres. Aquí, en cambio, a finales de diciembre aún no había hecho amistades. Y había otro factor: mal que bien, en el instituto todo el mundo había acabado sabiendo quién era brillante y quién no. Aquí, en cambio, todo se quedaba en los comentarios de después de los parciales. El mérito académico parecía remeterse hacia los interesados sin prestigiarles hacia fuera. De hecho, Esteban comprobó que en la facultad sobresalían los más discutidores. Y los profesores no conocían a nadie. Los profesores hablaban con micrófono en unas enormes aulas, y nunca se acercaban a los alumnos. Por un momento, Esteban creyó que iba a quedarse aislado. Las chicas le hablaban y Esteban prestaba con facilidad sus apuntes. Las chicas le parecían menos guapas y peor vestidas, desarregladas, desdeñosas. De pronto, una uniformidad aburrida parecía haberse apoderado por igual de ambos sexos. Fue entonces cuando Esteban cambió de sitio: comenzó a sentarse en las filas del centro o en las últimas. Ahí aparecían grupos más diferenciados, como bandas minúsculas dotadas de jefes y jefas. Eso le interesó: en su banco, a su derecha, se sentaban dos chicas muy parecidas entre sí, que luego resultaron ser primas. Esteban pensó que eran exóticas, que eran extranjeras. Hablaban a los chicos como si les conocieran de toda la vida, con un cierto aire guasón, seguras de sí mismas.

Esteban, que las observaba al principio disimuladamente, pensó que parecían actrices. Sin saber cómo, acabó sentándose en medio de ambas, y esa simple situación, que implicaba mucho entrecruzarse de las cabezas de las chicas por detrás de Esteban, le proporcionó un repentino relieve: un prestigio más parecido al de un guaperas que al de alguien como él. «Tú te las ligas a pares, macho», le dijeron. ¿Era Esteban el chico más alto de todos? Quizá no, pero de pronto empezó a parecerlo: sus hombros cuadrados, su nuca recta, debieron de ejercer una especie de ilusión: los tres formaban una banda por sí solos. Después de la Semana Santa, Esteban empezó a disfrutar aquella situación. Ahora a la vez formaba parte de las bandas de atrás y se distinguía de ellas por su posición privilegiada entre aquellas dos chicas. Llegaba el verano y las despedidas:

–Nosotras veraneamos siempre en Roquetas de Mar. ¿Tú dónde veraneas?

–En diferentes sitios. Por lo regular fuera de España, porque me encanta viajar –mintió Esteban con aplomo.

–Pasamos en Roquetas julio, y en agosto salimos fuera: ella a Inglaterra, y yo, París.

–A lo mejor me paso a veros –dijo Esteban.

Los tres se despidieron con un cierto acaramelamiento un poco tonto: Esteban les dio un beso fraternal a cada una en un carrillo, y ellas le abrazaron. Fue bastante divertido y excitante. Aunque quizá –por tratarse de un movimiento combinado de las dos chicas– menos erótico y más fraternal que otra cosa. Esteban decidió que iría a visitarlas al menos a Roquetas, luego ya vería.

–¿Adónde quieres ir este verano? –le preguntó Leopoldo.

–A Roquetas de Mar con dos amigas.

–Aquello no te va a gustar. Las playas son de arena gorda por allí. Sal gorda todo ello.

–A mí la playa me da igual. Yo voy por ellas, por mis amigas. He quedado en ir y voy a ir.

–¡Así que te vas con dos sirenas! El encanto en el canto de las envejecidas sirenas –murmuró Leopoldo–. ¿Una sola canción puede cambiar así una vida? El encanto ha cesado, las sirenas callado y sus ecos. El que una vez las oye, viudo y desolado queda para siempre.

–¿Eso a qué viene, Leopoldo? –preguntó Esteban.

–Es un poema que cito de memoria, en tu honor. ¿No te parece que te refleja a ti exactamente?

–Quizá me refleje, pero maliciosamente. Desde hace un año, Leopoldo, sólo sueles hablarme maliciosamente. Ya no hablamos como antes. Casi no hablamos.

–¿Y tengo yo la culpa de eso? No creo haber cambiado ni un milímetro, ni de posición, ni de lugar, ni de maneras. Eres tú el que ha cambiado. Es natural, supongo, que tú cambies y te quieras ir a veranear con dos sirenas de Almería. Es natural, aunque vulgar.

–No veo que sea vulgar –dijo Esteban, agresivamente.

–¡Por supuesto que lo es! O lo será. La vulgaridad de una aventura se percibe sólo una vez terminada. Ni siquiera conoces bien a esas chicas.

–No. A ellas no, pero a ti sí.

–En un par de años has cambiado tu curiosidad inteligente y hasta poética por un intenso deseo de hacer lo que hace todo el mundo. No esperaba eso de ti.

–Yo no hago lo que hace todo el mundo.

–Sí que lo haces. Y lo que es peor: más que hacerlo deseas hacerlo, sueñas con hacerlo. Tu vida en este instante se resume en un proyecto de veraneo en una playa de arena gorda atestada de gente, flanqueado por dos sirenas. *Pret-à-porter*. Como un dependiente joven y guapo de El Corte Inglés, que ha ligado con dos compañeritas y se va a la playa.

Entre esta discusión con Leopoldo (al recordarla, Esteban tenía que reconocer que había transcurrido casi con dulzura tal como estaban las cosas) y el viaje a Roquetas, transcurrió entera una semana en que nada nuevo se dijo. Esteban procuró no regresar tarde y asistir puntualmente a la comida y a la cena con Leopoldo. Esa pausa, con su aire ficticio de naturalidad y sus conversaciones ingeniosas, mareaba a Esteban. Cuanto menos parecían poder o querer decirse uno a otro, más se agolpaban en el corazón y la conciencia de Esteban los sentimientos contradictorios. Y el más notable de esos dobles sentimientos, el más punzante y confuso era el que le hacía ver a Leopoldo como un pobre hombre, un viejo, un fracasado que había tenido el acierto o la cobardía de ocultarse en su posición económica para encubrir su sequía espiritual. Quizá nunca –pensaba Esteban– se ha visto así hasta ahora, y por culpa mía sale a la superficie lo que desde un principio y por principio Leopoldo relegó al subsuelo de su conciencia. Aunque no lo parezca, yo soy el verdugo y él la víctima. Pero a la vez que sentía esto, Esteban se veía a sí mismo como una víctima inocente de unos movimientos del corazón ajeno que no podía ni reconocer ni aceptar ni tolerar. Le parecía profundamente injusto que Leopoldo no le tomara ahora en serio y que despreciara a sus amigas. Más o menos a mediados de la semana, sumido en la devanadera de esta contraposición entre la compasión y la falta de compasión por Leopoldo, se le ocurrió una idea que era novísima y nunca pensada por él hasta entonces: Ahora se ve que Leopoldo no es mi padre. Si fuera mi padre verdadero y no una especie de tutor o de padrino, en estos momentos sería generoso conmigo, no mezquino. Mi verdadero padre sabría como por instinto lo importante que son esas dos chicas para mí, y Roquetas y el sentirme libre y tranquilo durante todo el verano, a gusto conmigo mismo y no a disgusto, como me pone Leopoldo con sus malignidades. Mi verdadero padre, al no querer nada para sí mismo, al querer sólo mi bien, extraería inmediatamente el total y la regla que exige esta situación y la edad que tengo y adivinaría sin esfuerzo cómo comportarse. Pero en esta casa soy después de todo el hijo de un amigo que, tan pronto como se despabila un poco y quiere sacar los pies del tiesto, es amonestado y censurado y considerado ingrato o estúpido. ¿Qué esperaba Leopoldo de mí cuando se hizo cargo de mí a los diez años? Esta nueva idea, una vez formulada en términos de orfandad y gratitud o ingratitud, se afirmó con tal fuerza en la conciencia de Esteban, que no fue capaz, al encontrarse de nuevo con Leopoldo, de mencionar el asunto con una cierta ironía o distanciamiento. Echó toda la ocurrencia entera encima de Leopoldo como si vomitara:

–Sé lo que te pasa, Leopoldo. Lo que te pasa es que estos días te has dado cuenta de que no soy nada tuyo, ni tú mío. Soy joven y soy uno que vive de gorra en tu casa, un hortera, un ligón que ofende de pronto tu buen gusto. Deberías decírmelo por lo menos a la cara. Reconocer la verdad para que sepamos dónde estamos cada cual. Es todo un asunto de buen gusto. Reconócelo, Leopoldo: mi padre, tu íntimo amigo, era un pobre chico que hizo la carrera de arquitectura con becas y que nunca se sintió verdaderamente cómodo en tu casa o en casa de tu hermana. Era un triste y un cursi inofensivo por quien tú sentías no amor sino desprecio.

Leopoldo había palidecido, y dijo con una voz apagada:

–Tu padre era un hombre extraordinario, muchacho, muy superior a ti: más alto que tú, más sensible que tú, más inteligente... Fue el único amigo que tuve y el único amigo al que de verdad amé. Pero tu padre ahora no tiene nada que ver con lo que a nosotros nos ocurre. Lo que ahora nos pasa a ti y a mí con motivo de tu estúpido viaje a Roquetas, queda entre nosotros, y de ahí no saldrá nunca. Y no es un asunto de gratitud o ingratitud como estúpidamente planteas, sino una cuestión de ser inteligentes o ser obtusos. Yo te tenía por muy inteligente y a la hora de la verdad has resultado ser sólo un chico joven. Insultantemente joven y por consiguiente obtuso. Esta casa, con todo lo que contiene, y lo demás, todo lo del banco, iba a ser tuyo, con la única condición, mentalmente puesta por mí: que tú nunca jamás me malinterpretaras o maljuzgaras. En este caso particular, la ingratitud carece de importancia comparada con tu juventud obtusa. No sabes quién es quién, ni quién eres tú ni yo. No me ofende tu ingratitud, sólo tu vulgar estupidez de chico joven. No creí que llegaríamos a esto.

No hablaron más. Y Esteban se marchó por su cuenta a Roquetas de Mar.

En Londres, ligar era muy fácil: en Hampstead Heath, a la puesta del sol, durante todo aquel otoño: empezaba siempre igual, al caer la tarde, al hacerse insoportable el *bed-sitting-room*: durante el día, durante las clases de inglés, mientras trabajaba de camarero o de *cleaner*, pensaba en su habitación pequeña, iluminada por el flexo, calentada por aquellos artilugios dialogantes del gas del alumbrado sobre una parrilla de material refractario (daba la impresión de ser un material hecho de barro) de unos treinta centímetros por cuarenta, donde bailoteaba el gas azul y rosa hasta enrojecer la parrilla con un olor a niebla... La habitación de Arintero tenía su contador individual que se alimentaba con peniques. El crujido de la llama de gas en aquella loza aislante imprimía recogimiento a la habitación abuhardillada, evaporaba la reluciente humedad de las paredes y enclaustraba a Gabriel Arintero en una poética de personaje solitario, desconectado del mundo real, olvidado por su familia, sin patria, un hombre errante que, atardecer tras atardecer, abría su lata de *pilchards in tomato sauce*, tostaba dos rebanadas de pan de molde y cenaba lentamente para tumbarse luego en el catre a leer hasta que le vencía el sueño. En aquella buhardilla de pronunciado techo abuhardillado, con sólo una mesa para escribir y una silla y un armarito tembleque para guardar los jerséis y el abrigo, Arintero trenzó durante meses una imagen austera y ascética de sí mismo: puso en juego un inventado Gabriel aventurero, lanzado a la inquietante búsqueda de sí mismo. Pensar en esa habitación y en esa imagen de sí mismo era suficiente muchas tardes para retenerle en casa, pero los otoños y los inviernos en Londres duran mucho. El entre dos luces del atardecer se extiende por los cielos, por las sombrías colinas de Londres, como una narración repleta de incidentes vedados al solitario que se queda en casa. Parece que no se soltará a hablar si antes no se suelta a andar, si antes no se precipita por toda la extensión multicéntrica de la suburbanía que fluye por el óvalo del ojo de una aguja hasta que llega al reino de los cielos. Esquemas de acciones que pudiendo prolongarse no se prolongan y que vibran en la soledad como reclamos súbitos carentes de valor, repletos de valor, prolongaciones de figuras entrevistas en el andén del metro: un andén al aire libre que recuerda los andenes de las estaciones de los pueblecitos del norte de España. El solitario Arintero, que regresaba de atardecida a su buhardilla, envuelto en su bufanda o semioculto bajo el paraguas, era una conciencia débil disparada en todas las direcciones de las calles y de las callejuelas de los suburbios de Londres: figuras entrevistas al pasar en las salas de estar iluminadas, jóvenes como él, que aparecían y desaparecían. En la soledad de Arintero en su buhardilla, los primeros años de Londres, siempre anochece: un anochecer embellecido por la luz portuaria de las viviendas unifamiliares de los suburbios del norte de Londres, recorridos por callejuelas arboladas, zigzagueantes, eróticas. En la poética, en el genio del lugar, de aquel lugar, que incluía, para Arintero, eminentemente, su propio lugar, su buhardilla, se incluía lo erótico como una borrosa promesa de felicidad, un logro instantáneo de la felicidad, un amor instantáneo, un ligue. Esta vulgar expresión, ligue, no formaba parte expresa de la conciencia de Gabriel Arintero, pero todo proclamaba en torno a él aquel instantáneo abrazo furtivo, desesperadamente tierno, apasionado y final. Todo hablaba al solitario Arintero de encuentros que duraban un instante: era una poética de intensísimas desconexiones. Algunos días, la idea de regresar a su buhardilla invernal, aterida, a leer a la luz del flexo hasta adormecerse con el silabeo del fuego de gas, le resultaba agobiante. Entonces se detenía a las afueras de las bocas de metro, por los alrededores de los parques, era el *cruising*. Descubrió Gabriel Arintero la poética del *cruising*, y descubrió a la vez la compulsividad y la discontinuidad de los encuentros, que eran placenteros cuando se producían y que evocaban la relación con Manolín. Se descubrió a sí mismo juzgando todo aquello y sentenciándolo en los severos términos de la abandonada y despreciada moral cristiana: aquello era estéril, aquello no era amor, aquello desde luego no era identidad homosexual tampoco. En una de esas ocasiones se topó con un chico de su edad, algo más bajo que él, que le pareció muy atractivo en la penumbra, que no se hurtó apenas entre las sombras sino que de inmediato se le acercó. Abandonaron el parque y fueron juntos a un *flat* de los alrededores, la casa del chico, en un segundo piso mucho mejor que el de Arintero. Era español y le pareció a Arintero muy amanerado: muy atractivo y muy amanerado:

–Qué nervioso eres.

–No. No soy nada nervioso –dijo Gabriel.

–Sí que eres nervioso. Estás sudando. ¿Qué prisa tienes? Se te ve como con prisa. Tú te masturbas mucho, ¿a que sí?

–Lo corriente.

–De eso nada. Lo que haces más es masturbarte. Sé te nota.

–¿En qué se nota?

–Se te nota, te lo voy a decir. Lo primero se te nota en que te estorbo un poco. Te gusto pero te estorbo, porque no coincido con esa imagen fija que tú tienes de alguien como yo, con un cuerpo como el mío, en una situación como ésta o parecida. Cada vez que estás solo y te quieres correr, piensas en alguien como yo en una situación como ésta, ¿a que tengo razón? Piensas en esas imágenes, más o menos siempre las mismas. Cuando te encuentras con alguien que coincide con esas imágenes, te asustas o te agobias. Cuando te gusta alguien, y yo te gusto, lo primero que quieres es enseguida correrte. Y para correrte, casi yo te estorbo. Casi preferirías estar solo. Relájate un poco.

–Ya estoy relajado.

–No lo estás.

–No seas pelma.

–No lo soy, es que no me dejas disfrutar. A mí también me gustas tú. Me manoseas muy deprisa pero no me acaricias despacio. ¿Has vivido con alguien alguna vez?

–No.

–Se te nota que no.

–Ya sabes cómo es en España.

–Déjame que te dé por el culo.

–Por el culo no.

–¿Por qué no? Como no te relajas no te gusta, claro. No te gusta chuparla, no me dejas que te la chupe bien. Te gusto pero da igual porque no sabes qué hacer conmigo y me cohíbes a mí. ¿Has estado con muchos antes que yo?

–Con bastantes.

–Me extraña.

Esto siguió y siguió mucho rato. Era un chaval encantador, le gustaba su amaneramiento, le excitaba muchísimo, sin embargo no conseguía controlar un deseo de marcharse, de correrse rápido y largarse. Deseaba desaparecer. «Me gustas mucho. Me gustaría volver a verte –le decía el chaval–. Me gustaría vivir contigo, encontrarme contigo en alguna parte, al salir de trabajar, venir los dos en el autobús en el último piso. Me encantaría cogerte de la mano disimuladamente en el piso alto de un autobús vacío y cruzar Londres. Beber cerveza los dos juntos en los pubs irlandeses de Camdem Town. ¿Qué haces este fin de semana? Podíamos ir al cine al West End. Me encantaría que te quedaras a dormir aquí todos los fines de semana si tú quieres, siempre que quieras. Si me dejaras me enamoraría de ti. Me gusta verte desnudo. Levantarme de la cama yo y que te quedaras tú en mi cama, ducharnos a la vez. Si tú quisieras, a ti podría yo quererte y no querer a nadie más. Eres muy guapo, me encantan tus manos huesudas y tu cara huesuda, me encantan tus costillas. Eres muy tímido y me encantan tus rodillas y tus pies. Me has dado una patada. Te quería besar los pies y me has dado una patada. Eres un cardo borriquero.»

Gabriel Arintero se tranquilizó al final. Se sintió conmovido por las maneras ingenuas y directas de este chico, que era afectuoso y que, como él decía, hubiera podido, de haberse Arintero dejado, llegar a enamorarse de él. Arintero advirtió una feroz resistencia a aquella ternura que se le ofrecía. Y a la fuerza reconocía que se parecía a la ternura de su amor por Manolín. Sintió que su vida pasada, sus intentos de castidad, sus inhibiciones y su aparente austeridad eran frutos desabridos del miedo al pecado y de la vergüenza a la figura social de la homosexualidad que no había conseguido vencer en el interior de su corazón. Se lo dijo al chico aquel, que no lo entendía del todo.

–Eso déjalo para España –decía–, aquí es distinto. Aquí en Londres no existe ningún alrededor, ni familia, ni amigos. Tú estás solo, yo estoy solo, Londres es inmenso. ¿Dime qué no te gusta de mí? No te gusta cómo visto y cómo hablo, ¿a que no? ¿Sabes que si quiero no tengo apenas pluma?

Arintero deseaba decirle que todas las dificultades procedían de sí mismo, de su corazón paralizado, de su incapacidad de personificar el amor en personas concretas y abandonarse a su deseo de ternura y de cotidianidad y de vulgaridad incluso corriente y moliente. No deseaba ser feliz en realidad. Y se lo dijo al chaval, que no lo entendía. Quedaron en volver a verse al día siguiente, la tarde siguiente. El chico anotó su dirección y el teléfono en un papel que Arintero guardó mucho tiempo. Al día siguiente Gabriel no acudió a la cita, nunca volvió a encontrarse con aquel chico y nunca le olvidó. Y ahora también, como cuando abandonó a Carolina por ser homosexual, se sintió desesperado, amargado, harto de sí mismo, y a mayores ahora, como un fruto limpio de la buena voluntad y de la ingenuidad del hedonismo tranquilo de aquel muchacho, que Gabriel no podía menos que sentir como un don que no se merecía. Quedó grabada en su conciencia la idea de que la homosexualidad podía ser tan equilibrada y tan poética como se desease si se buscaba de verdad, si no se adulteraba con los giros y revueltas de un corazón endurecido por la insensata búsqueda de una esencia inexistente. Aquel muchacho le había hecho ver que su verdadero dilema no estaba entre la castidad y la complacencia amorosa, sino entre un corazón abierto al amor o cerrado al amor. Una vuelta más al viejo asunto de su voluntad de ser homosexual. Gracias a este compañero anónimo de una noche descubrió Gabriel Arintero que aceptarse como homosexual en abstracto no era suficiente. Era quizá algo mejor que negar su condición de homosexual, pero era, en cualquier caso, insuficiente. Tenía que aceptar que la homosexualidad quedaba, por el simple hecho de ser suya, impregnada de sí mismo de cabo a rabo. La homosexualidad que Gabriel Arintero tenía que aceptar inexcusablemente era la suya propia, una homosexualidad que, por cierto, hasta la fecha, sólo se había manifestado en sus lados menos importantes: vinculada desde la niñez al sentimiento de placer amoroso, vinculada, desde la adolescencia, desde su juventud, a un rechazo de los prejuicios sociales, morales y religiosos de España, aun su propia homosexualidad –la suya intransferible–, que únicamente él podía realizar hasta el final, esa homosexualidad de Gabriel Arintero, era deficiente: la prueba más clara de esto la tenía en su negativa a continuar aquella humilde relación de una noche con el chico español.

Gabriel Arintero conservó el teléfono y la dirección de aquel chico. Como una guía espiritual abreviada pensó que sería aquella insignificante hojita arrancada de un bloc pequeño, doblada en cuatro hacia dentro, con el tiempo los bordes se fueron gastando hasta romperse. Durante los largos, desolados meses que siguieron al abandono, tan incompetente y absurdo se sentía, que pensaba: Menos mal que todavía soy capaz de sufrir y sentir remordimiento. Sentirme solo es lo mínimo que puedo hacer en desagravio. Imbécil reflexión que una sencilla llamada telefónica hubiera vuelto innecesaria. Era tanto el trabajo de castigar a su propio yo, que se sentía incapaz, después de un día de martirio, de llamar humildemente por teléfono a su amigo. Tan solitario se sentía Arintero, tan deforme e injusto, que para justificarse, para no verse inequívocamente reflejado en su fealdad, se decía a sí mismo: Reconozco que el procedimiento ha sido inadecuado y brusco, pero también debo reconocer que esa relación era imposible: no hubiera salido bien en ningún caso, porque, dejando aparte la inmediata comunicación erótica, nada teníamos en común. Todo nos distanciaba, salvo la cama y el polvo que echamos juntos. No hubiéramos podido hacer en común ni el más simple proyecto de pasar juntos un fin de semana. Pero Gabriel Arintero tenía que reconocer inmediatamente, y lo hacía, que nadie que comienza una relación sabe de antemano las posibilidades que esa relación tiene. Nadie elige su amor sólo a partir de lo que tiene ante los ojos: todos, en realidad, elegimos nuestros amores en términos del espacio futuro que nos creemos capaces de llenar con ellos. No elegimos nuestros amores a partir de realidades sino a partir de irrealidades y de esperanzas. Precisamente, pensaba Gabriel que en esto tenían ventaja los amores homosexuales sobre los heterosexuales, en no disponer de antemano de un definido sistema de pesos y medidas, de cálculos, parabienes, contratos, regalos interfamiliares al anuncio del compromiso matrimonial. Con su aplastante seguridad de aparador, los contrayentes del matrimonio heterosexual lo tenían bien crudo. La homosexualidad como proyecto satisfacía el romanticismo incurable de Arintero, su clandestinidad, su inseguridad, su imposible sociabilidad. Pero, por otra parte, todo eso tan romántico se volvía detestable y odioso al convertirse, en la práctica, en dificultades y reservas que Gabriel Arintero, como todos los homosexuales de esa generación, habían internalizado.

A consecuencia de aquel encuentro que Arintero malgastó o desarticuló por su propia mano, Arintero descubrió esa miserable y falsa imitación de la excelencia moral que es el remordimiento. El remordimiento es autorreflexivo y es compatible con toda suerte de reincidencias y recaídas en lo mismo. La conciencia le remordía a Arintero no sólo por haber abandonado al chico aquel sino porque, como es natural, la situación volvió a repetirse a lo largo de un año. Hubo más encuentros, más chicos con quienes Arintero satisfacía las urgencias de su genitalidad y a quienes abandonaba, a toda prisa, tan pronto como el propio Arintero eyaculaba. El remordimiento aumentaba la primera falta, que tenía muchos parecidos con el abandono de Carolina y que había llegado a convertirse en una única idea maniática de acción mal resuelta, un acto insano al cual añadía el remordimiento pura y simple insania. Acabó sintiéndose paralizado, casi totalmente aislado, no sabía en qué dar, se aburría. Nada le entretenía ya, ni siquiera el cine o las novelas. Sólo se desahogaba compulsivamente, se satisfacía, para sentirse, con cada satisfacción, sin fruición, más y más insatisfecho. Ahora no podía naturalmente culpar de su frustración a la moral vigente ni a la noción de pecado: sólo podía culparse a sí mismo.

Una tarde, entre dos luces, a la entrada del resplandeciente otoño de aquel año, una de esas increíbles otoñadas londinenses, un *Indian summer*, se sintió Arintero más libre de sí mismo que de ordinario, más cautivado

por la belleza del mundo exterior que nunca: una luminosidad nostálgica lo unificaba todo y Gabriel Arintero, incapaz de resistir el aliento celeste, se encaminó hacia el
barrio del chico español. Conmovido por aquella ocurrencia atmosférica del atardecer otoñal, ni siquiera se le
ocurrió llamar por teléfono: por inoportuno que fuese,
decidió que tenía que ir en persona. A medida que se
acercaba, una vez que el metro le dejó en las cercanías de
la casa, sin saber por qué se apeó una estación antes, se
iba sintiendo cada vez más excitado, sexualmente excitado. Caminaba a paso rápido. El barrio en cuesta, con sus
caserones de ladrillo rojo y su calle principal, que ascendía serpenteando un poco hasta la cima de una coli-
na, tenía una intimidad sobrevenida, un bullicio festivo
en las calles, en las puertas de los pubs, en los escaparates de las *coffee-shops* adornados con visillos de encaje y
un aire francés. De pronto todo estaba claro, el miedo
vencido, la indecisión vencida, la lucidez de su conciencia parecía proceder de fuera, de las callejuelas y los cas-
taños de hojas cobrizas, de la sensación de humedad y de
los pequeños jardines descuidados cuyas rosaledas aún
conservaban rosas marchitas. Iba a decirle: «Perdóname
por no venir antes.» Contaba con poder decirle eso lo primero. Contaba con que el chaval abriese la puerta. Contaba con que se abrazarían sin hablarse. Luego los dos
hablarían a la vez sin entenderse. Contaba con que aún
no hubiese merendado ni cenado. Contaba con que los
dos tendrían dentro de nada, dentro de diez minutos,
dentro de lo que se tarda en recorrer dos calles más y girar a la izquierda, toda la tarde hasta el final, hasta la noche, hasta la hora de cerrarse el metro, un recobrado
tiempo cálido, claro y redondo como la felicidad, como la
buena suerte. Era un caserón grande, de tres pisos, reme-
tido un poco hacia atrás respecto de la acera en cuesta y

rodeado de una balaustrada verdinosa. Su amigo vivía en lo que probablemente fue el cuarto de estar, según se entraba a la derecha. Las cortinas de su habitación estaban corridas, el caserón silencioso se alzaba en su muy británica separación de los dos caserones contiguos, infinitamente escondido y enhebrado en sí mismo como una emoción muy profunda, indecible, con olor a tierra húmeda y a aire a rachas leves entre las historiadas chimeneas de ladrillo rojo. La única luz, como el ojo dorado de una aguja donde se enhebró instantáneamente el hilo de la atención del visitante inesperado, se veía en lo alto, en la segunda planta, justo encima del saliente de la ventana de la habitación de su amigo. Ascendió tres escalones hasta la puerta y leyó los nombres de los ocupantes de los *flats*. No encontró el de su amigo y pulsó el timbre del piso de arriba, de donde calculó procedía aquella abertura luminosa. Esperó un momento y volvió a pulsar el timbre. No tenía ni la menor duda de que su decisión liberadora de dos horas atrás iba, en efecto, a encontrar su amplificante relleno en ese instante. Una voz masculina, anciana, infirme, oscureció el anticuado interfono. Arintero pronunció el nombre de su amigo y el primer apellido como quien echa una moneda a un pozo e, inclinado sobre el brocal, se asombra al no oír el choque de la moneda en el agua oscura. Oyó el rumor de los coches doscientos metros más abajo, en la calle mayor del barrio, una ráfaga de aire reanimó la cápsula insonorizada de su conciencia en aquel porche sombrío: «*Just push the door, it's open. Come upstairs.*» Arintero hizo eso: subió de dos en dos las escaleras. Una chica con aire de asistente social, que parecía dispuesta a irse en aquel momento, porque llevaba una bolsa de plástico en la mano, abrió la puerta del *flat* de la derecha, el que quedaba encima del de su amigo. La chica apenás le miró. Le hizo pasar a la habitación, a medio camino entre el ventanal y la puerta, la habitación olía a cerrado y a comida, una habitación atestada de muebles sombríos y, en el centro, la televisión encendida velaba, estridente, los detalles. Había una cama grande y en la cama un hombre de pelo blanco que se incorporaba ahora. Sobre el pijama un viejo jersey blanco de tenis. Todo sucedió en un único deslizamiento: la entrada, el avance de Arintero hasta el sillón junto a la cama, sentarse en el sillón, despedirse la asistente social del enfermo, las manos hinchadas del enfermo sobre la colcha, el olor a comida, el interfono anticuado que –observó Arintero– se había llevado toscamente mediante un alargador hasta la cama, un teléfono negro, de un modelo antiguo, en la mesilla de noche, al pie de la cama sobresalía un orinal, unas zapatillas, una cuña para orinar, el enfermo tenía delante una mesa para comer en la cama cubierta por un mantelito. «*I know who you are. I'm afraid it's too late.* Hablo poco español. *Broken Spanish.*» Arintero estaba atónito. Le sudaban las palmas de las manos. La esperanza es como una bocanada de viento que todo lo inflama al levantarse, que deja al desaparecer desalado todo alrededor y vacío. Debió de ser en ese momento, a las tres o cuatro o cinco frases, como mucho, del enfermo, cuando Arintero oyó que su amigo había muerto. Le encontró la policía de madrugada, no lejos de la casa, junto al estanque. Un navajazo le había entrado en el corazón. Había otros cortes, por lo visto, de menor importancia. Cuando le recogieron llevaba una hora muerto. Todo esto había sucedido hacía un año. Por su documentación supo la policía quién era y dónde vivía. El enfermo, que por entonces aún se levantaba de la cama y se movía por la casa, reconoció el cadáver. No se pudo conectar con nadie en España. Las instituciones se hicieron cargo de todo. El anciano no creyó necesario

ocuparse más de aquellos pobres restos mortales. Se
habían conocido cuando el chaval vino a vivir a la casa,
se hicieron amigos. Fue como un hijo, decía. Los dos
habían esperado el regreso de Gabriel Arintero. Verse
ahora desde este abrupto final, desde este sinsentido, en-
mudeció a Gabriel, y se vio a sí mismo, el personaje idea-
lizado del relato que el joven español hizo a su amigo
enfermo de aquel encuentro y de aquel amor y de la progresiva desilusión: se vio a sí mismo Arintero como una
parte decreciente del relato de otra vida: una figura defi-
citaria que podía haber sido lo contrario: se vio como
una ilusión que él mismo, a solas, en la amargura y en el
desconcierto, transformó en desilusión. No había habido
ningún reproche en la desilusión de su amigo español. El
reproche, como la soledad, pertenecían a lo sucedido
como algo propio que nos hiere desde fuera, en el espectáculo de una trágica muerte anónima, como el cristal
roto del reloj de pulsera o el capuchón del bolígrafo Bic
que asoma del bolsillo superior izquierdo de la chaqueta
de la víctima. Como la camisa limpia que se ve aún recién planchada, la sangre no ha disuelto del todo las líneas rectas de la plancha en la pechera. La fragilidad sobresaltada de un cadáver que velozmente se vuelve un
mal recuerdo, los dientes muertos, la cara muerta, los
ojos abiertos, la policía, los *bobbies* londinenses en sus
uniformes azules, las sirenas, los cuatro o cinco paseantes
noctámbulos que hacen un corro temeroso, bisbisean
a unos cuantos pasos de las cintas que ha puesto la policía como banderolas en el aire, lo anónimo, lo que per-
tenece ya sólo a la memoria de un anciano moribundo y
lo que a partir de aquel relato, en su imprecisión, en su
acabada relación con Gabriel Arintero y con la vida, iba a
volverse, eso sí al menos, parte de la memoria de Arintero, parte del giro que su vida de mal homosexual re-

quería. Debió de pasar unas dos horas con el anciano, que hablaba al principio con vehemencia y que poco a poco dio muestras de cansancio. Estaba, al parecer, bien atendido. Una asistente social, la chica que Arintero había visto al llegar, venía dos veces al día. Por pura casualidad aún estaba el enfermo en su *flat* cuando llegó Arintero. A últimos de aquel mes le iban a trasladar a una cama reservada ya para él, por fin, en el Queen's Hospital: «Ahí es ya todo muy fácil, sabe usted, te vas durmiendo. Se encargan de todo y ni te das cuenta. Tengo gana de dejarme ir así, irme durmiendo. Morirse es muy fácil.» Y en medio de esa amable resignación Gabriel Arintero oyó, una y otra vez horrorizado, cuánto había su amigo contado con él, con que volvería, con la felicidad. Y también cuánto se alegraba este buen anciano de que Arintero, aunque muy tarde, hubiera regresado. Fue como si el anciano pudiese descansar muy bien ahora, dejando a Arintero, junto a una fotografía de su amigo muerto y el anciano, los dos en sillas de tijera en Regents Park un día soleado, también esta otra fotografía, invisible, de lo que sucedió y lo que no sucedió, de lo que pudo ser y no fue: la clara luz de aquel trágico accidente, la clara luz de una muerte absurda y tierna, inconsolable.

En su desolación, Arintero se dijo: Soy culpable de su muerte. Quien no ama, permanece en la muerte. ¿Dónde había oído esto Arintero? Deseó que, al inculparse así, el dolor le llenara los ojos de lágrimas, pero las lágrimas y el dolor habían desaparecido de pronto. Londres entero parecía estar hecho de la misma sustancia que la conciencia de Arintero: un lugar entrecortado, un tiempo entrecortado, un conjunto de paisajes urbanos y evocaciones líricas y literarias ajustadas al marco rectangular de una ventana, como una sucesión de papeles pintados cuyo intenso colorido resulta empalagoso e increíble: Londres, contemplado en esa gran panorámica, recubre todo un muro de la agencia de viajes. ¿De dónde iba a sacar para vivir? Fue un par de veces al Queen's Hospital a ver al anciano que padecía del corazón. Tuvo la sensación de que sus húmedos ojos azules le miraban sin verle, como si, sumido del todo en sus recuerdos, de los cuales Gabriel Arintero sólo podía ser una milésima parte, no lograra identificarle al tenerle ahí, frente a él, en carne y hueso. El anciano no le necesitaba ni para vivir lo poco que le quedaba por vivir, ni tampoco para morir. Sólo por un instante pasado, cuando aún permanecía en su cama habitual de tantos años, la aparición de Gabriel Arintero le había alertado, haciéndole ajustar su memoria a la persona que tenía delante. Fuera de aquel ambiente, ahora, en aquella sala de hospital compartida con otros enfermos de su edad, con otros moribundos, Gabriel Arintero no lograba retener su atención o provocar su memoria mucho más que la enfermera, siempre una distinta, que dos o tres veces al día recorre las camas comprobando las constantes vitales de los enfermos. Gabriel Arintero se dio cuenta de que, tras el sobresalto de aquel encuentro con el anciano y la noticia de la muerte de su amigo de una noche, su temperatura sentimental había descendido muchos grados: no podía llorar ni sentir dolor alguno, como tampoco sentía por sí mismo la menor compasión. Se dijo Arintero: He alcanzado sin proponérmelo la imperturbabilidad miserable de los mediocres. Cuando pase el invierno y el buen tiempo regrese, lo habré olvidado todo. Y así fue: con el buen tiempo todo aquello pareció alejadísimo y el deseo de gozar de la vida en general y de su sexualidad en particular pareció reflejarse en la aceleración solar de los metales, los automóviles, los cristales reflectantes de los bloques de oficinas de la City, los vasos de plástico de las *vending machines*. Algo, sin embargo, en Gabriel Arintero, que sería demasiado fácil denominar inhibición o represión, le convirtió de nuevo en un paseante solitario, un oficinista invisible que resolvía sus días festivos dando largos paseos por Londres. Esos paseos eran la única acción de la que se sentía capaz. Una mañana del mes de junio, a mediados de junio, al pasar por delante de las cabinas telefónicas de la estación del metro, con media hora justa para llegar a la oficina, entró en una de ellas, marcó el número de teléfono de la oficina y declaró con toda seriedad, ante la cortés sorpresa del jefe de personal, que se veía obligado a regresar a España porque su madre había muerto. Ese mismo día sacó un billete de chárter a El Salvador.

La ocurrencia de viajar a El Salvador se alzó sobre sí misma duplicada, triplicada, como una gran sorpresa. Al colgar el teléfono, Arintero se dijo: Me he quedado sin empleo. Le pareció que Londres entero decrecía como las mareas de septiembre hasta reducirse a un esquema negruzco, un trampolín para saltar a cualquier parte. ¿Por qué eligió El Salvador y no otro sitio? Aquello será bonito –pensó–, y siempre puedo seguir viaje hacia el norte o hacia el sur. Después de tantos años de inmovilidad, viajar le pareció maravilloso. La palabra «viajar» le despejaba la nariz y los oídos, la cabeza, como un vaho de eucaliptus. Resultó ser facilísimo viajar: deshacerse de los cuatro trastos que tenía, liquidar con su casero. Canceló su cuenta, compró *traveller checks*, no se despidió de nadie: ¿de quién iba a despedirse? Saltó de un continente a otro encapsulado en su avión como en una semiconfortable máquina del tiempo –el espacio del chárter estaba muy aprovechado–. Llegó a San Salvador a finales de junio, en mitad del invierno tropical, la estación de las lluvias. Se sentía un personaje de Graham Greene, un viajero curioso que arrastra como un caracol su vida interior recubriéndole la cabeza y los ojos, protegiéndole de cualquier emoción o compromiso con el mundo exterior. Sentía el picor de la humedad bajo sus ropas de invierno, la excitación del olor del mar y el cambio de color de la vegetación, los edificios, las gentes. Todo lo blanco y todo lo tostado y lo verdoso, un lugar de veraneo donde el viajero, recién llegado, se siente a gusto, sin raíces, mientras se instala en una habitación provista de un ventilador en un hotelito céntrico, de aspecto limpio, con cuarto de baño al final del pasillo y un aire colonial en recepción, un aire español, alicantino, donde pasar las primeras cinco o diez noches y seguir viaje después de ver todas las vistas y degustar los platos típicos. Descubrió que de dinero, al cambio, andaba bien.

Era agradable pasear lentamente por las calles de San Salvador, con su cambiante luz marítima y la tibieza del aire, rosa sucio, desleído gris azul, con comercios cuyos reducidos escaparates, al pasar Arintero, daban la impresión de hallarse atestados de cosas, en exhibición todas las existencias a la vez, resecas, heteróclitas: a veces, aplastado contra el cristal, aprovechando el sol, se veía un gato dormido, despeluchado, acogedor. Recordaba a una ciudad española de provincias, una capital española, con sus zonas ajardinadas y los edificios marcadamente oficiales, gobernación, correos, el banco nacional, y largos tramos rectilíneos de casitas bajas, jalbegadas, de balcones y contraventanas azules. Gabriel Arintero tenía la impresión de hallarse en un lugar amistoso, con pocos automóviles: los que circulaban le parecieron modelos de los años sesenta, haigas voluminosos, un poco destartalados ya, de los años cincuenta: una ciudad que parecía poder recorrerse de punta a cabo fácilmente, espolvoreada con toda la canela y la inocencia de una primera infancia urbanística: una ciudad, le pareció, para la hora que era, el mediodía, muy poco poblada. Recordó el dato –leído quizá en uno de los prospectos turísticos del avión– que El Salvador es el país más densamente poblado de Centroamérica: ese dato no parecía confirmarse aquel día a aquella hora del día, mientras Gabriel Arintero caminaba por el centro de San Salvador.

Se encontró con Osvaldo en una calle. Le abordó porque le gustaba. Era un muchacho algo más bajo que Arintero, representaba unos veinticinco años. Resplandeció ante Arintero maravillosamente mestizo, próximo, como un hermano oscuro que sonreía. Bastó una mirada cómplice de los dos para que se entendieran sin palabras. Gabriel Arintero se había dirigido a Osvaldo con intención de que le orientara para ir a visitar la Universidad Centroamericana José Simeón Cañas, la famosa UCA que, por algún crimen político que en aquel momento Arintero no logró recordar, había visto mencionada el año anterior en los periódicos de Londres. Se encaminaron los dos en esa dirección. El que fuera español o el que viniera de Londres no interesó gran cosa a Osvaldo, aunque, por cortesía quizá, le preguntó si pensaba quedarse mucho tiempo en El Salvador, añadiendo que el país era importante por sus riquezas arqueológicas y también por los lagos de origen volcánico como el de Ilopango cerca de Cojutepeque, aunque añadió pensativo, literalmente ensombrecido –le pareció a Arintero–, que el lago estaba bien entristecido ahora, no era cosa de ir, por los cadáveres que echaban de noche y llegaban flotando a la orilla: «Para que no nos olvidemos –dijo– que la represión sigue.» Tanto le sorprendió esto a Arintero, que se paró en seco y pidió más información. Estos años pasados –explicó Osvaldo– los escuadroneros detenían y mataban a barullo, civiles, sin mirar, niños, mujeres, sindicalistas, profesores, estudiantes de la universidad: «En el basurero de cadáveres de El Playón, la marea saca huesos blanqueados, calaveras, de todo.» Resultaba increíble, sonaba a trola, a relato ficticio. Preguntó Arintero si esos muertos eran terroristas. Osvaldo contestó que así, en efecto, era como los llamaban: terroristas, comunistas, subversivos. Según Osvaldo, una guerra había comenzado en El Salvador en mayo de 1980, con seiscientos civiles asesinados y mutilados en río Sumpul. «Es la guerra sucia de los gringos –dijo Osvaldo–, que desmantela las organizaciones populares. Con José Napoleón Duarte, el presidente que ahora tenemos, las cosas no han cambiado. Al pueblo sólo nos queda someternos a los programas del gobierno o irnos al monte con los rebeldes. Tanto miedo llegamos a tener, empezando por mí, que hasta he querido abandonar la lucha.»

Osvaldo se iba callando poco a poco, como si el horror que refería goteara sobre sus pasos, viscoso, pegajoso, parándole. Al llegar a un punto del paseo, Osvaldo le indicó el camino que quedaba por recorrer hasta la UCA, y dijo que se iba a casa. Gabriel Arintero había perdido en aquel momento todo interés por las visitas turísticas y propuso acompañarle, cosa que Osvaldo aceptó. Caminaron mucho tiempo, hasta que Arintero se desorientó. No hablaron nada. Conmovido por la gracia de los movimientos de Osvaldo, Arintero a la vez deseaba acostarse con él y, recordando lo que acababa de oír, se avergonzaba de desearlo. Al cabo de una hora larga llegaron a la casa. Una vez dentro, sentados en la cocina, Osvaldo hizo té para los dos, que tomaron sin leche, sentados a la mesa de la cocina. La casa se componía de dos habitaciones, una de las cuales era la cocina donde se hallaban, con un fuego de gas y una puerta que daba a la calle, y otra habitación, más pequeña, donde había una cama de matrimonio y una especie de armario grande, que Osvaldo dijo que era su dormitorio. Se separaba del otro dormitorio por una tela de colores. La cocina, además de la luz que entraba por la puerta abierta, tenía una ventana sobre la pila del fregadero, y la habitación de la madre tenía un ventanuco alto, por donde cuando entraron entrevió Arintero un firmamento anubarrado que transcurría deprisa. Los dos se miraron, sentados en el camastro de Osvaldo. Arintero abrazó al chico, se besaron. Osvaldo aseguró que su madre no vendría hasta la noche. Desnudos sobre la cama, hicieron el amor durante mucho rato. Arintero tuvo la impresión de que la dulzura y vehemencia de la pasión hacía olvidar siquiera momentáneamente a Osvaldo los increíbles horrores recién narrados. Se vistieron después y Osvaldo contó cómo vivían aquella guerra encubierta, envenenada por la ayuda de los gringos, con los escuadroneros reclutados entre los jóvenes salvadoreños, entrenados para descuartizar a sus propios hermanos.

La madre de Osvaldo había venido del campo a San Salvador muy joven, a servir en las casas de las famosas grandes catorce familias de El Salvador. Tuvo trabajo de sobra como ama de cría primero, como asistenta después, como externa, como interna, como costurera, como lavandera. Tuvo a Osvaldo de soltera. Para seguir en las casas se tuvo que casar. Se sabía que el padre de Osvaldo se fue con la guerrilla. Aunque les visitaba algunas veces, de noche, unas pocas horas, luego desaparecía. Osvaldo y su madre dieron a entender que había huido a Honduras, luego a Guatemala, luego que había muerto. Dejaba de venir en ocasiones seis o siete meses y entonces parecía que de verdad había muerto. Quizá verdaderamente yacía muerto en una cuneta, carroña para los buitres. Fantasma invisible de un desesperado heroísmo. Vivían en aquellas dos habitaciones que daban a un patio interior de una manzana de casas más altas. Osvaldo le contó que de pequeño jugaba en aquel patio y que por la ventana veía la cabeza y los hombros de su madre lavando en la pila de la cocina, que quedaba por debajo de la ventana. La vida se hacía en la cocina. La madre de Osvaldo llegó al anochecer. Viéndoles juntos, madre e hijo se parecían mucho: debió de ser una adolescente muy bella cuando llegó a San Salvador con catorce años. Ahora era mayor, aunque no vieja, bella todavía, la carita redonda y atenta. Como sin querer, ella también contó lo mismo.

Al cabo de unas semanas, se acostumbró Arintero a ir cada noche un rato a esta casita para encontrarse con Osvaldo a veces, pero muchas más veces para quedarse sólo charlando con su madre: verla consolaba a Arintero por la ausencia de su amigo. No obstante tener Arintero idea de que todo lo había oído la primera noche, es probable que su idea completa de la situación de El Salvador visto con los sencillos, escandalizados ojos de aquella salvadoreña humilde fuera mostrándosele lentamente, a lo largo de aquellas tardes lluviosas charlando con la madre de su amigo, que siempre le obligaba a quedarse a cenar, por frugal que su cena fuese. Arintero tomó la costumbre, tan agradable, de contribuir cada tarde a esa cena de los dos o de los tres con los comestibles que adquiría en sus paseos matinales. Era la única compañía que Gabriel Arintero, introvertido como siempre, tuvo en los primeros meses de su estancia en San Salvador. Con las dos horas que pasaba con Osvaldo y su madre o sólo con la madre tenía suficiente, día tras día, viviendo al día, hechizado por el encanto claro, elemental, de aquellas dos personas rodeadas por la pobreza de sus dos cuartos, sus gastados enseres, sus pucheros, sus macetas de flores. De ese modo, sin darse apenas cuenta, Gabriel Arintero experimentó un pequeño cambio: la naturalidad con que Osvaldo accedía, cuando había oportunidad y cuando estaba en casa, a los deseos amorosos de su amigo –que eran también los suyos, e incluso más vehementes–, unido al intenso placer que ambos sentían, más el deseo de volver a verse cuando pudiesen, terminó agudizando el muy embotado sentido de la realidad de Arintero. Como si aquel amar y ser correspondido por primera vez en su vida liberase su atención del regusto acre de los insatisfactorios lances amorosos del pasado, permitiendo que Arintero, con atenta disponibilidad, se fijase, como nunca antes lo había hecho, en las personas y cosas reales de aquel tan realísimo mundo, tan injustamente martirizado, que le circundaba. Se sentía agradecido, limpio, unido a aquellas dos criaturas valientes e inocentes, con más seriedad y –consideraba Arintero– con más profundidad también, de lo que parecía autorizar a simple vista el espacio de tiempo transcurrido desde que se conocieron. Que se hablara con frecuencia y con tanta naturalidad de asuntos tan graves como a diario sucedían (y que los dos –madre e hijo, pero sobre todo el hijo– tuviesen tan constantemente presente en su conversación a sus compañeros de clase, asesinados algunos de ellos ya, a sus profesores, a todos sus paisanos repartidos por la montañosa geografía de El Salvador, armados o desarmados, perseguidos o perseguidores) era una fuente de constante admiración para el solitario, sombrío Arintero de Inglaterra y España. Aprendió a ver, resplandeciendo en la presencia, en la gracia y dulzura de su amigo, una raíz de seriedad y compromiso que jamás descubrió en sí mismo ni en sus conocidos españoles e ingleses. Jamás –tenía que reconocer Arintero– había él sentido tanta indignación por la injusticia o el dolor ajeno. De hecho, ahora que iluminado por el ejemplo de Osvaldo reflexionaba sobre su vida pasada, la única injusticia con la que se había sentido solidario –aunque a distancia y sin comprometerse– había sido la que se cometía con los homosexuales de ambos sexos. Pero esa única injusticia que en su propia carne había sufrido en el incidente que ocasionó –junto con la separación de Carolina– su alejamiento de España, tenía, con ser muy real, una estructura circular, intensamente autorreferente, y por lo tanto quedaba, con toda viveza, pero también con toda sinceridad, reducida a lo propio, a lo singular, y, por lo que parecía a juzgar por su sombría vida en Inglaterra, a punto de ahogarse en su propia, resentida reclusión. Por aquellas fechas, Arintero no había oído hablar aún de los movimientos públicos en defensa de los gays y lesbianas, y de haber oído algo, habría concluido que eran movimientos estrafalarios que nunca conducirían a nada. Arintero, por estas fechas, no era capaz de librarse por sí solo de la negativa visión que la sociedad en general tenía de los homosexuales. Afirmar la dignidad propia y la de los demás homosexuales en su corazón, abrigar un profundo deseo de venganza, era todavía muy insuficiente para sacarle de su ensimismamiento. Ahora, oyendo hablar a Osvaldo de la gran injusticia que padecía todo un pueblo, todos sus pobres camaradas de El Salvador y de Centroamérica entera, le saltaba a Arintero el corazón como un animal joven y atrapado en el pecho: a los ojos se le venían inéditas lágrimas por Osvaldo y por su madre y por todos los demás, y también, de paso, ¿por qué no?, por sí mismo. De esta suerte, aun sólo como en espejo y en enigma, pero con toda realidad y precisión, reflejada en la indignación y en la compasión de Osvaldo, aprendió Gabriel Arintero a cultivar la muy débil aún hierbecita, aún tier-

104

na pero ya crecedera, de la indignación por la injusticia ajena, y de la compasión por todos los demás, por todos aquellos otros: pobres salvadoreños, desconocidos. Y así paseaba a menudo solo por las calles de San Salvador pensando en su amigo y en su madre y en todos los demás desconocidos, sintiendo que jamás se había sentido más acompañado y menos solo. Los desconocidos: cuando Arintero oyó contar a Osvaldo que monseñor Romero (el arzobispo asesinado mientras decía la misa) había escrito a un amigo en una carta o quizá dicho de palabra, poco antes de su muerte, que todos ellos tenían que sentirse «alegres de correr, como Jesús, los mismos riesgos por identificarnos con la causa de los desconocidos», se le contrajo el corazón como una nuez para ensanchársele después, violento de alegría como un río, por haber descubierto en aquel eclesiástico mártir un inesperado camarada que sintió por los desconocidos lo mismo que, en pequeño ahora, Gabriel Arintero comenzaba a sentir por todos ellos.

Osvaldo se ausentaba con frecuencia, pasaba fuera de la casa días enteros, semanas, un mes entero llegó a estar fuera con sólo una breve interrupción que duró una noche. Arintero se había acostumbrado ya a acudir a esa casa todas las tardes a última hora a cenar con la madre de Osvaldo, estuviera o no el muchacho. Nunca dio Osvaldo explicaciones ni Gabriel se las pidió ni tampoco se las pidió a la madre. El único breve ritual de sus repentinas ausencias era sonreír y hacerle ver a Arintero con cuánta ilusión esperaba volver a encontrarse con él a su regreso. Era parte del sentido de su relación con Osvaldo y también de una significación más general que la presencia de Arintero en El Salvador tenía y que el propio interesado sólo a tientas y fragmentariamente iba verificando a medida que pasaba el tiempo. Así, entre conversación y conversación, supo Arintero cómo a la madre de Osvaldo le decían en las casas que sacara al chico de la UCA, que los profesores eran todos comunistas. Un nido de subversivos que querían destruir El Salvador y abolir la propiedad privada, como si eso se pudiera. «Los jesuitas los peores –le decían a la mujer–. Son traidores.» Y ella, cuando llegaba a casa, le contaba a Osvaldo lo que le decían en las casas, y añadía: «Pero no es verdad lo que nos dicen los señores, ellos miran por sí mismos, no por El Salvador ni por nosotros. Los padres nos quieren liberar, los padres jesuitas.» Y también le contó a Arintero que ella estaba en la iglesia cuando asesinaron a monseñor Romero. «¿Sabe usted?, ese día cambié yo –decía–. Entonces me di cuenta que los jesuitas decían la verdad y que a monseñor Romero le mataron porque decía la verdad. Desde entonces ya no creo lo que me dicen en las casas. Conmigo son amables porque les hago las labores y les conviene. Pero sé que me engañan, que me matarían si pudieran. A monseñor Romero le mataron porque estorbaba, porque decía que él hablaba por nosotros, por los que no tenemos voz. Y esa voz les estorbaba y le mataron. Y más han de matar aún todavía como puedan.»

Una atardecida, al llegar a la casa, Osvaldo abrió la puerta. La madre de Osvaldo estaba en la cocina, sentada a la mesa de la cocina. Osvaldo se hizo a un lado y Arintero entró en aquella, ahora ya, acogedora estancia. Se levantó la madre y se quedó delante de Gabriel Arintero, indecisa por un momento, con la expresión angustiada en la cara redonda, en los ojos vivos. Arintero rodeó a la mujer con los dos brazos, la sintió muy pequeña y frágil, ancianita, de puntillas para también ella abrazarle. Le abrazó muy fuerte, sin decir nada, y Osvaldo les abrazó a los dos sin decir nada y Arintero, aterrado, no se atrevía a decir nada. La madre de Osvaldo, sin dejar de abrazarle, y de puntillas, dijo: «Por fin ya es verdad que estaba muerto. Ahora sí es verdad que ya lo está.» Osvaldo, separándose un poco de los dos, dijo: «Le encontraron hace unos pocos días con los otros, les dimos tierra en el mismo hoyo donde estaban ya. Muertos, amontonados.» Se habían separado ya y sentado los tres alrededor de la mesa de la cocina. Osvaldo hizo el té y puso tres tazas de té humeante, sin leche, sobre la mesa. La madre de Osvaldo dijo, soplando un poco, antes de beber, su taza: «El pobre, pues, no murió de Dios. Si se veía venir. Si se arriesgaba tanto, le tenían que matar y así ha sido.» Comprendió Arintero entonces que aquel giro, aquel «no morir de Dios», era equivalente a no haber el padre de Osvaldo muerto de muerte natural, como decimos en Castilla, sino a balazos, en un hoyo en el monte, como un perro.

Nada cambió en la casa después de esta noticia. Sólo que Arintero y Osvaldo se veían unas tres tardes al mes, a veces menos. El amor entre los dos era lo mismo, era inmenso y tranquilo, y mientras duraba era como un campo a mediodía, labrado y bien aireado, que se acoge al raso, al firmamento. Después, cuando Osvaldo se marchaba, y volvía a su hotel Arintero y las tardes siguientes iba de visita a casa de la madre, vivía Arintero de esperanza, aunque –consciente ahora ya de cuanto sucedía en torno a él– se aterraba a veces, pensando que su felicidad y su esperanza, tan diminutas, no podían durar. ¿Cómo iban a durar? No había esperanza más pequeña que la suya, ni más pobre: tener esperanza sólo era seguir. ¿Es eso poco, o mucho?

En cualquier caso, Gabriel Arintero había tomado hace tiempo la firme decisión de no dejar El Salvador mientras Osvaldo y su madre permaneciesen en aquella casa. Cumplir con esa decisión le parecía a Gabriel Arintero lo único factible, y, por lo tanto, de muy poco valor, porque se reducía –bien mirado– sólo a mantenerse fiel a la felicidad que allí sentía. Para llenar el tiempo y también para informarse más cumplidamente de cuanto pasaba a su alrededor, e incluso –si se terciaba– por prestar ayuda si alguien la quería, Gabriel Arintero comenzó a frecuentar el departamento de Filosofía de la UCA.

Ignacio Ellacuría, el jesuita, que era entonces rector de la UCA, le pareció desagradable. Al solitario, al retrocedido Arintero, Ellacuría le pareció antipático, distante, pero no reservado sino siempre a la vista, a sabiendas demasiado expuesto, yendo siempre a zancadas de un lado a otro, con demasiada intensidad, demasiada seriedad. Demasiado seguro de sí mismo, demasiado consciente de la admiración que despertaba. Un líder nato: esa especie aparte –juzgó Arintero– que dentro del género de los líderes natos constituyen los líderes natos eclesiásticos. Se sentía cohibido en sus clases. Y ahora también, a consecuencia de esa antipatía, se sentía Arintero cohibido con Osvaldo y su madre cuando Ignacio Ellacuría salía en la conversación. La conmovedora devoción de Osvaldo por el rector de la UCA reducía a Gabriel Arintero al silencio: un silencio que, para no desentonar, se veía obligado a recubrir con un asentimiento ecolálico a todas las excelencias que proclamaba el chico. Se reconocía Gabriel Arintero, no podía negarlo, invariablemente sublevado al pensar en el rector o al verle, al escucharle, o cada vez que hablaban de él. Era una emoción ésta fuerte e imprecisa: se alojaba a la perfección en el adjetivo que para su capote Arintero solía usar cada vez que deseaba calificar a Ignacio Ellacuría en conjunto: es desagradable. La idea de lo desagradable tenía, en esta particular aplicación, la ventaja de designar al mismo tiempo el sujeto y el objeto referido: cada vez que Arintero evocaba mentalmente la figura de Ellacuría a partir, por ejemplo, de la expresión «líder nato», que por casualidad acababa alguien de usar para referirse al rector, se levantaban todas a la vez las mariposas de la luz de su conciencia, giratorias, polvorientas, e iban a darse todas a la vez contra la bombilla y la pantalla de una conciencia que se quedaba leyendo hasta muy tarde últimamente, porque no dejaba de pensar, entre lectura y lectura, en el ausente Osvaldo. Quedarse leyendo hasta tan tarde era en efecto, en el caso de Gabriel Arintero, más un dejarse ir hasta las tantas que un querer llegar al final de un capítulo o de una conclusión aunque fuese hasta las tantas. Arintero se mofaba de sí mismo y de Ignacio Ellacuría, diciéndose: Toda la reciedumbre que al rector le sobra es equivalente a toda la que a mí me falta. No podía, por supuesto, manifestar nada de esto en presencia de Osvaldo. No sólo (esto era lo curioso) por temor a herirle o a desilusionarle quedando así en mal lugar ante sus ingenuos ojos, sino sobre todo porque cuando hablaba con Osvaldo, cuando se acostaba con él, cuando le amaba y le tenía delante, la intensa sensación de que el rector de la UCA era desagradable perdía intensidad, se disolvía por sí sola. Esta corrección que automáticamente Arintero efectuaba en la estructura de su desagrado –nunca en la vida hasta la fecha se había sentido tan contrario a nadie, ni siquiera con su padre había llegado a eso– era obra involuntaria de Osvaldo, un misterio que Arintero tardaría mucho en descifrar. En las ocasiones, pues, en que Arintero, sólo por hallarse con Osvaldo, sentía írsele el desagrado que Ellacuría le inspiraba, creía ver la figura del rector como en seco o en limpio, en su inconfundible, atlética silueta, contra el blanco de los muros, contra el negro de la situación social y política de El Salvador, alejado de Arintero, como quedan lejos los maestros de nuestra juventud o nuestros autores clásicos, pero en condiciones –gracias precisamente a la distancia– de poder ser interpelados o discutidos. Esos momentos –la inteligencia, el corazón de Gabriel Arintero, atemperados por el amor– le llevaban a pensar que, pronto o tarde, se acercaría al rector con unos cuantos folios mecanografiados, quizá cincuenta, y le rogaría que considerase sus objeciones al concepto de «mayoría popular» por una parte y al concepto de «verdad» por otra. Empezaría criticando el comenzar por el concepto de «verdad» desde la conceptuación presuntamente radical de la praxis histórica, y no –como a Gabriel Arintero le parecía obvio y auténticamente radical– desde el concepto del sujeto más el concepto de intersubjetividad. Observó Arintero, con esa característica flexión de la intencionalidad de la conciencia de los personajes solitarios e introvertidos, que el adjetivo «desagradable» había comenzado casi por sí solo, como dotado de vida propia, a no ajustarse bien del todo con la figura de Ignacio Ellacuría, no sólo a causa del amor que sentía Arintero por Osvaldo sino también, últimamente, por virtud de una intrínseca honradez del ejercicio intelectual que postula, por principio, para cualquier oponente nuestro en un debate, la misma integridad y dignidad que disfrutamos nosotros. En la medida en que Arintero se veía discutiendo el concepto de verdad con el rector de la UCA, éste iba pareciéndole menos desagradable cada vez, cada vez más tratable, ahora que podía enfrentarse con él de igual a igual. Se daba cuenta Arintero, por supuesto, de que el concepto de verdad propuesto por Ellacuría desde el horizonte de la praxis histórica no negaba, de suyo, sino que en gran medida también incluía, las nociones clásicas del concepto de verdad: una cuestión, también para el rector, del logos predicativo, de adecuación entre intelecto y cosa, de coherencia interproposicional y de reconocimiento o acuerdo intersubjetivo. Todo eso el rector, al parecer, lo incluía en su conceptuación de la idea de verdad y de realidad, sólo que –y aquí empezaba el gran debate– la verdad de la realidad adquiría su dimensión primordial examinada desde la praxis histórica en un logos histórico. Le parecía a Arintero (y este fragmento de *Filosofía de la realidad histórica* lo tenía siempre delante) que decir que la verdad de la realidad no era sólo lo ya hecho sino también lo que está haciéndose y lo que está por hacer, hacía que la verdad de la realidad se escapara. Y esto, que en parte es obvio, tenía un indudable tinte marxista cuando se añade, como el rector y los suyos hacían, que hay que *hacer* la verdad y que esto no supone ante todo ejecutar lo que ya se sabe sino hacer aquella realidad que, en el juego de teoría y praxis, se muestra como verdadera. Entre esta noción y la visión marxista de que la filosofía no debe conformarse con conocer el mundo sino además transformarlo, había sólo un paso. Y se preguntaba Arintero, dispuesto a tomar del todo en serio a Ellacuría, si no sería, además de teóricamente discutible, también en la práctica excesivamente peligroso (un riesgo no flexible sino inflexible, con vocación de catástrofe) decir que la verdad y la realidad que han de hacerse y descubrirse se encuentran en la complejidad sucesiva de la historia de la humanidad. Se resistía Arintero a admitir que la praxis histórica era el lugar más adecuado (el lugar que da y hace la verdad) de desvelación o revelación de la realidad. De hecho, creía detectar Arintero, aparte de la subtonalidad marxista, un último sabor religioso en todo esto cuando oía que para realizar la máxima verdad de la realidad hay que buscar el lugar que «da y hace la verdad» y que este lugar eran los pueblos crucificados en cuanto portadores de la cruz de la historia. Este concepto del pueblo crucificado daba paso a la otra noción que Arintero deseaba debatir: que fuese la

111

masa popular dominada, explotada, oprimida, el lugar donde se descubriría la verdad del proceso histórico. ¿Y si en lugar de descubrirse la verdad del proceso histórico se alcanzaba sólo en el corazón de las masas populares el contragolpe de la no verdad, la falta de significación última del destino del género humano?

Por otra parte, con independencia de la exactitud o inexactitud de estas especulaciones, Arintero se había ido dejando arrastrar al intenso proceso emotivo, evaluativo, político y social concretos en que vivían sumergidos los estudiantes de la UCA, los compañeros de Osvaldo, los propios jesuitas, y que era una lucha abierta contra la injusticia estructural que sufría su pueblo y contra el poderío de los Estados Unidos, la sociedad democrática por excelencia, que, paradójicamente, antidemocráticamente, financiaban la guerra contra el pueblo salvadoreño. Así que Arintero, aprovechando que las ausencias de Osvaldo eran cada vez más prolongadas, comenzó a intervenir en los coloquios y debates de los estudiantes.

Intervenir, aunque sólo fuese como oyente, aunque sólo fuese tomando parte física en los incidentes de la confrontación de los estudiantes contra la contrarrevolución capitalista, hacía que Arintero se sintiese con frecuencia muy aturdido: confuso no sólo en lo relativo a aquella situación histórica concreta y su papel concreto en ella, sino también confuso ante sus propias expectativas de futuro. La nobleza de la lucha de los estudiantes y jesuitas, la ausencia de Osvaldo, a quien imaginaba de una manera u otra comprometido en las acciones de la guerrilla, le llevaban a pensar con desmayo en muchas ocasiones que su vida amorosa no tenía ningún futuro. ¿Qué clase de vida les esperaba a Osvaldo y a él, por mucho que se quisiesen, en una sociedad que tan sangrientamente luchaba por su supervivencia, sumida en un conflicto que no tenía la menor apariencia de poder concluir nunca? Y lo fascinante, lo nuevo para Arintero, dada aquella situación y aquellas reflexiones, era su indiferencia práctica por el sentido último de su vida: era más importante lo que ocurría a los salvadoreños que cualquier acontecimiento feliz o trágico que el azar o el destino pudiera por último depararles a Osvaldo y a él considerados como una pareja individual de amantes. Y esta como vaciada voluntad de Arintero, este desinterés por su propio destino y el de Osvaldo (que Arintero se había acostumbrado a considerar como uno y el mismo destino), ahuyentaba el desmayo, y en lugar de entristecerle o cohibirle, o impedirle participar en los acontecimientos de cada día, le animaba a interesarse cada vez más en ellos, como si el premio a aquel inesperado desinterés de Gabriel Arintero fructificase en una nueva compasión, una nueva generosidad que se ejercitaba incluso a sabiendas de que no tenía nada que dar: una canción de amor por todo un pueblo de desconocidos que jamás el viejo Arintero de Londres o de España creyó sería capaz de entonar por sí solo. Pero incluso esta última expresión, «canción de amor» (que el propio Arintero usaba porque, en su imprecisión, servía para designar su incipiente sentimiento de pertenencia a aquellas gentes, y que –más que un sentimiento– cobraba en ocasiones la forma de una decisión que, una vez tomada definitivamente, nos esforzamos en elogiar o alabar, como dándonos ánimos para no apartarnos de ella), le parecía, a fin de cuentas, trivial e inadecuada: en El Salvador, aquellos años, hacían falta mucho más que canciones y sentimientos compasivos para no salir huyendo.

Un domingo a última hora de la tarde reapareció Osvaldo de improviso, y Arintero (que había cogido la costumbre de acarrear en una mochila todo el día sus cuadernos de notas y los textos y apuntes del curso del rector) rogó a su amigo que se prestase esa noche junto con su madre a oír la lectura de *Reservas al Rector*. «Es un borrador. Es sólo un borrador», previno Arintero, sintiéndose la cara colorada y las dos orejas agrandadas y encendidas como cuando tenía que salir a la pizarra en sus años de escolar. Tardó casi diez folios en leer con naturalidad. Luego se embaló y fue muy fácil, delicioso. La lectura construía su propio espacio dentro del espacio recogido de la cocina, y la perspicaz nocturnidad del patio de vecindad fuera, con los pasos rápidos, con los pasos quedos, con los ruidos de las puertas al abrirse y al cerrarse, formando un derredor acústico como si fuera un cenador, como si el patio de vecindad entero, con su banquito de madera en medio y un falso pozo de gusto andaluz, contuviese, absorto, el cielo marinero que callaba y escuchaba la lectura. La lectura estaba siendo acompañada por las cabezadas asentidoras de la madre de Osvaldo. De cuando en cuando, Arintero apartaba la vista de sus folios para contemplar la deliciosa integridad de la escena: la diminuta cocina a ras de suelo resplandecía en esos momentos como el cuarto de plancha de la niñez de Arintero en casa de sus padres, los veranos, en el norte de España. Olía a plancha –se figuraba Arintero en su felicidad–. Y deseó que aquello durara siempre: hilo monótono de agua continua que escondido entre helechos deja que el oído y el olfato lo capturen con más relieve y más detenimiento corporal que los abstractos ojos. Al final Osvaldo (la lectura vino a durar unas dos horas) dio un respingo y exclamó: «¡Dios, qué cosas dices del padre Ellacuría! No entiendo si le estás poniendo bien o mal. Más bien mal.» Y Gabriel respondió: «Eso te pasa porque no te fijas.» Y volvió a leerle las conclusiones. La expresión «logos histórico» tenía dos orígenes: uno marxista-leninista (sobre todo a partir de la Ideología Alemana) y otro teológico-cristiano. Ahora bien, mientras que lo que tomaba Ellacuría de Marx, la idea de situación real, hombre real, movimiento histórico real, le servía para intentar la liberación de los salvadoreños, lo que tomaba de la teología revelada, en opinión de Arintero, le lanzaba más allá de lo debido hacia un territorio metaempírico, mítico y utópico. Así, al oponer al logos predicativo el logos histórico, el rector presuponía, con inconfesada seguridad teológico-cristiana, que hay un logos, una razón de ser, una finalidad en la historia. Y Gabriel le preguntaba al asombrado Osvaldo: «¿No es esto demasiado precipitado? ¿Y si no hubiera razón de ser? ¿Y si lo que queda en última resolución, Osvaldo, es el desorden y el caos?» Arintero consideraba en sus conclusiones que Ellacuría se dejaba llevar por sus hábitos teológico-cristianos, modificados ahora por una noción de la persona del Jesús revolucionario (que la Iglesia malbarató desde un principio) y que le volvían demasiado optimista a la hora de considerar que la proximidad del reino de Dios estaba dándose ahora: en este concreto momento de El Salvador.

Lo curioso fue que Gabriel Arintero acabó esta lectura, que había empezado suponiendo crítica y censoria, realmente emocionado. De pronto, se vio a sí mismo rogando a Osvaldo que no prestara atención alguna a aquellas cincuenta estúpidas páginas que acababa de leerles y que, en cambio, se fijara en el hecho portentoso que el padre Ellacuría y sus compañeros estaban en realidad, de verdad, enunciando: a saber: que el reino de Dios predicado por Jesús de Nararet como liberación del pueblo judío estaba teniendo lugar ahora aquí, en El Salvador. «Ahora mismo en nosotros, Osvaldo, está teniendo lugar la liberación, la salvación, la metanoia radical, el cambio radical de la conciencia, el cambio radical de la injusticia estructural en que vivimos, hacia una nueva, increíble situación de justicia. Esto es lo que predicaba Jesús de Nazaret, por eso le crucificaron los romanos, como ahora los americanos martirizan a los salvadoreños. Y esto es lo que yo creo que nos quiere decir Ellacuría, sólo que yo, realmente, no lo entiendo por completo. Es grandioso y me desborda por todas partes. Lo que sí veo con toda claridad, Osvaldo, es que hay un abismo entre esta teología liberadora, o como quieran llamarla, y la teología ratonera de los pecados originales y las culpas y las culpabilizaciones del catolicismo de mi niñez y juventud. Aquello era ramplón y yo lo abandoné para siempre, y esto que ahora oigo, leo y veo con vosotros es nuevo y edificante y hasta demasiado para mí. Pero qué más da eso.» Y, tras decir esto, se quedó Arintero en silencio, contemplando con emoción a Osvaldo, que había escuchado atentamente. Y entonces Arintero añadió: «Pensándolo bien, Osvaldo, quizá no haya un abismo entre el cristianismo que predican Ellacuría y los demás jesuitas y el cristianismo del Jesús de Nazaret de mi infancia. Se trata sólo de lo mismo, que ahora vuelvo a oír enunciado con las palabras poderosas de la acción, aquí todo es acción cristiana pura, liberado de la ropavejería eclesiástica, a salvo de la trapacería de clérigos acobardados, un cristianismo valiente y nuevo que nos incluye a ti y a mí y a nuestro amor en un único abrazo cristiano.»

Ya llevaba tiempo en San Salvador Arintero. Qué absurdo le parecía oír llamar subversivos a todos esos adolescentes heroicamente dispuestos a morir por la dignidad de un pueblo humillado. Entre la gente de la UCA que llegó a tratar con cierta asiduidad estaba Jon Sobrino. Se lo presentó Osvaldo una mañana:

–Está bien que se ponga usted de parte nuestra –le dijo aquel jesuita, que le contemplaba a través de unas grandes gafas de concha con inquietos ojos perspicaces–.

Me alegro de que nos quiera usted apoyar. Falta nos va a hacer que nos apoyen. Ya hablaremos.

Sin darse cuenta, en ese momento, Gabriel dijo:

–Iré a visitarle si usted me lo permite, padre Sobrino, por si puedo serles de alguna utilidad.

Quedaron en verse un día de la semana siguiente. Se sintió como quien acaba de dar un paso al frente. Tuvo la impresión de que el jesuita tomaba nota mentalmente y pasaba a otra cosa. Se sorprendió a sí mismo sintiéndose dispuesto a no sabía qué: echarse al monte quizá también, como el padre de Osvaldo. Se imaginó a sí mismo llevando y trayendo mensajes entre tiroteos. Se imaginó ayudando a trasladar heridos, de camillero. Se imaginó a sí mismo hasta tal punto diferente y realzado, que, durante toda aquella semana, se reía sin venir a cuento, de repente. Acelerado y sin moverse, como un tragador de anfetaminas. De alguna manera, por entonces, quizá por Osvaldo o uno de sus amigos, le llegó la frase, tal vez cambiada, que se atribuía a monseñor Romero poco antes de su muerte: «Alegres de correr, como Jesús, los mismos riesgos, por identificarnos con la causa de los desconocidos.» Nunca Gabriel Arintero había oído nada como aquello: identificarse con la causa de los desconocidos le parecía al mismo tiempo expresión de la máxima locura y el máximo heroísmo. ¿Era por eso por lo que se reía ahora con frecuencia, se echaba a reír sin ton ni son y tenía que explicar a Osvaldo, sin saber, que se reía porque sí, de alegría? Identificarse con la causa de los desconocidos le pareció un proyecto tan complejo y tan simple, un proyecto a la vez tan alejado del sombrío Gabriel Arintero de Londres y de España y, al mismo tiempo, tan apto para él, que era un desconocido, y sin embargo mimaba y cuidaba su propia vida, sus deseos, la plantita de su melancólico yo, como las niñas de sus ojos.

Cuando por fin se entrevistó con Jon Sobrino, le preguntó, casi sin venir a cuento, si él creía que cualquiera era capaz de identificarse con la causa de unos desconocidos. «Incluso –precisó Arintero–, si la causa se reconoce como justa, incluso en ese caso, me parece muy difícil, si no se les conoce realmente, identificarse con ellos. No creo que yo fuese capaz.» Al decir esto, se sintió emocionado: era la primera vez en su vida que pedía a alguien instrucciones para tomar parte en la acción. ¿Entendería este jesuita lo que pasaba en ese momento por la cabeza de Arintero? La respuesta no ofrecía lugar a dudas.

–Será usted capaz si usted quiere. Mire, le voy a contar lo mío, que viene a ser lo de la mayoría de nosotros. Cuando yo vine aquí, andaba por las nubes. Y esto me hizo despertar, bajar a tierra, estar cerca de la miseria de la gente. Los que antes me parecían unos niñitos descalzos, los empecé a ver como producto del pecado. No del pecado individual sino del pecado estructural: de la injusticia estructural. Vi que los desconocidos eran una responsabilidad mía, una responsabilidad nuestra, y mía también. Podíamos ser hermanos. Me di cuenta de que lo más real no era yo o el yo o mi caso. Eran ellos más reales que nosotros, y me sentía acogido, y me sentí perdonado. Y entonces empezó, sabe usted, la historia de la gracia, ¡no te fastidia! Cuando menos lo esperaba y donde menos lo esperaba, empieza la historia de la gracia, empieza con la pobreza y con los pobres. Y entonces entendí que el Dios de los pobres iba a ser el Dios verdadero para mí: Jesucristo. Había una gente que no había tenido ninguna oportunidad en la vida y que quería vivir. Ése era mi camino, y no el afán de conocerme a mí mismo. Le cuento esto por si a usted le sirve, aunque sea mi caso. Como usted me ha preguntado si usted sería capaz... por eso se lo cuento. Descubrí el misterio de la realidad a través de la pobreza de toda esta gente, y aquí me tiene usted. Le cuento esto porque me ha parecido que usted me pedía las razones de mi esperanza.

Más tarde, ese mismo día, Arintero se miró en el espejo del cuarto de dormir y la cara que reflejó aquel espejito de afeitarse no era ya su cara o su enigma, sólo la cara que uno afeita todas las mañanas. Seguía teniendo la sensación Arintero de haber dado un paso al frente y de que se hallaba, por lo tanto, dispuesto a prestar ayuda a quien se la pidiese. La cosa, sin embargo, no era sencilla: quizá para un hombre de acción hubiera sido sencillo unirse a la guerrilla salvadoreña en aquel momento, pero eso no es lo que se lo ocurrió hacer a Arintero. Lo que se le estaba ocurriendo en cambio, conectado con lo anterior y sin embargo, de hecho, muy opuesto a lo anterior, fue dejar que, al pensar en Osvaldo, que en aquel momento llevaba una semana sin dar señales de vida, le abrasaran los celos: o quizá no tanto como los celos, pero sí un preludio de ellos consistente en imaginar a Osvaldo al hilo de unos posibles comportamientos que, pudiendo ser propios de Arintero, y pareciéndole por consiguiente verosímiles, era injusto atribuir a Osvaldo sin más. Se imaginaba que las ausencias de Osvaldo se servían del estado de guerra o de agitación para abandonar a Arintero y pasar el tiempo con un supuesto amante en el monte: un romántico comandante de la guerrilla aparecía en la imaginación de Arintero dotado de todas las gracias bélicas y varoniles que puedan suponerse, y los imaginaba acurrucados los dos en los hoyos y refugios del monte, haciendo el amor o planeando emboscadas, hablando conmiserativamente de Arintero. Le pareció entonces que su buena disposición para envolverse en la lucha por los derechos del pueblo salvadoreño se veía frenada por el comportamiento de Osvaldo y de su amante, los auténticos luchadores que, sin proponérselo, le hacían sentir que en aquella lucha noble y heroica Arintero no tenía el menor papel. Para no entregarse a estos devaneos de una conciencia enclaustrada en sí misma, se ofreció voluntario para dar clases de inglés a alumnos de la UCA fuera de las horas de clase. Le preguntaron si en vez de inglés no estaría dispuesto a dar unos cursos de alfabetización en un pueblo cercano a San Salvador donde había nutridos grupos escolares. Aceptó y le dejó dicho a la madre de Osvaldo dónde iba a estar y se fue allí al día siguiente. Le llevó uno que tenía una moto, por una carretera bombardeada, llena de hoyos. La moto era una vespino que se calaba en los repechos, así que una parte del viaje consistió en empujar la moto en esos repechos y volver a ponerla en marcha después. Era un ejercicio agobiante con tanto calor, y cuando llegaron al pueblo, claramente vio Arintero que quedaba mucho por hacer. Se pasó lo que quedaba de mañana con unos niños de ojos negros –los mayores tendrían diez años– enseñándoles las letras: les explicó que las letras se dividían en vocales y consonantes, y los niños se tenían que fijar en que había veintiocho, de las cuales sólo cinco eran vocales y el resto consonantes. Esto era tan sencillo que creyó que todos lo entenderían a la primera. Pero no lo entendían a la primera. Eran unos chiquillos de caritas redondas y ojos muy negros, que brillaban y resplandecían en su ágrafa infancia sin entender nada. Se instaló en el campamento y así estuvo una semana y otra semana. Dormían en unos sacos de dormir en la iglesia. Y el cura le dijo: «Esto que hacemos aquí es poco y es mucho. Poco porque es poco, ya se ve. Y mucho porque es lo máximo que se ha hecho por estos críos de un tiempo a esta parte. Todo está suspendido con la guerra: las clases... Y yo rezo: Hermanos, por nada os inquietéis. Alegraos. Y entonces la paz del Señor, que sobrepuja todo entendimiento, guardará vuestros corazones en Cristo Jesús.»

Y añadió el cura: «Rezo esto, pero hay días que no sé ya qué significa ni qué quiero rezar ni a quién quiero rezar, ni qué es la paz del Señor, ni siquiera sé, fíjese usted, qué es un intelectual, ya se le ve, ni siquiera estoy seguro de que al decir que la paz del Señor sobrepasa todo entendimiento no esté haciendo un flaco servicio a estas pobres gentes, porque una paz que no puede ser comprendida por nosotros, y que sólo sirve para guardarnos en el corazón de Dios, es una paz de difuntos, no de vivos. Y hasta eso es mucho suponer. Perdone usted que le hable así, pero es muy difícil viviendo aquí no inquietarse.»

Y era cierto que todo inquietaba a Arintero. Todo era inquietante: los camiones cruzaban el pueblo cargados de soldados sombríos. Los ruidos de la noche fundidos en un solo bloque temeroso: el culebreo reptante, entre la maleza, de una culebra, y el arrastrarse de los pies, un golpe en los bajos de la puerta. Los repentinos registros, los cacheos, los cateos. Su identidad despertaba sospechas. Tuvo que ir un par de veces a la embajada española en San Salvador para conseguir una especie de pase como residente. Le habían dado una estadía de un año.

Todo es empezar, pensó. Y quería decir Arintero que, tras unas semanas en el campamento, seguía teniendo la misma sensación que había tenido al acabarse el primer día: que una vez dado el paso al frente –adentrándose así en un asunto, una comunión que quedaba más allá de lo que habían sido hasta la fecha sus propios intereses– no había avanzado ningún paso, no se había movido. Por lo tanto, empezar era una totalidad que constantemente se reconvertía en sí misma. Estaba empezando todo el tiempo. «Aquí estoy», le había dicho a Jon Sobrino, al ofrecerse para dar clases de inglés. Pero en vez de inglés le propusieron ir a este campamento, sobre todo de niños y mujeres que el gobierno aseguraba mantener así reunidos y a salvo de la indoctrinación marxista de la guerrilla, de hecho dependían del párroco, un hombre mayor, desmadejado, que parecía contemplar con incredulidad, con horror, cuanto sucedía en torno a él. «Muchos jóvenes están mal aconsejados –comentaba a veces–. Les hablamos de injusticia y se echan al monte para remediarlo como si fuera posible remediarlo así. Siempre habrá pobres entre vosotros, nos dejó dicho Nuestro Señor Jesucristo, y él sabía de qué hablaba.»

Haberse puesto en contacto con aquel campamento era consecuencia de haber dado un paso al frente. ¿Qué otro paso al frente había que dar ahora? Ocuparse de aquellos críos durante toda la mañana era agotador. Incluso si tenía la tarde libre, el hecho de tener que repetir al día siguiente lo mismo le impedía descansar a gusto, olvidarlo. Era una tarea pendiente y a la vez carente de forma. No es como si aquellos niños tuviesen que aprender a leer para después, pasada la primaria, empezar el bachillerato. Tenerles agrupados allí ya era un fin en sí mismo, era como una guardería. Estar allí era todo para muchos de aquellos críos: era lo único que les quedaba de familiar o de tranquilizador. Había, por lo visto, más niños que madres. No podían ser agrupados por familias naturales. Las personas mayores todavía en condiciones de moverse eran repartidas por los grupos en el papel de abuelos o abuelas, dando un aspecto tranquilizador a los grupos. En un enfrentamiento civil como aquél, aprendió Arintero, el mañana era una incógnita temerosa, como el anochecer en un lugar desconocido. Cada día era un absoluto con muchas ocupaciones que atender y sin un plan, a excepción del plan de alargarles la vida o librarles de la muerte todo el tiempo posible. Algunas noches, por lo visto, habían desaparecido niños, los habían robado, según decían, para venderlos a parejas sin hijos. Era un temor creciente y nuevo. Llegaban noticias desmesuradas, incongruentes, de mutilaciones salvajes con una especie de voluntad estética macabra. Había turnos de vigilancia por las noches en los que Arintero también participaba. Arintero no tenía la sensación de que su vida misma peligraba. De hecho había logrado, a fuerza de agotarse y acabar los días rendido, suspender toda atención a sí mismo. El único estímulo para atravesar un día tras otro y llegar a fin de semana o a fin de mes era que cuanto más tiempo pasaba más probable sería el regreso de Osvaldo, aunque fuese unas horas, pasar una tarde con él era el único alimento de su esperanza.

Cuando le contó lo que hacía a la madre de Osvaldo, ella le dijo: «Es usted un buen hombre. Osvaldo se alegrará mucho de lo que hace.» Esas palabras le sirvieron de estímulo durante un trecho. Se sentía embotado. La única señal de avanzar o confirmar su paso al frente era que no se le pasaba ni por un momento por la cabeza la idea de dejar aquello o abandonar el país. ¿Es esto –se preguntaba Arintero– una modificación de mi corazón, una buena señal de que en mí nace una nueva generosidad? Y no podía responder. A la vista de aquellos niños apilados juntos, tan pequeños, tan frágiles, sentía la urgencia de quedarse allí, la necesidad de quedarse allí a sabiendas de que si algo violento iba a suceder no sería capaz con sus propias fuerzas de impedirlo o modificarlo. Llegaban de cuando en cuando aquellas horribles informaciones que todos ellos, incluido Arintero, interiorizaban de golpe –porque se les prestaba asentimiento inmediato– acerca de bebés lanzados a lo alto como en el tiro al plato, ejecutados delante de sus madres. Cuerpos troceados con machetes, embarazadas desventradas abandonadas a las alimañas. Era sin más el infierno. Nadie podía ganar esa guerra. Ignacio Ellacuría aparecía con frecuencia en televisión o en la prensa declarando que ninguno de los dos bandos podría ganar la guerra: que era necesario que se aviniesen a razones los dos bandos, que dialogasen. Esto –le constaba a Arintero– hacía que se volviera una figura desagradable para ambas partes: todos le veían del lado del otro cuando no estaba con ellos. Saber que esto era así fue lo que borró lentamente, y en esto sí que no hubo retroceso, la imagen un poco infantil que al principio Arintero se había hecho de un Ellacuría inaccesible.

Sus actividades en el campamento llamaron la atención de la gente de la UCA. Jon Sobrino se lo dijo en una ocasión: «Me alegra verte con nosotros.» Una tarde, hacia las siete, como era su costumbre, se acercó a visitar a la madre de Osvaldo. La puerta estaba entreabierta. Llamó, entró en la cocina, y no había nadie. En la habitación había aún la paz de todas aquellas tardes, las tareas empezadas de la madre de Osvaldo, ropa doblada preparada para planchar, la plancha en su sitio, las zapatillas de la madre de Osvaldo bajo el sitio donde solía sentarse a la mesa de la cocina, la luz de la cocina encendida como si la madre hubiera salido a un recado. Se sentó a la mesa de la cocina, esperó hasta medianoche, se tumbó en la cama de Osvaldo pensando que le daría a Osvaldo una sorpresa si volvía tarde esa noche. Al día siguiente, de madrugada, no habían regresado ninguno de los dos. Arintero volvió al campamento, allí estuvo ocupado con los chiquillos hasta media tarde. Volvió a la casa de Osvaldo por la tarde: no había nadie, la luz seguía encendida, la angustia le secaba la boca. Esa misma noche fue en busca de los amigos de Osvaldo que conocía, para saber qué había sido de Osvaldo o de su madre. La angustia le paralizó. ¿Dónde ir? Habló con Jon Sobrino en la UCA. Sobrino conocía bien a Osvaldo y a la madre. Le tranquilizó: «No te preocupes. Ya aparecerán.»

Iba todas las tardes a la casa. Una tarde encontró la casa despanzurrada. El colchón de la cama de Osvaldo destripado en medio de la cocina. Daba la impresión de que habían buscado algo en la casa. Daba la impresión de que habían venido a robar. Echó en falta la radio, la plancha, un pantalón y un cinturón de Osvaldo. En medio del dulce atardecer, del aire tranquilo, aromático, erótico todavía, la muerte era como un gato enflaquecido, apaleado, que aparece un instante, husmea la habitación, desaparece. La muerte es una invitación a desistir, a ceder, a dejar de sufrir, a dejar de esperar, a dejar de buscar, a dejar de recordar y de amar. La muerte es la gana de dormir, no retener nada, ni siquiera querer saber cómo ocurrió. La muerte, para Gabriel Arintero, empezó a ser la tarde sin Osvaldo, ahora que todas las tardes eran ya una misma tarde.

Por entonces le llegó una notificación del Ministerio del Interior avisándole que se preparase para abandonar el país. La situación empeoraba y se aconsejaba a los extranjeros que abandonasen el país. En realidad le daban un plazo de cuarenta y ocho horas para irse. A los amigos de Osvaldo les dejó una dirección en España que era la dirección en Madrid de Carolina de la Cuesta. La misma dirección que le dejó a Jon Sobrino. Rogó que le escribieran. Prometió escribirles. Una vez en Madrid, en una pensión de Argüelles, para que la desesperación no le volviera loco, se fue en busca de una organización de rehabilitación de ex convictos que le había mencionado Jon Sobrino. Allí se ofreció voluntario. Empezó a trabajar en un piso procurando no pensar en nada, no queriendo creer que Osvaldo y su madre habían muerto.

Saberlo Siloé no lo sabía cómo iba a ser la casa, ni tampoco imaginarlo o sospecharlo había podido a partir del anuncio de *ABC*, y ni siquiera a partir del portal, trancado, como una caja fuerte no mucho mayor que el ascensor. El ascensor, mucho mayor que cualquier otro ascensor, casi un montacargas a no ser por la moqueta color claro y los espejos de ambos lados y del fondo, separados por rectángulos de metal reluciente, pavonado, que también espejeaban. El ascensor ascendió sin ningún ruido. Entraron ellos en el ascensor y la puerta se trancó, e instantáneamente se encontraron en el séptimo-ático: ante ellos la puerta del ascensor volvió a abrirse y tras ellos a cerrarse como una caja fuerte, sin hacer el menor ruido. La luz del rellano era carnosa y blanca, tan viva que parecía de la calle, como una orquídea blanca con una mota en el centro de granate y un pistilo de polen amarillo. Procedía de fanales embutidos en un alto techo, como un salón de baile en cuyo centro una enorme alfombra de color muy claro conducía hacia el centro de sí misma, que era en verde claro, rojo oscuro, flores, y una puerta labrada de madera de doble hoja, una de cuyas hojas abrió hacia dentro un criado de casaca gris y pelo blanco, guantes blancos, se conoce que al oír el ascensor. Siloé se fijó en el dorado de la gran botonadura de la casaca del que abrió, que les hizo pasar, sin dar un ruido, a una sala aún más llena de luz que el rellano, que pareció abrirse al aire con plantas interiores que resultaban vagamente familiares a Siloé de cuyos nudosos troncos libertinos emergían corolas de hojas duras, lanzas de charol verde, personajes laterales, mudos, alineados irregularmente, cuyas cabezas invisibles se balanceaban dialogando, inaudibles, inmóviles, atornilladas en el centro de sus enormes alzacuellos hechos de plisadas brácteas de buganvillas, pensadas para asombrar, ideadas para silenciar. Todo lo demás era oro y mármol, el color verde, el color crema, el color del oro viejo de las cornucopias, cientos, de todos los tamaños, la sala no podía verse de una vez, porque deslumbraba y también porque se perdía en un ángulo: Siloé miró a Virgilio, que a su vez la miró a ella. El anciano de la botonadura de oro les indicó que se sentaran, el tono de su voz, ahora oído por primera vez, no les pareció español del todo ni tampoco francés o inglés de las Antillas: «El señor les recibirá ahora mismo», les dijo, y desapareció. Mientras esperaban, Siloé contempló a lo lejos su reflejo frente a ella, casi enana al lado de la replicante negrura de Virgilio. Siloé se atusó el pelo, se miró las uñas, muy bien pintadas y cuidadas, estiró la falda sobre las rodillas lo que pudo, las rodillas de pronto le parecieron habérsele subido hasta los hombros, haciendo así temblar a Siloé, inmóvil en sus zapatos de tacón de aguja, y sujetarse al brazo de Virgilio como si temiera que al ponerse de pie sobre aquellos zancos sus propias piernas no pudieran soportarla y las alzas de los zapatos se quebraran. Virgilio está tan rígido –pensó–, el brazo izquierdo acalambrado bajo el dril musculoso de la chaqueta nueva. Entonces Leopoldo de la Cuesta apareció ante ellos, doblando el recodo del salón, bajando dos escalones y pareciendo altísimo. Los dos se pusieron de pie, les dio la mano y los tres se volvieron a sentar. Eso sólo fue lo que pasó. Siloé fue lo que vio: se le metió en los ojos a través de las pestañas, atravesando de golpe las tres pieles, superpuestas finísimas las tres sobre la carne viva, que respira por los poros y permite la sudoración y la percepción: la mitad de lo que se ve, se ve gracias al aire que respiras: lo primero que se muere son los ojos: por eso los moribundos, aunque aún te miran, no te ven: es gracias a la piel como ven aún algo y por eso se les debe acariciar, los allegados sobre todo, para que vean que no les dejan solos.

Siloé se acordaba todavía, pasados ya bastantes años, más de diez, de lo que pensó de reojo al verse aquel día en el espejo a la vez que se sentaban en presencia ya de don Leopoldo en un tresillo de rejilla muy tostada y almohadones de salvaje seda cruda, dejada adrede sin unificar: menos mal que no soy negra como él sino sólo latinoamericana por mi bisabuelo el español. Porque don Leopoldo no hubiera podido hallar agrado ninguno, hablando en plata no lo hubiera hallado, de haber los dos sido lo mismo: negros como Virgilio era, hasta el propio blanco de los ojos.

La fascinación de aquel primer momento había de durarle mucho a Siloé. Fue fascinación por don Leopoldo y por su casa, pero fue además una fascinación reduplicada, reconocida como tal por Siloé muy pronto y comentada con frecuencia en ratos de palique con sus íntimas amigas dominicanas: «¡Un tremendo flechazo es lo que fue! –piaba Siloé–. ¡Me di cuenta al momento que me dio!» Crisanta, la mayor de sus íntimas amigas, alborotada de escandalización, saltaba siempre con lo mismo: «¡Mujer, flechazo no. Eso vendría a ser puro adulterio!» Y Siloé replicaba, hasta ofendida: «¡Flechazo fue, y no me pienso desdecir por más que digas. Y si quieres te lo juro por la santa verbena del monte del Calvario.» Por fuerza Crisanta tenía que santiguarse: «¡Ave María Santísima, en el nombre del dulce Jesús, qué cosas dices, Siloé!»

No solía Siloé, una vez declarada esa gran fuerza de aquel primer flechazo, extenderse a dar detalles que, en opinión de Siloé, las enumeraciones detalladas más achican que ensanchan las prodigiosas cosas. Los detalles los guardaba para sí, para entretenerse repasándolos, como los musulmanes viejos, que había visto sentados a tomar el sol a la puerta de sus casas en el barrio de su madre, constantemente repasan para solazarse las gruesas cuentas de sus rosarios redondos. Leopoldo de la Cuesta tomó aquel primer día nota inmediata de las emociones que él mismo y su casa provocaban en Siloé. Sus efectos cruzaban y recruzaban de los pies a la cabeza a Siloé entera.

Todo esto, que tuvo lugar unos diez años atrás (a los cuatro años de la adopción de Esteban), empezó siendo mera casualidad intercalada en la necesidad en que Leopoldo se había visto de sustituir a sus viejos criados por una nueva pareja. Pero, al ser Siloé y Virgilio una pareja tan desusada como pintoresca, Leopoldo transformó la casualidad en necesidad, secretamente seguro de que todo saldría bien, muy a su gusto. El estilo de vida de la burguesía española se había vuelto casi irreconocible en lo que iba desde el final de la guerra a aquel año setenta y nueve. Esto no obstante, el hecho de que Leopoldo hubiera ofrecido a Siloé y Virgilio un contrato con casi sólo verles, contenía rareza de sobra para llevarlo a cabo tan de golpe un hombre que detestaba cualquier cambio de sus costumbres. Por eso cuando su hermana Carolina le preguntó a los pocos días: «¿Cómo has sabido que te convenían estos dos, con lo chinche que tú eres?» Leopoldo no supo contestar. Salió del paso comentando que los había escogido porque le parecieron personas de otra época, servicio doméstico del siglo XIX, siempre deseosos de servir, siempre sumisos.

Es curioso que tras el primer pronto de aquel día, tras aquella antillana española epifanía de la luz carnosa y la terraza como la bocana de un alto malecón batido en el verano invierno del Caribe por los montos espirales de todos los tifones de un milenio, es muy curioso que Siloé cerrara la intención y no quisiera ver ni mirar ya nada más: que estaba plenamente satisfecha lo indicaban las rectas espiguillas de las medias de seda que, como flechas negras, rectas iban desde el principio del tendón de

Aquiles a las corvas de café con leche hasta por fin hincarse mentalmente en el rosa inviolado del bíceps femoral hasta alcanzar el culo. Fue una pequeña procesión, compuesta por Siloé, que iba ahora delante, sin conocer la casa ni el camino ni mirar atrás seguida de Virgilio, paso y medio más atrás, para volverse a mirar a don Leopoldo y ver por dónde habían de seguir. Y don Leopoldo el último y el viejo criado tres pasos más atrás, que había reaparecido con el fin quizá de cerrar las puertas que tal vez la comitiva al avanzar dejaba sin cerrar. El impulso que había conducido a Siloé y sus tres acompañantes a través de dos consecutivas salas que a Virgilio le parecieron museos de porcelanas tintineantes, se detuvo repentinamente ante un rellano vacío iluminado por una alta claraboya, cuyo suelo de marquetería venía a representar una especie de seca y muda rosa de los vientos. Ahí de pronto se encontraron y encontraron a la vez tres arcos. Siloé se detuvo, Virgilio miró a Leopoldo, y Leopoldo dijo: «Aquí empieza el laberinto, un capricho que me quise dar. Ya aprenderéis a usarlo.» Giró en ángulo recto, apoyó la mano en una moldura de la pared y se abrió una puerta que conducía directamente a la cocina y a las habitaciones del servicio. Era un pasillo interno que pareció de pronto muy estrecho a consecuencia de la anchura de los salones precedentes y a consecuencia de un plafón que ocultaba las luces del pasillo, encendidas al entrar, que ahora resaltaban el ligerísimo vainilla de la pintura plástica que recubría ambas paredes hasta el zócalo tapizado en saco verde claro: aquel pasillo era literalmente un corredor, porque el colorido, la velada luz y la absoluta falta de decoración en las paredes aceleraba inconscientemente el paso de los que pasaban hasta volcarlos ante la puerta de bayeta verde del fondo, que empujada abría paso a una gran antecocina y luego a una cocina y luego mediante dos distintas puertas al interior de una vivienda. Todo estaba escrupulosamente limpio y reluciente, y sólo asentados sobre el suelo de baldosa roja la mesa, las alacenas a ambos lados de salseras y soperas de, como poco, tres vajillas, pensó Siloé, y sus correspondientes docenas de platos hondos, llanos y de postre y aparte, por sí sola en una esquina, tan quieta como todo lo demás, la alacena del cristal, todo el cristal de aquella casa, que iba desde unos humildes duralex color verde hasta las copas del cristal cristal y las del vino, color verde, para los vinos blancos o alemanes. En esa ocasión Siloé, por primera vez, giró ciento ochenta grados sobre sí misma y miró a Leopoldo y preguntó:

–¿Eso, señor, es la cocina?

–La cocina, sí claro.

–¿Y todo lo demás que se ve luego?

–¿Todo lo demás...? –inquirió Leopoldo fingiendo no saber a qué se refería Siloé–... pues dan a vuestro cuarto de estar, los cuartos vuestros, el baño y todo lo demás.

–¡Pero si esto es un piso enorme, esto es un *flat!*

–Sí. Más vale que estéis cómodos, y aquí os dejo.

Todo esto fue lo que pasó la primera vez que Siloé llegó a la casa. Durante diez años había la casa de írsele extendiendo por el corazón, la voluntad y los cinco sentidos más el sexto hasta no haber en el lindo corazón poliándrico y serial de Siloé nada más que dos nuevos amores en el lugar que antes ocupaba Virgilio y otros antes de Virgilio, y que ahora eran: una casa infinita mayor y más oscura y más luminosa que una selva, y un hombre de mediana edad, gran figura de indiano o de hidalgo o de don Juan en su declinación: Leopoldo de la Cuesta.

También Virgilio recuerda aquel mediodía de la primavera de mil novecientos setenta y nueve. Recuerda la sensación de alivio tras la breve conversación con Leopoldo de la Cuesta, el rápido y generoso contrato. Y también recuerda cómo, una vez instalados, la cara de Siloé se iluminaba examinando uno por uno los electrodomésticos, los mismos electrodomésticos que Siloé y Virgilio solían contemplar en los escaparates de los grandes almacenes de Santo Domingo y de San Juan de Puerto Rico y de México City e incluso en Madrid cuando, después de muchas vueltas e intentos fallidos y papeleos, obtuvieron el permiso de trabajo. Ahora que Siloé tiene a su disposición todos los electrodomésticos que codiciaba, piensa Virgilio que podrá pensar en otras cosas, podrá comprarse pendientes y sortijas y cinturones anchos y pantalones vaqueros de las buenas marcas y cambiarse la forma del peinado y el color y arreglarse ante el espejo de un admirable tocador isabelino que es la pieza central del dormitorio del piso donde les ha instalado Leopoldo: ese tocador como un altar colonial, con santitos lindos y jesusesmariasyjoseses de madera pintada: Todo será mejor, más nuevo –piensa Virgilio–, ahora que lo tenemos todo a mano en este inmenso piso de este gran señor que nos ha contratado a la primera sin andar preguntando inconveniencias, sin dudar de nosotros. Virgilio recuerda aquellos primeros días en su nuevo empleo como el tiempo de gestación de un gran deseo, una gran voluntad de no irse nunca de aquella casa que Virgilio estaba seguro de aprender pronto a limpiar y cuidar hasta que Dios dijese, en un remoto futuro sin colores, que se acaba todo. Pero tardará mucho en acabarse, piensa Virgilio, y también ha ido pensando después, durante todos estos años, que el final de su vida se parecerá mucho al principio de su vida: en lo incoloro, en lo alejado e insignificante que será: cuando llegue, parecerá el futuro lo mismo que el pasado y se extenderá el presente, un único presente copioso y alegre que no parecerá acabarse nunca. La expresión de Virgilio no ha cambiado apenas en diez años, aunque su corazón ha perdido algo del estampido y de la ráfaga y del brillo del cohete que era su corazón al poco de llegar y todo el primer año y el segundo, cuando Esteban era sólo un niño que crecía y todo era tan fácil.

También, pues, para Virgilio aquellos primeros días fueron, como para Siloé, definitivos, y fijaron su sentido de aquel empleo y de aquella casa, pero a diferencia de Siloé, que clavó firmemente sus ojos en Leopoldo de la Cuesta, Virgilio, más modestamente, se fijó en las muchas vitrinas que veía de refilón según pasaban y que luego pudo examinar con calma a lo largo de los años, donde toda suerte de objetos, muy bien limpios y clasificados, conferían al piso un aire de museo o de elegante aula de ciencias naturales: Virgilio era consciente de que todos aquellos objetos al final acabarían siendo parte de sus tareas cotidianas, y eso justo fue lo que le pareció más fascinante: ser el que cuidaba todas aquellas maravillas, comprenderlas, limpiarlas, integrarlas en el vasto mosaico de un mundo imaginario que evocaba el mundo real en toda su riqueza y detalle, en una inmensamente larga y compleja denominación. Esto de que cada objeto estuviera instalado en pequeñas arquetas o pedestales al pie de los cuales se podían leer nombres y referencias –y esto podía ya verse a simple vista según se pasaba por la casa– le parecía a Virgilio casi lo mejor de todo: que todas las cosas allí, como en un nuevo paraíso, aparecieran ya nombradas y confiadas al cuidado de Virgilio. Virgilio nunca pensó que él conferiría nombres a las cosas de aquel mundo: para pensar eso hacía falta mucha más sustancialidad y soberbia de la que Virgilio tuvo nunca. Virgilio pensaba solamente cuidarlas, comprenderlas en sus nombres vulgares, unidos a los otros, latinos, más largos y científicos, en sus propiedades y en sus pequeñas historias de minerales y de rocas y de ídolos: como el armarito de caoba que Virgilio había visto desde el primer día, haciendo esquina, maravillosamente trabajada la marquetería con juegos de dos y hasta tres maderas y filigranas, en cuyo interior danzaban, inconfundiblemente audaces en su barro verdoso, burlonas figuras chichimecas.

Siloé fue adoptando con los años, pero ya desde el primer día, un aire de querida, una pulcritud, casi una elegancia muy poco caribeña en sus atuendos de calle y un primor en sus dos juegos de uniformes, el de la cocina y los uniformes de doncella que ayudaba a Virgilio a servir a la mesa en ocasiones. Sustituyó el parloteo (que sólo se permitía al teléfono o con sus dos o tres íntimas amigas, que ésas sí que parloteaban de verdad, sobre todo Crisanta) por una vocecita precisa de secretaria particular o de azafata de congresos, una elocución equivalente al caminar con falda estrecha y con tacones altos. Siloé hablaba como andaba. Se tenía, al verla, la sensación de un abanicamiento a la vez presuroso y contenido, como una leve cefalea que requiere por un instante presionar ambas sienes con los dedos corazón de las dos manos. Una altivez creciente que era inconfundible, sin dejar de ser, con todo, muy pequeña: como si Siloé se estuviese mentalmente preparando para una transfiguración de doncella en querida o de querida en esposa, meramente por estar ya en aquella casa, poner caritas de disgusto y hablar poco. Siloé fue dejando poco a poco de lado toda idea de salir: aunque salía de hecho domingos y festivos del brazo de Virgilio e iban al cine, a la sesión de tarde, y a las cafeterías de Gran Vía y de Goya, a California 47 solían ir después de ver una película en el Cid Campeador, a cenar un gran sándwich de tres pisos. Aunque le gustaba ir de tiendas, ir al Corte Inglés a probarse en el puño cerrado el color de un nuevo pintalabios, todo eso era accidental y no esencial: lo esencial era la casa, su lado de la casa: estar ahí, sentada frente al televisor, aunque vestida de calle si era fiesta, a sabiendas de que don Leopoldo estaba al otro lado y que podría llamar al timbre o presentarse de improviso en la cocina, aunque nunca jamás se presentó o llamó los días de salida. Virgilio se acomodó sin ninguna dificultad a los nuevos hábitos de su mujer, porque él mismo prefería también quedarse en casa los días de fiesta, o si Siloé no tenía telenovela o una tertulia televisiva, ver un partido de fútbol. Siloé se fue volviendo altiva y fina, casi a la vez que Virgilio se volvía servicial y sonriente. Para los dos hubo al poco de llegar la gran sorpresa de descubrir a Esteban. Esteban tenía unos doce años por entonces. Era un chaval muy guapo, alto para su edad y, también para su edad, muy silencioso. Apareció en la cocina una mañana, dio los buenos días y se quedó mirando a Siloé, que comentó:

–¡Ah! Éste debe ser el hijo del señor... ¿Eres el hijo del señor?

–No soy hijo. Soy ahijado. Me llamo Esteban. ¿Tú cómo te llamas?

Siloé se sintió aliviada y apurada en ese momento, que resolvió Virgilio entrando en la cocina de repente. Virgilio y Esteban se habían hecho amigos nada más saludarse el mismo día de llegar. Para conocer a Siloé había ido Esteban expresamente a la cocina. A Virgilio, en cambio, le veía a menudo, sirviendo la mesa o limpiando la casa por las mañanas. La otra persona de la casa que Virgilio y Siloé conocieron enseguida fue Carolina de la Cuesta, la hermana del señor, que vivía en el piso de abajo, atendida por una señora mayor y una asistenta.

Siloé había comprendido a estas alturas que aún tenía que comprender muchísimo mejor a don Leopoldo y el piso en que vivían. Tener que comprender todas las cosas era en Siloé una obligación que se volvía presentimiento de que todo lo que le quedaba por saber era un líquido rojizo un poco espeso, encerrado en esa casa, que venía a ser un inmenso garrafón que Siloé iba bebiendo día tras día, procurando no atragantarse ningún día ni dejar tampoco de beber. Así iba a pasársele la vida, a la vez agradablemente y mal: no podía ser de otra manera, porque Siloé había heredado un repunte de sus remotos ancestros aborígenes que era como una melancolía inmensamente pasiva y sedosa, umbilical, que hacía que Siloé, pensando en ello, cambiara de color, cogiendo como un relumbre blanco, indio, como el cielo después de haber llovido, color charco, color como el insecto palo marrón claro para fácilmente camuflarse. Siloé consideraba que ella era capaz de camuflarse hasta tal punto, en cualquier habitación o en cualquier parte, que una vez se sentó en el sillón de orejas de la sala, que es de una cretona floreada, gruesa, y don Leopoldo entró de pronto y Siloé se acurrucó y se dijo: Si me acurruco bien acurrucada no me ve, y don Leopoldo no la vio. Pasó a un lado de ella y se metió en su estudio mientras Siloé tranquilamente se levantaba y se iba. Y esto Siloé se lo contó a Virgilio, y Virgilio dijo:

—No me extraña que don Leopoldo no te viera, tan pequeñita siendo tú como tú eres.

Siloé contestó:

—Tampoco soy tan pequeñita, y no es por eso, es porque me confundo con las hojarascas y los troncos de los árboles y las mesas y las sillas, porque si quiero me siento en una silla y no me ves.

—Aunque te escondas debajo de las sillas yo te veo —contestó Virgilio tontamente—, porque eres una luz que brilla siempre como las luciérnagas.

—Pues, para que sepas, yo no brillo. Me sé difuminar y camuflar como el insecto palo que no brilla.

No poder ser vista salvo que ella se dejase ver era una cualidad, una capacidad heredada de su madre, aprendida por imitación: aparecer y desaparecer a voluntad, con independencia de que fuese o no vestida, o cómo, dependía de la naturaleza de su piel: Siloé era casi blanca toda entera, aunque blanqueando más sin embargo las manos, los pechos y los pies que el rostro propiamente dicho, que se encendía o palidecía al hilo del humor de Siloé. Empalideciendo española y encarmineciéndose mulata. En lo que Siloé pensaba siempre era en su piel, nunca dejaba de pensar en ella. Su piel era su paisaje más querido, su Caribe interior, en primavera, bajo la lluvia haitiana, pestilente, copiosa, dulzona y aventada, que no deja ningún contorno firme, ningún corazón fiel. Todo corazón desdibujado, pringoso, infiel, como la pulpa rubia de la papaya hermafrodita, hechizado lluvión al rebotar en los cubos de hierro y en los botes de conservas vaciados, donde se recoge y guarda el aguallluvia para la hora de la sanación.

Encajó Siloé desde un principio en la cocina y en la casa de Leopoldo, y en su parte de la casa, que era todo un piso entero, con su cuarto de baño independiente y su cocina independiente y su saloncito y su televisión y su vídeo independientes: un ensueño de casa y piso y residencia y mundo todo en uno, un cosmos eternamente distanciado del negro caos de la lejana isla de Santo Domingo, La Española, y sus movedizas fronteras con Haití, la negra mala. Por eso Siloé, la hermosa noche del día en que llegaron a la casa de Leopoldo, hacía ya mil años, que Virgilio guardó en su corazón como una prenda indestructible, viva, siempre iluminada de su amor por Siloé, se abrazó a Virgilio y le besó y le dijo que le veneraba como a un santo por haberla traído a esta casa de Madrid. A la mañana siguiente empezó ya todo aquel vaivén de desayunos y comidas y meriendas de Esteban y Leopoldo y alguna vez también el resopón de los teatros con el propio Leopoldo o con Esteban entrando en la cocina de repente, en la habitación que venía a ser pieza intermedia entre la casa de ellos y el resto de la casa.

–Bueno, bueno, Siloé, te veo ya aquí instalada. ¿Te está gustando todo? –había preguntado entonces Leopoldo a los pocos días, entrando en la cocina de repente.

–Me ha gustado mucho, sí, señor.

–Supongo que las comidas ricas de tu tierra las sabrás.

Intervino Virgilio y dijo:

–Y si no las sabe las pregunta por teléfono a las amistades que yo tengo y las aprende y las hace, que como verá, señor, Siloé es muy dispuesta.

Ésa fue la primera vez que a Siloé le pareció Virgilio entrometido. Por ser primera vez, puede pasar, pensó.

–Las comidas nuestras sí las sé, señor –contestó Siloé con la boca seca y la voz aún apagada–. Las comidas nuestras, sí. Los guisos españoles a que esté el señor acostumbrado...

–No te preocupes –concluyó Leopoldo–, no te preocupes, chiquita, que en un voleo los aprendes.

Y así fue. En menos de una semana ya sabía Siloé lo principal, y en menos de un mes hasta los suflés de queso le salían a la primera y los rosbifs sonrosados y en su punto. Virgilio se sentía tan alegre aquellos días, que con frecuencia rogaba a don Leopoldo que le diera más quehacer, porque el tiempo le sobraba la mitad. Así fue como empezó a encargarse de los cachivaches de las vitrinas: aparte de desempolvarlos, Leopoldo le encargó que vigilara que los rótulos estuvieran en su sitio. De hecho, Virgilio descubrió que a muchas piezas de la cultura precolombina les faltaban indicaciones escritas. Según Leopoldo dijo, muchas de esas piezas las adquirió a buen precio en una época en la que no había tanto control en los países de origen y las había ido almacenando sin preocuparse de la clasificación y descripción. Para semejante tarea hacía Leopoldo uso de la abundante bibliografía que había ido consiguiendo y tenía junto a las vitrinas: en muchas salas, para mayor comodidad había una mesa central o a un lado, interesantemente iluminada por lámparas que aprovechaban para su base trozos de columnas o de torsos agujereados en su centro para introducir el cable y provistos de una pantalla. En esta tarea participaba por lo menos un día a la semana el propio Leopoldo y un par de tardes por lo menos Esteban. Virgilio descubrió que Esteban conocía muy bien la colección aunque sus descripciones eran poéticas y no fuesen técnicamente correctas: describía adornos, máscaras, piedras... de tal manera que por su descripción podían conocerse si uno estaba al tanto.

Estas salas destinadas a guardar las colecciones, Virgilio solía recorrerlas para limpiarlas muy temprano por la mañana y tras tenerlo todo limpio dedicar una hora o más a una actividad que en parte era la actividad propia de un conserje encargado de cuidar una por una las piezas seleccionadas y en parte era la de un contemplativo que sostenía aquellas piezas entre las manos con gran cuidado, como si le pertenecieran. Esteban se fue acostumbrando, con los años, a pasar las mañanas que no había colegio o durante las vacaciones dando conversación a Virgilio. Eran conversaciones que al principio eran infantiles pero que fueron cambiando según Esteban crecía, sin dejar nunca de ser infantiles del todo, aunque extendiéndose cada vez más a asuntos de la casa o la vida de Esteban. Jamás se mencionaba a Leopoldo salvo res-

petuosamente: para Virgilio era invariablemente «el señor». Pero con el tiempo sí se fueron multiplicando las
referencias indirectas al señor, sobre todo cuando se refería Esteban a viajes que Leopoldo y él tenían en proyecto. Esteban al hablar usaba los nombre de pila: Leopoldo
y Carolina. A Virgilio le gustaban sobre todo las vitrinas
que contenían objetos etnográficos. Sentía gran curiosidad por los viajeros y por los viajes que habían originado
en un principio aquellos descubrimientos. Leopoldo había enseñado a Esteban a desconfiar de la versión española oficial de las glorias de la conquista de América.
Leopoldo siempre había subrayado la insensibilidad cultural de los cristianos, sin extenderse sin embargo a la
hora de examinar la sensibilidad cultural de algunos cristianos como Bartolomé de las Casas. Esteban descubrió a
Bartolomé de las Casas en sexto de EGB: su trabajo de
clase le valió una matrícula de honor. En él mencionaba
referencias de los libros de Leopoldo, fotografías de los
objetos. De hecho el interés por el periodismo que más
tarde tuvo Esteban había surgido por una involuntaria
asociación entre periodistas y viajeros o periodistas e in-
formadores de la situación actual de los pueblos indíge-
nas: en su mente hizo una asociación sobre esas actividades y los escritores y viajeros escritores que habían
descrito las tribus del Mato Grosso, o del Chaco o de la
cuenca del Amazonas o del Orinoco. ¿Por qué no pudo
Leopoldo conectar esta ficción con su elección de carrera? ¿Por qué no se le ocurrió a Leopoldo invitar a los
compañeros de instituto de Esteban a jugar al ping-pong
en la terraza? También había visto algunas películas, do-
cumentales acerca de tesoros aún enterrados en las colinas mexicanas, y, más aún, la vigorosa presencia de Virgilio en todo su negro esplendor, inclinado con Esteban
sobre las láminas o examinando los objetos, había hecho

que Esteban se viera desde niño como un joven escritor acompañado en sus expediciones por un guía, un sherpa, que era un trasunto de Virgilio y Leopoldo: en sus ensoñaciones diurnas se veía siempre acompañado por una especie de Leopoldo en traje caqui, que oscilaba entre cazador, viajero y etnólogo, y Virgilio, que oscilaba entre las figuras del porteador indígena, el hechicero de la tribu, y un amigo negro del protagonista que Esteban era. El hecho de que la cultura negra y los negros no fueran los autóctonos de la América del Sur ni de las Antillas grandes y pequeñas no era problema para disparar la imaginación de Esteban: de alguna manera Virgilio, con su gran estatura y sus lentos y firmes movimientos de atleta fornido, evocaba todo un continente, pero no África, donde Virgilio nunca había estado, sino más bien todo el continente americano desde Alaska a Tierra del Fuego, incluidos los dos grandes océanos a ambos lados del inmenso continente. Esteban se llevaba bien con Virgilio y procuraba evitar en pensamiento, palabra y obra a Siloé, que le resultaba incomprensible. Rara vez se quedaba en la cocina mucho rato y nunca sin que estuviera Virgilio presente. Cuando tuvo lugar la primera pelea entre un Esteban de diecisiete años y un Leopoldo de la Cuesta repentinamente convertido en convencional padre de familia que hablaba despectivamente de la plaza del Dos de Mayo, y después del periodismo y después de Roquetas de Mar: es decir, que de pronto se comporta para asombro de Esteban y también de Virgilio como una persona que ninguno de los dos jamás pensó que lo haría, Esteban acudió naturalmente a Virgilio para contarle su incapacidad de entender lo que había pasado: Virgilio no pudo entenderlo tampoco y además no se atrevió a interpretarlo aun cuando a esas alturas tenía ya motivos para sospechar o desconfiar de ciertas actitudes que don Leopoldo, el señor, había dejado ver en lo relativo a Siloé y a algunas otras cosas.

Son las seis de la tarde, a principios de septiembre. Virgilio, impresionante en su casaca blanca, que evoca una figura militar, colonial, abre la puerta a Carolina y le anuncia que el señor tiene dos invitados al té. Carolina apenas presta atención. Charla un momento con Virgilio. Sonríe, acentuando sólo la exagerada curvatura de sus labios. Cruza a buen paso la gran sala de estar. Se para en seco ante el umbral de la puerta de doble hoja del estudio, donde su hermano Leopoldo acostumbra tomar el té: frente a ella, de perfil, sentado a la derecha de Leopoldo, Gabriel Arintero escucha atentamente al otro invitado: un visitante habitual de Leopoldo durante este último año, Indalecio Solís: un profesor de historia de la Complutense aún joven. Carolina entra en el estudio. Gabriel levanta la cabeza al verla entrar, se pone de pie, avanza hacia ella, la abraza. Carolina traga saliva: «Hombre, Gabriel. ¿Tú por aquí?» Con cierta vehemencia, se deshace del abrazo, ocupa su sitio en la mesa ovalada del centro del estudio. Fruncido el ceño, contempla fijamente su taza de té, como quien trata de recordar alguna cosa. Luego alza la noble cabeza gris y contempla a Gabriel Arintero, esboza de nuevo su sonrisa curvada. Hay una amable dignidad en el rostro de Carolina, con un punto de impersonalidad, quizá, que recuerda su paso por los decanatos y rectorados universitarios. Carolina teme haberse puesto colorada –sus emociones se suceden ahora

142

rápidamente, confusas–, pero no se ha puesto colorada, sino sólo un poco más pálida quizá, más apergaminada si cabe. El rostro de Carolina de la Cuesta, con los años, se ha vuelto una superficie devastada, tensa, un tanto impersonal, prohibitiva, que sólo en ocasiones endulzan del todo sus inteligentes ojos grisazules. Ahora, entrecerrados, recorren el servicio del té, los rostros de los reunidos, el rostro muy delgado de Gabriel. Piensa: Es el mismo y no es el mismo. Guapo todavía, demasiado pálido, romántico todavía, tan mal vestido. Se detiene en la descolorida indumentaria de Arintero, su camisilla de cuadros, color marrón, una prenda de grandes almacenes, su chaqueta, muy usada. Carece de encanto: conserva aún todo el encanto. Gabriel –cuenta Leopoldo– ha llamado por teléfono y Leopoldo le ha invitado al té. Leopoldo, según dice, ha querido dar una sorpresa a su hermana. Carolina oye esto con una sonrisa que no revela nada. Leopoldo está decidido a desvelar como sea el secreto que siempre ha sospechado: el fracaso sentimental de la hermana mayor, el adorado Gabriel que, ahora, deslucido, ha regresado repentinamente. Leopoldo ha tenido tiempo de avisar a Carolina de esta llegada, pero no lo ha hecho. Tampoco ha logrado desconcertarla, pero cuenta con el desconcierto de su hermana como con una merecida venganza. Él tampoco, el propio Leopoldo, cree haber dejado entrever nada a sus invitados, ninguna emoción especial, sólo cordialidad, buenos modales. Únicamente Indalecio Solís, el profesor de historia, derrocha locuacidad, movilidad, en este momento, como una cacatúa sonrosada en su percha. Hiperactividad perspicaz de su curiosidad de académico. Virgilio aparece silenciosamente. Empuja el carrito del servicio de té, que sitúa a la derecha de Carolina. Virgilio da un paso atrás, en pie detrás de Carolina esperando que ésta le vaya pasando las tazas.

143

Carolina piensa: ¿Dé qué vamos a hablar? ¿Es esto lo que llaman una situación difícil? Nunca, en el fondo, creí que volviera. ¿A qué ha vuelto? Carolina está convencida de que Leopoldo decidió no avisarla de antemano para estudiar su reacción espontánea. En la figura de Gabriel, tal como ahora es, tan delgado, aún queda mucho del adolescente que fue, del universitario que Carolina amaba. En su figura, como un aura, hay recogimiento, otoño, una nostalgia difusa que Carolina atribuye a la delgadez. Aún hace calor en Madrid. La inaudible refrigeración de la casa de Leopoldo se hace de repente audible. Gabriel le sonríe. Carolina le sonríe. Apenas ha cambiado, piensa Carolina. De pronto, en una sola pieza, todo el pasado icónico, en las delgadas, delicadas facciones de su primo. Carolina se concentra en servir el té.

Virgilio sirve alrededor, ahora, una bandeja de sándwiches. Carolina concentra su atención en Virgilio. A pesar de su colosal aspecto, Virgilio significa la cotidianidad y la confianza. Gabriel, en cambio, evoca la lejanía, la extrañeza. Virgilio, dos metros de estatura, espléndido en su casaca blanca de verano, la cabeza de obsidiana a la luz de la lámpara, a la luz de los cristales de la lámpara, arroja un reflejo entredorado, irreal, poderoso, intraducible. El trato con Virgilio ha sido siempre muy fácil. El trato con Siloé muy difícil para Carolina. Se da cuenta de que no ha escuchado ni una sola palabra en todo este rato. Sin embargo Indalecio Solís y Leopoldo charlan animadamente. Carolina tiene de pronto la sensación de que está siendo observada por Solís y por Leopoldo: la sensación de que la voluminosa charla entre los dos rellena, como el globo invisible de las conversaciones de los personajes de los cómics, todo el amplio espacio del estudio de Leopoldo, achatando a Carolina y Gabriel Arintero, reduciéndolos deliberadamente así a su silencio culpable. Sin ningún motivo especial –y sin ningún precedente para suponerlo– Carolina teme que Indalecio Solís y su hermano hayan apalabrado antes de entrar ella, antes de subir Gabriel, esta charla insustancial que ahora mantienen, para así reducir a los dos ex amantes a sus incómodas posiciones frente a frente en la agradable mesa del té. Y a la luz de esa incomodidad desvelar sus secretos. ¿Pero qué secretos? Carolina comprende, sin embargo, que sólo su confusión mental le impide tomar la situación por lo que es: una animada charla entre dos personas que se reúnen con frecuencia y que estarían dispuestas a incluir a los otros dos invitados en su intrascendente conversación en cualquier momento.

–¡Bueno, y cuéntanos, Gabriel, qué has estado haciendo todos estos años!

Leopoldo ha interrumpido su charla con Solís tras interrumpir a su vez Solís a Leopoldo para declarar: «¡Maravillosos estos sándwiches son! ¡No puedo no tomar un último de queso y piña! Me sentiría infinitamente desdichado sin tomar aún otro.» Solís ha acompañado esas palabras con la acción de alargar la mano hacia la bandeja de sándwiches que Virgilio ha dejado en el centro de la mesa. Carolina teme ahora que Gabriel no sea capaz de contestar nada coherente. Teme que balbucee y se exponga al ridículo. Hay algo frágil en los bellos ojos de su primo, algo desolado en su rostro huesudo, en sus ojeras, algo indefenso y juvenil en su atuendo que le hace sentir miedo a Carolina por su primo. Se siente ella misma adolescente otra vez, protectora: ella era la mayor, la estudiosa, siempre fue así. Fue parte de ese amor sentirse novia y madre a la vez de su primo. ¿Va a ser así también ahora?

–He estado viviendo en El Salvador estos últimos años. Trabajando allí en la UCA, la universidad de los jesuitas.

145

El tono corriente de la declaración de Gabriel alivia por un instante a Carolina.

–¡Verdaderamente, Gabriel, eres un caso! De pronto desapareces, dejándonos aquí a mi hermana y a mí, malheridos.

Carolina piensa que Leopoldo no ha elegido la expresión «malheridos» al azar. ¿Qué sabe Leopoldo? ¿Qué cree saber? Leopoldo muestra uno de sus aspectos más sociables, más cordiales. Nada en su expresión ni en su tono de voz deja ver segunda intención alguna. Carolina reconoce que la pregunta que su hermano ha hecho es perfectamente apropiada. Lo único inapropiado quizá fue no haberse adelantado con esa pregunta ella misma.

–¡No me digas! ¡En pleno ojo del huracán vuestro primo! Porque sois primos carnales, ¿no es así, Carolina? –pregunta Indalecio.

–Así es. Primos carnales –asiente Carolina.

–¡Tienes que contarme, por favor, absolutamente todos los detalles! ¡En plena rebelión de los teólogos nada menos! ¡Prodigioso! –exclama Indalecio.

–No sólo de los teólogos –comenta Gabriel sosegadamente–, también de todo el pueblo salvadoreño contra la injusticia estructural que se comete en todo Centroamérica y en todo América Latina.

–¿Debemos entender, entonces, primo, que eres un refugiado político? –pregunta Leopoldo, y ahora sí cree Carolina percibir un inconfundible tono zumbón.

Afortunadamente Indalecio Solís tapa con su excitación la nota inquietante. Al excitarse, Solís resulta un poco amanerado, sus frases resultan excesivamente precisas y la intensidad convierte su entonación de tenor en un zigzagueo cortante, académico:

–He seguido –dice– como profesional, soy catedrático de historia moderna, española y americana, esto te interesará saberlo seguro, Gabriel, que con extraordinario interés he seguido los recientes movimientos populares y teológicos, lo llamáis Teología de la Liberación, ¿no es así? De toda esa zona y también del Brasil, por supuesto. Apasionante, y más para alguien como yo, un hombre de despacho, un académico... La última aventura. No es cierto que no queden aventuras. Ésa es la última aventura y aún está por ver en qué parará todo. Tengo entendido que es completamente un quechua, un quechua el personaje: un tal Gutiérrez, Gustavo Gutiérrez...

–¿Otra taza de té, Gabriel? –pregunta Carolina–. Toma un sándwich, que Virgilio hace especiales.

Leopoldo entrecierra los ojos y decide no continuar la conversación por ese territorio. Se siente sorprendido. Siente gran curiosidad por saber qué papel ha podido desempeñar su primo. Piensa que es una explosión más del resentimiento anticapitalista de ese continente. Leopoldo se considera bien informado: le consta que la Roma posconciliar reprueba las actividades de esos teólogos. ¿Qué pinta Gabriel en todo eso? Tantos años desaparecido. Leopoldo se ha hecho ya su composición de lugar. Nunca le gustó su primo. Siempre le pareció un indeseable. Se alegró del fracaso de la relación de Gabriel con su hermana. Cuando la pareja estudiaba en casa, Leopoldo procuraba evitarles. Cuando Gabriel desapareció, Carolina procuraba evitar a Leopoldo. Ahora Gabriel reaparece mal vestido, tratando de hacerse pasar por una especie de revolucionario. Éste no es un revolucionario, puede que sea lo que parece ser: un marginado. No preguntará nada. Dejará caer este asunto. Sin duda Carolina se precipitará o Gabriel Arintero descubrirá su juego de improviso. Mientras tanto, mientras dure esta velada, bien puede dejarse todo en manos de Indalecio Solís, que recubrirá El Salvador y al recién llegado con su profusa información,

147

su erudición de historiador moderno y contemporáneo como un hormiguero desparramado sobre la superficie de la mesa del té: un guirigay de nombres, de datos, de imágenes, de lugares, como hormigas desbaratadas: vegetación subtropical con profusión de hormigas y disparos, curas revolucionarios y mucho guitarreo del pueblo en armas para la fascinante primera representación del encuentro de los dos ex amantes que Leopoldo confía observar a partir de ahora a sus anchas, resguardado por la distancia de su corazón vengativo, de su corazón de niño maltratado: Leopoldo se considera el único héroe derrotado de un mundo de personajes menores como su hermana, como Gabriel, como Indalecio Solís, que desconocen la realidad que pisan, que se desconocen a sí mismos, que le desconocen sobre todo a él, a Leopoldo, la conciencia secreta, la reflexión culpabilizadora. Todo se sumirá en la insignificancia al final –piensa Leopoldo–. Pero, entre este instante de esta tarde y el instante final, deambularán desconcertados ante mi conciencia estos tres personajes, y también Esteban y también otros aún por aparecer, persuadidos de que yendo y viniendo cumplen sus destinos y se salvan del general absurdo. Leopoldo parece ahora otra persona: sonriente, atento a sus comensales, atento en especial a las explicaciones de Indalecio Solís, que ahora pretende dar la impresión de que está al tanto de todo lo ocurrido en Centroamérica estos años. De pronto, Gabriel Arintero carraspea. Se levanta de su asiento: «Me vais a perdonar, pero tengo que irme», dice. «Te acompañaré hasta la puerta», dice Carolina y se levanta, salen los dos, la puerta del estudio se cierra tras los dos. En el vestíbulo, cara a cara, de pronto. Ahora Carolina no tiene miedo y no hay ningún sentimiento en su corazón, sólo expectación. Gabriel dice: «Me he permitido dar tu dirección, Carolina. Porque no sabía qué dirección dar y estoy esperan-

148

do noticias de El Salvador. Es muy importante. Carolina tú y yo...» «Tú y yo tenemos que hablar tranquilamente, Gabriel –dice Carolina–. Me alegro de que hayas vuelto...» «He venido porque tenía que pedirte este favor, lo de las cartas...» «Voy a ocuparme de esas cartas, descuida...» «Gracias. Entonces hasta pronto...» «¿Hasta pronto?... Hasta pronto, pues.» «Hasta pronto.»

No fue ese atardecer ni esa noche ni los días y noches que siguieron a ésa ejemplares de la nueva vida bien temperada de Carolina de la Cuesta: su equilibrada existencia de mujer mayor que logra hacer llevaderos los primeros años de su vejez y que distribuye serenamente sus lugares y su tiempo para tenerlos llenos alrededor de sí y no vacíos, lejos de sí misma, aparece de pronto en suspensión. La reaparición de Gabriel Arintero (Carolina se ve obligada a reconocer esto nada más cerrarse la puerta tras su primo) ¿no está a punto de alterar el imaginario monótono de su soltería, ahora que, por lo visto, el recuerdo no va a ser suficiente para contener a Gabriel sin inquietud, como antes? Tiene razón el poeta: no basta el recuerdo cuando aún queda tiempo. Y Gabriel ha traído consigo –pegado a su existencia real, a su presencia física– tiempo real otra vez para Carolina, además del tiempo recordado, el tiempo imaginario del Gabriel que fue hasta esta tarde. Ahora Carolina descubre que, al desaparecido Gabriel de todos los precedentes años, su enamorada –justo al recordarle– le succionaba tiempo, le restaba existencia. ¿Y el amor? ¿Ha menguado también sin querer el amor mismo? De pronto, ahora, Carolina de la Cuesta reconoce que su sentimiento amoroso, al carecer de objeto físico, se reintegró como pudo, fue consolándose, inconscientemente a costa de su verificabilidad, con fragmentos destemporizados de Gabriel: incluso las fechas de los reversos de las fotografías, los pies de las fotos de sus álbumes, que capturaron los esplendorosos días del enamoramiento, contribuyeron a la destemporización de Gabriel, destemporizando con los años la vivaz temporalidad fotográfica de las imágenes: no fue el color sepia el que las alejó dulcemente. Fue que acercamiento y alejamiento, como las propias fechas de esas fotografías, de esas imágenes mentales, se fueron convirtiendo en códigos fijos, notaciones abstractas en cuya existencia, paradójicamente, como en las biografías subyacentes a los apellidos ilustres de los nombres de las calles, Carolina de la Cuesta fue perdiendo interés. Que Gabriel Arintero, su maravilloso primo carnal de la juventud, existiese en algún lugar del mundo fue con los años dejando de ser un dato relevante: su inmovilizado recuerdo, a cambio, mecánicamente suspirado cada vez que afloraba a la conciencia, permaneció, fotogénico, tan esencial como irreal, en el corazón de Carolina o en las fotos. ¿Y ahora qué? ¿Qué acaba de pasar la última tarde? El recién aparecido Gabriel ¿es cierto que ha barrido y rebarrido en una hora todos los atrases, restos y sobrantes del recuerdo del amado para instalarle de golpe otra vez en el tiempo, tal cual era, tal cual es, en venideros afluentes y neveros, y ríos amazónicos, y cañones y rompientes asesinas, que abarrotan troncos, culebras, penachos, que mecánicas leyes de fluidos rigen instantáneas, arrastrando lo verdadero con lo falso en una sola, una nueva narración futura donde el compadreo de lo imposible y lo posible, lo inverosímil y lo verosímil, de nuevo florece en la existencia?

¿Y queda Carolina de la Cuesta de verdad tan a merced de ese gran río nutritivo que, no pudiendo resistirse a él, ni contenerlo, ni salirse fuera, tenga necesariamente que entregarse al amor como una adolescente deslumbrada? Es seguro que los recuerdos no van a bastar ahora que Gabriel trae consigo, con su existencia, tiempo para Carolina. Y Carolina, mientras cena en el piso de abajo con Esteban, mientras da conversación a Esteban, mientras se limpia la cara antes de acostarse, mientras lee durante una hora larga antes de dormirse, logra distanciarse del recién llegado y eso implica que también se distancia de sus antiguos sentimientos, que ahora, de pronto, como los trajes blancos de organdí de una remota festividad, se descubren ajados, anticuados, y resultan sosos. ¿Pero quién habla de lucir ahora esas viejas prendas? Ese Gabriel Arintero envejecido, mal trajeado, romántico aún, trae consigo espacio y tiempo aún por ver, aún por hacer y rellenar. Esto no puede negarlo Carolina: un futuro sistólico y diastólico que resplandece inaudito de pronto, como la felicidad, como la vida. Todo lo cual quiere decir –tiene que acabar por resumir Carolina– que quiere volver a ver a su primo Gabriel lo antes posible y que le incomoda, desespera incluso, tener que esperar hasta que por segunda vez reaparezca. ¿Cómo, imbécil, no le pedí la dirección, el teléfono? Y tiene que añadir: Porque tendría gracia, tendría infinita mala leche, que ahora, tras reaparecer, diera en reaparecer y desaparecer como los muñecos del pim pam pum, al buen tuntún. Aunque, si esta tergiversadora ocurrencia, esta mala profecía, se cumpliera, mejor que mejor. Carolina de la Cuesta archivaría, de una vez por todas ya, su juventud y a su primo. Pasan los días y parece que Carolina va a tener razón. ¿Dónde demonios se ha metido este Gabriel incomprensible? ¿Tendrá la cara dura, ahora que ha hecho acto de sencia, de reaparecer una vez al mes, todos los meses, clusivamente en busca de su correspondencia salvadoreña? ¿Podría Carolina soportar un Gabriel interesero? Una reaparición regularizada y trivial ¿sería mejor o sería peor que una reaparición aleatoria? Carolina de la Cuesta ha empezado a tener más dificultades de las que esperaba estos días para seguir los consejos del Buda y vivir y pensar y actuar rectamente.

Leopoldo mira su reloj de pulsera. Son las seis menos diez de la tarde y piensa que tendría que salir más a la calle. Es verdad que parece aludirle el sol vocativo. Pero lo contrario también es verdad: Leopoldo ha construido su vida en evitación del sol vocativo. Las calles no significan nada. Y Leopoldo de la Cuesta por eso no las recorre. Todas las calles de todas las ciudades parecen iguales en automóvil. Esa tarde todos los tejados y terrazas que se alcanzan a ver desde la alta terraza de Leopoldo son perfectas superficies rectangulares, de plata deslumbrante. La temperatura ha bajado mucho, corre el viento, corre el otoño por las venas, por los aires, intranquilizando las hiedras: la sombra de las hojas de hiedra bailotea bajo el parasol de rayas azules y blancas. Leopoldo sale a la terraza sintiéndose entumecido y gordo. Leopoldo es ahora un hombre de gran tamaño: de pie, apenas recuerda al deportista que fue de joven. Ya es otoño. Ya no hay duda. La luz ligera del otoño aún en cueros circunda a Leopoldo como a una extraña criatura polvorienta: un mueble, un sillón de orejas que a la luz del atardecer, de pronto, deja ver el terciopelo deshilachado de los brazos y del asiento, incongruente en el aire de la terraza como un gruñido de pesadumbre y de reuma. Leopoldo se siente viejo y sustancial, como una tesis doctoral de quinientas páginas sobre el concepto de entendimiento agente en Aristóteles que nunca trascendió su azul encuadernación en cartoné con letras doradas y sus laboriosos quinientos folios mecanografiados, un ejemplar para el interesado y otro ejemplar para el archivo de la antigua sección de filosofía de la Complutense. Se siente ridículo, insultado por la luz brillante de un atardecer que no parece corresponder al presente, al día de la fecha, al curso monocromo e interior del final de su vida. Siente pena por sí mismo: una tristeza de muñeco de trapo, una melancolía tan injusta como el atardecer plateado y verde de su elegante terraza. Piensa: ¿Tengo yo toda la culpa por haber querido ser quien no soy, por haberme puesto en manos de un proyecto insensato? Estoy siendo interpretado por otra persona: por un narrador superficial que tiene ya decidido que acabaré mal, trágicamente. Estoy siendo empujado por lo que me queda de vida en medio de la luz hostil de este atardecer plateado, para ser desposeído por un narrador cualquiera, un imbécil que necesita un tipo raro como yo: un hombre rico, que cometió la insensatez de querer ser, súbitamente, distinto de aquel que era desde siempre. Me detesto, me aborrezco. Los tejados de platino de hace un rato ahora han vuelto a ser de opaca uralita. Así se siente ahora Leopoldo, sin capacidad de seducción. Los seductores seducen porque se mueven de un lado a otro, se dan a conocer, aparecen y desaparecen. Toda la severa gracia de este atardecer ya de otoño acaba de borrarse de los tejados de uralita: al acabar sabe a poco. El atardecer es una falsa prueba de amor. Leopoldo tiene hambre, se aburre, le gustaría comer algo.

Entra en la sala. Se sienta lentamente en uno de los grandes sofás de alto respaldo y brazos altos que ha hecho traer de Inglaterra, y que, una vez sentado, le esconde para alguien que por casualidad entrara en la habitación. Ahí embutido, en el confortable interior, parapetado como un intruso en su propia casa, le invade una somnolencia que Leopoldo reconoce característica de estos últimos tiempos. Con frecuencia ahora, desde que se fue Esteban, desde que él mismo comenzó a sentirse más cómodo en la casa al saber que Esteban se había ido con Carolina, Leopoldo se enrosca como un remolino alrededor de su conciencia de las cosas reales, enturbiándolas, como si su conciencia fuera de pronto la conciencia de un niño adormilado que sorbe deprisa el sueño como un vaso de leche caliente para diferir por siempre el momento de volver al colegio o de hacer los deberes o de enseñar las notas que ha falsificado. Al adormilarse, Leopoldo acepta y no acepta que lo que él llama somnolencia infantil sea la vulgar soñorrera de un cincuentón, próximo a la obesidad. Ahora vendrá Carolina al té –recuerda, adormilado–, Carolina procurará ocultar la excitación que siente porque Gabriel, el guapo, ha reaparecido. Yo sentiré curiosidad, envidia, y gana de burlarme de los dos, gana de mandarles a la mierda. Mi inteligencia lleva ya muchos años siendo como un hámster que da vueltas a su ruedita sin parar y ahora el otoño será aún más resbaladizo y agobiante que nunca. No significará nada. La autocompasión no es un sentimiento constante: el yo se percibe a sí mismo en evaporación, en disolución, a solas. A ratos es una tristeza confortable, a ratos una humillación consentida, a ratos brota, pulsátil, un intenso deseo de venganza que carece de objeto preciso: como un deseo de romper a trompazos un valioso vaso de porcelana: destrozar a martillazos una valiosa vitrina.

154

Lo que le había dolido lo que le habían hecho, piensa Leopoldo mientras su hermana le sirve la primera taza de té y Virgilio espera una indicación suya para retirarse. Tuvo un ama seca hasta los siete años que le freía un huevo a mitad de la mañana bajo cuerda y se lo traía al cuarto de jugar con además un panecillo de pan blanco abierto por el medio, untado de mantequilla, que Leopoldo no debía tomar porque padecía –según su madre– del hígado o podría padecer si tomaba demasiada mantequilla o demasiados chocolates. Sonsoles se había acostumbrado a sustituir, para el caso de Leopoldo, las muestras de afecto por la invención de reglas dietéticas e higiénicas. Entre el mucho tiempo que pasaba de viaje, entre el mucho tiempo que pasaba encerrada en su cuarto de estar, leyendo el libro del Tao y discutiéndolo con Carolina, apenas quedaba tiempo para el pequeño Leopoldo, tan rubio: sólo el tiempo justo para supervisar los incumplimientos de las reglamentaciones que tenía que cumplir Fuencisla: sólo el tiempo justo para reñir violentamente a Fuencisla. Para el ama no había nadie más que Leopoldo, para Fuencisla el rey de la casa era Leopoldo. Cuando Fuencisla se marchó de casa, Leopoldo se sintió perdido y lloró mucho. Y se iba al cuarto de Fuencisla y se metía dentro del armario, donde ya no estaban sus vestidos. Y se escondía allí a llorar y a no querer salir. Que quisieran todos a la señorita Carolina, la señorita monosabia: si a alguien querían querer, que la quisieran a ella, no a él. A Leopoldo no le hacía ya ninguna falta. Bastante le importaba. Esta tarde de septiembre, de pronto, Leopoldo se ve cruzado por un aire presuroso, pequeño, que zarandea la sombra de las hojas de las hiedras permanentemente a ojos de quien tumbado en la tumbona de la terraza ve las sombras de las hojas de la hiedra y no la hiedra: como aquel otro pobre, aquel Esteban, de ocho años, que Leopoldo rescató de la melancolía de la casa de sus abuelos, cuando el pobre niño, el pobre Esteban, se quedó sin padre. Un pobre huérfano de padre. La misma pena. Nadie se da cuenta –piensa Leopoldo, enternecido– de la gran tristeza tan constante de toda su niñez. Toda niñez es triste: durante toda la niñez el sirimiri de la tristeza antes y después de los destartalados patios del colegio: tuvo que volverse un chico bruto Leopoldo, liarse a patadas con quien fuese: que nadie supiese que lloraba solo. Cuando Fuencisla se marchó de casa, pensó Leopoldo: Lo que ahora yo diré, ¿a quién le hará reír?, ¿quién verá la gracia? A nadie le hará gracia lo que diga.

–¿No te encuentras bien, Leopoldo? ¿Qué te pasa? –pregunta ahora Carolina.

–Nada. ¿Qué me va a pasar?

–Pues que hoy te veo muy mustio. Completamente la persona que acaba de coger la gripe asiática. Que por cierto este otoño la habrá muchísima. Gripe de veta seca, dicen que es la peor. Con este no llover de todo el verano.

–Podría viajar, supongo. Todo un verano aquí, todo un invierno aquí, todo un año aquí. Tendría que viajar.

–¡Pues viaja! Aquí te arrancias y te amargas. ¡Viaja! Desde Finisterre hasta La Manga puedes ir, a pie o en bici. O hacer la ruta del queso, una ruta alternativa por las dos Castillas. No hay nada más fácil que viajar hoy día.

–España está muy vista.

–Da igual. Hazte un tour de lujo por las grandes cataratas desde el Niágara al Iguazú. Más fácil que eso...

–No es que quiera viajar realmente, hermana. Sólo he dicho que podría.

–Si no sales es porque no quieres, Leopoldo. Desengáñate –concluye Carolina secamente–. Más libertad que tú no hay quien la tenga. Ni más dinero. Así que...

–Ahora eres tú la que no puedes viajar, ¿verdad? Como tienes un pupilo en casa...

–Tengo a Esteban, sí. Pero eso no es ningún obstáculo. Al contrario. Lo que pasa es que a mí ni se me ocurre viajar. Ahora, desde luego, no.

–Ya lo sé que no. Madrid está lleno de alicientes justo ahora. Tienes al Esteban, al Gabriel... Ahora que estás inventando la tercera edad, teniendo por primera vez esta experiencia, estás muy solicitada.

–Adónde vas tú, Leopoldo, a parar con todo esto es lo que quisiera yo saber –comenta Carolina, mientras se sirve otra taza de té y enciende un pitillo. Piensa: ¿Querrá hablar de Esteban, o de verdad dice lo de irse de viaje? Seguro que quiere saber si todavía siento algo por Gabriel. Eso es muy suyo.

–Lo peor que se puede ser, Carolina, es ser una persona mal pensada. No quiero ir a parar a ningún sitio. Sólo te estaba dando un poco de conversación inteligente.

–Inteligente y maliciosa, hermano. Que nos conocemos.

–¿Lo dices por Esteban o lo dices por Gabriel?

–Lo digo por ti sobre todo. Que merodeas, los días murrios que te dan, rebosante de afectos y de lágrimas, olfateando los afectos y defectos de los otros, en este caso míos, por lo que pueda haber que devorar.

–¡Tonterías!

La conversación se remansa ahí. Carolina se siente en parte aliviada por no tener que hablar ni de Gabriel ni de Esteban ni de sí misma, y en parte culpable como sólo Leopoldo sabe hacerle sentirse desde que, de niños, Sonsoles descuidara a Leopoldo y se cerrara con Carolina en su cuarto de estar a hablar de religiones. Leopoldo era mucho más pequeño. Leopoldo tenía a Fuencisla para él solo. A partir de ingreso se volvió Leopoldo un niño bruto, que se pasaba el día en el colegio dando balonazos en el patio, peleándose con los otros chicos. Entre los diez años de Leopoldo y los dieciséis de Carolina, hubo tantas diferencias naturales, tanta naturalidad en las diferencias que Sonsoles hacía y que Carolina disfrutaba. Carolina no llegó a darse cuenta entonces del resentimiento de su hermano. Creyó que su hermano estaba tan contento. Y Carolina echó fuera su niñez muy pronto. Sonsoles necesitaba una interlocutora y Carolina quiso ser y llegó a ser la interlocutora privilegiada de su madre: la que mejor entendía sus rarezas, la que más profundamente impresionada quedó por lo que hubiese de seriedad o de verdad en sus divagaciones religiosas, la que al final de la vida con más facilidad disculpaba sus excentricidades. Las pocas veces que Carolina y su hermano se rozaron, Carolina concibió un temor extraordinario impregnado de sentimiento de culpabilidad por el Leopoldo que de pronto descubría. Con ocasión de la muerte de su padre, Leopoldo se negó a asistir al funeral. Carolina le dijo: «Por mí no vayas si no quieres.» Y se le escapó: «Van a pensar que no le quieres.» Leopoldo le contestó: «Me alegraré de que piensen eso. Porque ésa es la verdad. Tú tampoco le querías. Sólo quieres cumplir el expediente. ¿No eras tú la chica libre, que le trae al fresco el qué dirán? Tú, como mi madre: hipócritas las dos.» Carolina se sintió muy asustada entonces. Leopoldo acabó yendo al funeral. Carolina, en el funeral, observaba a su hermano de reojo, y le parecía de pronto otra persona. Resolvió tomarle en serio, pero eran ya los tiempos de la universidad y del estudio: Carolina y Leopoldo instalados los dos en Madrid, en aquellos dos grandes pisos, cada uno en uno. Durante esos años apenas se veían. Cuando lo de Gabriel Arintero y los amores, la independencia de los dos hermanos fue una gran ventaja, y también lo fue después, cuando Gabriel Arintero desapareció. Con los años se estableció entre los hermanos una relación guasona, cautelosa, que el incidente del cambio de actitud de Leopoldo con Esteban sólo contribuyó a subrayar: Carolina sospechaba lo mal que le había sentado a su hermano que acogiese a Esteban. Pero el asunto, entre ellos dos, nunca llegaba a plantearse de ese modo. Lo más cerca de Leopoldo que llegaba Carolina quedaba reproducido esta misma tarde: los dos fingiendo no tomarse mutuamente en serio: ninguno de los dos se atreve a dar primero el primer paso.

Otra vez, otra tarde, Leopoldo y Carolina reunidos tomando el té en casa de Leopoldo. Leopoldo está locuaz. No es una locuacidad precipitada o inconexa, y no es tampoco del todo elocuencia. Carolina tiene la impresión de que su hermano habla como si se hallase bajo los efectos de un ligero somnífero o una copa de más:

–Chocante este Gabriel, reconoce, hermana, con esa eterna juventud que el pelo gris casi realza en vez de detraer, ¿no encuentras? Es un poco el actor, Gabriel. Esa su belleza, tan inamovible, que depende del hueso. La nariz, la mandíbula, los pómulos. Esa envidiable perfección ósea del primo Gabriel, un poco como un actor retrocedido a un tiempo de casacas, de levitas, de sombreros altísimos de copa, un tiempo de duelistas y pistolas y quiebras de familias honorables o hijos naturales de doncellas que lloran, oculto el embarazo bajo el inmenso miriñaque. Por no caber, no cabe en el chiscón de la portera, que por ocupar ocupa todo el vuelo de la escalera noble, tan noble como inútil porque ocupa el hueco entero, donde en los años veinte, treinta instalamos ascensores los hijos de la alta burguesía, nosotros dos, tú y yo, herederos de escaleras y palacetes de La Castellana. Dos ejemplares puros, perfectos, de la clase ociosa, sobre todo yo. Porque tú, Carolina, por lo menos, te fuiste a dar clase al populacho, *les nouveaux riches*. Tendrás que admitir que nuestra vida no es ni impetuosa ni continua, no lo es.

–¿Y esto a qué viene?, si es que se puede intercalar alguna cosa. Cuando te da el punto, pierdes hasta la noción de con quién hablas.

–¡Qué voy a perder! Esto, *molto e cantabile*, te lo digo a ti, sólo a ti. Nadie más lo entendería.

–No se entienden las cosas que no sabemos a qué vienen.

Carolina no estaba diciendo la verdad del todo. Sabía que Leopoldo lo sabía. Leopoldo y Gabriel nunca se llevaron bien. Sin duda Leopoldo quería dar a entender alguna cosa que, de haberse dado a entender directamente, habría sido una falta de tacto, una injerencia injustificada en la mesurada relación que los hermanos habían mantenido. Carolina pensó que lo que su hermano quería preguntarle era si el regreso de Gabriel no le había alegrado mucho más de lo que dejaba ver. En ese momento fue cuando Carolina pensó: Así es. Ahora que Leopoldo merodea en torno al sentimiento global que el regreso de Gabriel me inspira, tengo que reconocer que sobre todo es alegría: una alegría irreprimible. Y Leopoldo me provoca para oírmelo decir, para forzarme a que lo suelte. Pero no lo soltaré. Tengo que tener cuidado, porque, una vez pronunciadas estas cosas, se vuelven pegajosas y deformes y se achican. Alegrarme es ahora como respirar. No hace falta decirlo. Y no se nota. No estoy acatarrada.

–A diferencia de otras vidas, quizá heroicas –decía ahora Leopoldo–, que son vidas torrenciales, ejemplares, nuestras vidas no son ni impetuosas ni continuas. Es discontinua nuestra vida porque es consciente, la conciencia nos acobarda a todos, el ejercicio de la libertad individual suspende o acelera o atrasa el curso ordinario, espontáneo, de la vida. Tampoco es impetuosa nuestra vida, porque es a todas luces satisfactoria, cómoda, ajustada al buen sentido, al sentido común, al buen gusto de las gentes que también, como nosotros, viven bien y se hacen al ritmo entrecortado de las vidas reflexivas y cobardes, nuestras vidas son indoloras. Sólo el dolor, seguro que en esto estás de acuerdo conmigo, Carolina, irrumpe impetuosamente en una vida y quiere pasar y deshacerse y dejar de ser. El placer, lo placentero, los placeres, en cambio, se eternizan, requieren profunda eternidad, como por ejemplo nuestras vidas, que se componen sobre todo de un mesurado disfrutar de las ventajas y placeres de nuestra posición y que contienen grandes dosis de seguros y de reaseguros para que nunca se desborden o atorrenten y se vuelvan torrenciales e imposibles. No, nada de eso. Nosotros disponemos de mecanismos fuertes, firmes, inhibidores, que automáticamente nos previenen, sin casi darnos cuenta, contra toda innovación o transformación creadora del presente estado de cosas, en aras de otro estado de cosas muy distinto. Ni tú ni yo deseamos que el presente estado de cosas cambie, hermana, ¿a que no? Aquí estamos tú y yo, tomando el té, que parece que todo en nuestra vida sea al atardecer reunirnos en una estancia fresca o caldeada según las estaciones, a tomar el té y contemplar el mundo desde arriba. Una resguardadora nostalgia preside nuestras vidas de individuos políticamente indecisos, en parte improductivos, políticamente conservadores, pero capaces de estar siem-

161

pre imaginando o figurándonos que somos capaces de tomar parte y de llevar a cabo un proyecto de interior realización y plenitud. Es lo que se llama ser, digamos, idealistas y a la vez cazurros. Vamos a todas las ampliaciones de capital, y nunca hemos jugado locamente en bolsa. Nuestra cartera de valores no registra ni un solo error de cálculo, ni uno: nuestra clase, nosotros dos sabemos, hermana, que en la vida discontinua y placentera y no alterada por ninguna pasión desaforada, cada palo aguanta su vela, que eso es lo elegante, y no andarse con quejas y con júbilos, altibajos de personas que no han disfrutado jamás de privilegios verdaderamente serios y que viven de ilusiones. Nosotros no vivimos de ilusiones. Somos ecuánimes y sólidos como una venerable casa de banca donde últimamente existimos, nos movemos y somos. Todo un orgullo y una vieja gloria.

–No sé si en ese retrato me reconozco por completo yo, Leopoldo. Mi vida al fin y al cabo, ni la tuya, ha terminado todavía. Igual cambiamos de repente ahora. Igual ahora, cuando la calmachicha presagiaba una dorada senectud, damos el escándalo del siglo. Sería gracioso que cualquiera de los dos, tú o yo, fuéramos a dar la campanada. Este mes o el mes que viene, es un decir.

–Sería curioso, sí. Tan curioso como que no salga el sol mañana. Porque podría no salir mañana el sol. ¿Pero tú crees que tú, tú misma, Carolina, interrumpirías por propia voluntad, adrede, el plácido curso de los acontecimientos de tu vida?

La conversación se quedó en eso. Y Carolina, al regresar a su casa, un piso más abajo, sentada en su sala de estar, con la puerta ventana abierta a la terraza, al cálido anochecer del otoño, recordó de pronto que todas las habitaciones de Leopoldo, con todos sus artísticos objetos coleccionados a lo largo de una vida o heredados, con sus

162

luces de ventanales y de lámparas y sus dos terrazas, y con sus contadísimas visitas y amistades, habían sido elegidos de tal suerte que pudieran ser pensados e integrados y tratados a partir de la nostalgia: lo nostálgico era el ámbar invisible a medio camino entre la cantidad y la cualidad, que aureolaba todos los enseres y pensamientos de Leopoldo: una nostalgia, sin embargo, que contenía un elemento duro, difícil de ubicar, pero constante, una púa que cruzaba toda aquella lujosa lentitud estética, volviéndola feroz e incomprensiva, única en su género e incapaz de combinarse con ninguna otra cosa, una nostalgia decidida y forzada, un terror a la verdad o una inapetencia por lo verdadero o lo otro, que había dado lugar –decidió Carolina, sobresaltada de pronto– a la vertiginosa e incalculable quiebra de la relación entre Leopoldo y su ahijado.

¿Y qué hace Arintero en Madrid? La casa de Leopoldo, con todo su detalle de conversaciones y de bienestar, con su elegante mobiliario y con Carolina, la ex amante, entrada en años, con el criado negro sirviendo los sándwiches, no ha impresionado a Arintero favorablemente. Entre todo esto y su propia vida, ve Arintero un hiato insalvable. No hay nada en esa casa, ni en las conversaciones, ni en las personas, que no pudiera Arintero dejar de ver hoy mismo y no volver a ver más sin pena alguna. Arintero ha ido a casa de sus primos porque son la única referencia que pudo dar en El Salvador para tener noticias de Osvaldo. En realidad, la situación real de Arintero es extraña, amarga. El propio Arintero sabe de sobra que, ahora sí, la culpa es suya. Su relación con Osvaldo en El Salvador no fue una relación oculta, pero sí fue –por razón de la excepcionalidad de la vida de aquel momento– una relación, sin querer, camuflada: para los amigos de Osvaldo, Arintero era sólo el amigo de Osvaldo. Entre esos amigos se incluyen los jesuitas. También para Sobrino y los otros es un amigo que ha pasado de observador a colaborador. Entre esas gentes de buena fe, volcadas en su ministerio unos y en su desesperada lucha por la justicia otros, no ha despertado la relación entre Arintero y Osvaldo sospecha alguna. Arintero no sabe si esas personas de buena fe aprobarían o no una relación como la suya con Osvaldo. Arintero está íntimamente persuadido de que esa aprobación o desaprobación es irrelevante: cree que su amor por Osvaldo es lícito y aspira a consumarlo. Pero, sin embargo, al irse ha dejado su dirección más bien por si Osvaldo reaparece, para que tenga una dirección a la que dirigirse, que para que le envíen noticias. Arintero sabe que no le enviarán noticias. Podría llamar por teléfono a los jesuitas, pero no tiene manera de referirse a Osvaldo en concreto sin que suene extraño: no tiene garantía alguna de que vayan a recordarles a él y a Osvaldo como pareja o como individuos. De hecho una de las cosas que sedujeron de El Salvador a Arintero fue que allí la inmersión en la masa maltratada era tan intensa que no había lugar para los casos individuales. Arintero no ha negado nunca su relación amorosa con Osvaldo, pero tampoco la ha declarado expresamente: no le parecía necesario. En cierto modo, Arintero, ahora en Madrid, se encuentra maltratado por la insignificancia que aceptó como punto de partida y como virtud: quiso ser uno más: como Osvaldo, como la madre de Osvaldo, como los amigos de Osvaldo, como los propios jesuitas que –no obstante su relieve intelectual o personal– aspiraban sólo a ser útiles al pueblo. Arintero se da cuenta de que incluso si llamara por teléfono a la UCA no sabría cómo referirse a su problema particular, que ha quedado embebido en el problema infinitamente mayor de todo un pueblo. Pero Arintero ha llegado a amar sinceramente, a través de su amor por Osvaldo, la humildad de todo un pueblo. Esa humildad significa, en términos de comunicación telefónica, y dada su manera de conducir el asunto, que Arintero no tiene modo de hablar de su particular preocupación. De todo aquello le ha quedado sólo un deseo de servicio a quienes desde el punto de vista del sufrimiento puede considerar infinitamente más sufrientes y maltratados que él mismo como homosexual. Arintero decide, pues, que el único testimonio que él puede dar es un testimonio de humildad. Y esto significa que tiene que permanecer en el anonimato y exponerse de ahora en adelante a no tener noticias de Osvaldo o de su madre salvo que éstos aparezcan y se comuniquen con él. Gabriel Arintero ha querido de todo corazón convertirse en un salvadoreño pobre: ser un salvadoreño pobre significa, una vez en España, no estar en condiciones ni económicas ni sociales de llamar por teléfono o escribir cartas preguntando por asuntos que sólo a él interesan. Un salvadoreño pobre –piensa Arintero al borde de las lágrimas–, no podría, una vez exiliado en España, ni regresar con facilidad a El Salvador, ni telefonear a su país interesado sólo por sus propios asuntos. Los amigos de Osvaldo no tienen teléfono. Y alguno de los amigos que podrían tenerlo están ahora en el monte con la guerrilla. Arintero ha querido ser un salvadoreño pobre y lo ha conseguido: corre la misma suerte que ellos. Descubre Gabriel Arintero ahora horrorizado que quizá al dejar la dirección y el teléfono de Carolina a los amigos de Osvaldo, no se propuso tanto que Osvaldo, si reaparecía, se pusiera en contacto con él, como garantizar que él mismo, Gabriel Arintero, al llegar a España, tuviese que ponerse, forzosamente, en relación con Carolina. De pronto Arintero, horrorizado, descubre la vigorosa rectitud de su mano izquierda: quizá él sea para Carolina tan reaparecido como Osvaldo lo sería para él si reapareciera. E inconscientemente, para no eludir su responsabilidad de reaparecer, ha dejado a los amigos de Osvaldo la dirección y el teléfono para garantizar que iba a ponerse en relación con Carolina al regresar a España. Ahora, de pronto, comprende que Carolina también ha sido siempre un salvadoreño pobre. Tampoco Carolina, abandonada, pudo telefonear a nadie preguntando por la suerte de Gabriel Arintero. Y Gabriel Arintero ahora, por primera vez, con cincuenta años cumplidos, considera por vez primera a Carolina no desde la perspectiva del sufrimiento que abandonarla le causó a él sino desde la perspectiva del sufrimiento que, con toda probabilidad, soportó ella. Esto, naturalmente, tiene un lado chusco: bien podría ser que Carolina no pueda ser considerada ni ahora ni antes un salvadoreño pobre: es perfectamente verosímil que, despechada por la desaparición de Arintero, decidiera ya entonces olvidarle, y que su reaparición ahora le haya resultado indiferente. Naturalmente, Arintero, desde su nueva humildad, no acaba de verse en el papel de quien visita a Carolina tratando de descubrir si ella aún le ama, para –si ése fuese el caso– poder consolarla. Semejante investigación le parece ahora a Arintero por completo indigna. Supone pues, con sinceridad, que Carolina no le ama: de hecho, quien por una razón como la que dio Arintero abandona a otra persona, se expone, merecidamente, a ser olvidado. Si Arintero no hubiese experimentado tan intenso deseo y mantenido tan clara voluntad de humildad, aún se atrevería a pensar en el amor de Carolina como una posibilidad pendiente. Desde la humildad, sin embargo, Arintero cree sinceramente que Carolina le ha olvidado. Aun así y todo, su obligación es visitarla, no para recuperar un amor que no merece y que ella quizá ya no siente, ni tampoco para ver si hay noticias de Osvaldo, sino que irá a visitarla porque los humildes no hacen y deshacen sus relaciones a capricho. No hay ninguna razón para que Arintero no recupere, una vez en España, una relación que con excesiva brutalidad rompió por no poder ser absoluta. Arintero fue entonces incapaz de transformar el amor de Carolina en una amistad sincera. Ahora piensa que necesita esa amistad sincera y que el hecho de necesitarla es una señal indirecta de que una parte al menos de su voluntad de humildad se ha logrado. Por eso llama por teléfono a Carolina y queda con ella.

¿Y Carolina? Ahora que Gabriel acaba de llamar por segunda vez por teléfono, ahora que Gabriel vendrá una tarde a casa, todo se vuelve inminente. Ese atardecer de pasado mañana, que Carolina, asombrada, coloca delante de sí como una certeza que a ratos le parece demasiado repleta: repleta, por de pronto, del propio pasado de Carolina y de la imagen de Gabriel que durante la duración de ese pasado fue destemporizada y reducida a mera imagen, y que sin embargo, como una riada repentina, al verle el otro día en la sala de Leopoldo, parece haberse deshecho en cuanto pasado y, curiosamente, al recobrar presencia en el presente, ha vuelto a aludir mediante una gran curva imaginaria al vasto pasado del enamoramiento que precedió al pasado de la destemporización: de ese pasado del amor que precedió al pasado del desamor, extrae Carolina otra vez la existencia, pero es la presencia de Gabriel en este presente de ahora, el haber visto a Gabriel, quizá deslucido o empobrecido o mucho más delgado, en carne y hueso, la que cancela la reduplicación de la existencia pasada por una simple existencia inminente, la tarde inminente de encontrarse con Gabriel Arintero Carolina pasado mañana. Carolina de la Cuesta, pues, tiene la sensación de estar con prisa y de tener que apresurarse si quiere que el primo Arintero no se le plante de nuevo en el cuarto de estar sin nada preparado. La tarde anterior, Esteban le ha dicho: «Te veo mejor cara.» Y Carolina se ha llevado ambas manos a las mejillas con una sensación juvenil de haber enrojecido en ese instante porque piensa que ha empalidecido. Se sobrepone y hace saber a Esteban que él tiene estos días peor cara que nunca y que va a venir a merendar pasado mañana por la tarde un primo carnal que con toda seguridad interesará a Esteban porque es una persona que ha viajado mucho. Esteban no ha oído hablar nunca de Arintero ni ha visto ninguna foto: los recuerdos de Carolina han dependido siempre muy poco de las fotografías. Y las pocas fotografías que Carolina conserva de Arintero o de sí misma cuando era joven, llevan ya muchos años clasificadas y empaquetadas en un par de cajones de su escritorio. Carolina, al anunciar la visita, ha decidido que la única característica que parece poder predicarse sin complicaciones de este importante primo carnal de inminente llegada, es el que haya viajado mucho. Ha tenido sin duda que viajar mucho –se dice a sí misma Carolina–, ¿pero habrá viajado mucho? ¿Qué habrá estado haciendo? ¿Cómo será ahora? Y así, Carolina, mientras se prepara a toda prisa para recibir esta visita de su amor de otro tiempo, encuentra en Esteban el objeto de atención más apropiado. Lo mejor que puede hacer –se le ocurre– es preparar a Esteban para que conozca a Gabriel. ¿Qué es lo que Carolina se propone hacer en realidad con Esteban? ¿Piensa quizá que Esteban puede servir de pretexto para una conversación entre los dos ex amantes que pudiera resultar difícil, sobre todo al principio? ¿Quiere que Esteban sea una absurda carabina para su primer encuentro? Realmente, Carolina, al preparar su recepción, intercala en ella a Esteban como parte esencial, porque Esteban es realmente ahora su preocupación esencial y porque se siente incapaz de ocuparse de Esteban ella sola. La reaparición de Gabriel (en realidad casi un extraño después de tantos años) no significa para Carolina tanto la reaparición de un amor que dio por perdido, como la reaparición de un amigo: la añorada amistad de un buen amigo. Carolina, no obstante lo anterior, reconoce que también Esteban facilitará las primeras palabras, deshará, por virtud de su simple exterioridad, casi todos los posibles primeros equívocos. Y Esteban parece interesado. Este interés de Esteban es considerable en relación con su apatía de los últimos meses. El Esteban que permanece silencioso en su habitación todo el día o que regresa muy tarde por las noches, o que pasa dos días fuera de casa y regresa a la hora de almorzar, desaliñado y con olor a tigre, es el Esteban que Carolina desea internar, siquiera indirectamente, en el círculo de la amistad. Una vez utilizada, esta maravillosa palabra «amistad» y los maravillosos sustantivos «amiga» y «amigo», desbordan por todas partes el corazón de Carolina. Ahora, su apresurada preparación de la reunión con Gabriel se impregna de amistad como de un aura. Como los *prunus* de su terraza casi un mes antes de llegar la primavera lucen sus florecitas blanquirrosas y los primeros abejorros se embriagan de esencias que contienen aún partículas de escarcha, así la palabra amistad, la idea de amistad, el latido de la amistad, enaltece a Carolina paralizando casi sus preparativos de la llegada de Gabriel. ¿Qué hay que preparar al fin y al cabo? La doncella dejará puesta la mesa de té, dejará listo el juego de té a las seis en punto, y Gabriel llegará a las seis en punto, y Carolina y Esteban, sentados en la sala, se mirarán al oír el timbre, y Carolina dirá: «Ya está ahí.» Y Esteban se pondrá de pie el primero –quizá Esteban ese día se cambie de camisa y de jersey, o quizá se decida a sacar una de sus elegantes chaquetas azules, aunque Carolina en esto se detiene muy poco, porque lo esencial es que Esteban esté con ella cuando llegue Gabriel. ¿No cohibirá a Gabriel encontrarse de pronto allí con un extraño?– y Carolina se pondrá de pie después y se adelantará un par de pasos hacia la puerta puesto que le espera y Gabriel sabe que le espera y Carolina no desea fingir que no le espera. Porque le espera, ahora sí, con esperanza, excesiva quizá. ¿No es toda esperanza siempre excesiva? Carolina prepara, pues, su esperanza excesiva y cuenta con que Esteban esté presente en la reunión –durante toda la reunión, o parte de ella al menos– y Carolina rehabilita así el futuro neutral convirtiéndolo en un futuro repleto de amistad: amistad que ella nunca dejó de sentir por su primo Gabriel Arintero y que ahora confía en que su primo Gabriel Arintero no haya dejado de sentir por ella, y que ahora confía, con la íntegra emoción de la repleta y excesiva esperanza, en que a Esteban, y a Gabriel y a ella misma, les sirva a los tres, cada cual a su modo, para reanudarse en una nueva y necesaria amistad: lo más necesario de esta vida.

Entra por fin Gabriel Arintero en la estancia. Los tres se sienten sorprendidos. Carolina y Esteban se sorprenden mucho más de lo que esperaban porque el hombre que acaba de entrar en la habitación no parece capaz de colmar expectativa alguna. Este hombre delgado, de unos cincuenta años, descuidadamente vestido, que ahora sonríe, tiene un aire cohibido, el aire de un viajero que por primera vez entra en el comedor de una pensión, siente las miradas de todos y sonríe como si prefiriera pasar desapercibido. Carolina no recuerda que Gabriel manifestase nunca esta timidez, este aire provisional de personaje sin importancia. Carolina había contado con que la llegada de Gabriel fuera un acontecimiento lleno de significación y a Gabriel la situación parece venirle grande. Y Esteban, que por fin se ha presentado muy pulcramente vestido, con chaqueta y corbata, tras haberse persuadido a sí mismo de que Gabriel, con su simple llegada, va a cambiar el curso de su confusa vida, encuentra que el personaje que tiene delante no parece saber siquiera si desea o no tomar una taza de té. Gabriel Arintero no contaba con Esteban. Tampoco contaba con que Carolina, no obstante haberla visto ya en casa de Leopoldo hace unos días, pareciese tan frágil, tan mayor. Ninguno de los tres sabe qué decir.

Esteban acaba de preguntar a Gabriel acerca de sus viajes. Y Gabriel le contempla asombrado. No tiene la sensación de haber viajado mucho. Sospecha que para Esteban la palabra «viajero» equivale a aventurero. Esa figura que para los occidentales se compone de narraciones del siglo XIX que luego han sido películas en el siglo XX. Pero –piensa Gabriel, atropelladamente– ¿cómo llamar viajes o aventuras a sus monótonos paseos por Londres? Y, respecto a El Salvador, ¿cómo dar cuenta de buenas a primeras de lo que allí le ha sucedido? Sin duda, una experiencia excepcional para él que redujo a cero la experiencia londinense. Pero ¿se atreverá Gabriel ahora a hablar de ello? Decide decir lo primero que se le venga a la cabeza. Y dice: «No es que viajara mucho. Sólo estuve en Londres y en El Salvador. Allí, en El Salvador, cambié de vida.» Esteban pregunta: «¿Cómo que cambiaste de vida?, eso es imposible.» Y Gabriel contesta: «Eso creía yo hasta que llegué allí. Una vez que llegué allí dejé de preocuparme de mí mismo y me ocuparon todos ellos, me preocupé por todos ellos, me sentí uno de ellos y cada vez que pensaba en mí mismo empecé a decir todos nosotros. Así fue.» Esta declaración le resulta a Esteban presuntuosa. Se revuelve en su asiento. Ahora es un universitario que va a proponer una objeción formidable al conferenciante. Algo en la contestación de Arintero le ha sonado a tópico, a frase hecha. Y toda la amargura que lleva dentro emerge de pronto y se estrella contra Arintero sin pensar que es un invitado de Carolina, sin pensar que apenas le conoce, sin pensar que, en realidad, sus objeciones se alzan contra otra persona. Por fin dice: «Te engañas a ti mismo. Y tienes un mal rollo, además, porque quieres engañarme a mí. Nadie cambia de vida. Somos lo que hacemos y lo que nos hacen. Un ladrón es un ladrón, un cobarde es un cobarde para siempre. Y nunca cambia.» Carolina, asombrada por el giro que va tomando su reunión y sorprendida de que Esteban, tan pasivo durante los últimos meses, se lance de pronto a discutir con un desconocido, interviene: «Tendrás que explicar eso del cambio tuyo bien. También yo creo, como Esteban, que los cambios en la vida son más aparentes que reales. Cuando contemplamos nuestra vida desde dentro, una piensa: "Es como ha sido, es imposible cambiarla."» Y Arintero dice: «Eso pensaba yo. Pero yo cambié por Osvaldo. Cambié porque le amaba. Uno hace todo lo posible por parecerse a quien ama.» Esteban ha escuchado todo esto mirando al suelo, dando muestras de una agitación que parece un poco excesiva: una vez más, Esteban recuerda el comportamiento de un universitario en una conferencia que prepara su objeción sin escuchar del todo al conferenciante. Por fin pregunta: «¿Quién es Osvaldo?» Arintero contesta: «Un amigo salvadoreño.» Y Esteban pregunta: «¿Y dices que cambiaste porque quería él que cambiaras? No lo entiendo. ¿Y qué hiciste, dejaste de ser quien eras, dejaste de hacer lo que hacías? Ya me extraña. ¿Y mientras ibas cambiando, ibas a la vez preguntando a ese Osvaldo estoy cambiando a tu gusto? ¿Te gusto así o te gusto más de otra manera? Salvo que te refieras a que cambiaste de peinado o de traje, no veo cómo nadie desde fuera puede decir a otra persona cómo tiene que cambiar. Y tampoco entiendo cómo nadie puede atreverse a pedir a otro que cambie.» Arintero da la razón a Esteban. Al hacerlo comprende que se ha expresado con imprecisión y quizá con petulancia: quiso hacer ver de golpe que sus viajes no eran aventuras sino experiencias interiores y habló de cambio con excesiva precipitación. El sentimiento de su propia incompetencia le hace enmudecer. Contempla a Esteban sentado frente a él que ahora le mira atento, en espera de respuesta. Es un chaval guapo, muy joven, quizá muy inmaduro, cuya vehemencia en esta intervención hace, quizá, las veces de profundidad. Pero Arintero comprende que tiene obligación de responderle lo mejor que sepa. Y dice: «Lo que quiero decir es que hasta llegar a El Salvador no se me había ocurrido que había gente con dificultades y necesidades más importantes que las mías. Las injusticias que yo había sufrido me parecieron insignificantes al compararlas con la injusticia que sufría todo un pueblo. A través de Osvaldo veía todo un pueblo maltratado y quise disolverme entre aquella gente, ayudarles lo que podía, como si Osvaldo arrastrara consigo a todos los demás, a todos los desconocidos. Reconozco que no era una idea muy racional. Era un absurdo, si quieres, sentimiento de pertenecer a quien amaba. Hasta entonces yo había sido ingrávido y a partir de entonces me llené de peso, me pesaba, con Osvaldo, un pueblo entero. A eso me refería al decir que cambié porque le amaba.» Esteban da muestras de sentirse irritado. Se le ve decidido a discutir todo ello sin descanso. Carolina misma tras oír a Arintero se ha sentido a medias emocionada y a medias incrédula. Explicar las cosas como Arintero acaba de hacerlo le parece a Carolina que es explicar lo oscuro por medio de algo aún más oscuro. Y, de hecho, Carolina, encuentra la apelación de Arintero al cambio por obra del amor ligeramente ridícula. La propia Carolina, cuando piensa en la amistad, cuando lee a Platón o a Max Scheler, también acepta poner los cambios espirituales en relación con el amor. Pero la explicación de Arintero tiene un regusto casposo. Suena a generalidad, a retórica de poca monta. Y tiene, en opinión de Carolina, la dificultad añadida de que cualquier fórmula donde aparezca la palabra amor queda, por culpa del uso, casi de inmediato devaluada. Y Carolina se da cuenta de que Arintero está insatisfecho con su propia respuesta. Seguramente también Arintero se ha dado cuenta de que hubiera sido preferible callarse. Esteban resuelve la situación al preguntar por la guerrilla salvadoreña. Esteban ha leído u oído decir que Estados Unidos financia la contraguerrilla. Arintero confirma que así es. Aclara que él mismo no se unió a los guerrilleros sino que estuvo alfabetizando a los niños de los alrededores de San Salvador. Al decirlo percibe que Esteban se siente aburrido. Esperaba quizá alguna referencia romántica a la guerra de guerrillas y se encuentra con un tipo que ha hecho las veces de maestro de escuela y se desilusiona. Arintero acepta que lo que pueda decir de sí mismo sea desilusionante. Prefiere que lo sea. Es como si, mediante la desilusión de Esteban, la seriedad de su transformación espiritual quedase a salvo. El anonimato es el lugar de la verdad. Esteban ahora parece que habla consigo mismo en voz alta: «Ese Osvaldo que dices, ¿qué era en realidad para ti? Hablas de él como si hablaras de la novia. ¿Qué quieres decir con eso de que le amabas?» Gabriel Arintero se echa a reír. Esteban le observa, sin reírse, torcido el gesto. Parece estar diciendo: ¿De qué se reirá este imbécil? La risa de Arintero ha tranquilizado a Carolina, que pasa una bandeja de sándwiches. Esto entretiene a los tres por un momento y luego Esteban pregunta: «¿Por qué te ríes?» Y Arintero contesta: «Me divierte la naturalidad con que me preguntas si Osvaldo es mi novio. La respuesta es sí. Y me río porque cuando Carolina y yo teníamos tu edad, esas cosas no se preguntaban tan a la cara.» Esteban gruñe: «No veo por qué no.» Pero, a pesar del tono gruñón, es evidente que la respuesta de Arintero ha complacido a Esteban. Y Carolina dice: «La juventud pasa hoy mucho de todo, yo creo que para bien. Al menos se han liberado de nuestra hipocresía.» Esteban vuelve a intervenir ahora: «Más a mi favor si es tu novio. Dice Kafka que en el arduo esfuerzo de la convivencia sólo hay un pequeño arroyo digno de ser llamado amor, inaccesible a la búsqueda, resplandeciente una sola vez en el momento de un momento. Si eso es así y yo lo creo, el amor no puede ser el criterio a seguir para cambiar de vida: el amor es algo demasiado oculto y también demasiado rápido si resplandece sólo un instante en un instante. Decir que tú cambiaste porque amabas a Osvaldo es no decir nada.» Arintero reconoce lo acertado de esta ocurrencia de Esteban. Y dice: «Yo no he leído a Kafka, pero en eso que tú citas sólo veo reflejada una experiencia muy particular del amor, ciertamente ésa no fue la mía. O, al menos, creo que eso no fue lo que Osvaldo y yo llamábamos o vivíamos como amor. Pero reconozco que no sé contestar teóricamente, quizá Kafka tenga razón y quizá también tú tengas razón, quizá sea verdad que el amor resplandece sólo en el momento de un momento y que, por lo tanto, no sirva para iluminar nuestra vida. La verdad es que no lo sé.»

Los tres se han quedado en silencio. Es visible la satisfacción con que Esteban ha acogido la última declaración de Arintero: su argumento le parece indiscutible. Y ha logrado ganar a Arintero en lo que a ojos de Esteban ha sido un debate. Cuando Esteban se reúna el próximo viernes con sus amigos en el parque del Oeste a última hora de la tarde, contará que tuvo una discusión con un tipo en casa de Carolina y que le dejó para el arrastre. A Esteban le gustaría, sin embargo, sacar más partido de Arintero todavía esta tarde: al fin y al cabo es la primera persona mayor con quien habla en serio desde que dejó la casa de Leopoldo. Desde entonces se ha dejado ir por la vía de menor resistencia que se resume en esas reuniones de los viernes y los sábados en el parque del Oeste con su espontáneo sentimiento de camaradería, con sus fáciles relaciones que lo igualan todo, los sexos, los amores, los aborrecimientos: la pereza de todos aparece en esas reuniones como una cualidad superior, un superior desdén por la vida activa, ajetreada, de los empollones, de los arribistas, de quienes se lo tienen creído. Reunido con sus amigos, pasando de uno a otro la litrona y el porro, en el destartalado amanecer, Esteban siente que se ha liberado de los respetos humanos, del deseo de superación que conlleva un desprecio por todos los que no se esfuerzan: Esteban se siente ahora cada vez más cerca de los auténticos sabios que despreciaron el mundo, sabe que no sabe nada y que no puede saberse nada, que toda certeza es, como el amor según Kafka, un rebrillo fugaz que tiene lugar en el momento de un momento y que luego se reduce a nada. Y esta sabiduría le hace sentirse superior. Igual a todos sus colegas y superior a todos los pringaos de Madrid y del mundo que se levantan temprano, que se meten en una oficina todo el día, que cobran un sueldito mensual, que ahorran, que ven partidos de fútbol, que no sienten ni padecen. Esteban cree que sólo él siente y padece. Esteban cree que sólo él ha sido tratado injustamente por su protector, por Leopoldo, que fingió quererle y no le quería. Esteban se siente justificado a la vez que se preocupa del porvenir y pierde el tiempo con el calimocho y el porro: trasnocha y piensa: Ya no dependo de nadie y nadie depende de mí, ¿qué más da lo que haga? Y ahora, tras vencer a Arintero, Esteban ha sentido reafirmada su nueva sabiduría: por curiosidad, al oír a Carolina hablar de Gabriel Arintero, accedió a encontrarse con él, a arreglarse un poco, a dar conversación. Incluso llegó a esperar que Arintero le hiciese ver un lado nuevo, más brillante, nunca pensado por Esteban, de la vida. Algo en el tono entusiasta de Carolina al proponerle la entrevista le hizo pensar así. Y ahora resulta que este dichoso Arintero es un maricón que dice que cambió de vida porque se enamoró en El Salvador de otro maricón. Y ni siquiera ha leído a Kafka. Y ni siquiera sabe de qué habla. Todo ello se le antoja a Esteban ahora irreprimiblemente risible y absurdo. Lo único que, a fin de cuentas, es interesante de Arintero es que Arintero es un perdedor. En esto al menos se parece a Esteban, piensa Esteban. Decide, pues, relacionarse con Arintero con independencia de Carolina. Esto puede ser divertido. ¿Se imagina una reunión con Arintero fuera de este piso y de toda relación con un mundo burgués, ordenado, elegante? Entonces le preguntará en serio por lo de su homosexualidad. No es cierto que Esteban pase de todo, como Carolina ha dicho. La franqueza de Arintero al reconocer sus preferencias sexuales le ha chocado mucho. Ser un jula tiene por fuerza que ser humillante. De esto hablará con Arintero la próxima vez que le vea. La reunión se disuelve.

Carolina se halla a solas frente a un fuego de leños que acaba de encender. Carolina hace un esfuerzo por integrar al Gabriel de su pasado, que tan remoto parece ahora, en este nuevo Gabriel mal vestido que acaba de abandonar su casa. Y Carolina descubre que la integración es casi imposible. Pero a la vez descubre que no hace falta llevar a cabo integración alguna. En el Gabriel de ahora Carolina ha reconocido al de entonces, tan atractivo como entonces, tan guapo a pesar de los años transcurridos: sólo que este Gabriel que descuida su apariencia, que se muestra tan inseguro, que se echa a reír tan alegremente, le parece a Carolina mucho más puro y tierno que el joven estudiante del remoto pasado. A la vez más accesible que nunca y más incomprensible que nunca. Ahora Carolina no se siente rechazada por Arintero, sino acogida por él a pesar de que sólo han cambiado unas pocas frases con referencias personales. Mediante esas frases Carolina se ha quedado con todo lo esencial: que Arintero trabaja con un grupo de ayuda a ex convictos, que Arintero no es ya el joven preocupado por sí mismo que fue sino un hombre envuelto en un nudo real de relaciones sociales. Y ha obtenido Carolina la dirección y el teléfono de Gabriel Arintero: donde, al parecer, se le puede localizar a casi todas las horas del día. Y Arintero ha dicho también –sorprendentemente– que necesita la amistad de Carolina. Como si hubiese adivinado su pensamiento, Carolina siente que todo lo que en el pasado acabó en fracaso se inicia ahora bajo el signo resplandeciente de la amistad. Un cambio verdaderamente mila-groso, decide Carolina, que no cree en los milagros.

El encuentro con Arintero ha divertido a Esteban. Le ha recordado su época anterior al desaliño y la pereza. Llevaba tiempo ya sin retener la atención largo rato sobre un mismo tema, entregado a esa actividad compulsiva en que nos sumerge la pereza, a gastar el tiempo de cual-quier manera, a matar el tiempo entre fin de semana y fin de semana. Esteban ahora dice que, a consecuencia de la injusta reacción de Leopoldo, toda su vida cambió de significación: todos los proyectos pequeños o grandes de antes se descompusieron sin sentido. Y así sucede que Esteban ahora, a la vez que aprecia la compañía de los amigos de fin de semana, los desprecia. Los necesita para pelearse con ellos, los altercados que preceden a la som-nolencia de las madrugadas le cansan sin tranquilizarle. Y Esteban se siente superior a sus colegas porque su compañía acaba hartándole y por eso mismo se siente a la vez miserable y vacío. El encuentro con Arintero le ha divertido y al día siguiente lo repasa una y otra vez. Le ha divertido citar a Kafka, descubrir que Arintero no ha leí-do a Kafka, descubrir que es un jula. Y se atribuye a sí mismo ese descubrimiento por haber tenido la audacia de sacar lo del novio, el Osvaldo. Y todo ello, con su bri-llantez, hace que Esteban piense en Leopoldo. Y, como otras veces, pensar en Leopoldo sin verse con él cara a cara consiste en intercalar en lo ocurrido un sentimiento de culpa y un sentimiento de fracaso sin culpa. El haber dejado de estudiar, de ir a clase, las reuniones de los fines de semana en el parque, todo eso, ha ido incrementando el sentimiento de culpa y ha ido intercalándose con un argumento, que es nuevo, y que consiste en decir que vivir se le ha vuelto imposible. La continuación de la vida, el gusto por la vida –se dice Esteban–, ha desaparecido, Leopoldo tiene la culpa, yo tengo la culpa: el argumento acaba aquí. Más que un argumento es una prolongación desanimada de lo que pareció ser un desentendimiento por parte de los dos. Chocaron, no se entendieron, se desentendieron uno de otro, el desánimo resultante fue la única continuación posible: una continuación ahogada. Y, tras el encuentro con Arintero, a la mañana siguiente, Esteban se despierta animado, con la sensación de haber recobrado el sano juicio. Mientras se ducha piensa que si reconoce su parte de culpa en lo ocurrido, Leopoldo reconocerá su intransigencia y todos podrán continuar con sus vidas. Decide subir a casa de Leopoldo y mientras sube la escalera a zancadas se hace una rápida composición de lugar: llamará al timbre, en vez de usar su llave. Abrirá Virgilio. Y mientras Virgilio va a decir a Leopoldo que Esteban quiere hablar con él, Esteban tendrá unos minutos para preparar la primera frase y esa primera frase será: Ya es hora de que arreglemos lo que pasó entre nosotros dos. Esteban cree que con esa sencilla frase habrá de sobra. Leopoldo se dará cuenta de que, por el mero hecho de subir a verle, Esteban ha reconocido su parte de culpa. Y todo habrá acabado. Virgilio abre la puerta, va a anunciar su visita, regresa sonriente y le dice que Leopoldo le espera. Leopoldo está sentado a la mesa de su estudio, con *El País* sin abrir a un lado y sobre la mesa, frente a Leopoldo, un atril con un grueso libro abierto. No son aún las doce de la mañana, y sin embargo hay una luz de atardecer en la estancia: una lámpara de mesa de bronce proyecta su luz halógena muy clara sobre el atril y el libro, reduciendo la habitación entera al tapete verde de la mesa: el tapete verde de la mesa es el fondo para esa luz concentrada. Todo el conjunto logra un efecto de seriedad y silencio intelectual, un aire de equilibrio. Leopoldo ha levantado la cabeza. Contagiado por el equilibrio de la luz artificial sobre el atril con su libro y el tapete verde y las librerías encristaladas, sedosas, con sus libros alineados y cerrados, Esteban siente que aumenta la confianza en sí mismo. Todo irá bien. Todo saldrá bien. Esteban se sienta frente a Leopoldo y su atril, separados por el ancho de la mesa cubierta por el tapete verde que es una llanura propicia al encuentro, al reencuentro. Leopoldo dice: «Hola, Esteban, ¿qué tal van las cosas?» Esteban ha olvidado la frase que preparó mientras subía. Leopoldo le contempla con la cabeza ladeada, entrecerrando los ojos. Esta contemplación entornada dura un poco demasiado: esa duración es lo que hace que parezca un gesto calculado, profesoral, que no invita a las confidencias, ni a los reconocimientos de deudas. Se le ocurre a Esteban que su antiguo protector, tan inmóvil, parece más viejo, más encanecido ahí sentado frente al atril con luz de atardecer a media mañana. No obstante la pulcritud de su camisa recién planchada, color vainilla, y su corbata de seda y su jersey de lana azul oscuro, Leopoldo parece un anciano, una figura hierática, prohibitiva. Esteban logra decir, por fin: «Se me hace raro estar como estamos.» Leopoldo pregunta: «¿Y cómo estamos?» Esteban, por un instante, siente la tentación de levantarse e irse. Una oleada de furia que la inmovilidad congelada de Leopoldo ahoga de inmediato. Esteban tiene la boca seca, se siente sudoroso y ridículo. Le parece increíble que ese hombre que tiene frente a él y que durante muchos años consideró su mejor amigo y su padre, le intimide ahora hasta el punto de no saber qué decir. Podría, sin duda, levantarse e irse. Pero sabe que si lo hace no logrará volver a subir nunca. Por fin, dice: «Estamos distanciados, he subido, he venido, me gustaría que hablásemos.» «¿Y de qué quieres que hablemos?», pregunta Leopoldo al tiempo que con su mano derecha abre la primera página de *El País* y parece interesado por un instante en esa página. «Me gustaría arreglar lo que pasó», dice Esteban. Y Leopoldo ahora vuelve a observarle fijamente y dice de un tirón: «Supongo que te refieres a lo que pasó hace años, creo recordar que discutimos, lo he olvidado ya. ¿Qué crees tú que hay que arreglar? Tengo la impresión de que tú estás ahora mejor que nunca, abajo, con Carolina, más a tus anchas, más libre, no hay nada que arreglar. ¿Qué crees tú que hay que arreglar?» La única ventaja de la frialdad con que se expresa Leopoldo es que hace sentirse a Esteban, una vez más, irritado, mal entendido: le sirve para declarar bruscamente: «Tuvimos una pelea, quizá tenga la culpa yo, pero también tú, por no darte cuenta de que irme a Roquetas de Mar con aquellas chicas no era nada, una chiquillada, no te dio la gana de entenderlo.» Leopoldo sonríe: «¡Ah, aquello! Lo he olvidado todo. Lo que se nos olvida, no hace falta arreglarlo.» Esteban: «Pero tú me guardas rencor desde entonces y esta conversación es imposible porque tú me guardas rencor desde entonces.» Leopoldo: «Esta conversación no es imposible, a la vista está que no. Lo único imposible, para mí al menos, es hablar de lo que ya he olvidado.» Esteban: «No te entiendo. Nos llevábamos bien. Durante todo el colegio pasaba más el tiempo contigo que con nadie. Hacía los deberes contigo. Era como tu hijo. Era tu hijo. Lo decías tú mismo. Yo también lo pensaba, yo lo creía. Conseguiste que no me acordara de mi padre ni de mi madre. Tú eras todo lo que tenía. No tenía más. No quería tener más. De pronto, por una tontería, ya no pinto nada, te da igual que me vaya, me tratas como a un extraño, es desesperante.»

A diferencia de Esteban, que en este momento está sinceramente queriendo arreglar las cosas, Leopoldo no tiene intención de arreglar nada. Se da cuenta de que lo ocurrido entre ellos habría podido arreglarse con facilidad hace ya tiempo. Leopoldo tendría que haber cedido un poco, muy poco, y Esteban habría hecho el resto. Leopoldo se da cuenta de que el poder que tuvo sobre Esteban durante toda su niñez y adolescencia permanece intacto y es suyo. Si Leopoldo decidiera en este momento reconstruir la relación, lo lograría sin dificultad. Pero Leopoldo decide no reconstruir esa relación, porque reconstruirla le humillaría: tendría que regresar al comportamiento que fingió salirle natural durante muchos años cuando adoptó a Esteban por compasión, sin contar con que Esteban, al crecer, se desarrollaría con independencia y quizá llegaría a contrariarle. Leopoldo no contó con la libertad de Esteban, por mínima que fuese, porque tampoco ha contado nunca, ni tomado en serio, su propia libertad. Leopoldo ha vivido siempre acomodándose a lo que tiene, a las costumbres de su clase social, a los bienes heredados que tan fácil ha sido multiplicar sin apenas esfuerzo, a su propio resentimiento contra su madre que hizo de él un hombre reservado y desconfiado: la única vez que dejó a un lado su desconfianza fue cuando adoptó a Esteban. Y, un buen día, descubrió que la incipiente libertad de Esteban convertía a Leopoldo en sujeto pasivo de una libertad ajena. Leopoldo aún recuerda con toda claridad lo muy insoportable que fue aquello: Esteban respondón, Esteban poniéndose farruco y hablando de salir de vacaciones con desconocidas, hablando de hacer periodismo, contradiciendo a Leopoldo: fue una experiencia muy desagradable que hizo que Leopoldo se aver-gonzara de haber, durante casi diez años, querido ser un padre para Esteban. Por culpa de Esteban Leopoldo vio todo el esfuerzo de diez años vaciado de sentido. Por cul-pa de Esteban Leopoldo se vio obligado a aceptar que las relaciones entre padres e hijos, entre iguales, son siempre relaciones de poder en las cuales una parte cede y padece el poder de la otra. El poder no se equilibra nunca. El po-der no se comparte nunca. Y el amor –un sentimiento del cual todo el mundo echa mano sin saber qué significa– es un poder tan fuerte o más fuerte que los otros. Leopoldo vuelve ahora a confirmar su decisión de entonces: echar lejos de sí, liquidar, la libertad de Esteban. No puede so-portarle. Y no desea que nadie le recuerde que ese senti-miento vulgar, egoísta, debe ser superado. Leopoldo pre-fiere que la situación presente continúe como hasta la fecha. Entonces, tras ese largo silencio, dice en voz alta: «Ya veo que estás desesperado, pero no es por lo que tú crees: tú quisieras volver a la situación anterior, a la ma-nera de vivir tú y yo en esta casa que ahora consideras deliciosa. Pero era deliciosa sólo porque yo cedía y tú dis-frutabas. Te satisfacía aquel estado infantil de la existen-cia. Ahora has dejado de ser niño. Pronto dejarás de ser joven, te asusta lo que se te viene encima, te asusta el fu-turo, te asusta hacerte responsable de ti mismo. Y crees que todo se arregla arreglando lo que pasó entre nosotros y que yo ya he olvidado: crees que si hicieras las paces conmigo y volvieras a esta casa, volverías a ser feliz como lo fuiste de niño. Y te equivocas. Ni hay nada que arre-glar, ni, si lo hubiera, arreglaría tu vida. Lo que en el fon-do quisieras arreglar es que el pasado no hubiese pasado, que lo ocurrido no hubiese ocurrido, quisieras no haber crecido, pero has crecido y entre tú y yo no queda nada que arreglar o resolver o, incluso, recordar. Si me apuras mucho, te diré que no tenemos ni siquiera recuerdos comunes. Tenemos recuerdos, sí, los dos, cada uno recuerda al otro, si se lo propone, pero lo que recuerda es propio de cada cual y no es común a los dos. Y prueba de que tú, aunque digas lo contrario, estás convencido de eso, es que has cambiado de manera de vivir y de sitio. Ya vives abajo, con mi hermana y dentro de poco, quizá, con mi hermana y su ex amante, el Gabriel Arintero, un primo nuestro, a quien no sé si conoces. ¿Por qué no pruebas a ejercer tu poder ahí? Camélales a los dos, juega con los dos, sácale lo que puedas a cada uno de los dos, eso te tranquilizará. Todos los sentimientos son al final fingimientos y trucos de la vida social de los humanos, claves para interpretarnos los unos a los otros, disfraces para presentarnos unos ante otros, trucos que usamos para salirse cada cual con la suya. Conste que todo esto te lo digo por tu bien, acepta tu nueva situación y déjate de pensar que tienes que arreglar un pasado que ya no existe.» Esteban no sale de su asombro. Lo que oye le parece increíble, además de inverosímil. Siente que no puede discutir con Leopoldo, se siente incapaz de discutir con Leopoldo, se siente furioso y lloroso a la vez, anulado. Se levanta y sale sin decir nada. El estudio de Leopoldo se ha vuelto de pronto un lugar artificioso, la luz artificial que finge un perpetuo atardecer en esa estancia es una luz diabólica. Ahí anida la locura. En el corazón de Esteban anida la locura. ¿Quién contagia a quién? Esteban cierra la puerta al salir. Leopoldo sonríe, se acomoda en su sillón y se dispone, tras colocar *El País* sobre el atril, a leer las noticias internacionales.

Del metro al piso, unos veinte minutos a buen paso. Atardece en Carabanchel y Arintero aspira el otoño aglomerado de la calle General Ricardos: Madrid municipal es la suma de todas las ciudades seculares y de todos los otoños entrecortados, acelerados, de todas las ciudades del primer mundo. Ha ido a tomar café con el cura que lleva los pisos de acogida, ha pasado hora y media hablando con él de asuntos corrientes. Arintero admira la terca concentración del sacerdote en los asuntos cotidianos. La admiración no le libra del cansancio ahora, al regresar a su piso. El único proyecto a largo plazo de este sacerdote, como el del propio Arintero, es seguir adelante con lo que tienen entre manos: seguir y seguir: incluso si es inútil, es mejor seguir que no seguir. Y esto es todo. Y al regresar, al atardecer, al sentirse cansado, estas reflexiones van cerrándose una tras otra, al enunciarse en la conciencia de Arintero, como cepos. También aquí, en Madrid, hay que hacer lo que se pueda, como en El Salvador. Al menos así –decide Arintero una vez más– estoy seguro de estar viviendo como un salvadoreño pobre, sin recursos, sin esperanzas celestes, al día. En la escalera se huelen los guisos, se oyen los televisores. Arintero abre la puerta del piso, entra. Un pasillo estrecho, tres puertas a la izquierda, el dormitorio de Arintero, otro dormitorio, la cocina, el cuarto de estar y otra puerta que da a otro dormitorio y al baño. Salva está viendo la televisión, es el único ocupante del piso en este momento. Esta semana vendrán otros dos que Arintero no conoce. Ése es uno de los asuntos que ha tratado Arintero esta tarde. Estarán en el mismo régimen de tercer grado penitenciario que Salva. Salva saluda sin levantarse del sofá, situado en medio de la habitación frente al televisor. Un muchacho alto, de unos treinta años, que representa más edad, de cara huesuda y barba oscura. Todo lo que hace Arintero en Madrid desde que llegó y se ofreció como voluntario se resume en este piso y, de momento, en este muchacho de aspecto huraño que le dice: «Tu familia te ha llamado por teléfono. Era una mujer, muy amable, que me hablaba como si me conociera. Llamaba para invitarte a ti a su casa y me ha invitado a mí también.» Salva observa a Arintero atentamente esperando una reacción, quizá de disgusto, que no se produce. No entiende Arintero por qué Carolina ha invitado también a Salva, pero no es un asunto que le detenga en este momento. Salva, en cambio, sí parece fascinado por esta invitación. Arintero supone que Carolina no calcula muy bien quién es Salva: seguramente cuando le vea va a chocarle, pero eso no preocupa gran cosa a Arintero. Carolina –piensa Arintero– ha debido de suponer que es un amigo mío y por eso le ha invitado. En realidad se alegra de no dejar a Salva solo en el piso.

A lo largo del día siguiente (la proyectada visita tendrá lugar en un par de días) Salva comenta reiteradamente: «Se te ve con pocas ganas de visita, tío. Se te ve de mal humor. Seguro que es por mí.» Estos comentarios de Salva sorprenden a Arintero por su rudimentaria delicadeza. La verdad es que, una vez fijados por teléfono con Carolina el día y la hora de la visita, Arintero no ha vuelto a pensar en el asunto, pero es evidente que Salva sí lo ha hecho, y lo que le preocupa parece ser que es la figura que los dos juntos compondrán en casa de Carolina. Salva, a lo largo del día, va precisando lo que quiere decir: «Cuando me presentes, ¿qué vas a decir de mí?» «Diré la verdad, diré que eres uno del piso.» Y Salva comenta: «Si dices eso, tienes que decirlo todo: tendrás que decir que me cayeron diez años por cargarme a un vigilante. Y tan extraño será contar eso como no contar nada. No sabrás qué decir.» «Diré que eres amigo mío.» Y Salva: «¿Eso dirás? Si dices eso, no dices la verdad. Tú y yo no somos amigos.»

Arintero considera esta conversación difícil e inútil, pero no encuentra modo de soslayarla. Lo que Salva acaba de decir es verdad. La relación entre ambos no es de amistad, sino, en el mejor de los casos, de custodia o de apoyo. Arintero imagina que, por «amigos», Salva entiende «colegas», y en este sentido no son amigos. Una cierta pereza mental hace que Arintero desee salir del paso de cualquier manera, dando la razón al chico, declarándose su amigo gratuitamente. Pero le parece que tiene obligación de esforzarse en decir la verdad (si es que la sabe, cosa que ahora mismo duda), y dice: «Es verdad que no somos amigos, porque no somos colegas, y es verdad que no somos amigos porque nos conocemos desde hace poco. Pero también es verdad que no somos enemigos. Por lo que sé de ti, seguro que llegaremos a ser amigos, y contigo paso estos días más tiempo que con nadie. Por mi parte es más verdadero decir que soy tu amigo o que tú eres mi amigo, que limitarme a decir que eres uno del piso o un conocido. Eres más que un conocido, y podemos ser amigos también, si es que quieres.» Y Salva le contesta: «Das tantas vueltas para disimular que no somos amigos, para no tener que reconocerlo. Yo soy un chorizo, no lo olvides.»

¿Cómo entender todo esto? En El Salvador era más fácil. Los sentimientos hacían las veces de certezas, los sentimientos que sentía por Osvaldo, por sus amigos y su pueblo, facilitaron la comunicación, la solidaridad. Aquí en Madrid, todo es más crudo, aquí los sentimientos pasan a un segundo lugar. No quiere decir nada que pudiera herir a Salva, pero no debe decir nada que sea falso. Tiene que hacer valer su recta intención a secas, sin excluir la amistad y sin darla por supuesta precipitadamente.

Al llegar a la casa de Carolina el día indicado, se enteran de que Leopoldo ha insistido en que la merienda se celebre en su casa. Todo se le va a Gabriel Arintero de las manos en un abrir y cerrar de ojos. El aspecto de Salva con sus pantalones ceñidos y su chupa de cuero sobresalta un poco a Carolina, que sin embargo, de inmediato, sustituye el sobresalto por un gesto bienhumorado. Una vez en casa de Leopoldo, Arintero dejará que el tiempo pase hasta la hora de irse. Confía en que Salva al menos disfrute de la merienda. Más adelante tendrá tiempo de hablar con Carolina a solas, caso de que Carolina desee hablar con él a solas.

Leopoldo no va a dejarse engañar. Contaba con que la situación fuese interesante y, nada más ver a Salvador, ha comprendido que el interés del asunto rebasa con mucho sus expectativas. Todo está muy claro para Leopoldo ahora: Arintero es un perdedor que lleva veinte años dando tumbos por el mundo y que regresa a Madrid sin oficio ni beneficio, agarrado a una ONG que viene a ser como a la sopa boba de un convento laico. Arintero se ha convertido en el hermano lego vergonzante de los modernos conventos, las ONG. Y se ha dejado caer por casa de Carolina o por recuperar el amor perdido o por sacar algo, es posible que dinero. En estos días que han transcurrido entre la primera visita de Arintero y esta de hoy, Leopoldo se ha persuadido de que Carolina sigue enamorada de su primo. Le ha parecido verla más animada, más atenta, incluso más tierna. Esta imagen de Carolina, reanimada por la reaparición de su antiguo novio, confirma las más cínicas opiniones de Leopoldo sobre su hermana: Carolina es inasequible a la desilusión. Fue una niña mimada por su madre, fue frente al desatendido Leopoldo una adolescente de lujo. Ningún fracaso sentimental acabará con ella. Las gentes que han sido amadas de jóvenes –piensa Leopoldo–, conservan de por vida la seguridad de ese amor, son invariablemente autocomplacientes. Y es seguro, cree Leopoldo, que, con su aire descuidado y sus modos suaves, Arintero logrará persuadir a Carolina de que todo puede volver a empezar si los dos quieren. Cualquier estupidez vale para quien confía en la vida con esa serena, desagradable confianza de los mimados. Leopoldo no tiene intención de proteger a su hermana de su estupidez, tiene intención, al contrario, de divertirse con ello. Indalecio Solís y Leopoldo cambian unas miradas de reojo cuando entran los tres invitados. Leopoldo se felicita a sí mismo por haber metido a Solís en este asunto. Solís tiene toda la mala idea necesaria para disfrutar de la situación y toda la urbanidad –necesaria también– para hacerse pasar por un espectador benevolente. Y la verdad es que la entrada en la biblioteca de los tres ha sido espléndida: Carolina primero, haciendo las presentaciones, Arintero cerrando filas con su aire de perdedor y en medio el prodigioso macarra con su aire medio artificial de peligrosidad. Leopoldo considera que parecer peligroso y agresivo es incompatible con serlo de hecho. Leopoldo siempre ha pensado que la gente joven que ve por las calles, en las pantallas de televisión algunas veces, imita los modelos carcelarios: viven en un perpetuo carnaval. Leopoldo exagera todo lo posible sus buenos modales: sabe que su aire británico en combinación con el ambiente de su sala de estar y de su estudio van a impresionar al recién llegado. Observa la curiosidad con que Salvador pasea la vista por las librerías del estudio y la mesa del té. Comenta: «Veo que te interesan los objetos bellos y antiguos, luego te enseñaré mi colección de relojes de mediados del diecinueve.» Indalecio Solís por su parte cree haber entendido lo que Leopoldo espera de él y observa a Carolina y a Arintero de reojo. Considera que todo ello es alta comedia y disfruta de antemano con los comentarios que hará más tarde a Leopoldo.

190

Carolina se da cuenta de que la situación ha cobrado, por el simple hecho de tener lugar en el estudio de su hermano, una luz agria y ambigua. Se da cuenta de que Salvador es ahora el centro de la reunión y que ese estar en el centro altera toda la situación y la vuelve absurda. Indalecio Solís ha comenzado un rosario de preguntas que Salvador responde con desparpajo: no, no es alumno de Arintero. Sí, viven los dos en la misma casa, en el mismo piso, pero no en la misma cama, ha precisado Salvador con mala idea. «No, no tengo empleo, estoy en el paro.» Indalecio Solís quiere saber qué hacía Salvador antes de ir al paro y Salvador contesta rotundamente que vivía por cuenta del Estado, «Soy un chorizo –declara–, ¿qué le parece?» Todos se ríen. Parece que en este ambiente la frase sólo puede tomarse en broma. Indalecio Solís declara: «Para que esta ocurrencia de Salvador tuviese aún más gracia, verdadera gracia, tendría que no tratarse de una broma, tendría que ser verdad. Pero nosotros no estamos en condiciones de saber si es verdad o si es una broma. Eso nos permite disfrutar con ambas posibilidades. Tanto si de verdad Salvador es un chorizo como si no lo es, al decirlo ha logrado un efecto hilarante.» Arintero observa a Salvador. Le brillan los ojos, la situación le embellece. Ha logrado situarse en el territorio más apropiado casi de chiripa, limitándose sólo a apostar instintivamente por la contestación menos apropiada. Ha logrado así producir en torno a él un halo de irrealidad y juego donde Leopoldo y Solís van a sentirse cómodos y donde cualquier ocurrencia por violenta o vulgar o absurda que sea pasará a ser parte de una conversación chispeante. Salvador ha logrado de un golpe la transvaloración de valores presuntamente admitidos por la sociedad burguesa donde se encuentra. Si hubiera mentido por guardar las apariencias se habría achicado y no resplandecería. Ahora se encuentra a sus anchas y a su altura se encuentran Leopoldo y Solís. Carolina y Arintero se han visto desplazados al margen de la conversación principal y limitados a mirarse en silencio de vez en cuando. Entre los temas que Salvador ha sacado un poco como de la manga, con lo que parece a medias desenvoltura y a medias malicia, ha salido el tema de su desempleo. De pronto Leopoldo dice: «Si necesitas un empleo yo tengo uno para ti. ¿Quieres ser mi chófer?» En un instante todo se resuelve. Salvador comenzará al día siguiente.

Salva piensa: Una merienda guapa, difícil de comer, por lo pequeña que es cada cosita. ¿Se cogerán los sándwiches con el tenedor o con la mano? ¿Se tomarán de una vez o cortados en trozos? La hermana de Leopoldo me pregunta qué prefiero, té o café, digo que me da igual y me ofrece una cerveza y acepto la cerveza. El negro me trae la birra y me la sirve. Me pregunta si está fría. Claro que está fría. Este piso en alquiler puede que cueste medio kilo al mes, como los apartamentos de Jesús Gil en primera línea de playa. Tienen que tener tela cantidad aquí. Me ha preguntado que si sé conducir. Le he dicho que sí. Me pregunta que si busco empleo, le digo que sí. Me pregunta que si quiero ser su chófer, y le digo que sí. ¿Esto qué es, joder, buena suerte o mala suerte?

De regreso al piso Salvador guarda absoluto silencio. «Mañana empiezo a trabajar», comenta antes de acostarse. Arintero tiene la impresión de verse desbordado por los acontecimientos. Por otra parte, lo mejor que puede sucederle a Salvador es haber encontrado un empleo fijo, suponiendo que tenga voluntad de hacerlo bien. Mañana vendrá más gente al piso. No ha podido hablar con Carolina como quería. No sabe qué pensar sobre todo lo ocurrido. Se siente cansado y se siente perplejo. El recuerdo de Osvaldo es intensísimo ahora, durante toda una hora antes de dormirse, tumbado en la cama, con los ojos abiertos en la oscuridad, oyendo al Salva ir y venir por el piso. Salva dijo que prepararía su equipaje por la noche para empezar a trabajar al día siguiente. Que todo sea para bien, piensa confusamente Gabriel Arintero, y el recuerdo de Osvaldo le acaricia y le duerme. Carolina se ha ido a la cama de buen humor. Al final de la velada tuvo la sensación de que todo se arreglará para bien: *All manner of things shall be well.* Carolina cree haber comprendido que Gabriel está contento con su papel de voluntario en Madrid y que se quedará en Madrid largo tiempo, quizá para siempre, que la amistad de ambos se reanudará y los dos volverán a ser amigos como antes. Carolina se duerme pensando que todo saldrá bien.

Leopoldo hizo saber a Virgilio esa misma noche que, a una hora u otra del día siguiente, entraría Salva a trabajar de chófer. Virgilio, que estaba retirando las tazas y platos de la merienda, tardó un momento en darse cuenta de que Leopoldo se refería al muchacho con pinta de macarra –también a Virgilio le había chocado la indumentaria de Salva– que acababa de abandonar la casa en compañía de Gabriel Arintero. Una vez en la cocina, contó a Siloé que el señor había tomado un chófer que llegaría al día siguiente. Siloé no podía creerlo. De puro no poder creerlo, se tuvo que sentar para pensarlo, y luego dijo: «¿Cómo puede ser que el señor nos eche de este modo encima a una persona que ni siquiera conocemos?» «Ahora no le conocemos –dijo Virgilio–, pero cuando venga le conoceremos, ¿cómo no?» «Eso igual es que a nosotros quiere echarnos.» «Que no es eso, mi niña, sólo es que necesita un chófer.» «Si es un chófer, entonces será joven.» «Eso no tiene que ver nada, pero sí: es joven.» «Lo ves, es joven. Pues en mi cocina que no entre.» «Tendrá que entrar porque va a vivir aquí.» «Tan pronto como él entre, yo me salgo. Tú, Virgilio, riéte, que ya verás. Joven y además desconocido.» «Desconocido no. Que es una amistad de don Gabriel, y esta tarde ha estado con los señores merendando.» «¿Merendando aquí, aquí con los señores? Lo que eso es, no me lo explico.» «Lo que sea, no lo sé. Lo que te digo es lo que es.»

Menos mal que la mala noticia del nuevo chófer se la dio Virgilio poco antes de las noticias de las nueve. Virgilio se había vuelto rutinario y todas las noches a esas horas se instalaba ante el televisor hasta la hora de acostarse dos o tres horas más tarde. Menos mal que Crisanta estará en casa, pensó Siloé, aún sin digerir el sobresalto de la irrupción en su cocina de un extraño, del joven chófer que merendaba en la mesa, de tú por tú con el señor. Menos mal que Siloé podía contárselo a Crisanta todo por teléfono sin dejar de hablar una hora entera, aselado ya ante el televisor Virgilio sin interrupción hasta las tantas. Las otras chicas, ni una estaba. Las otras dominicanas, a las seis, dejaban los adosados y las fincas de las urbanizaciones del norte de Madrid para regresar por tandas, todas juntas, en tres Llorentes sucesivos, hablando todas a la vez, o sentadas o agarradas a los oscilantes estribos del pasillo, complementando la movilidad lineal del autobús con varias movilidades giratorias y vaivenes hasta llegar al intercambiador de la Moncloa, donde repentinamente, entre seis y media y siete de la tarde, se tenía una sensación de romería. Consigo arrastraban todas ellas en conjunto un aire desenvuelto, carnal, floral, un son inespecífico y preciso sumamente agudo, inequívocamente femenino, que evocaba locutorios y descansos vespertinos e indiscutible alegría de vivir. Contemplarse unas a otras, en aquellas circunstancias, liberadas del servicio hasta mañana y por lo tanto externas y no internas, a la manera más selecta pero más esclava, propia de las dominicanas de postín, como Crisanta o como Siloé. Estas instantáneas chicas coloreadas del intercambiador de la Moncloa a media tarde ocupaban subarriendos en pisos regentados por personas de su mismo continente, por lo regular, pero afincadas en España ya hacía tiempo y dotadas ya de un fijo y de un por qué, o bien casadas. Hasta mañana no tenían que volver a embaularse en los Llorentes, y ahora era por la tarde, y hoy todavía, y la mañana de mañana brillaba por su ausencia. Recordándonos a todos que los ahoras son eternos, y el día de mañana queda debajo de la noche, brillará con otro sol y que, en cualquier caso, está por ver y ya se verá si se llega o no se llega.

Crisanta, menos mal, estaba en casa, en prevención de que su señora se muriese o empeorase, sin sus hijas, o llamase por teléfono, un larga distancia, el marido de Crisanta, desde el suburbio de Santo Domingo capital donde aún seguía. No es que fuese a llamar todos los días –es abusar hablar todos los días–, sólo algunos días la llamaba y Crisanta a su vez le rellamaba, sabiendo con seguridad que sí que estaba, por ahorrar. El marido de Crisanta había doblado y las guayaberas ya no le valían, y se le saltaban los botones por comer entre horas y a sus horas y pasarse jugando al naipe la mayor parte del día con los otros maridos en su misma situación, sentados en sillitas plegables de madera y sillitas de tijera, acordándose cada cual de su mujer. Para Siloé fue Crisanta siempre un faro y guía que nunca se ausentaba o fallaba o dudaba y siempre contestaba lo que tenía que contestar y sin andarse con cuentos ni rodeos, además de conocer el corazón humano. En casa de Leopoldo llevaban ya Siloé y Virgilio varios años, y nada había cambiado, y en opinión de Siloé nada iba a cambiar en el futuro próximo o remoto. Por eso fue tal sobresalto lo que Virgilio contó del nuevo chófer. Y Virgilio, en cambio, no lo lamentaba, no lo notaba y no lo lamentaba. Virgilio era en esto, como en todo, insensible, en opinión de Siloé. Una clase imposible de marido, mucho mayor que ella, que parecía estar hecho o de madera o de cartón en vez de carne, hueso y corazón. Virgilio no tenía corazón. ¿Se puede así vivir, Crisanta, casada una, hasta que la muerte los separe, con un hombre que no tiene corazón y sólo la ama como un perro y un esclavo y sin dejarla ni vivir? ¿Y qué adelanto yo con que sea fiel, Crisanta? De puro ser tan fiel tan fiel, me tiene loca, que por la noche hasta me dan ahogos de la opresión que me entra, que me levanto a beber agua o a comer una manzana unas tres veces, que cada vez que me despierto él se despierta, como si no se hubiese ni dormido. Sólo para saber mientras me duermo qué hago, o yo no sé. Y encima ahora, cuando más falta le hacía, teniendo que tratar a una persona nueva, en vez de reaccionar no reaccionaba, y le parecía lo normal que don Leopoldo les echase encima, sobre todo a ella, a la pobre Siloé, a un chico joven que lo mismo era un chico joven español malvado, que la trataría a la baqueta, que se sentaría en la cocina a leer el *Marca*.

Entre los días, semanas, meses, años, del principio, con la llegada a la casa, y el presente, advertía Virgilio una falla, cuya posición en la orografía mental de la casa de Leopoldo y de sus vidas, las vidas de Siloé y de Virgilio, se había vuelto ahora imprevisible, cambiante. Tenía Virgilio la constante sensación de que aquel desequilibrio era gigantesco, un deslizamiento arbitrario de masas enormes invisibles que de alguna manera inimaginable separaban el incandescente centro de la tierra del grávido océano plomizo y borrascoso que ocupa la mayor parte del planeta. Esa quiebra era, en ocasiones, exterior, una quiebra en la arquitectura del universo físico, y otras interior, como una angina de pecho, una terrible siempre inesperada suspensión del hilo de su propia vida. Y de ambas maneras, como figuración externa e interna, aparecía y desaparecía, se imponía con la brusca autoridad de un acontecimiento mortal e invisible, tiñendo toda la existencia de Virgilio de un sentimiento de indefinida angustia, una ceguera repentina incurable que le hundía en la miseria, en la desesperación y el desconsuelo. Y decía Virgilio entre sí: Como si me quedara de repente ciego, así es. Cierro los ojos, los abro, y no veo nada. Sólo bultos de colores. Y es que ahora le cegaba la presencia invisible, agigantada de su propio miedo al futuro y también al pasado, con todos sus vivos y difuntos propios, y el presente también, oscilatorio y destellante. Ni siquiera se atrevía Virgilio a fechar con precisión el origen de todas esas aterradoras sensaciones, y algunos días, cuando estaba a punto de decir: «Todo empezó a los pocos meses de entrar en esta casa», un trallazo feroz, un latigazo, le arrojaba al suelo, le ensordecía, le negaba, impidiéndole precisar todavía más, y de ese modo, piadosamente, su inconsciente salvaba al consciente de Virgilio de darse cuenta de la realidad. Tenía que ver, claro que sí, con Siloé, pero todo tenía que ver con Siloé, también lo bueno, también lo ilimitado, lo dulce, lo acogedor, lo amoroso. Siloé era su virgen milagrosa, y su presencia en la casa y en la cama era para Virgilio un milagro permanente. Acariciaba a Siloé en la negra explanada del dormitorio, al abrigo de todo el ruido desnutridor de la existencia, le susurraba, la acunaba, le hablaba en las orejas como pétalos de rosa, y era como rezar a una virgen milagrosa, desnuda, que Siloé era entre sus brazos. Y es que todo lo malo, las amenazantes fallas y derribos, gargantas volcánicas eruptas, se referían a Siloé y se definían por Siloé como los males se definen por los bienes y no al revés. Como Satanás se define por el buen Dios y no al revés, así también Siloé. Mientras ella, en cualquier caso, le abrazara, las represas de los gigantescos ríos amazónicos no reventarían. Las naves de los bucaneros no llegarían a puerto, ni los putos haitianos cruzarían un palmo, ni siquiera un palmo, las fronteras orientales de La Española. No dejaría que nadie, haitiano como el propio Virgilio, que hablaba bien francés, aunque nadie lo sabía, pudiese tan siquiera ni de palabra ni de obra rozar a Siloé. Que no se atreviera nadie, en vida de Virgilio, a Siloé a tocarle un pelo, ni siquiera ni a mentarla. Con Siloé sólo Virgilio, sólo él, bailaría, la sarandunga y la calenda. Sobre todo la calenda.

Crisanta era y no era suficiente. Con Crisanta podía y no podía Siloé ser quien era, darse a conocer. Y de esto se trataba: de darse o de no darse a conocer del todo. A medida que el tiempo fue pasando y a partir, sobre todo, del momento en que Esteban abandonó su cuarto y se fue a vivir abajo, Siloé empezó a tornasolarse e irisarse como un pequeño lago, redondeado, muy profundo, rodeado de montes y taludes siempre oscuros, desplomándose en vertical sobre las quietas aguas múltiples. Desde que llegó, desde el tajo abrupto del mismo primer día, Siloé deseó que su destino acabase siendo el del señor. Y durante los años tutoriales de Leopoldo con Esteban (con Virgilio cada vez más embebido en la catalogación y admiración de las piedras y objetos de las vitrinas de las salas de delante), Siloé se enroscó sobre sí misma hasta tal punto que con frecuencia, por las tardes, los inviernos, sentada con Virgilio ante la tele (que venía a ser como un continuo fuego congelado de imágenes y vidas sucediéndose, unas en otras y tras otras, hasta el infinito del atardecer y del anochecer hasta que llegaba la hora de acostarse), parecía una gatita tricolor que apoya el hocico sobre la pata delantera derecha, que a su vez se apoya en la izquierda y ahí entrecierra los ojos y se cierra sobre sí con el gesto confabulatorio de toda profunda introversión. Siloé parecía por fuera una gatita entredormida, y era por dentro una conciencia que a sí misma se soñaba convertida en la amante esclava del señor. Siloé decidió muy pronto, casi nada más llegar, que Leopoldo y ella acabarían amándose sin perder por eso ninguno de los dos sus puestos propios: la sirvienta, el señor, de tal manera que la relación entre los dos, por intensa que fuese, por absorbente y mesmerizante que llegara a ser, nunca dejaría de mantenerse en términos de la más estricta proporcionalidad. El amor de Siloé por don Leopoldo siempre sería, en su secreto, proporcional al amor de don Leopoldo, en su secreto, por Siloé. Y esto, naturalmente, iría a más, siempre a más, sin perder nunca su incitante, tensa y perfectamente establecida proporción. Cuando Esteban dio la rabotada, Siloé descubrió que don Leopoldo la mandaba llamar con más frecuencia que antes para discutir el menú de cada día y las frutas y verduras y otros víveres que se encargan por teléfono. De pronto, ya, los menús y las listas de la compra no eran más que pretextos para que Siloé se acurrucara en su pequeña figura de doncella de ultramar ante el noble español que de-

199

mandaba de ella, además de un buen almuerzo y una buena cena y un control del gasto, la belleza. Las emociones provocadas por Leopoldo cada vez que la llamaba, cada vez que Siloé pensaba en él, habían dejado hace ya mucho de ser pasajeros estados de ánimo, para convertirse, como fotos o consignas, en imágenes fijas que formaban parte, como su peinado o la pintura de labios o las uñas pintadas o los maquillajes, de una constante Siloé reflejada en el espejo de su tocador justo a través de esas imágenes. Siloé se arreglaba las pestañas con gran rímel espesado en gotitas negras de su pincel de ojos en función de las cuajadas emociones, las transparencias en que sus emociones, al relacionarse con Leopoldo, consistían. Venían a ser como murmuradas exclamaciones de aliento y de refuerzo: misteriosa, sandunguita, caribeña, de tetitas de novicia que al final de su redondeada forma se aguzaban y apretaban en el corimbo del cacao de los pezones –por ahí podía empezársela a comer– de chocolate y leche que a través de la blusa sólo se insinuaban, caribeñas, frutaexóticas, dominicanita de dulce de leche, linda, primorosa, flor de flor, mamoncibles, vivibles, las guardadas, escondidas, comprimidas, impresas en el raso del sostén color candor, lila linda, niñita, madurita con la vaginita fresca como el mármol de la virgen pura, ardentía de la leche virginal del dios amor que es niño, con su pito sin vello, tapado por las hojarascas líricas del gozo verdemar. Y por eso, para convertirse ya a perpetuidad en el paladeo ventrílocuo de todas sus imágenes de virgencita linda y muy remota escondida en la custodia de oro y plata del altar mayor de la capilla de las madres dominicas de Nuestra Señora de Altagracia, Siloé se insinuaba a pasitos, cada día un pasito, delante del señor, cada vez que Leopoldo la mandaba llamar para planificar las comidas o las compras, y también a solas cuando estaba sola, como las niñas actricitas en sus dormitorios de almidón siempre prestas para estar dispuestas a la arribada del esposo a cualquier hora del día o de la noche con las túnicas ceñidas muy muy blancas y el inquieto aceite de las lámparas también puesto ya de pie como en los Santos Evangelios, que disfrazado de garduño el esposo se presenta, zas, dispuesto, se consuma el gran amor. Bésame con los besos de tus labios míos pronunciando mi nombre al mismo tiempo. Balumba de lo lindohermoso, puro como los angelitos de las santerías del vudú blanco de los padres capuchinos, por especialísimo favor del Dios del Cielo y de la Virgen santa, Alaila recóndita de Siloé, emparentada prima hermana de San Elitroste para que desboque al señor al trote tras de mí y sea su beso, de puro masculino, ya todo femenino: el mismo beso de Alaila en la frentita del divino infante. Y es que, al fin y al cabo, todo este arreglarse y componerse de Siloé ante el espejo de su tocador en presencia mística de su señor Leopoldo, era en parte consecuencia de la letanía de merecimientos de Siloé: Siloé era siempre niñalinda y niñabuena, que se había merecido la verdad de la blancura de su piel, la verdad de la blancura de su fino amor de virgen que se había conservado puro y duro en la cromolitografía de su más secreto corazón. Y esto era lo que, conversando con Crisanta cara a cara o por teléfono, igual daba, venía a ser al mismo tiempo lo que Siloé deseaba y no deseaba revelar. De ahí venían las risas, los mohínes de ahí venían, el rosario entero de misterios, que no hay rosa sin espina, no la hay, ni de invernadero ni silvestre no la hay, que al derramarse no quiera recogerse, al caerse levantarse, al decirse desdecirse. Padre nuestro, Ave María, amén. Oh poderoso San Deshacedor. Cada vez que hablaba con Crisanta, que era buena pero espesa y poco dada a los conjuros, Siloé se sentía puesta en el disparadero de salir del todo y florecer delante de su amiga tal y como vino al mundo y era ahora de verdad, tan frágil. Pero, naturalmente, Crisanta no podría soportarlo, no lo entendería, creería que, puestas así las cosas y la relación con don Leopoldo, todo lo que en ello no era ya mortal pecado de por sí, era locura y desvarío, es decir, al final sólo pecado. Si hubiera Siloé dado a Crisanta cuenta del constante secreteo de todas sus imágenes más dulces y después hubiera referido, porque era la verdad, que don Leopoldo a ella, a Siloé, la trataba con una deferencia, con una latría, una idolatría que no se parecía ni de lejos, es que ni por el forro, al trato que tenía con Virgilio –que no es que fuera malo sino sólo frío, impersonal–, Crisanta habría sacado las más tontas conclusiones comenzando por insistir, y venga y dale y con lo mismo cada vez que se vieran, que Siloé se tenía que ir urgente a confesar por haber pecado mortalmente y mentalmente de pensamiento, palabra y obra y que había vuelto a crucificar a Jesucristo con las mismas espinas y los mismos clavos de la más atroz crucifixión, reo de culpa, reo de muerte por haberse de Dios dejado ir y depender y entregarse al vicio y a su labia cada vez más fértil, que alrededor de la boca se le va formando del pecar y la saliva un cerco, una boquera acibarada, que si la rozas con la lengua mueres porque contiene ya veneno de la muerte de Jesús crucificado. Eso era lo que, lo más seguro, Crisanta iría a decir. Cuidado que no cogiese y fuese con las mismas a contárselo y más, peor aún, al mismísimo Virgilio, para que con sus dos manos de esposo bendecidas a Siloé la cogiese por los pelos y los pechos y las piernas y los dedos de las manos y la tirase y la arrastrase despellejándola al tirar toda la piel para desgajarla de las garras del mayor satán, el contradiós que sólo come berza y remolacha y se hace pasar por santo pacifista, protector de los perros y los gatos. Algo de todo ello, sin embargo, reducido a su mínima expresión, llegaba Siloé con cualquier pretexto, a lo largo de sus conversaciones con Crisanta, a mencionar: y aquí Crisanta, últimamente, de vis a vis y por teléfono, cuando estaban solas, o en apartes cuando estaban con más gente –las demás dominicanas del servicio esparcidas por Madrid–, fruncía los ceños hasta formar con los dos ceños uno solo: Mi hija, ándate con mucho tiento porque en peligro estás, Dios no lo permita, pero expuesta estás a muchos males si así piensas aunque no llegues ni a decirlo ni a ti misma, contra tu marido verdadero que es Virgilio y contra Dios que es Dios y eso es poder del cielo e infinito, y de quién pueda empujarte igual no vas ni a darte cuenta hasta que de pronto te desnucas y te estrellas contra el mal, contra la muerte. No es que Crisanta dijera todo esto palabra por palabra: era más bien que algo de esto iba y venía por sus recelos, perplejidades y cautelas cada vez que hablaba con Siloé. Cada vez que ahora Crisanta se encontraba con Virgilio en la cocina, suspiraba mucho y le miraba fija y tristemente indicando así que mucho más se maliciaba de lo que sabía, con lo cual siempre se acierta: más y más se acierta siempre cuanto peor y peor. En contraste con lo que Crisanta, de haber conocido la expresión, hubiera denominado sin duda su «docta ignorancia», la felicidad insolvente de Virgilio, su ignorancia indocta, su placidez y visible aquietamiento, daba a Crisanta la impresión de hallarse ante un perfecto imbécil, y el hecho de que Virgilio, a su vez, en su fuero interno también se maliciase e inquietase mucho más de lo que demostraba abiertamente, no tenía para Crisanta valor alguno, porque la discreción da poco pie para sospechas y desvelamientos de secretos de la vida conyugal por parte de terceros. Leopoldo, todo esto, a diferencia de Virgilio, lo veía y, en parte, lo daba por supuesto y lo discutía con Indalecio Solís. De tal suerte que a su habilidad para dejarse servir y rodear de atenciones y servicios se añadía ahora una nueva dejación en todo lo relativo a Siloé que funcionaba en la práctica como un imán incesante que atraía todas las imágenes de Siloé y a la propia Siloé como limaduras de hierro hacia Leopoldo, la piedra imán. De aquí que bien hubiera podido Siloé, pobrecilla, dirigirse a Leopoldo desde el fondo de su corazón como en una plegaria a la piedra imán: cambia mi triste situación, espanta la sombra que me persiga, resguárdame de los celos y líbrame de las lenguas viperinas, atiende a mis súplicas y concédeme lo que te pido si es que de ti lo merezco.

Con la llegada de Salva a la casa y la sensación de extrañeza y temor supersticioso que inspiró a Siloé por lo menos al principio, había ya bastante para que cualquiera que estuviese al tanto y fuese un poco menos esquinado, algo más generoso que Leopoldo, pudiese intervenir: es curioso que para el propio Leopoldo fue evidente desde un principio que toda la transformación, por usar la expresión sugerida por Indalecio Solís, todo el trastorno y arrebatamiento de Siloé, hubiera podido detenerse, cambiar de sentido hasta volverse inocuo sencillamente con que Leopoldo hubiese decidido quedarse en su sitio y ser tan sólo el dueño de la casa y el burgués acomodado que emplea a su servicio a un matrimonio dominicano a quienes trata y paga razonablemente. De haber Leopoldo permanecido fiel a su papel más obvio y ordinario, Siloé, sin darse apenas cuenta, hubiese hecho lo propio, lo mismo que Virgilio, y nada hubiese ido a mayores excepto la mutua estima o el afecto.

Salva llegó a casa de Leopoldo a mediodía. Leopoldo le recibió después de comer. Salva había dicho a Siloé que venía ya comido para no tener que sentarse a la mesa del *office* con Virgilio. La verdad es que no tenía mucho apetito. No las tenía todas consigo. Por un momento, desde el instante en que Virgilio le hizo pasar al *office*, hasta que pasadas unas dos horas Virgilio le condujo al estudio de Leopoldo, se sintió ridículo, fuera de sitio. Casi añoraba el piso con los tres nuevos que habían llegado aquella misma mañana, con la facilidad de tener por encima sólo a Gabriel Arintero, que era una nulidad. Salva había obtenido una considerable satisfacción en su trato con Arintero al haber decidido desde un principio que Arintero era una nulidad. Arintero le era indispensable: gracias a él y a su organización había sido factible obtener la condicional. De Arintero iba a depender a última hora que se resolvieran los trámites para el papeleo y quedar limpio. En contraste con Arintero y por comparación con los colegas de la cárcel, Salva había mantenido muy alta su autoestima: se sentía un tipo cojonudo: ni el trullo ni los funcionarios ni la droga (que la hubiera en la cárcel tenido gratis si quería) ni finalmente Arintero tenían, comparados con él, nada que hacer. Esta misma sensación de quedar, hiciese lo que hiciese, muy por encima de la mayoría, se vio reforzada durante la merienda con Leopoldo y los otros, y con aquel empleo que le cayó del cielo: se sintió alguien especial, un personaje recio y peligroso que llama a las cosas por su nombre. Todos se habían reído cuando declaró que era un ladrón. Otro se hubiese arrugado, la mayoría se hubiese acojonado. Salva, en cambio, dijo la verdad y hasta quedó gracioso. En este estado de ánimo regresó al piso con Arintero, preparó su maleta y apareció al día siguiente en casa de Leopoldo. Todo iba bien hasta que Virgilio le hizo pasar a aquella antecocina tan lujosa, y la cocinera, aquélla, a ojos del Salva, sudaca de postín, le preguntó si había comido. Dijo que sí para simplificar las cosas y también porque creyó que sería cosa de un momento y que Leopoldo le recibiría enseguida. Las dos horas que se estuvo allí esperando, mano sobre mano, le deprimieron muy absurdamente. Todo lo que había subido se le volvió caída y vértigo: una sensación muy precisa en la boca del estómago de que le estaban tomando el pelo. Siloé había desaparecido. Virgilio apareció y desapareció varias veces: cada vez que reaparecía sonreía el puto negro.

Se hallaba sentado a la agradable mesa de madera de aquella antecocina cuyas ventanas mostraban un patio interior amplísimo y que se abrían como fanales al elegante azul celeste. Salva tenía la impresión de que si se levantara y abriera aquellas ventanas habría un muro a un par de palmos pintado color azul celeste. Incluso le parecía, en su forzada inmovilidad, que el zureo de las palomas era un efecto acústico. Le parecía hallarse en un espacio cinematográfico, provisto, como en las películas de ciencia ficción, de un casquete que recubría la frente y los ojos, por obra del cual la sensación de realidad que tenía no correspondía con la realidad externa que muy bien podría ser informe. Tenía la impresión de que aquella luminosa antecocina no sería exactamente igual si acertara a mirarla desde fuera de su propia percepción modificada. Todo le pareció de pronto fruto de unos muy potentes efectos especiales. Las plantas, por ejemplo, que recubrían la base de la ventana, parecían artificiales también. Incluso la copiosa azalea en su cesto que adornaba el centro de la mesa de madera, le pareció una planta de plástico o de tela pintada, una imitación perfecta de una azalea verdadera. Tan perfecta era la imitación que, al alargar el brazo y tocar una de las hojas rosáceas, la hojita se le quedó entre los dedos, con esa leve humedad de las plantas vivas. Una de las veces que Virgilio cruzó la antecocina le preguntó si deseaba ver la prensa: tenemos el *ABC* y *El País*. Rehusó y sintió aumentársele la sensación de disgusto ante aquel negro uniformado y tan alto. Salva se sentía sorprendido no sólo por la aparente artificialidad de aquel ambiente sino también por la desgana de moverse que sentía: en cualquier otra circunstancia Salva no hubiese aguantado mucho rato sentado ante una mesa sin nada que hacer: su instinto era siempre moverse, echar una visual, una inspección ocular, como se decía en la mili, de todo aquel campo de operaciones. Desde su sitio, a través de un gran arco se veía lo que parecía ser una moderna cocina, una alacena de vajilla, una pulcritud de comedor de hotel de alto standing, todo ya recogido y reposado, apagado, después de los almuerzos. Pensó que el negro y la sudaca tenían que atravesar la cocina para entrar en lo que debían de ser los cuartos de servicio, quizá otro piso entero a su disposición. Por un momento le pareció que aquello era un timo, una broma que le habían gastado los que le invitaron a merendar la otra tarde, el Leopoldo, el Indalecio Solís, la hermana, el propio negro que les había servido la merienda: Si es una tomadura de pelo se acuerdan de la madre que me parió. Pero incluso esa reafirmación mental le pareció desactivada: la verbalización mental de lo que Salva haría a cualquiera que tratase de tomarle el pelo le supo a poco, se le quedó chata, acobardada, en aquella antecocina desusada. Por fin se encontró sentado ante Leopoldo. Era la misma habitación donde habían merendado la otra tarde que ahora tenía el aspecto confortable, cinematográfico también, de una biblioteca, una sala de lectura del siglo XIX. Una vez más, a ojos de Salva, Leopoldo y su ambiente le imponían una desagradable rigidez, una sensación de que tenía que estarse quieto, muy atento, muy al loro para que nadie le engañara. Y, sin embargo, Leopoldo estuvo muy amable, tan afable como la primera vez, sólo que esta vez, al poco de hallarse los dos frente a frente, Leopoldo se levantó y dijo: «Ven, voy a enseñarte el garaje y todo lo demás que va a ser de hoy en adelante tus dominios.» Así que se levantó, como lo hacía Leopoldo, y le siguió a través de una sala que le pareció inmensa, atestada de muebles, hasta un vestíbulo (el mismo vestíbulo de acceso al piso donde había estado con Virgilio hacía dos horas), hasta un ascensor enorme, con espejos, que reflejaban a Salva y a Leopoldo oscurecidos y embellecidos, silenciosos. En silencio transcurrió un instante y el ascensor volvió a abrirse. Leopoldo le hizo salir. Se hallaban ante la entrada de un garaje subterráneo que resplandeció ordenadísimo al abrir Leopoldo una puerta frente a la puerta del ascensor e invitarle a pasar con un amplio gesto del brazo izquierdo. El BMW era increíble.

Esa parte fue la mejor parte de aquella tarde y de los días siguientes. Aquel garaje particular le pareció a Salva un paraíso cuyas inagotables sorpresas, una vez examinadas de un vistazo, Salva iría desglosando lentamente. Descubrió que aquel garaje tenía dos salidas, una en rampa ascendente a la calle y otra que daba a la escalera del inmueble y después a la portería. Era un garaje particular. Particular. Esta palabra cumplía la misma función expresiva que la expresión «de cine» o «artificial» había cumplido en la antecocina. La antecocina era una decoración de cine en el mismo sentido en el que el garaje era un garaje particular. Era lo contrario de una plaza de garaje, donde, incluso en los más caros bloques de viviendas que Salva había conocido, se van instalando los coches en hileras y cuyo espacio se delimita mediante líneas blancas entre automóvil y automóvil. Esos garajes colectivos, para todos los propietarios de un inmueble por lujoso que fuese, eran una mala imitación abaratada de este garaje particular de Leopoldo. Ahí el BMW ocupaba todo un lado frente a la rampa: al otro lado había un taller de reparaciones mecánicas completo con su compresor para hinchar neumáticos, su manguera de agua e incluso una habitación como una garita, con su cuarto de baño y retrete propio. Ya desde el primer momento observó Salva que todo el lugar entero así como todo el instrumental del taller mecánico incluido el propio BMW daba muestras de haber sido dejado allí hacía mucho tiempo en perfecto estado de revista pero recubierto, a la sazón, por una uniforme capa de polvo. El garaje entero olía a cerrado. Cuando Leopoldo le dejó solo tras indicarle dónde se hallaba el cuadro de la luz eléctrica y las llaves de las dos puertas y del ascensor y del BMW, Salva se sentó por un instante en la mesa de la garita y encendió un Fortuna. Se estiró, como quien se despereza y piensa que tiene ante sí una larga tarde libre. Saboreó el Fortuna a largas chupadas, lo apuró bien hasta el final y depositó, por último, la colilla en un cenicero de barro que encontró en el cajón de la mesa de la garita. Entonces se puso en pie y se acercó al BMW. Abrió la puerta del conductor, se instaló en el asiento, giró la llave del contacto y descubrió que el BMW no tenía batería. Dentro del automóvil olía a cuero y a cerrado como si nadie hubiese utilizado el vehículo en años: «Conmigo te irá bien, precioso», murmuró. Y por un momento el interior del coche ahora encendido pareció acoger a Salva como una casa propia, un piso secreto, de lujo, en la mejor parte de Madrid, un buen escondite. Tras esta efusión amorosa, con el buga abierto, iluminado suavemente su interior y todo el garaje entero congregado como una capilla silenciosa en torno a Salva, se le ocurrió que después de tantos años en casa de su abuela, en habitaciones de pensiones, en el chabolo de la cárcel, sólo ahora tenía, por obra de un milagro, un espacio propio. Entonces imaginariamente se alzó en su conciencia la figura de Leopoldo en gran relieve, colosal, como un brujo o un jefe de banda urbana, como un colega superior a él, como un kíe imbatible. Leopoldo es el kíe de este módulo entero y yo soy el segundo después de él, los dos somos los amos, nos haremos los amos. Y entonces se le ocurrió darse una vuelta con el buga, un voltio corto, de prueba. Y entonces descubrió que el depósito casi estaba vacío, que la batería estaba descargada y que los cuatro neumáticos estaban bajos de presión más de la mitad. En ese momento, como después de un par de copas de orujo, se sintió nuevo y se echó a reír. Cerró los ojos y dio lentamente vueltas alrededor del BMW, aún riéndose, exagerando algo la carcajada y también el paseo circular alrededor del coche, entrecerrados los ojos como un actor en una toma muy especial, en un primer plano sorprendente que incluye el coche y el cuerpo de ese actor en un solo significado dinámico, como el torso tendido, óptimo, de un animal salvaje, un joven leopardo encimándose, vital, sobre su presa.

Todas las mañanas, después de desayunar, Salva bajaba al garaje y se quedaba allí hasta la hora de comer. Descubrió que en la garita había un telefonillo mediante el cual podía ponerse en comunicación con Virgilio. Dio por supuesto que Leopoldo le haría saber la orden del día por ese teléfono. Dedicó, pues, las primeras mañanas, con parte de la tarde, a poner el BMW a punto. Tuvo que trabajar duro para que el azul metalizado de la carrocería resplandeciese. Una vez cargada la batería, hinchados los neumáticos, puesto en marcha, sacó el BMW a la calle y buscó una gasolinera para llenar el depósito. Dio una vuelta, un lento recorrido por las calles y avenidas que circundaban la casa de Leopoldo y, sin atreverse a más, regresó al garaje. Habían pasado en realidad muy pocos días desde su llegada a la casa, aunque Salva tenía la sensación de haber pasado toda su vida en aquel garaje. Al cabo de una semana, quizá algo más, Salva comenzó a mosquearse: todo resultaba tan perfecto que, a la vez, resultaba incomprensible. Salva descubrió que una vez iniciada aquella fascinante vida en casa de Leopoldo, en su garaje, no parecía haber continuación ninguna. En esto también su situación le recordaba a las películas: el protagonista monta en su BMW y enfila la salida de la ciudad al amanecer. ¿Y luego qué?, las películas se acababan, pero naturalmente las vidas no. La pregunta era ¿qué estoy haciendo aquí?, ¿a qué viene esto? Al no poder responderla con facilidad surgía el mosqueo.

Salva no recordaba haberse sentido tan incómodo en toda su vida. Recordaba, sí, una ocasión, a los diecisiete años tratando de vender un aparato de música y otras cosas a un intermediario del Rastro. Fue en casa de ese tipo que parecía normal más o menos en los bares y en el Rastro, pero que en su casa le pareció de pronto raro a Salva. Compartía, al parecer, con otro el piso. Un tipo rizoso que le abrió la puerta en camiseta. Olía a fritanga. Salva llevaba la mercancía en dos mochilas y una bolsa de deporte. Había sido una lata tener que llevárselo hasta el piso aquel sábado. Le hacía falta el dinero, por eso aceptó llevar la mercancía al piso, que era arriesgado quedando el piso a quinientos metros de Gobernación, una calleja que daba a la Plaza Mayor, tuvo que subir al tercero sin ascensor. Le convidaron a tomar un café que no quiso tomar y luego a una copa de anís que tampoco quiso tomar. Los dos acababan de comer y Salva se sentó frente a ellos en una mesa revuelta con una botella de Casera mediada y una barra de pan y las copas sucias. Aquella intimidad castiza tenía un aire falso con el tipo de la camiseta haciendo de ama de casa y el otro tipo encendiendo un Farias. En lugar de despacharle enseguida le entretuvieron hablando de fútbol, distrayéndose con la televisión que estaba puesta, que estaba dando las noticias, estaban los dos demasiado amables con Salva, vistos juntos parecían dos julas y lo eran. Salva se mosqueó aquella vez tanto. El de la camiseta se le sentó muy cerca, le miraba a los ojos. Se largó con la mercancía. Aquella situación le había mosqueado porque se había sentido dominado por aquellos dos muy deprisa. Juró que no volvería a pasar. Siempre recordó aquello como una experiencia indigna, algo por lo que tendrían que pagar alguna vez aquellos dos maricas. Salva no estaba dispuesto a perdonar –y nunca lo olvidó– las confianzas que aquellos dos mierdas creían poder tomarse porque era todavía un chaval. Entre unas cosas y otras se le pasó el tiempo, no pudo vengarse, le metieron en la cárcel, la irritada emoción que sintió entonces, la gana de liarse a palos con los dos, se reprodujo ahora mientras subía y bajaba en el ascensor al garaje, a la antecocina del negro y la sudaca a comer y a cenar. Le constaba que Leopoldo no se había movido de la casa y no había dado en todos aquellos días ninguna orden relativa a Salva. Al cabo de unas dos semanas Leopoldo bajó a verle, fue una visita muy corta, como si Leopoldo pasara revista a la tropa, como había visto hacerlo a los comandantes generales, cuando hizo la mili en Melilla: pasaban deprisa delante de todos sin ver nada. Se iban sin fijarse en los correajes dados de betún, el ánima de los mosquetones como los chorros del oro. Leopoldo había de alguna manera reproducido con su visita aquellas revistas de los comandantes generales que tantas carreras y sudores costaba preparar para nada. Se vio obligado a dar un poco de conversación en la cocina a Virgilio. Dentro de lo que cabe, siendo negro, Virgilio tenía un pase. Era mejor que pasarse el día entero sin hablar con nadie. Una tarde se decidió y dijo a Virgilio: «Dile al jefe que quiero hablar con él.» Virgilio transmitió el recado sobre la marcha y volvió diciendo que el señor le recibiría al día siguiente por la mañana. Fue un alivio y aquella noche por lo menos se durmió tranquilo. Su dormitorio, por cierto, era una de las mayores rarezas de su nuevo empleo: después de cenar, se iba a un dormitorio espléndido con una televisión. En ese dormitorio parecía haber vivido recientemente alguien porque aún quedaba ropa en los percheros y libros en las estanterías. Lo mejor era la televisión en color que Salva podía ver tumbado en la cama. De la cocina salía cada noche por un pasillo que llevaba directamente a esta habitación. Esa habitación comunicaba con un cuarto de baño muy amplio. Y en el pasillo había varias puertas que comunicarían, supuso Salva, con el resto de la casa, pero que Salva nunca se había atrevido a abrir, ni siquiera se atrevió a escuchar tras ellas de madrugada cuando se desvelaba. Se sintió casi tan falto de libertad como en el chabolo. De hecho, la vida en la casa se parecía en algunos rasgos formales a la de la cárcel: había un chabolo donde pasaba todas las horas que no pasaba en el patio o en el módulo. No había más posibilidades que esas dos, el chabolo o el patio. Aquí había sólo el dormitorio, la cocina, el garaje. Así que cuando Leopoldo por fin le mandó llamar y le preguntó que qué tal le iba, contestó: «Me va bien pero no aguanto esto, no sé qué hago aquí.» Y cuando Leopoldo manifestó gran sorpresa al oír aquello, Salva respondió: «No sé qué es lo que usted quiere, si éste es un experimento que hace o qué, creí que sería un empleo corriente.» Leopoldo se echó a reír y así empezó la nueva fase de la vida de Salva en aquella casa, el mosqueo cambió de signo a partir de ese día pero no de intensidad.

De la conversación con Leopoldo sólo sacó en limpio que Leopoldo quería tener un chófer en la casa por si acaso. Ésta era precisamente la única razón de ser de su empleo que a Salva se le había ocurrido por sí mismo: enunciada por Leopoldo sonaba a capricho. Pero, a su vez, el capricho (ése u otro cualquiera) le parecía a Salva parte esencial de la personalidad de Leopoldo. Le pareció un hombre rico que guiaba su vida por sus caprichos. Yo soy su último capricho, decidió. Esta ocurrencia resultaba divertida y brillante mientras conversaba con Leopoldo. A solas, en cambio, le parecía odiosa y humillante. A solas, sentirse capricho de alguien le sacaba de quicio. Y esa irritación que germinaba en sus largos ratos de inactividad acabó tomando la forma de agresividad: Tendré que saber qué rollo se traen éstos porque está claro que aquí cada uno tiene su mal rollo. Así que empezó a fijarse en las dos personas que veía más a menudo, que eran Virgilio y Siloé. Esta sudaca, esta Siloé, le parecía a Salva más y más extraña cuanto más pensaba en ella. Era guapa aunque demasiado delgada para su gusto. Y demasiado remilgada. Y a diferencia de otras mujeres dominicanas, y en general sudacas que había conocido, Siloé le parecía casi muda. Rara vez se dirigía a él por su nombre, rara vez hablaba con Virgilio de cosas que no fueran triviales o circunstanciales: como si les gustaba la comida o si deseaban alguna cosa más después de los postres. Siloé les servía a los dos: la comida era buena, apetitosa, pero a Salva le ponía nervioso que ella misma no pareciera interesada en probar los platos que guisaba. Mientras ellos comían, daba vueltas alrededor de la mesa, iba y venía de la cocina a la antecocina con sus pasitos rápidos, con su taconeo pueril. Salva no lograba imaginarse tener con aquella mujer ninguna relación satisfactoria. Habría podido parecerle sexy de no haber sido por lo distante que era, lo fríamente que se manifestaba: a la vez se tenía la impresión de que Siloé era la criada de los dos, sirviéndoles puntualmente las comidas, y la dueña de la casa que se limitaba a cumplir lo más rápidamente posible con el deber de prepararles tres comidas al día. Y le chocaba también la visible docilidad, casi humillación, con que Virgilio trataba a su mujer. Parecía considerarla algo sagrado, una persona de superior entendimiento y clase a quien apenas se atrevía a rozar y con la cual nunca discutía. Era una pareja que Salva no entendía en absoluto. ¿Cómo podían acostarse juntos si mantenían esa cortés distancia que Salva observaba?, ¿cómo se puede meter mano a una mujer a quien se trata con tanto respeto? A Salva le parecía que hacer el amor implicaba una cierta igualación: si no se podía decir clara y vulgarmente lo que se deseaba, no parecía posible casi desearlo. Salva no tenía una experiencia erótica muy amplia. Había follado con chavalas del barrio antes del trullo. Una vez en el trullo, como no le gustaba andar con maricóneos se tuvo que contentar con hacerse pajas por las noches. Masturbarse era mejor que mariconear como hacían otros en las duchas. Le parecía a Salva una mariconada ya el necesitar tanto como los demás satisfacerse sexualmente. Una parte importante de su capacidad de dominar a la gente del módulo provino desde un principio de su aparente falta de necesidades: no necesitaba drogarse y no necesitaba follar con nadie. A cambio de esas dos abstenciones se permitía el lujo de dar una paliza a cualquiera que le propusiese droga o sexo. La violencia y el sentirse superior, que el comportamiento violento le otorgaba, hizo las veces del placer sexual y la drogadicción en la cárcel. En la cárcel aprendió a considerarse a sí mismo alguien muy especial que no siente ni padece las miserias y las debilidades de los demás mortales. Sentirse respetado y sentirse temido era el sentimiento relacional más fuerte de Salva. El otro sentimiento fuerte y constante era el de su identidad como ladrón. Siempre pensó, durante todos aquellos largos diez años de cárcel, que cuando saliera haría buenos planes, lo más seguro solo, para robar en grande sin que nadie le cogiera nunca. De aquí que una de las cosas que más le interesaron de la casa de Leopoldo desde un principio fue la inmensa cantidad de objetos valiosos alojados en vitrinas o dejados como adornos encima de las mesas. Compró dos cerraduras para la garita del garaje y para el cajón de la mesa y ahí, en el cajón de esa mesa, fue apilando cuartillas con distintos croquis de los dos pisos que ocupaban Leopoldo y el servicio. Salva descubrió asombrado que la casa de Leopoldo consistía en una única planta del último piso de un inmueble convertida en un piso estupendo para los criados y el resto más o menos en museo. Unas salas sucedían a otras cada cual decorada de un modo diferente en un entrecruzamiento que recordaba el enredo voluntarioso de los laberintos. Salva presumía de ser capaz de orientarse en cualquier laberinto. El único laberinto que en realidad había conocido era el laberinto de espejos de una feria. De esto hacía muchos años. Pero Salva recordaba claramente que nada más entrar en aquel lugar decidió que la manera de encontrar rápidamente la salida y reducir todo lo posible los cansados errores, consistía en no atender a las representaciones deformadas de su figura que a la demás gente hacían reír o dar gritos estúpidos, y concentrarse en cualquier detalle del suelo o del techo que sirviese de referencia fija. Si recorría el laberinto de espejos sin fijarse en las imágenes reflejadas, atento sólo a encontrar la salida lo más rápidamente posible, eso se lograba con facilidad. Así, también durante los primeros meses en casa de Leopoldo, Salva procuró ir haciendo un plano muy elemental de las habitaciones y de las conexiones de las habitaciones entre sí, asignando un solo rasgo sobresaliente a cada habitación y desatendiendo todo lo demás. Cada habitación –decidió Salva– podía identificarse mediante un color distinto. A cada color correspondía sobre una hoja de un papel rectangular una posición y a cada posición una o más letras e minúscula que correspondían a sus puertas. La mayoría de las habitaciones tenían dos puertas pero las más interesantes eran las que tenían tres, de tal suerte que se podía entrar y salir de ellas por tres lados distintos. De esta manera Salva fue trazando un mosaico de colores (con unos lápices que había adquirido en una papelería cercana) y la casa se le convirtió en un inmenso espacio que podía visitar mentalmente recorriéndolo a toda prisa. Salva decidió que lo primero que tenía que saber era cómo circular por toda la casa entera en el menor tiempo posible y descubrió que esto podía hacerlo mentalmente antes de hacerlo físicamente. Para llevar a cabo la composición de este croquis, Salva tuvo que fingir que deseaba ayudar a Virgilio en sus tareas matinales de limpieza de la casa. Virgilio aceptó encantado ese ofrecimiento y de esa manera Salva acabó por tener un mapa de toda la residencia. A medida que iba trazando este mapa, iba Salva maravillándose más y más ante el capricho que llevó a Leopoldo a construir semejante laberinto. Y se maravillaba a solas Salva acerca de todo ello y se preguntaba cómo tenía que ser la inteligencia y sensibilidad de un hombre capaz de concebir aquel innecesario laberinto.

Arintero piensa: ¿Qué puedo decirle?, ¿qué necesita oír Esteban? ¿Qué autoridad tengo yo para darle un consejo? ¿En qué términos? Esteban se ha presentado en el piso. Ahora están los dos sentados en la habitación de Arintero. Esteban ocupa la cama y Arintero la única silla que hay, que ha separado de la mesa para acercarse más a Esteban. Arintero se ha sorprendido a sí mismo al sentirse insensible a los encantos físicos de Esteban. Todos los días se acuerda de Osvaldo, todos los días recuerda la intensidad y la plenitud de aquellas noches con Osvaldo, y todos los días piensa que irá en su busca tan pronto como pueda ahorrar para el billete. Quizá pueda pedirle prestado el dinero para el viaje a Carolina. Arintero ha descubierto que en Madrid es mucho más difícil vivir sin dinero que en El Salvador, donde nadie tiene dinero. Viendo a Esteban se acuerda de Osvaldo. ¿Qué ha hecho Leopoldo en la vida?, acaba de preguntarse Esteban. Es una pregunta retórica: nada: es un diletante que vive de las rentas. Arintero ha oído esta historia ya esta misma tarde. No parece que Esteban la entienda ni tampoco parece capaz de hacérsela entender a su interlocutor. Arintero se acuerda de la imposible lucha de los salvadoreños, de los ajusticiamientos arbitrarios, de Osvaldo huido al monte con la guerrilla, quizá torturado o degollado, caído a balazos en una emboscada, ahorcado, mancillado, como mancillaban a sus víctimas los escuadroneros. No logra concentrarse en este relato de pitiminí que sólo revela un comportamiento egoísta por parte del verdugo y por parte de la víctima. Desearía ponerse de parte de Esteban, pero no lo logra del todo. Lo intenta de nuevo: «Vamos a dejar a Leopoldo a un lado, es evidente que Leopoldo exageró, abusó de su autoridad paternal contigo, se enfrentó contigo innecesariamente por una tontería. Hiciste bien en hacer lo que hiciste, aquel viaje, el periodismo... No había nada intrínsecamente malo en eso, al contrario. Al cabo del tiempo vuelves a hablar con Leopoldo y sacas la impresión de que no tiene intención ni de perdonar nada, ni de reconocer la parte de culpa que ha tenido. Te cabreas con él, tienes razón. Parece que vienes a preguntarme qué debes hacer. ¿Qué se debe hacer en una relación cuando no hay ya nada que hacer? Tú has hecho hasta ahora, según me dices, todo cuanto estaba en tu mano. Te encuentras sin respuesta, y concluyes: No hay nada que hacer. ¿Qué debes hacer entonces? Mi consejo es muy vulgar: dejar eso a un lado y seguir con tu vida. Terminar la carrera, trabajar, echar una mano quizá a tus amigos...» Esteban le escucha sin mirarle: observándole, como mucho, de reojo. Piensa que Arintero es realmente aburrido: para lo que está diciendo no hacía falta tanto viajar por el mundo. Le está diciendo que se aguante, que siga con su vida, ¿qué mierda de consejo es éste? Si fuera un colega de su edad, le mandaba a la mierda y se largaba. Creyó, por lo que le había contado estos días Carolina, que Arintero sería de otra manera, una especie de cura o una especie de Indiana Jones de la vida privada. Pero no parece que esté haciendo nada. ¿Qué coño es ser voluntario y estar en este piso? Los tres que, cuando entró, se encontró en la sala viendo la televisión le parecieron muermos. Esteban quizá esperaba que los ex convictos tuvieran un aspecto salvaje, cualquier tribu urbana de las varias que acuden al parque del Oeste los viernes por la noche tiene peor aspecto que estos tres gilipollas. Sus propios colegas parecen más delincuentes que estos delincuentes: más sucios, más rebeldes, más románticos. Por lo que sea, éstos tienen un aspecto enfermizo. Esteban esperaba encontrarse con tipos más agresivos, más desgarrados, más bellos. Estos tres gilipollas le parecen cohibidos, gratuitos. Pero sí, es cierto, Arintero le parece el más desilusionante de todos: contó con que tendría una visión del mundo, sugerencias innovadoras, una perspectiva fascinante y arriesgada, consignas incluso, algo que Esteban pudiera discutir, admirar, hacerse partidario. Pero, por lo que se ve, Arintero no es capaz de ir más allá que Carolina: que estudie, que preste ayuda a alguien. Sólo falta que le recomiende apuntarse a una ONG. La falta de brillantez de la presencia física de Arintero desdibuja todo en torno a él. Incluso que fuera maricón, que lo reconociera con tanta facilidad, contribuyó a que Esteban se hiciese ilusiones: esperaba de Arintero algo más original y enérgico que esa recomendación rancia de que estudie. Está a punto de levantarse y marcharse. No lo hace porque el escaso relieve de Arintero y del piso en que se encuentra y de los tres muermos de la sala, a los que de vez en cuando se les oye levantar la voz, le hace sentirse superior. Arintero es el que no ha leído a Kafka, el que no ha hecho nada en la vida, el que tiene un ligue con un tipo de la guerrilla salvadoreña. ¡Si al menos de eso contase algo interesante! «¿Desde cuándo eres tú homosexual?», le pregunta. «Desde muy joven –contesta tranquilamente Arintero– ,¿por qué lo preguntas?» «Porque se me hace raro, ¿no?, no lo pareces. A los homosexuales por lo regular se les nota bastante.» Arintero declara, procurando suprimir de su respuesta toda ironía y el creciente tedio que siente: «A mí también se me nota si te fijas. Cómo no...» Les interrumpe uno de los chicos, que pide un Gelocatil. Arintero aprovecha para salir de la habitación un momento. Cuando regresa, al cabo de cinco minutos, Esteban se ha puesto de pie y hace ademán de irse. Arintero se alegra de que se vaya. Cuando cierra la puerta tras Esteban, le remuerde la conciencia: Debiera de haber animado a Esteban. Debiera de haber sentido más pena por su situación. Debiera de haber intentado algo brillante para cautivarle, reanimarle, hacerle ver que su vida es irrepetible, que no vale la pena malgastarla en rencores y resentimientos. Y, sin embargo, no lo he hecho, porque me ha parecido poca cosa. Como si no valiera la pena esforzarse por Esteban. Valía la pena esforzarse en El Salvador. Vale la pena esforzarse por la gente del piso. ¿Por qué no por Esteban? Arintero se abre paso dificultosamente entre sus sentimientos, todas las ideas le vienen grandes. Sólo hace lo que sabe hacer mejor: cuidar gente. Y para eso no hace falta hablar mucho.

Esteban ha resentido la actitud de Arintero. Incluso los cinco minutos de ausencia le han parecido desconsiderados. En su opinión, el jula se ha mostrado distante. Esteban no ha conocido muchos homosexuales, pero incluso su corta y genérica experiencia le autoriza a decir: Son todos así. En cuanto a Arintero, mientras Esteban regresa a casa de Carolina, mientras ve la televisión en su dormitorio, mientras se demora en la cama hasta pasadas las doce del día siguiente, sentencia: No tenía nada que decir, y se muestra distante y se permite darme char-las sobre salvadoreños maricones que los escuadroneros despellejan vivos. Tumbado en la cama, Esteban deja que pase un día más sin ir a la facultad, se asoma al pozo de sus pensamientos y piensa: Estoy pensando pensamientos brutales. Siente un escalofrío de horror que, sin saber cómo, descubre, al instante siguiente, transformándose en un escalofrío de delicia. En una pegatina o en un graffiti o en un tatuaje, Esteban no recuerda dónde, ha leído una inscripción reveladora: «Si soy bueno me olvidarán enseguida, si soy malo me recordarán para siempre.» Esteban la hizo suya de inmediato. Ahora recuerda esa inscripción una vez más y le parece el más apto resumen de su vida pasada y el más apto enunciado de su actitud futura. Ese puto sarasa se va a acordar de mí. Ahora Esteban, al sentirse recorrido por este indefinido escalofrío de odio, se siente confuso, pero no se siente débil. Se sintió débil, maltratado, debilitado, después de la última reunión con Leopoldo. Y se sentía débil también, aunque animoso, al recurrir a Arintero. Se tomó la minuciosa molestia de ir en metro a Carabanchel, General Ricardos arriba veinte minutos a pie hasta el piso. El desinterés de Arintero le hace sentirse fuerte. Decide que algo tiene que decidir o planear o idear para pagar a Arintero con su misma moneda. No sabe cómo tramar su plan de venganza. Ni siquiera tiene aún clara y distinta en su conciencia una idea de venganza. Lo único que, aún innominado, acierta a percibir con claridad, lo único que, como un escalofrío, recorre y dilata su alma repleta de sinsabor, es el insoportable hiato que el rechazo de Leopoldo –tanto el primero como el segundo– ha dejado abierto entre su sentimiento de satisfacción anterior al rechazo (toda la niñez y toda la adolescencia de Esteban apelotonada ahí, abultada e ingrávida) y su insatisfacción de después. Y

222

esta posterior insatisfacción, retroalimentada con todos sus buenos recuerdos, ha retrocedido por todo ese pasado, desnutriéndolo, y ha ido ocupando el futuro que precede al futuro, convirtiéndolo en una cantidad negativa. Vive ahora Esteban inmóvil en el insatisfactorio instante presente que, como un diligente roedor, reorganiza toda su vida pasada, presente y futura en términos de plena insatisfacción subcutánea, aunque todavía no subconsciente: es, al contrario, lo más consciente de toda la conciencia de Esteban: su conciencia y su insatisfacción son una misma cosa. Por eso no tiene ahora proyectos. No necesita proyectos. Ahora tiene sólo deseos. Y estos deseos, imposibles siempre de satisfacer, aumentan su sentimiento de insatisfacción. Esteban ha decidido que no tiene la culpa. Y ha decidido que su insatisfacción, fruto de una injusticia, engendrará a su vez una difusa voluntad de injusticia, un irreprimible deseo –como el deseo de rascarse– de vengarse. ¿No está en su derecho? Cada vez que se hace esta pregunta, Esteban se siente compungido, desdichado y fuerte, y cada vez afirma: Estoy en mi derecho. Y, a mayores, una venganza, casi cualquier venganza, aunque sólo sea un simple experimento de venganza, ¿no traerá consigo, una vez consumado, una satisfacción por fin, la primera, un nuevo equilibrio? Le han puteado bien puteado. Leopoldo le ha puteado, pero Leopoldo es Leopoldo, y Esteban traza mentalmente un círculo alrededor de Leopoldo como un aura para protegerle de sí mismo. Se siente mejor al hacerlo, porque se dice: A pesar de haberme puteado no se lo tomé en cuenta. También hizo por mí muchas cosas y nos llevábamos bien, aunque ahora, en su insatisfacción, la felicidad aquella haya perdido todo su peso y sea sólo una voluminosa pesadumbre, una pena, algo que le hace exclamar a menudo, como los italianos: ¡Qué pena! Es como si se dijera: Lo que Leopoldo me hizo es tan grave que tengo que orillarlo, en cambio, cualquier otra injuria, por mínima que sea, me injuria, en proporción, doblemente, porque llueve sobre la tierra mojada de la otra inmensa injuria puesta entre paréntesis. Ha perdonado tanto –rumia Esteban– que no perdonará ya más, y menos a Gabriel Arintero, el maricón satisfecho, porque –explicita Esteban– ésta es otra: que se le ve contento de ser un puto invertido. Lo luce con suma modestia, como una gracia. Y, de paso –reflexiona ácidamente Esteban, con este su nuevo ácido júbilo, que es como una insólita ocurrencia poética–, qué coño habrá visto Carolina en él antes o ahora. A juzgar por lo que Esteban cree haber podido leer entre líneas en el reciente comportamiento de Carolina, el dichoso Arintero es para ella un héroe espiritual de gran brillo y magnitud, la muy imbécil. Tampoco Carolina es ahora ya santo de su devoción, aunque pareció serlo en un principio cuando con tanta naturalidad le acogió en su casa. Y éste es otro vector, otro más, que conduce a la justificada venganza: la casa de Carolina, la casa de Leopoldo, y su paso de una a otra por pura necesidad de un pobre huérfano: bien mirado, lo ocurrido es escandaloso. Ahora Esteban ve lo escandaloso como un súbito eczema descubierto, al orinar, en la ingle. Hasta su propia habitación, su espacioso cuarto de dormir, el mismo siempre, con su televisión y su flexo y muchos de sus libros y el cuartito mismo que resplandecía inmaculado en la memoria y que ahora alberga al nuevo chófer macarra de Leopoldo, el sustituto, el que a partir de ahora hará las veces de Esteban: porque eso es lo que sucederá, y si no al tiempo: ha comenzado a suceder ya de hecho. Ahora Leopoldo, que nunca antes salía, se va con el macarra de excursión por la provincia, la pasada semana fueron en el coche a ver el palacio y los jardines de La Granja, la colección de relojes que dan todos a la vez la hora, y almorzaron en Segovia o en Pedraza cochinillo asado. Lo sabe Esteban por Virgilio, a quien sube a ver de vez en cuando, que tampoco parece ahora muy contento, a diferencia de la Siloé, que parece simultáneamente contenta y descontenta, quedadiza y huidiza a la vez, antojadiza, como una gata en celo. Por todo lo cual puede en resumen decirse Esteban, y con ello alegrarse ácidamente, va a enterarse Arintero de quién es él y además pronto. El invertido contentito va a aprender gracias a Esteban lo que de verdad es sentirse insatisfecho, la quemadura de la insatisfacción: Y se lo voy a enseñar yo precisamente, da esa casualidad. Le seducirá, y, seducido, se limitará a mostrarle Esteban a las claras cómo cae en su propia trampa y cómo la insatisfacción se alimenta de sí misma. Y le hará pagar por todo lo que Arintero debe o deba, y por todo lo que todos deben a Esteban. Todos se van a enterar de quién soy yo.

Ya el sol se ha ido y ya hasta mañana por la tarde no se intercalará en la tela metálica verde que separa la terraza de Carolina del firmamento y también de la calle, audible muy abajo: la telera como un quitamiedos. Carolina, recostada en su tumbona, contempla satisfecha la nueva telera. Esteban ha tomado el té con ella y Carolina, sabiendo de su visita a Gabriel Arintero, encuentra a Esteban como más entonado, mejor afeitado, más sonriente quizá o más atento. Han tomado el té hace un rato y los dos se han instalado en la terraza. También Esteban con-

225

templa el cielo en silencio: «¿Y esta telera?» «Virgilio me persuadió de que la instalara y él mismo subió a instalarla en un par de horas, ya sabes lo habilidoso...» Carolina evoca mentalmente esa escena, conmovedora en cierto modo: la poderosa figura de Virgilio, sus grandes manos negras de palmas rosadas, intercalando en la telera las trepadoras vincas y las hipomeas azules y la hiedra, que se secará quizá en parte, desgarrados algunos de sus leñosos tentáculos. Virgilio aseguró que revivirían para la primavera, Virgilio aseguró que no hay que preocuparse. Carolina recuerda con cuánto gusto observaba el otro día a Virgilio intercalando en la telera verde las enredadas plantas trepadoras. Y dice en voz alta: «Yo le pregunté: ¿Virgilio, no cree usted que los vencejos que viven en el agujero, justo encima de la ventana, se trabarán en la telera al entrar o al salir o se matarán con la velocidad que traen?... ¿Tú crees que se matarán?» «No creo», comenta Esteban. «El otro día, un pajarito muy pequeño, color verde, un zambullín, él mismo se atrapó en la telera, le tuve yo que sacar, se voló enseguida. En el periódico contaban que este verano se han venido a los humedales de Madrid los zambullines y otros pájaros porque sus humedales de Extremadura y de Andalucía están secos, la peor sequía, dicen, del siglo.» «Eso del zambullín lo has inventado tú, Carolina, ¿cómo sabes que era un zambullín?» «Seguro que era un zambullín, y Virgilio dijo que los vencejos saben lo que hacen bastante mejor que las personas, especialmente los que tienen por costumbre anidar en los agujeros altos de los muros o bajo los aleros de las casas, lo mismo la golondrina que el vencejo que el murciélago, que Virgilio dijo por cierto que no es pájaro, que es ratón y no es pájaro.» Esteban entrecierra los ojos y convoca su insatisfacción inmerecida, como una invocación para protegerse de la afable voz de Carolina, la visible ternura implícita en la imagen de los zambullines verdes, los ratones alados, Virgilio colocando la telera. También Leopoldo era así a veces, como Carolina, tierno como Carolina ahora, casi infantil: Debe venirles lo infantil de familia –rumia Esteban–, como un ramalazo para cautivarnos. Igual los dos hermanos De la Cuesta. Esteban no se dejará cautivar nunca más, ni ahora tampoco. Ha visto endulzarse el rostro de Carolina al hablar del zambullín obtuso que ella salvó de morir entrampado y sabe que, contra la dulzura, acíbar es el único antídoto o en su defecto fingir que uno se enternece también, con anécdotas de zambullines o de ratones voladores. Esteban se siente vigorizado por su desconfianza, envejecido, protegido por su gran desilusión que se transforma en cautela muy deprisa. Pero Carolina, de verdad encantada por su recuerdo de la conversación con Virgilio, se abandona un poco más a esas afables imágenes: ninguno de los dos, ni Carolina ni Virgilio, lograron acordarse en esa ocasión de ningún otro pájaro análogo al murciélago, mamífero como los ratones y capaz de vivir boca abajo sin desprenderse del techo en todo el día o marearse. Las lagartijas, los ratones, los gorriones, los pardillos, los grillos, los renacuajos, las ranas..., un diminuto pajarillo que, por lo visto, cabe en el interior de los tallos del tronco del Brasil, ahí se esconde y emite una única nota, siempre la misma, inconfundible según Virgilio, tanto más fascinantes todas estas criaturas cuanto más de cerca examinas sus gestos, Carolina, que ahora se deja ir por los recuerdos de una colección de minerales y de rocas que empezó al volver de su primer viaje a México con su madre, fascinada Sonsoles por las deidades aztecas, que acabó Carolina dejando porque perdía mucho tiempo. ¿Dónde andará ahora esa tranquilizante colección de minerales y de rocas?, piensa Carolina, y dice en voz alta:

«Esteban, ¿no habrás visto tú mi colección de piedras que tenía en cajas con tapas de cristal?, para ti son si las encuentras. De México traje todas aquellas obsidianas.» Esteban no ha visto las cajas de minerales y rocas de Carolina, pero reconoce el humor nostálgico de Carolina en el tono de su voz y decide hablarle de Gabriel Arintero, probar con Carolina si de verdad resulta creíble en el papel de repentinamente enamorado de Arintero. Esteban sospecha que lo esencial de ese fingimiento, ese ensayo de lo que hará con el propio Arintero más tarde, consistirá en provocar sólo, poner en marcha la propia emoción amorosa de Carolina si aún la tiene, con ocasión de dos o tres palabras clave que se le ocurran: quizá amistad sea una o el eros pedagógico de Platón. ¿Qué podría suscitar la emoción amorosa en Carolina y acto seguido aceptar su suplantación por Esteban? Es un poco cansado pensar todo esto, y Esteban se arrellana en su tumbona y mira fijamente al cielo: eso siempre, verle contemplando el cielo, parece predisponer favorablemente a Carolina, la pobre, la solterona. Los recuerdos, abruptamente, arrojan a Carolina hacia atrás, hacia su hermano, hacia la niñez y la juventud de su hermano, de cuyo presunto desamparo tantas veces se ha sentido culpable. Cualquiera que no le conozca aseguraría que Leopoldo disfruta de la vida, ¿pero disfruta Leopoldo de la vida? ¿Disfruta de sus colecciones de muebles y de cuadros, de sus extraordinariamente bien elegidas alfombras persas, de la armoniosa coloratura de las habitaciones de su casa? ¿Cómo puede a la vez disfrutar de todo eso y haber apartado cruelmente a Esteban de su vida después de diez años de aparente afecto? Leopoldo es impenetrable y esa sensación de impenetrabilidad es tan desagradable que Carolina se incorpora en su tumbona como si le hubiera picado una avispa. Piensa: ¿Qué pasó entre ellos? ¿Qué pasó el otro día entre Esteban y Gabriel? Siente curiosidad por saberlo. Le parece advertir una clara mejoría en la conducta de Esteban y la atribuye a la conversación con Arintero, pero no se siente capacitada ella misma para sacar ese tema ahora. Tal vez sea preferible dejar que Esteban saque el tema por sí solo. Esteban desiste de probar su capacidad de seducción con Carolina y desiste de hablarle de lo de Arintero, Carolina es una nulidad, Arintero es una nulidad. Esteban aplica a Carolina la misma calificación que Salva a Arintero: una nulidad los dos. Se siente fuerte y solitario, irá derecho al grano, sin intermediarios.

Salva fue un kíe en la cárcel. Y ser un kíe (en aquel mundo de formas informes cuya única exactitud era la disciplina codificada y ejercida desde fuera sobre presos en su mayoría drogados o pasivos) fue para Salva una forma pura: una forma de ser jefe o capo de su módulo, y más que eso, más secretamente también, una forma de ser que le seducía desde lejos por lo que tenía de control sobre los demás y sobre sí mismo, por lo que tenía de exactitud interior, de rigor, de luminosidad. Ser un kíe fue, para Salva al menos, una forma virginal de ser, un ser virgen. De nuevo ahora, con Leopoldo, Salva cree que volverá a ser el kíe que fue allá en el trullo: cree que su impulso virginal de entonces, su ferocidad, su irreductibilidad, su desprecio por todo lo que es pasivo, fácil, baboso, cobrará ahora, con su nueva vida, aspecto de virtud. Salva se da cuenta confusamente ahora de que las virtudes son fuerzas y ser kíe era una fuerza. ¿Podrá seguir siendo kíe ahora? Salva cree que seguirá siendo un kíe ahora, con Leopoldo. Y, en cualquier caso, Salva está teniendo ahora su momento de gloria con Leopoldo, como Esteban ha adivinado. Un par de veces por semana Leopoldo se hace conducir por los alrededores de Madrid en el ahora inmaculado BMW. Durante esos viajes, Salva, por expreso deseo de Leopoldo, no se pone el uniforme. Con los vaqueros negros y un jersey de cuello de tubo, Salva ha cambiado considerablemente de aspecto. Sin la chupa de cuero y sin las botas camperas puntiagudas, Salva ya no parece un macarra. ¿Qué parece Salva ahora? Indalecio Solís ha declarado, con excesiva rotundidad en opinión de Leopoldo, que parece un ligue: «No es por él, Leopoldo, fíjate en esto. Es por ti. Parece que os estoy viendo a los dos aparcando en el parador de Toledo, entrando juntos en el comedor, encargando un almuerzo ligero, paladeando el vino de una buena cosecha, y hacéis buena pareja. Un dúo rompedor como quien dice, transgresor un poco. Y es por ti, Leopoldo, no por él. Eres tú el que pareces un señorón de muy buen ver aún, con tu chaqueta de tweed y tus camisas de Paul & Shark Yatching. Haces que él parezca un guapo acompañante peligroso, un capricho que tuviste, un amor *fou*...» Este comentario divierte a Leopoldo aunque acepta la sugerencia fríamente. Para sacar partido a Indalecio Solís –piensa Leopoldo– hay que no reírle mucho las gracias. Pero le ha hecho gracia. Leopoldo no ha podido evitar, sin embargo, como el propio Esteban, la comparación entre Salva y Esteban. Esta comparación y esta relación de igual a igual con su chófer es una cualidad sobrevenida a la inicial ocurrencia de emplear como chófer a Salva sólo porque le pareció descarado la primera tarde y también porque le pareció, como años atrás Virgilio y Siloé, exótico. Desde que Salva está en la casa, Leopoldo puede pensar alternativamente en Siloé y en Salva como en dos nuevas adquisiciones de su colección que, al no ser objetos inertes, poseen la fascinante propiedad de poder ser excitados, aumentados o disminuidos según el humor de Leopoldo. Puede preocupar a Siloé, hasta hacerle casi perder el juicio, no llamándola en tres o cuatro días y haciéndole llegar secamente sus órdenes por Virgilio. Puede hechizarla preguntándole cómo fue su niñez en Santo Domingo. Puede incluso insultarla acariciadoramente diciéndole que le recuerda a una mujer de vida airada de su edad que conoció en Acapulco. Así, también puede hacer sentir a Salva todo el peso de su seguridad económica y de su posición: hacerle sentir, y no sólo comprender, que es inagotablemente rico. Humillarle delicadamente ante el *Apostolado* de El Greco de la sacristía de la catedral de Toledo haciéndole ver la distancia que existe entre la educación y la falta de educación a la hora de entender la gran pintura occidental. Y puede hacer que Salva se sienta seguro de sí mismo y del mejor humor preguntándole por su vida en la cárcel y sus hazañas, reales o inventadas, como kíe en su módulo de El Soto. Puede hacer que Salva se sienta protector y capaz de orientarse en cualquier lugar de la provincia de Madrid, que es donde habitualmente se pasean los días de paseo en el BMW, sin que necesite Salva consultar un mapa o preguntar a nadie. Comparado con Esteban, Salva resulta ser, con mucho, el mejor de los dos. A Esteban tuvo que cuidarle durante muchos años, hacerle pasar de la niñez a la adolescencia mediante gradaciones reposadas y afectuosas. Procuró no ser nunca desagradable con Esteban o autoritario o distante. Con Salva puede ser todo lo autoritario o afable que desee sin problema alguno. No se siente Leopoldo responsable ni de Siloé ni de Salva. En cambio, por un instante que duró casi una década, se sintió responsable de Esteban, y la responsabilidad arruina la libertad y la diversión. Esteban le atrapó en el proyecto más insensato que Leopoldo recuerda: para Esteban quiso ser un padre, un tutor, un hermano mayor, un verdadero amigo, y para serlo cambió de conducta y adoptó un modo de vivir profundamente insatisfactorio. Afortunadamente, Esteban no lo merecía, y demostró de sobra que no lo merecía al alzarse contra él, al chulearle. Si hubiera cedido, si hubiera sido consecuente con el proyecto inicialmente adoptado para beneficio de Esteban, habría tenido que aceptar pasivamente toda la estúpida rubeola del joven Esteban al acabar el bachillerato, al entrar en la universidad, al creerse de verdad que la relación de mera adopción que existía entre ellos dos era verdaderamente una relación paterno-filial. Esteban le ofendió profundamente comportándose como los verdaderos hijos se comportan con los verdaderos padres: con rebeldía, con confusión, con intemperancias que la juventud vuelve disculpables: pero Esteban no era su hijo. No estaba autorizado por consiguiente para alzar su libertad ante Leopoldo como una exigencia consistente. Le adoptó –ahora Leopoldo ha descubierto ya la verdad– no en memoria del padre de Esteban –aquel querido amigo recién fallecido–, ni para librarle de sus torvos abuelos paternos o de su babieca madre: le adoptó en memoria de su propia infancia desdichada: para borrar la niñez del propio Leopoldo y salvarla de su tristeza, para eso adoptó a Esteban, y Esteban salió rana. Ahora, cada vez que piensa en Salva o habla de él con Indalecio Solís –cosa que hace con frecuencia, cada vez con más frecuencia–, le llama siempre «el kíe», y siente Leopoldo que, una vez más, sólo que ahora a favor de sí mismo y no a contrapelo, está sacando de la materia bruta de un individuo humano un carácter perfeccionado y adecuado para ser su chófer, su cómplice. A su manera femenina, Indalecio Solís ha adivinado el asunto con toda corrección: «Necesitabas, Leopoldo, un cómplice que no fuese yo, alguien que fuese sólo cómplice, un siervo cómplice.» Leopoldo ha asentido a esto, pero mentalmente ha hecho la gran salvedad. El necio Solís no sabe que no llega ni siquiera a cómplice: sólo da para pelotear un rato charlando a la hora del té.

Salva es su cómplice y eso implica que tiene que tenerle bien atado, siempre a mano, y sobre todo siempre enmarañado en el imaginario que, como un traje a la medida, construirá poco a poco Leopoldo para Salva. Leopoldo se siente situado en el extremo de una amplia curva tendida hacia el futuro cuyo cierre, aún imprevisible, le maravillará mucho más que el más fascinante mineral de su colección. Salva ha logrado que Leopoldo se ponga en tensión y que se sienta predispuesto a llevar adelante la relación con Salva hasta que, a través del espacio, del reposo y del tiempo, con ayuda de la admirable casualidad, se convierta, petrificada, en una extraña piedra preciosa o –mejor aún– sólo semipreciosa y, por eso, mucho más única. Y Leopoldo tiene intención de servirse en este viaje de su imaginación identificante que hará que, por contagio, el kíe se imagine a sí mismo como Leopoldo le imagina. Nada quedará fuera de este circuito imaginario: dentro quedarán sólo ellos dos, el amo y el esclavo, será una broma de buen gusto –que diría Indalecio Solís.

También Esteban ha recuperado, a su manera, el impulso. Ese aspecto distendido, más afable y conversador que Carolina interpreta como un fruto de la relación entre Gabriel Arintero y Esteban, es sólo el halo de alegría que circunda la acción del agente. Cualquier cosa que incrementa o ayuda a incrementar el poder de acción de nuestro cuerpo, aumenta el poder de actuar de nuestra conciencia. Esteban está, a contrapelo, dando la razón a Spinoza: placer es la pasión por virtud de la cual la mente pasa a un estado de perfección más alta. Dolor, en cambio, es la pasión por virtud de la cual la mente pasa a un estado de perfección más baja. Esteban repite, a su modo, el mismo proceso que afecta a Leopoldo: ahora que apasionadamente desea engañar a Arintero, confundir a Carolina, mostrar su independencia de Leopoldo, se siente en acción y por lo tanto se siente aumentado, sustanciado, siente su propio poder de imaginar el mundo y de modificarlo. De Esteban podría decirse ahora exactamente lo mismo que la proposición XII de la tercera parte de la *Ética* de Spinoza declara en abstracto: la mente en la medida de lo posible procura imaginar aquellas cosas que incrementan o ayudan a su poder de actuar: y es curioso que mediante este esquematismo de Spinoza, que Esteban no reconoce como tal pero que está actuando en su comportamiento, su actividad, su buen humor de ahora, dé la impresión a Carolina de que Esteban ha mejorado y que se encamina a lograr lo mejor de sí mismo: la reanimación de Esteban está entretejida con la desanimación que provocó en su vida el injusto comportamiento de Leopoldo. Una injusticia sigue a otra, una inadecuación o desorden sigue a otro. Es como si Esteban, tras el desafecto de Leopoldo, sólo fuera capaz de lograr su equilibrio de nuevo mediante análogos desafectos que ha de llevar laboriosamente a cabo. En esta aparente necesidad hay también aparente libertad: Esteban cree haber decidido por sí mismo lo que ha de hacer con su propia vida y con las vidas de los demás. Si continúa actuando dentro de esta creencia, el resultado de sus acciones presentará el aspecto de lo conseguido libremente habiendo sido producido, sin embargo, inevitablemente y como consecuencia de la desafección inicial de Leopoldo. Leopoldo va a ser, por lo tanto, culpable subsidiario en relación con la culpabilidad de Esteban. Pero ningún lado de esta situación carece de concreción y de circunstancias capaces de atenuar o incrementar la responsabilidad personal de Esteban: la realidad del mal causado inicialmente por Leopoldo, tiene ahora, en Esteban, su verificación detallada, impregnada por la individualidad de Esteban y atribuible ya exclusivamente a Esteban con independencia del origen. El mal causado a otra persona engendra a su vez mal y no tiene remedio. Esteban no tiene ahora ninguna posibilidad de regresar a la situación inicial en la cual aún él mismo y Leopoldo compartían la equivocación y la culpa. En cualquier caso, Esteban siente que su capacidad de hacerse a sí mismo y de modificar el mundo se afina y se perfecciona en la medida en que planea burlarse de Arintero. Pero sus planes no se desarrollan sólo en su intención, ni se verificarán sólo cuando afecten a Arintero. Entre el momento de la planificación y el momento de la ejecución de su plan hay espacio y tiempo de sobra para que Esteban, por decirlo así, haga sus prácticas, se entrene y se sienta a gusto consigo mismo. Ahí es donde entran los colegas de Esteban y sus reuniones de fin de semana en el parque del Oeste. En apariencia, el grupo carece de jerarquías. Y en apariencia la finalidad de reunirse es sólo pasar juntos el fin de semana a golpe de litronas y porros. Pero eso, naturalmente, es a la vez más y menos que un pretexto: no se reúnen sólo por eso, se reúnen también porque, reunidos, se reflejan unos en otros y se apoyan unos en otros. De la reunión, todos los reunidos obtienen un incremento de identidad, un aumento repentino de su sentimiento de sí mismos y de sus poderes individuales. Esteban descubre que últimamente, a partir de su entrevista con Arintero en Carabanchel, el grupo gira a su alrededor como si la energía de sus planes se comunicase a todos por igual, al grupo mismo como totalidad. Últimamente las reuniones son más procaces: las dos chicas que habitualmente se reúnen con Esteban y sus cuatro o cinco amigos, también de la facultad de periodismo y también arrastrando cursos y asignaturas sin gana, son ahora más maliciosas, más audaces que los propios chicos. La sexualidad, el difuso erotismo del comportamiento de todos, se feminiza ahora. El grupo se formó a principios de curso para hacer una revistilla universitaria que iba a venderse en principio a veinte duros. En esa revista, además de colaboraciones literarias, iban a aparecer anuncios de interés para la gente de la facultad: habitaciones, clases particulares, intercambio de apuntes, lugares de diversión, citas galantes, mensajes de amor, como en el *Segundamano*, entre particulares. La intención de todos era vender la revista por sus servicios y publicar de paso sus trabajos literarios. Los dos primeros números llamaron la atención y, en el tercero, a imitación de las revistas de otras facultades han incluido dibujos y han subido el tono. Una parte de la configuración física de la revista sugiere los graffitis de las puertas de los retretes y de las paredes de los metros. Sin saberlo, el grupo de Esteban corrobora el viejo eslogan de las revueltas estudiantiles americanas: «*Sex is the last green thing*». Todos ellos piensan por estos años noventa que ese eslogan es cada vez más verdadero: la competitividad, la masificación de las facultades, el consumismo, incluso el desinterés de los universitarios por cualquier experimento cultural que no produzca réditos prácticos –hay más empollones que nunca, les parece–, confirma que juventud, verdor y erotismo son partes de una misma cosa. Así que en los tres números aparecidos hay mucho pene erecto con pajaritos encima como un lazo, mucha deliberada ambigüedad liberadora. Todo ello, una vez producidos los tres primeros números con un relativo éxito, ha empezado a resultarles monótono: lo verde da poco de sí, descubren. Es delicioso hablado, y repetitivo dibujado o escrito. El piso de una de las chicas donde se reúnen los sábados por la tarde aprovechando que la madre de esa chica trabaja en unos grandes almacenes hasta las diez de la noche, cuenta con un ordenador, algo viejo ya, donde van, por turnos, redactando sus artículos y recopilando las noticias de interés universitario. El traslado del piso al parque del Oeste se da con toda naturalidad al regresar a casa la madre de la chica y sentirse el grupo menos cómodo. La reunión continúa en el parque: ahí es donde la tarde aumenta de intensidad y significación grupal: lejos de casa y del entorno acomodado y burgués, ahora al aire libre, con la conciencia implícita de una subcultura juvenil en marcha, instalada en otros bancos y mesas del parque, que justifica los excesos alcohólicos, los porros, los besos y escenas amorosas más o menos auténticas, pero siempre cómicas (todos fingen estar siempre en un alto estado de excitación sexual –cosa que es muy dudosa en el caso de Esteban: Esteban prefiere el sexo hablado al sexo practicado–), la conciencia de estar todos a lo mismo y de hallarse en poder de un destino común, de una conciencia común, es muy fuerte. Ahí ha contado Esteban su versión de Gabriel Arintero: un personaje de unos cincuenta, que le confiesa abiertamente su homosexualidad, que saca placer de contar sus aventuras latinoamericanas, que es sin embargo un reprimido, como toda su generación y que, aunque desea meterle mano, no acaba de decidirse. Y que Esteban planea sacar partido de esa situación, que viene a ser como un experimento, a ver qué da de sí. El relato de todo esto ha proporcionado a Esteban una intensa sensación de poderío. En su versión Arintero está loco por él, con cualquier pretexto va a casa de su tía Carolina (desde hace tiempo ya, Esteban ha hecho creer que Leopoldo y Carolina son familia suya, tíos carnales) sólo para verle, aunque sólo sea para hablar de Carolina a Esteban aunque no logre verle. Una de las chavalas ha declarado: «Yo que tú probaba a ver, igual te gusta cantidad», y otro dice: «Igual os empalmáis y te hace un hombre.» Y otro: «Mejor llévate un tampax por si te rompe el culo.» Todo esto es, como Esteban sabe de sobra, un juego verbal, grosero adrede, liberador, creen todos. Y, ciertamente, mientras hablan así, aumenta la excitación erótica de todo el grupo, circula mejor el porro de uno a otro: perder poco a poco la noción del tiempo y del lugar es un fin en sí mismo, un logro de todos, una inspiración poética de primera magnitud. Tan inspirados se han sentido todos que deciden internarse en el parque y hacer unas prácticas de seducción a título preliminar: todos desean saber cómo resolverá Esteban la papeleta de la seducción: qué es lo primero que hará Esteban: la chica del ordenador dice: «Yo hago de Gabriel», pero todos rechazan esa sugerencia, tiene que ser un tío quien haga de Gabriel. Y lo hacen así. Hacen un corro y uno de los chavales se sienta junto a Esteban imitando el movimiento de caderas de los maricas que ve imitados en los programas de televisión y pasa el brazo sobre los hombros de Esteban. Esteban piensa que es fascinante. Todos discuten, alzando la voz incluso, acerca de si es Esteban o el otro tío quien tiene que tomar la iniciativa. Esteban es el centro del grupo: el olor a vino de la boca de su colega que le morrea la cara y las orejas le parece un logro escénico. Los dos se revuelcan en el suelo abrazándose. Es agradable –piensa Esteban–: es una representación teatral que casi es ya la realidad misma. Cuando lo dejan, todos quieren saber si se les ha puesto tiesa y los dos protagonistas declaran que por supuesto que sí. Y hay un largo debate después acerca de si los dos han dicho la verdad o los dos mienten o uno ha dicho la verdad y el otro no. La cosa se prolonga hasta el alba y el alba en el verdor de la hierba, en el delicioso mareo del grupo unánime, decide a Esteban de una vez por todas: esta misma semana pondrá en práctica la práctica de esta noche. Y al regresar a casa y al meterse en la cama Esteban se siente, ahora por primera vez, integrado y dotado de una identidad sin quiebras: así se sintió de niño con Leopoldo, sólo que entonces el sentimiento de satisfacción venía de Leopoldo y se aposentaba como un regalo en Esteban, ahora es al revés. Ahora el sentimiento de satisfacción procede de Esteban, que se siente capaz de gestionar eficazmente su propia vida, su propia venganza y en lugar de detenerse en Arintero o en cualquier otra persona se esparce por el mundo maliciándolo, volviéndolo un continuo jardín de las delicias, como un mal imitado políptico de El Bosco.

Toda la carga negativa que alimenta los planes de Esteban le parece a Esteban positiva y satisfactoria porque se siente más potente que nunca. Cuando el alma se considera a sí misma, considera su potencia de obrar, está gozosa, y tanto más cuanto más distintamente se imagina a sí misma e imagina su potencia de obrar. Éste es el caso de Esteban, que presenta la particularidad siguiente:

Esteban no puede imaginarse a sí mismo en una acción que envuelva a Leopoldo: Leopoldo tiene que quedar forzosamente al margen para que la imagen de Esteban en este momento pueda ser satisfactoria. Arintero –que viene a ser una figura equivalente a la de Leopoldo sólo que más debilitada y por tanto más accesible– concentra toda la energía de Esteban. Tiene pensado ir a verle de improviso. Está seguro de que sucederá con Arintero lo que sucedió con sus colegas en el parque. Esteban rumia durante todo el día su plan de seducción y es tanta la satisfacción que le proporciona esa rumia, que pospone de un día para otro la ejecución del plan. Le parece demasiado bueno como para ser apurado de un trago, sin saborearlo, sin dar tiempo a que todo el plan madure primero en su cabeza y que la ejecución sea sólo una consecuencia graciosamente inevitable. Por algún motivo que Esteban no logra esclarecer, mientras planea mortificar a Arintero, la imagen de Leopoldo rehúsa permanecer entre paréntesis. Leopoldo está más vivamente presente que nunca en Esteban. Esta presencia no deseada de Leopoldo conlleva la presencia no deseada de Salva –que con sus subidas y bajadas de la casa al garaje y con su formidable aspecto resulta ahora muy visible–. Y he aquí que Esteban no puede evitar asociar la figura de Salva con su propia figura en otro tiempo cuando Leopoldo y Esteban se llevaban a la perfección. Y acometen a Esteban unos incomprensibles celos: Esteban resiente la presencia de Salva como un amante resiente la presencia de otro amante junto a su amado. Por mucho que Esteban se diga a sí mismo que toda su relación con Leopoldo ha quedado cancelada, por mucho que se niegue a admitirlo, Esteban vive la presencia de Salva en el piso de arriba como una herida causada a su amor propio. De pronto recuerda que su amor por Leopoldo era muy grande, recuerda que contaba con Leopoldo para todo, recuerda que Leopoldo no se limitaba, durante los años infantiles y adolescentes de Esteban, a ser una figura paterna, un tutor más o menos distante, sino que se esforzaba por hacerse con el corazón de Esteban: Esteban recuerda ahora todas las ocasiones en que Leopoldo le hizo confidencias acerca de sí mismo. Quizá Esteban no recuerde en cuántas ocasiones tuvieron lugar esas confidencias, ni quizá recuerde todas: pero recuerda con toda precisión algunas de ellas, las que hacían especialmente referencia al desamparo de Leopoldo durante su niñez. Esteban recuerda que Leopoldo contaba esas vivencias de abandono con un tono poético, con mucha emoción, con tanta emoción, que al escucharle Esteban se sentía de pronto una persona mayor, un compañero de la misma edad que Leopoldo, alguien en quien Leopoldo podía apoyarse si quería. Los relatos de la niñez de Leopoldo satisfacían a Esteban porque le hacían sentirse de mucha más edad, un hombre mayor lleno de buen juicio, alguien en quien Leopoldo podía confiar. «Sin ti no tendría nadie a quien contar todo esto», solía comentar Leopoldo. Y Esteban creyó firmemente que así era. Una de las perplejidades que Esteban sintió a raíz de la abrupta separación de Leopoldo fue ésta: cómo iba a arreglárselas ahora Leopoldo para aliviar poéticamente su conciencia de la tristeza de su niñez. El Leopoldo clausurado ahora en sus buenas maneras y en su frialdad y en su falta de interés por Esteban, le parecía muy en el fondo una falsedad, una escena que Leopoldo montaba para no tener que confesar que aún necesitaba a Esteban para contarle lo triste que había sido su niñez. Y aquí, en torno a esta firme creencia de Esteban (que había quedado sepultada bajo la aparatosidad del rechazo), se apoyaba todo el lado de Esteban que aún dependía de Leopoldo y que aún le amaba.

Y aquí fue donde, como sin querer, se le ocurrió a Esteban situar a Salva: por eso sentía celos: porque, por increíble que pareciese, Leopoldo había dejado de necesitar a Esteban porque tenía a Salva, a quien ahora diría: «Sin ti no tendría nadie a quien contar todo esto.» Esteban no comprendía cómo alguien podía sustituir un confidente por otro con tanta facilidad. Y tenía que haberse producido la sustitución, pensaba Esteban, puesto que a la vez estaba seguro de que Leopoldo seguía necesitando a alguien a quien hacer sus confidencias y también estaba seguro de que ése no podía ya ser Esteban. Ahora la creencia en el absoluto rechazo de Leopoldo era tan firme como la creencia en la absoluta verdad de lo que Leopoldo le había dicho cuando confiaba en él su tristeza más íntima. Por lo tanto en los celos de Esteban había un componente de desesperación tan nítido que Esteban no pudo no vencer su timidez y tuvo que hablar con Salva. Hizo por encontrarse con él en el ascensor. Pero naturalmente no pudo hacer mucho más que saludarle. Salva le pareció un personaje difícil. Le pareció agresivo, alguien con quien nunca lograría entenderse. Esto aumentó su curiosidad por Salva. Aumentó su curiosidad por la relación entre Leopoldo y Salva. ¿Cómo podía Leopoldo convivir y confiar en dos personas tan distintas como Salva y él mismo? Y recurrió entonces a Virgilio, a quien había dejado de lado el último año. Todo había quedado fuera de juego con la separación de Leopoldo: también Virgilio, con quien Esteban había mantenido durante toda su adolescencia una relación continua y fácil: «Ahora ya no subes nunca a verme», declaró Virgilio. Se hallaban sentados los dos en la antecocina. Eran las once de la mañana. Siloé les había hecho un café. «Ya sabes cómo estoy con Leopoldo», dijo Esteban. Virgilio dijo entonces que lo sabía, pero que no lo entendía. Virgilio veía el distanciamiento pero no entendía el porqué. En el pausado mundo de Virgilio, un mundo que ahora se había reducido casi únicamente al servicio de la casa y a Siloé, no había apenas conmociones. Desde que se instaló en casa de Leopoldo, Virgilio había vivido suponiendo que las conmociones habían desaparecido de su vida para siempre. Virgilio estaba contento con la monotonía de su vida, con la inmensa simplificación de hacer su trabajo y de vivir con Siloé. Había registrado –y muy vivamente además– la creciente desazón de Siloé con motivo de la llegada de Salva, pero esa desazón de Siloé era más bien parte del paisaje interior de Virgilio, parte de su angustia más íntima, y no aparecía como una conmoción o un trastorno, sino como parte de su propio destino, algo demasiado propio, demasiado pegado a su piel y a su conciencia como para poder hablarlo. A diferencia de Siloé, para Virgilio la llegada de Salva había sido un entretenimiento. Le había gustado enseñarle, junto con la casa, las colecciones de minerales y de objetos curiosos que él clasificaba y limpiaba todos los días. En alguna ocasión Virgilio había tenido que reconocer ante sí mismo que sin proponérselo había ido poniendo a Salva en el lugar que antes ocupaba Esteban. Y esto también lo advirtió Esteban aquella mañana al subir a hablar con Virgilio para descubrir la relación que existía entre Leopoldo y su chófer. Si no pudo sacarle más a Virgilio fue porque Esteban sintió encogérsele el corazón cuando descubrió que, con toda inocencia, también Virgilio le había sustituido por Salva. Salva lo llenaba todo ahora.

Una vez dentro del piso, no hay escape. Como el trabajo de un ama de casa no muy inteligente, impregnada de la mañana a la noche por sus diminutas tareas que nunca parecen acabarse del todo, que nunca nadie aprecia del todo. No se trata sólo, como en la mili, de supervisar por encima los petates o la limpieza de la compañía o la ejecución correcta del orden cerrado: se trata de una convivencia forzada de cuatro ex convictos en régimen de libertad condicional, más Arintero. De momento ninguno ha encontrado trabajo. Una vez instalados –y el acomodo de cada uno de los cuatro no ha sido sencillo–, recuerdan –piensa Arintero–, las vueltas y revueltas de los gatos para instalarse en un sillón: la instalación definitiva tarda días: hay una rotación de las camas, una discusión acerca de las tareas que desempeñará cada uno. Una vez organizados, cada día de la semana empieza temprano, todo el mundo en pie a las ocho, el día se abre hacia adelante con un gesto abúlico: hay que organizar actividades para que la convivencia no se convierta en un permanente jugar a las cartas o una permanente contemplación somnolienta de la televisión. Se habla mucho de la cárcel, de los funcionarios, de los voluntarios, de las putadas que les hicieron o que hicieron: a la vez Arintero tiene mucha información acerca de cada uno y ninguna. Uno de ellos está escribiendo lo que él llama una novela de su vida. Arintero muestra interés por el texto, y el texto de la novela aumenta rápidamente. Arintero lee todas las noches los nuevos incidentes, que han llegado a parecerle más percances caligráficos que narrativos. Incluso, ya acostumbrado a la caprichosa ortografía y a la mala letra, la lectura se hace indigesta y reiterativa. Este muchacho, Damián, se guía por el modelo literario de los atestados de la Guardia Civil. Detalla todos los que intervienen en cada acción: que pillan un buga de madrugada en la calle

Goya y van a buscar a las mujeres pero sólo encuentran a una, la novia del Cerillas. Al Cerillas le llaman el Cerillas porque se hurga las orejas con palillos de dientes y con cerillas y está medio sordo. La novia del Cerillas no quiere venir en el coche pero el Cerillas la mete en el asiento de atrás, y el Cerillas le dice: No quieres venir porque estás liada con mi hermano. Y ella dice: Y qué si es verdad. Y él dice: Como sea verdad te cojo y te mato. Y ella dice: Tú sí que vas a matar mucho, pues tu hermano tiene la polla el doble que la tuya. Y el Cerillas le arrea un bofetón y la chica abre la puerta y se quiere tirar fuera. Y que donde vamos es a un bar que a esa hora está cerrado y que el dueño por lo regular se queda haciendo caja después de echar el cierre. Ahí vamos porque el Manolín trabajó en la barra. Y el bar queda al rape de la Cruz según se va de García Noblejas a Vallecas. Y yo digo: Por aquí hay mucho madero que pasa en coches. Y el Perojo: Nos metemos dentro y no nos ven al pasar. Y nos metemos porque el cierre está sin echar y el dueño nos abre porque conoce también al Perojo...

Arintero tiene que refrenar el casi constante sentimiento de inutilidad y de tedio. Compara su trabajo en el piso con el trabajo de alfabetización en El Salvador, compara miseria con miseria, y la miseria de El Salvador le parece dotada de gracia mientras que lo de aquí le parece absurdo. No hay nada que se pueda hacer –le parece muchos días a Arintero–, excepto seguir ahí para que los chicos puedan decir que tienen un domicilio fijo. No están interesados en él y Arintero supone que todos están haciendo tiempo para que les den la libertad. Como su libertad dependerá entre otras cosas del informe que haga Arintero, le tratan con un respeto en cierto modo servil. No confían en él, ni unos en otros, pero le buscan las vueltas para facilitarse en lo posible la vida. Todos hablan como si lo que hicieron, lo que motivó su ingreso en la cárcel, fuese algo que se definió en su gravedad por el hecho de que la policía les cogió y el juez les sentenció: volverían a hacer lo que hicieron si supieran que nadie va a cogerles. Al haber más gente en la casa, la atención individual es menos necesaria. Cuatro son preferibles a uno solo constantemente pendiente de Arintero como estaba Salva. Hace ya tiempo que Arintero observa su propia situación perplejo: como alguien que, deseando decir algo a un conferenciante, se pone en pie y no encuentra palabras para expresarse: Arintero ahora tampoco tiene palabras para expresarse en esta nueva situación donde se ha metido por propia voluntad y que, manteniéndole todo el día de un modo u otro ocupado, parece no poder ser parte del significado de su vida, no puede contabilizarse porque en el momento en que se contempla queda reducida a una palabra o dos. Es un trabajo voluntario, es una acción solidaria, es una ayuda mínima que puede prestar cualquiera. Y esta falta de fisonomía de su trabajo, que le alegró al principio, porque le pareció suficientemente anónima y humilde, ahora le agobia por su insignificancia. Piensa en el trabajo de las oficinas, donde cada empleado se ocupa de una pequeña sección, resuelve los problemas y el papeleo de una parte de un pequeño negociado. En las oficinas se suele decir que esos trabajos pueden hacerse casi sin prestarles atención, mecánicamente. Así, lo que ahora hace Arintero tiene un aspecto igualmente alienante: si no lo hiciera y se quedara sin hacer, si nadie quisiera ayudar voluntariamente en estos pisos para ex convictos, el proceso de rehabilitación, de reinserción social de muchos de ellos, se quedaría en nada. Pero, a la vez, quien lo hace en muy pocos momentos siente la satisfacción del trabajo bien hecho, entre otras razones porque nunca acaba de parecer del todo bien hecho. No es una tarea educativa, sino más bien como el trabajo de una guardería. Por pendiente que esté Arintero de su guardería, la situación general ni mejora ni empeora mucho. Y lo mismo sucede con las charlas que todos los días mantiene con los chicos. Nada se resuelve hablando con ellos. Unas veces se quieren desahogar, otras veces, durante las conversaciones, desean agredirle, otras veces se quejan de la comida o de los otros colegas o de sus vidas malogradas. Hay ocasiones en que las confidencias que le hacen a Arintero son maliciosas. Todos se vigilan entre sí o se echan unos a otros las culpas de cualquier incidente. Todas las noches Arintero se acuesta rendido, y cada día que pasa es un proceso similar de levantarse reanimado y acostarse rendido. Viéndoles a todos almorzando o cenando, Arintero piensa que al cabo de un mes de estar en el piso todos ganan algo de peso y tienen mejor cara, pero no es gran cosa: la mejora no se debe a la acción de Arintero sino al hallarse fuera de la cárcel, en un régimen más flexible, menos exigente. De aquí que la sucesión de los días no traiga a Arintero la sensación de un significado global que dignifique su trabajo. E incluso la sensación, también agobiante, de que el empeñarse en buscar una significación última a su actividad y lamentar que no la haya, es casi una miseria más que añadir a la precaria situación de estos chicos.

Esteban apareció en el piso a media tarde, inmediatamente después de anunciarle a Gabriel que venía. Gabriel se animó al pensar en Esteban. Esteban estaba guapo. No se parecía al Esteban con corbata de casa de Carolina, se parecía más bien a los chicos del piso, sólo que más risueño, menos tosco, más ligero. Una compañía agradable para una tarde en casa con una escapada quizá, a última hora, para tomar una cerveza. Una cervecería concurrida, de anuncio de televisión, como los estudiantes de las series de televisión, un flirteo sin consecuencias, como todos. Como una figura desenvuelta en Londres, en los atardeceres londinenses, de niebla y pubs bulliciosos. También le pareció a Arintero algo muy lejano, agradable, quizá porque evocaba toda aquella lejanía londinense sin compromisos. Insatisfactoria al final, sí, como un deseo largamente acariciado y finalmente insatisfecho.

Esteban, al final, se ha tomado en serio. Lo que iba a ser una trampa va a ser también una experiencia nueva, una experiencia seria. Ha rumiado tanto lo que le hará a Gabriel que ha acabado encariñándose del Gabriel imaginario. Y lo del parque del Oeste la otra noche –que también era una broma– es también serio. La excitación sexual ¿puede tomarse en broma? El otro chaval, en el fervor del calimocho y la oscuridad y la medianoche y la farsa, le besaba de verdad los labios, le acariciaba el paladar con la lengua, por un instante –un instante dilatado y segregado de pronto del tiempo del grupo que les rodeaba y que reía y hacía aspavientos– sintió una violenta erección que se correspondía con la violenta erección de su falso amante. La idea de farsa o de práctica, para ser llevada a cabo como una burla más tarde con Arintero, se redujo, en aquel momento de intensa corporeidad, a nada: aquel contacto era real: no era una farsa. Y era tierno y era agradable y era como si los dos se hallaran debajo de aquella gran adelfa cimbreante, bajo un cobertor, bajo las mantas y las sábanas de un improvisado lecho, bajo una tienda de campaña, a escondidas. «No te corras, tío, no seas maricón», murmuró el otro chaval. Y Esteban se encontró con el vientre de su compañero, cálido bajo el calzoncillo, y una sensación gomosa en la piel. La mano no resbalaba por el pene con facilidad, sino con la pegajosidad táctil de una goma inflada, neumáticos de bicicleta hinchados. Era absurdo y era excitante. Luego los dos dijeron entre carcajadas que se les puso tiesa, que se habían corrido, y nadie les creyó. Ni ellos dos, una vez disuelta la farsa, acababan de creerlo. Pero Esteban no lo ha olvidado. Al contrario: ha dado vueltas y más vueltas a esa escena marica durante todos estos días. Ahora no desea entrampar a Arintero, desea contarle lo ocurrido en el parque del Oeste: le dirá toda la verdad, le dirá que había proyectado seducirle y que se lo había contado a sus colegas del parque y que incluso llegó a ensayar toda la escena con otro compañero. Le contará todo eso a Arintero, le contará la verdad. Arintero seguramente le cogerá las dos manos y le dirá no te preocupes. Esteban piensa descubrir sus cartas, Esteban no quiere ya engañar a Arintero: le necesita, le ama. Desea protegerle, entenderle, entregarse a él, darle una alegría, darle un gusto, al fin y al cabo Arintero vive una vida de medio cura y estará por fuerza necesitado de ternura, de sexo, de seriedad, de Esteban. Estas ideas le han embriagado durante toda la tarde, han encendido a Esteban, por eso está tan guapo. No ha considerado ni una sola vez la posibilidad de que Arintero le rechace: ¿cómo va a rechazarle? ¿No ha declarado Arintero sin la menor vacilación que es homosexual y que se enamoró de un salvadoreño en El Salvador? Esteban será su salvadoreño. Comparado con ese salvadoreño imaginario, Esteban se siente superior, más carnal, menos heroico, más seductor, más próximo a Arintero. ¿No son Arintero y él de la misma familia, si bien se mira? ¿Por qué Arintero se muestra ahora tan asombrado? Lo único que Esteban cree haber dicho en el primer cuarto de hora es: «Me impresionó mucho lo que el otro día contaste: el novio que tenías en El Salvador y tal.» Esteban ha vacilado un instante al decir «novio»: el término le pareció procaz, pero no dio con otro. Después de todo se trata de eso, de un novio salvadoreño al que Gabriel se refirió con toda naturalidad. Esteban tiene ahora la impresión de que Arintero se avergüenza. ¿Se ha puesto colorado? Arintero parece azorado. Esta idea de que Arintero, a consecuencia de lo poco que Esteban ha dicho, se haya puesto colorado, excita a Esteban tanto como la otra noche, en el parque, le excitó la inesperada excitación sexual de su compañero de farsa. En la habitación de al lado, en la sala del piso, se oye la televisión y se oye hablar a los ocupantes del piso. Pero dentro de la habitación de Arintero hay un silencio silvestre, como bajo la adelfa, sobre la hierba, bajo los efectos del calimocho y del porro. Toda idea de farsa ha desaparecido. Esteban alarga la mano derecha y toma la mano derecha de Arintero y la acaricia con la mano izquierda. Esteban, atento a su intensa excitación sexual, apenas se fija en Arintero, apenas registra la retracción de Arintero. Esteban hace presión, y, al no retirar Arintero la mano, Esteban cree que Arintero le acaricia también la mano. Este amor es el más serio de todos: este amor invertido, piensa Esteban, sintiéndose poderoso. Arintero ha retirado la mano y se ha recostado un poco en su silla de respaldo recto. No dice nada. Esteban, en el vértigo de la transformación de la farsa en realidad, pregunta: «¿Qué te pasa, Gabriel, es que no te gusto?» Arintero se echa a reír. Es una risa alegre, resuelta, festiva. Por fin dice: «Seguro que me gustas, chato. Pero no se trata de eso.» Esteban se recoge sobre sí como una araña asediada. Le embarga una profunda sensación de ridículo. Piensa: El gilipollas se ha creído que yo iba en serio, el maricón de mierda. Ahora se va a enterar de quién soy. La congelada retracción le facilita a Esteban el tránsito desde el deseo erótico real al deseo real de burlarse de Arintero. Y el temor a que sea Arintero el que, si se descuida, llegue a burlarse, contrae a Esteban hasta reducirle a una diminuta bola de acero, un indestructible. Ahora piensa Esteban: Maricón, te voy a joder vivo. Los dos personajes se contemplan y cada uno a su manera comprende que el otro está en su mundo y que esos dos mundos no han de coincidir nunca.

En la cárcel aprendió el recogimiento. Salva aprendió en la cárcel que el recogimiento puede convertirse en fuerza si uno sabe cómo hacerlo. El recogimiento era en la cárcel que no te vieran venir, que nadie supiese con seguridad por dónde ibas a tirar, que en cualquier situación –en el patio, en el chabolo, en el gimnasio– nadie pudiese, viéndote inmóvil y en silencio, en medio de la situación, saber cómo reaccionarías. En el recogimiento Salva aprendió a volverse inesperado. Un movimiento rápido, un trompazo, un puñetazo en la cara, no dos puñetazos, sólo uno y rápido. Salva aprendió en la cárcel que ese acto, que bien podía ser excesivo o injusto, al producirse de golpe y carecer de explicaciones, deshacía todos los calificativos. No era ya, al producirse, absoluto, ni una cabronada, ni un acto de legítima defensa, ni una agresión justa o injusta: era, sin más, él mismo, Salva entero, realizado, en su recogimiento, de una sola pieza. En esos casos, su interior, sus intenciones, incluso sus temo-

res, que los tuvo (siempre alguien podía meterte un navajazo por la espalda o dar parte de ti), el interior y el exterior se convertían en una misma cosa. Venía a ser como
convertirse en muro, en horario, en voluntad de funcionario, en capricho de funcionario, en norma, en ley. *Dura
lex sed lex.* ¿Cuándo oyó Salva por primera vez esta frase
latina? Pudo bien haberla oído en cualquiera de los pro-
cesos que precedieron al encarcelamiento final. Era un
latín que cualquier juez de primera instancia, cualquier
abogado de oficio de la Plaza de Castilla, cualquier fiscal
que bosteza, pudo haber intercalado en su alegato. En el
recogimiento de su encierro final (cuando le cayeron diez
años, cuando le encerraron solitario y le sacaban al patio
vacío a él y a otros dos, a otras horas, media hora para
tomar el aire y Salva hacía flexiones de brazos, cien flexiones de un tirón, cagándose en las putas madres de todos) descubrió que el aislamiento le reconfortaba, descubrió que callarse cuando hablaban todos a la vez es tener
un par de cojones. Así, cuando un funcionario le gritó:
«¡Muévete, hijoputa!», se quedó clavado en su sitio y le
tuvieron que mover entre tres a la fuerza. Así cuando un
tipejo que conocía del Rastro, recién llegado, le pasó en
el comedor la mano por el hombro, Salva le estrelló la
bandeja entera en la cara. Salva podía contar las veces
que su recogimiento, duro como una bola de hierro, fran-
queó su reserva y apareció en el mundo: aquellas conta-
das veces en las cuales tenía la sensación de ser él mismo
ley, duro y justo como la ley por injusto que fuese su acto
en concreto, indiscutible, irremediable, una encarnación
petrificada de su voluntad invencible. Una aparición pa-
ralizada, paralizante, de todo su interior en el mundo exterior, sin apelación posible, como la dura ley. Pasaron,
sin embargo, los años. De los veinte años a los treinta
años. Al final de esos años, tal vez dos o tres antes de

cumplirse su condena, Salva tuvo que aceptar que su recogimiento, su insensibilidad incluían, como un enternecimiento baboso, la impaciencia. Nunca había pensado que en su recogimiento feroz y huraño hubo también, sin proponérselo, infinita paciencia. Cada vez que pensaba que no se ablandaría con los monótonos días que se sucedían iguales unos a otros, se armaba de paciencia. No la llamaba así: por eso cuando apareció la impaciencia le sorprendió como si al mirarse al espejo se viera repentinamente encanecido, desfigurado, alterado. Y la impaciencia apareció, a su vez, mezclada con un peligroso deseo, el deseo de que aquello acabara y la necesidad de proceder con cuidado, con astucia, para que ninguna acción suya pudiera ser construida por los funcionarios o por cualquiera que le observase como una falta y por lo tanto como una dilatación del tiempo en la cárcel. Aún se recogió más en sí mismo con la impaciencia: deseaba marcharse, salir fuera, olvidarlo todo, empezar de nuevo, robar de nuevo, qué coño hacer. Largarse, en cualquier caso, y procurar no alargar ni un instante los momentos que precedían a su definitiva puesta en libertad. Y fue convincente. Logró que aquel cura incomprensible con barba de dos días y pantalones vaqueros le ofreciera un piso junto con otros para cumplir la condicional. Por fin respiró el maravilloso aire de la puta calle: las bienaventuradas calles conocidas de Madrid que tanto habían cambiado en diez años, los coches, las tías, las luces de las películas de las carteleras de Gran Vía. Luego apareció Gabriel Arintero, luego se fue a otro piso, con algunos más y Arintero, luego se quedó solo con Arintero, y luego, ahora, Leopoldo, el BMW, lo carcelario que ahora era cada vez más una libertad condicional, una incomprensible y deliciosa variación de lo carcelario: la libertad. Salva tuvo que moverse como un topo, muy deprisa, entre la tierra prieta y fresca, entrecruzada por raíces y raicillas y discursivos gusanos que el hocico rompía en dos al abrirse paso dentro de dentro, a sabiendas de que la superficie, medio metro más arriba, las tías, las calles, lo de antes, lo de fuera, lo libre, era excesivamente luminoso y plural, demasiado coloreado y fulgente y atrayente y casual y agresivo y aparentemente sin ley, sin orden, sin horarios y sin funcionarios, y sin que su recogimiento pudiese ser interpretado ya como fuerza, ni sus discontinuas expresiones de fuerza como expresiones de recogimiento y de dureza. Ahora parecerían sólo gilipolleces o venadas de un ex convicto, de un loco. Pensó que ahora, como un topo, las garras de cuyas patitas distinguen entre los cables de la luz y las raíces y los cristales rotos y los fragmentos de latas herrumbrosas, él también tenía que saber mostrar sólo un poco el hocico al salir graciosamente como un animal asustadizo que parece inofensivo y salado y, por lo tanto, se le deja corretear a la luz del día, un animalito de compañía: un Salva doméstico. Y Gabriel Arintero fue ese emplazamiento soleado, como el parterre del Retiro, con sus bancos de piedra donde por la mañana van las madres con cochecitos de niños, o niños aún muy pequeños con sus palitas y sus cubos, y por la tarde las parejas de novios acarameladas y nulas en su insulso arrobo que cualquier susto parte en dos como a las lombrices: eso fue Gabriel Arintero: el lugar recogido, a la luz del día, donde Salva, como un topo, como un ratoncito de campo, como un perrillo de huerta, como un Salva doméstico, sacó el hocico y miró afuera: un lugar nulo donde la acción se vuelve inacción, un lugar para descansar, para no sufrir, para ser niño, para besarse. De Arintero no podía Salva sacar –le parecía– algo que le ofreciese resistencia, una voluntad tan firme y reconcentrada como la suya. Arintero era como una mujer, como un cura, como una ATS entrada en años. En una palabra: un voluntario, un asistente social. ¿Asistente de qué?, pensaba Salva. Luego descubrió que Arintero tenía su encanto. En cierto modo, entre lo carcelario y Arintero había una distancia infinita. Arintero no forzaba, no empujaba, no imponía su opinión: era un yugo suave y una carga ligera, como una mujer cariñosa y fea, como un sagrado corazón. Arintero no era cariñoso, ni lo contrario. Lo más interesante de todo fue la casa de sus primos: ahí Salva sí que tuvo que fiarse sólo de su instinto: todo le pareció nuevo: el negro, la merienda, los modales... Casi lo menos chocante de todo era la propuesta laboral de Leopoldo. Acertó. Fue como una lotería. Salva eligió un número cuando dijo: «Soy un chorizo.» Porque quedaba chulo, arrogante y además era la verdad: lo largó y por lo visto era lo mejor que podía haber dicho. Ahora veía por qué. Ahora empezaba Salva a comprender por qué decir que era ladrón había hecho gracia a todo el mundo. Le había de golpe colocado donde nunca pensó que iba a colocarse, ni quiso. Ahora que lo tenía, lo quería. Quería estar allí, ser aquello –fuese lo que fuese– que Leopoldo esperaba que llegase a ser o que ya fuese. Haría lo imposible por ser lo que Leopoldo imaginaba que era, aunque se la tuviese que mamar o lo que fuese. Esto último era un añadido malsonante que Salva añadía sólo por subrayarse ante sí mismo a qué extremos estaba dispuesto a llegar en aquella nueva cárcel de Leopoldo, el BMW y todo lo demás.

Y, a diferencia de Arintero, que era una nulidad, como un parterre inactivo y soleado a media mañana bajo los cochecitos de niño y las mamás, Leopoldo era lo total, lo más, lo *top*. Un núcleo duro como el propio Salva, repleto de humor y mala idea. Y pelas para hacer lo que le saliera de los cojones, como Salva. Y así fue como,

sin darse cuenta, empezó Salva a perder parte de su dureza y su recogimiento para enternecerse y casi empezar a
sentir por Leopoldo verdadero afecto.

«Te advierto que no es lo que parece», Esteban acaba
de decir. Salva resplandece, sin proponérselo. La presencia de Esteban en la garita del garaje rebota sobre Salva
aurificándole. Salva estaba en paz: en su recogimiento de
ahora que, a diferencia del recogimiento carcelario, a-
parece transido de conmociones tiernas, Salva respiraba
el aire de su libertad condicional, su Leopoldo, que se
acompasaba a la inhalación y exhalación del humo de su
Camel. Salva fuma Camel ahora en vez de Fortuna. Su
indumentaria ha cambiado también, y es un híbrido del
pantalón azul marino del uniforme y los zapatos negros y
calcetines negros con el jersey gris de cuello alto de conducir el BMW: *Sightseeing* la provincia de Madrid. A ratos mantiene las Ray-Ban de sol en lo alto de la cabeza
como una diadema equívoca, casi gay, sobre su pelo negro. Es hermoso. Salva le parece bellísimo a Esteban
–muy en Leopoldo– al quitarse de un tirón las Ray-Ban
de la cabeza cuando Esteban entró y dejarlas junto al paquete de Camel. Todo un símbolo –ha pensado Esteban–
que vagamente recuerda una conferencia sobre lo icónico que retuvo por un instante su atención en la facultad
de periodismo el pasado año. La presencia de Esteban en
la garita del garaje le sobresaltó hace un momento, al
transparecer de improviso tras el cristal, al abrir la puerta de la garita y entrar. En otro tiempo, en el chabolo,

Salva hubiera mirado a su indeseado visitante en silencio. Hubiera, como mucho, mascullado entre dientes: «Qué coño pasa.» Esta vez sólo ha fruncido el ceño, se ha sacado las gafas de la cabeza, ha murmurado: «Qué hay.» Salva no está en paz ahora. Le ha complacido sentir la inicial timidez de Esteban. Ha olfateado como un gato la inicial incomodidad de Esteban. Se ha sentido poderoso y superior a Esteban. Ha enrojecido o, al menos, sentido que enrojece al ponerse en guardia, al resplandecer, consciente de la inseguridad y la atención con que Esteban le mira. Se ha sentido mirado y se ha embellecido como si le hicieran la rosca. Él es un Leopoldo ahora, y los demás están a él al retortero –como su abuela decía, que de joven ella los tuvo al retortero a todos–. Por eso, cuando Esteban le ha preguntado, con evidente vacilación que qué tal le iba, ha respondido: «Me va de puta madre», y ha contemplado de arriba abajo a Esteban. Y Esteban ha dicho entonces –o quizá ha dicho algo antes que Salva no recuerda–: «Te advierto que no es lo que parece.» Y, al oírlo, Salva ha recordado que Leopoldo le dijo hace tiempo –Salva no recuerda ni en qué momento ni con ocasión de qué– que le habían de venir con historias de unos y de otros y que aquí no había más historias que las que Leopoldo contaba. Salva entendió que no tenía que fiarse de ninguno de la casa, y, en consecuencia, también entendió que Leopoldo quería que Salva se fiase sólo de él. Decirlo, no lo dijo. Pero era evidente que quería decirlo al incluir en la desconfianza a todos los demás e incluir en su confianza a Salva sólo, a Leopoldo y a Salva unidos los dos solos. También Leopoldo ha indicado, Salva cree recordar ahora eso vivamente, que cualquier cosa que ocurra o que le digan debe comentarla en primer lugar con él, con Leopoldo, cuando se presente la ocasión. Quizá Leopoldo no haya explicitado esto del todo, pero Salva ha creído entender –al decir Leopoldo que los niñatos le aburrían casi más, o casi tanto, como las mujeres, incluida su propia hermana Carolina– que se refería a Carolina, a Siloé, a Esteban e incluso a Indalecio Solís, a quien poco le falta para tratar a Salva de igual a igual –cosa que a Salva, por supuesto, ofendería y ofende–. Tan interesante y sugerente a Salva le sonó lo que creyó entender que Leopoldo dijo, que casi ha lamentado Salva estos últimos días no tener ocasión de proporcionar a Leopoldo alguna información jugosa relativa a lo que cualquiera de los demás personajes de la casa hayan venido a preguntarle, declararle, confesarle o maltraerle. Ahora, con Esteban ahí con cara de haber venido adrede a decir su idiota frase, Salva ve llegada la ocasión de tener algo que contarle más tarde a Leopoldo, con pelos y señales. Y además sin tener por eso que considerarse ni delator ni cuentero. En la cárcel los delatores tenían nombre, se les llamaba chotas. En casa de Leopoldo la delación, sencillamente, es imposible, porque –descubre de pronto Salva– hay una única conciencia circundada por todos los demás –los presos–: la conciencia de Leopoldo, de la cual Salva es ahora el único exponente. Tiene intención de tirar a Esteban de la lengua, se deje o no se deje. Por eso se acomoda en su asiento, pone los pies sobre la mesa y dice: «No sé a qué coño te puedes referir con eso de que no es lo que parece lo de aquí. Yo sé de sitios donde lo que parecen ser las cosas no es nunca lo que son. Pero no aquí. Y me extraña francamente que salgas tú con eso. ¿O es que no eres tú de la familia?»

«¿De la familia yo? ¡Qué voy a ser! Creí que lo sabías.» Nada más decir esta frase Esteban, se siente muy cómodo. Esto es cómodo, piensa, y se arrellana en esta no calculada comodidad, sintiéndose, por primera vez con Salva, a sus anchas. Repite: «Esto creí que lo sabías.» Salva no puede eliminar una cierta incomodidad, correspondiente a la comodidad de Esteban, al sentirse, como cogido en un renuncio, culpablemente ignorante: «Algo he oído, sí. Como me es igual, no presté atención.» Esteban se siente muy cómodo, es la primera vez que, a solas con el kíe, no se siente incómodo. Por un instante considera la posibilidad de que Salva esté fingiendo ser ignorante, pero, si fingiera, no parecería molesto como parece. Esteban está seguro de que Salva está molesto porque el propio Esteban conoce esa emoción: con Leopoldo, en los buenos tiempos, Esteban tenía la sensación continua de ser siempre el único que siempre estaba en todo. Estar con Leopoldo era saberlo todo, incluso lo que no se sabía. Leopoldo confería a sus predilectos una sensación de inmensa familiaridad con todo lo que hay que saber, con independencia de que de hecho se sepa o no. Con Leopoldo, Esteban se sintió seguro. Ahora, a la vez que deja deslizársele velozmente por entre las manos la estacha de este recordatorio, Esteban siente un puntazo de dolor. Es ese dolor intensísimo –y del alma– que se siente por lo que consideramos perdido para siempre. Su pura intensidad dura muy poco, sale del olvido y vuelve al olvido en un abrir y cerrar de ojos. Esteban da por supuesto que en compañía de Leopoldo tendrá Salva la misma clase de estar en todo y saberlo todo que Esteban tuvo en su momento: comprende, pues, que, para Salva, tener que reconocer que no sabe qué relación existe entre Esteban y Leopoldo aparezca como una ignorancia culpable y muy desagradable: al descubrir que Salva padece esa ignorancia, Esteban se ha sentido proporcionalmente tan cómodo como Salva se siente incómodo. Y por eso sonríe y dice: «Me extraña, la verdad, que seáis tan uña y carne y no te haya Leopoldo puesto al tanto de lo mío. Me extraña, ya te digo.» «Lo primero, no somos uña y carne. Yo estoy aquí empleado. Él es él y yo su chófer. No veo por qué te extraña tanto.» «Se ve que no sabes la peli de qué va. Nadie para Leopoldo es nunca sólo un chófer, una criada, un amigo, una hermana o, como yo, un hijo adoptivo, que eso es lo que soy si no lo sabes. Leopoldo, cuando le da por alguien, lo junta todo en el que sea, sea quien sea. Lo hizo conmigo, lo hizo con mi padre, lo hace con la mujer de Virgilio, con Siloé, seguro que contigo también lo hace. Ahora, supongo, tú eres todo: lo tienes todo, lo sabes todo, no hay nadie más que tú, sus secretos a ti te los cuenta, sus frustraciones a ti te las cuenta, su infancia a ti te la cuenta. Va por tandas, por etapas, por venadas. Siempre cuenta lo mismo, todo, al que se tercia cada vez. Ahora a ti. Luego te quita de la vista y fuera. Antes todo, ahora nada. Por eso digo que me extraña que a ti no te haya baboseado como a mí lo que sufrió de niño por culpa de su madre, que a los viajes se iba única- mente con Carolina, a dar la vuelta al mundo, y a él en casa le dejaban. Seguro que sientes, según le oyes, que sin ti no tendría a nadie a quien contar su vida. Tú le crees, yo le creí, todo el mundo le cree mientras lo cuenta, y lo cuenta superbién. Como siempre es lo mismo, le sale su- perbién y te sientes especial. Luego se cansa y te jode como a mí. Le hablas de lo que te habló, creyendo que aún es como era apenas hace un día, o medio día, y Leo- poldo te mira fijamente y te dice fríamente que no se acuerda ni de qué coño hablas, y si te he visto no me acuerdo. Por eso te digo, o sea, por tu puto beneficio, a mí me trae ya al fresco, pero te lo advierto por eso, por tu bien, que no te fíes de lo que aquí parezca lo que sea, porque luego te das la media vuelta y ya no es ni pareci- do. Eso es Leopoldo.»

Salva acepta lo que Esteban acaba de decirle, lo cree. Pero no lo refiere a sí mismo: es, como dice el filósofo, una verdad pensada. La verdad vivida de Salva, la verdad vivida con Leopoldo, tiene que ser a la fuerza diferente y es diferente. Y ahora, pasado el desconcierto inicial, se siente defensor de Leopoldo. En la medida en que ha creído lo que Esteban acaba de contarle como algo aplicable a Leopoldo en abstracto pero no al Leopoldo que él reconoce, tiene que creer también que es verosímil que Leopoldo se comporte de diferente manera con unos y con otros, que haga diferencias entre unos y otros, y que sea arbitrario: ahora esa arbitrariedad presunta favorece a Salva, y la noción de que pueda un día dejar de favorecerle no es parte de la experiencia inmediata que Salva tiene de Leopoldo: es verdad, sin embargo, como dice Esteban, que Leopoldo es, o puede mostrarse, frágil. Salva ha descubierto esta fragilidad muy pronto y le ha encantado hasta tal punto que forma parte indisoluble de su imagen enternecida de Leopoldo: tanto mejor si Leopoldo es frágil y necesita de Salva para no quebrantarse. De aquí se sigue que lo que Esteban acaba de decirle se reconstruye en la conciencia del kíe en parte como una agresión que Esteban entresaca de su resentimiento contra Leopoldo y en parte como consecuencia de tomar Salva las palabras de Esteban como una agresión. Salva comienza a sentirse agitado por una creciente irritación que se calmaría si Esteban desapareciera del garaje. Esteban le parece un cero a la izquierda ahora, y, además, da señales de querer prolongar la conversación y de no querer irse: Esteban se ha sentado de media anqueta encima de la mesa de madera y parece estar dispuesto a dar conversación hasta el fin. Salva decide que lo mejor será dejar las cosas claras: «A saber lo que hiciste tú, chaval. Eso no lo cuentas, pero algo harías. Al fin y al cabo tú mismo reconoces que se ocupó de ti durante un tiempo largo. ¿Cómo sé yo que no fuiste tú quien lo cagó todo? Tienes pinta de esquinao. Te plantas aquí y me sueltas ahí un rollo que ni tú mismo sabes dónde empieza. Tienes pinta de cagarla, francamente. No me fío de ti. No es nada personal. Tú mismo dices que Leopoldo te adoptó, mira: eso que sacaste. A mí me tuvo mi abuela que sacar del piso de mi madre una madrugada, en cueros, porque me trancaba la muy puta en la cocina sin comer hasta que volvía borracha, que hasta mi vieja, que mi madre era hija suya, decía de ella que veneno la tenían que dar, so puta. Y es mi hija y hasta peor que un animal a veces es. Sin instinto maternal siquiera... Eso mi madre, y de mi padre ni sabíamos cuál era. Tú por lo menos tendrás madre, ¿sí, o no? Me es igual, como sea. Por lo menos con tu padre se casó y no te daría de mamar borracha. Si hubieras tú tenido lo que yo, veríamos. Me caes mal, tronco, me caes gordo, porque me haces además hablar, que yo hablo poco. Tú hablas demasiado, cuanto menos hables, tío, mejor. Por lo menos conmigo. Y una cosa te digo, en esto fíjate: quitando mi abuela, que la cogían por robar hasta galletas y hasta la leche que pillaba la mujer lo que podía, descuideras que las llaman, para criarme a mí, entre otras cosas, quitando mi vieja, los demás me dieron mucho por el culo si podían, menos Leopoldo ahora, que me dio un empleo, los demás son mierda y tú el primero. Lo que tengo ahora no vengas a joderlo tú, ¿me entiendes?»

Esteban ha tratado de interrumpir varias veces a Salva: lo que Salva le cuenta hace más insoportable la situación de Esteban: indirectamente, Leopoldo aumenta de estatura y de valor en lo que Salva cuenta, y se vuelve invencible porque no puede ser desfigurado. Hay, además, en lo que Salva cuenta, un efecto colateral consistente en anular tanto lo que Esteban podría contar si se terciara, como lo poco que ha contado de su vida: Leopoldo –descubre Esteban asustado, congelado de pronto– ha clausurado, mediante un bien hecho a terceros, el mal que le hizo a Esteban, que en comparación parece una nimiedad. Esteban se ha sentido impresionado por el relato de Salva y ahora se siente, en conclusión, ridículo: un niñato ridículo que se queja de vicio. Decide dejar esta desasosegante conversación y largarse, pero, antes de irse, dice: «Pues bueno, majo, te dejo que pienses en Leopoldo a gusto. Cuando te joda, que te joderá, no digas que no estabas advertido.»

Leopoldo de la Cuesta ha arqueado las cejas. Indalecio Solís acaba de proporcionarle un dato insólito: Kafka dejó inacabada su novela *América* porque, tras haber escrito cuatrocientas páginas, se sintió incapaz de redescubrir la verdad del conjunto. Solís ha sacado esta idea de un ensayo de Maurice Blanchot y no sabe qué hacer con ella. Por un momento la conversación se detiene. Leopoldo de la Cuesta ha cerrado los ojos y ha vuelto a abrirlos después, como después de una cabezada. Solís tiene la sensación de que la elegante tranquilidad de la biblioteca de Leopoldo se concentra en torno a ellos dos, como quien no se atreve a dar un paso más. Solís está acostumbrado a estas breves escenas de suspensión durante las cuales Leopoldo entrecierra o cierra del todo los ojos y da la impresión de haberse quedado dormido. Solís cree que en esas ocasiones Leopoldo se queda efectivamente dormido y que, al despertarse, finge que ha cerrado los ojos para reflexionar más intensamente en lo que acaba de oír. Estas cabezadas de Leopoldo a la hora del té son parte esencial, en opinión de Solís, de lo somnoliento y lo irreal que hay en toda la casa. Solís tiene la impresión de que se trata de un matiz estilístico, un logro deliberado de Leopoldo: imprimir a todas sus elegantes salas, con su mobiliario y sus armarios de cristal atestados de colecciones de objetos fantásticos, un aire nostálgico de museo escolar, como si cada objeto y todos en conjunto hubieran dejado, al formar parte de las colecciones de Leopoldo, de pertenecer al espacio y al tiempo comunes, minerales, rocas, brújulas, utensilios, máscaras de tribus de la Polinesia, collares, penachos, admirables maquetas de barcos de vela o de vapor: fotografías viradas a sepia: todo parece al mostrarse en sus pulcros anaqueles de cristal, en sus enceradas cajas de madera, haberse sustraído al desorden, al deterioro de sus lugares de origen, y forma parte ahora de un inmaculado espacio, a medio camino entre lo pedagógico y lo lírico, donde, mágicamente, su naturaleza verdadera cede sitio a su descripción y enumeración en las páginas de un catálogo. Todo esto va y viene una vez más esta tarde por la conciencia de Solís como los primeros efectos de una bebida alcohólica: se siente embriagado por la nítida y catalogada presencia de los miles de objetos clasificados y dormidos en sus muestrarios, iluminado por la perfección de un aula escolar ya en desuso que por cualquier motivo sentimental –quizá por haber sido el lugar donde hizo sus primeros estudios un científico célebre, un escritor notable, de la familia de Leopoldo– se ha conservado intacta. El sentimiento de hallarse rodeado por una totalidad acabada, una obra completa, una memoria absoluta, le hace sentirse seguro. Y hace que Indalecio Solís disculpe con facilidad las repentinas ausencias de Leopoldo, sus cabezadas, que forman parte de la línea melódica de una sonata interior, audible sólo en el interior de la casa de Leopoldo, que Solís cree haber comprendido ya perfectamente. Solís se siente seguro con Leopoldo porque, semana tras semana, le da a entender que sólo él, sólo Indalecio Solís, conoce con exactitud a Leopoldo, el significado completo de Leopoldo y su casa. Y esto, naturalmente, es lo que Leopoldo quiere que sienta Solís cada vez que viene de visita: Leopoldo quiere que Solís crea que nada se le escapa y que nada podría escapársele de la vida de Leopoldo o su casa. Pero eso no es la verdad. Leopoldo nunca ha confiado nada esencial a Indalecio Solís. Y lo que más valora de su compañía es que puede estar seguro de contar con él una o dos veces por semana todas las semanas del año, a la misma hora de la tarde de seis a nueve. Al contar con la presencia de Solís de esa manera, Leopoldo ha reducido a Solís a la categoría de objeto de sus colecciones: cada vez que lo ve reconoce que es suyo y que está limpio y en su sitio. Ha descartado ya que ese objeto pueda nunca resultar sorprendente. En esta ocasión, sin embargo, la asociación de la idea de un largo relato de cuatrocientas páginas con la idea de que el autor que ha escrito ese relato es incapaz, una vez escrito, de reencontrar el significado, la verdad del conjunto, le parece a Leopoldo una admirable imagen de lo que desde hace unos meses está sucediéndole a Esteban, su ex hijo adoptivo. Con la llegada de Salva, Esteban ha vuelto a hacerse notar. Tras casi dos años de silencio, Leopoldo creyó que Esteban había acabado por desaparecer de su vida. Contaba con que Esteban, tras un cierto tiempo en casa de Carolina, fuese abandonando poco a poco el círculo de la familia. Desde que cortó toda relación con Esteban, Leopoldo ha contado con que Esteban acabara yéndose definitivamente. Leopoldo procura no adentrarse mucho en sus sentimientos acerca de Esteban: una vez decidido a dejarlo a un lado, Leopoldo prefiere que Esteban desaparezca del todo. Pero Esteban ha reaparecido y, además, de la peor manera posible: pretendiendo examinar lo ocurrido entre ellos dos y arreglarlo. En opinión de Leopoldo no hay nada más detestable que eso. Y Leopoldo se ha visto obligado a pensar en Esteban de nuevo y a tener que idear estrategias para neutralizarle. Todo ello es detestable. Tedioso y detestable. Leopoldo había logrado neutralizar eficazmente la visita que Esteban le hizo hace un tiempo, por la mañana. Y ahora acaba de enterarse de que Esteban anda hablando con unos y con otros de lo ocurrido entre ellos. Salva le contó lo que ocurrió en el garaje. Y Carolina le ha comentado también hace unos pocos días que Esteban tiene necesidad de Leopoldo, aunque sólo sea para continuar en paz su nueva vida. En opinión de Carolina el desasosiego actual de Esteban se debe a que, sin resolver lo de Leopoldo, sin Leopoldo mismo, Esteban será incapaz de percibir la verdad del conjunto de su vida hasta ahora. Ésta es la semejanza con *América*, la novela inacabada de Kafka, que ha sorprendido a Leopoldo. Acaba de darse cuenta de que no se librará de Esteban hasta que no deje claro que Esteban jamás podrá contar con él. Y si para comprender la verdad del conjunto de su vida Esteban necesita de Leopoldo, Esteban se quedará sin comprender la verdad del conjunto de su vida. Leopoldo no está dispuesto a servir como esclarecedor de la vida de nadie. Al cerrar los ojos, Leopoldo decidió: Esteban tendrá que recomponer la totalidad de su vida sin mí. Hice por él todo lo que pude, ya lo hice, no volveré a hacerlo. Y Leopoldo se aferra a esta decisión como quien se aferra a un derecho subjetivo inalienable. Leopoldo no aceptará que nadie trate de modificar esta decisión. Pero a la vez que cierra los ojos y toma esta decisión, Leopoldo toma otra segunda decisión, sin la cual la primera quedaría sin efecto: Leopoldo decide confundir a Esteban, descolocarle hasta tal punto que cualquier idea de servirse de Leopoldo o de las cosas de Leopoldo le haga sentir náuseas. Si no ataca positivamente a Esteban, si no le destruye, Esteban se convertirá en un enemigo insoportable. Tiene que destruirle. Tiene que hacer imposible que Esteban se perciba a sí mismo como una totalidad dotada de una verdad propia y de un sentido propio que a todo trance debe ser formulado y expresamente reconocido por todos. La decisión de destruir a Esteban vivifica a Leopoldo y le hace consciente de que tiene que ocuparse cortésmente de Indalecio Solís, su invitado de esta tarde. Por eso dice: «No todo relato de cuatrocientas páginas posee necesariamente una verdad de conjunto. Kafka pudo haber escrito cuatrocientas páginas y pudo titularlas *América* y creer, mientras escribía, que todo ello se encaminaba hacia una conclusión, hacia una significación completa, y sin embargo haberse engañado: el inacabamiento de su novela es la verdad de esa novela: fue un relato cuya conclusión o verdad final no pudo ser establecida. Kafka en realidad se limitó a constatar que no había logrado, con sus cuatrocientas páginas, producir un significado que sirviera para todo el conjunto y que le permitiera concluirlo coherentemente. Y eso mismo pasa con nuestras vidas: la verdad del conjunto de nuestras vidas va haciéndose por sí solo y en la mayoría de los casos no somos capaces de decir cuál es. No hay ninguna verdad de conjunto nunca. Si yo ahora mismo contemplara el conjunto de mi vida sería incapaz de decirte qué significa todo ello. Probablemente no significa nada. Es como es y salió como salió de chiripa. Esta idea es sumamente satisfactoria. ¿No te parece, Indalecio, que es muy satisfactorio saber que no hay y que no podemos saber cuál sea el significado de nuestras vidas? ¿Quién quiere saber eso? ¿Para qué serviría?» Solís no encuentra ninguna respuesta adecuada: reconoce que él mismo, como historiador, se limita a seccionar los espacios y tiempos pasados mediante documentos y otras referencias fiables, al alcance de todos, y describir lo que ahí aparece, en el reducido espacio de cada una de sus investigaciones parciales, con todo rigor y lo mismo hace con su vida: Solís confiesa que se limita a ejercer con competencia su profesión, venir a ver a Leopoldo, tomarse un mes de vacaciones en una playa agradable, conservarse en forma, comer lo que le gusta. No, no hay ninguna significación de conjunto para Indalecio Solís tampoco. Y dice: «No hay verdad de conjunto, pero la añoramos. No hay escéptico que no añore en algún momento de su vida estar en condiciones de poseer esa verdad. No cree en ella, pero la añora, lo cual da lugar a una contradicción demasiado humana para no complacernos: es parte esencial del inacabamiento de nuestras vidas y de su falta de significación total que añoremos acabarlas y verlas dotadas de una significación total. Demasiado humano, en mi opinión», concluye Solís.

Fuera, en las calles, Madrid parece esta tarde una ciudad del norte de Europa. Está haciendo más frío de lo corriente en Madrid en otoño. Varias veces el aguanieve ya ha tecleado, en el cristal de las ventanas del estudio de Leopoldo, como en la pantalla gris de un ordenador, todas las letras del agua y de la nieve. Un impulso discontinuo más sólido y a la vez más tenue que las gotas de lluvia, estas briznas de aguanieve que conmemoran al otro lado de las pesadas cortinas de terciopelo claro y del marco de la ventana y del cristal de la ventana el firmamento uniformemente gris de esta tarde como un cielo raso universal del mundo. Todo induce a Leopoldo de la Cuesta y a Indalecio Solís a considerarse, bien trajeados, bien alimentados, a considerarse insustanciales, transitorios, ilustrados, civilizados, olvidadizos y satisfechos.

¿Fue una mala acción dejar tirado a Esteban? Leopoldo está solo en la habitación por la tarde. Solís ha anunciado que vendrá a tomar el té otra vez esta tarde. Leopoldo decide concederle mentalmente a Esteban una parte de verdad en su queja: quizá sí: dejarle tirado después de diez años de protección fue, por su brusquedad, por la nimiedad de las razones que motivaron la discusión con Esteban, una mala acción. Pero Leopoldo tiene ahora ante sí el otro lado del asunto que la reaparición de Esteban, con una nueva agresividad, pone de relieve más claramente que nunca. El otro lado es que, con su rebelión, Esteban hizo que Leopoldo se viera como alguien desagradablemente interesado: por culpa de Esteban, Leopoldo se vio obligado entonces, y sobre todo de nuevo, ahora mismo, a reconsiderar el noble gesto de su adopción de Esteban como un gesto dudoso, como una acción dirigida en parte por un deseo de apropiación sobre el chico, que afea la acción de Leopoldo, que la desfigura, arrojando sobre ella la luz agria de una segunda intención apropiativa que antes no era visible. Leopoldo unifica ante sí, esta tarde, una rebelión juvenil ante la cual ahora admite que reaccionó con excesiva violencia y una revelación de motivos ocultos en Leopoldo cuya fealdad Leopoldo no está dispuesto a tolerar. El caso es que, examinada la rebelión de Esteban desde el punto de vista de la revelación que ha causado en Leopoldo, la rebelión del chico, al tornarse insignificante, vuelve más excesiva que nunca la reacción de Leopoldo, y por lo tanto mucho más visible que nunca antes el motivo último de su desproporcionada reacción: que el motivo último de adoptar al chico no fue la generosidad sino una voluntad de apropiárselo. Leopoldo tiene por consiguiente ahora que tomarse la molestia de aceptar que la adopción fue desde un principio egoísta y no –como pareció– generosa, o bien (si esta impresión no puede borrarse) justificar esa falta de generosidad como una cualidad general de toda acción humana, que quizá no embellece, pero tampoco afea, la acción de Leopoldo. Pero, por otra parte, Leopoldo se rebela ante la idea de tener que hacerse tantas preguntas y verse obligado a buscar tantas justificaciones. ¿Quién era, al fin y al cabo, ese adolescente estúpido, para provocar tanta agitación en una persona tan desgraciada, tan sin amor, como Leopoldo cree haber sido siempre? ¿Acaso no es cierto también que Leopoldo, al adoptar a Esteban, hizo dejación de su propia comodidad y de sus propios hábitos de vida de soltero, para dedicarse a Esteban como sólo lo haría un verdadero padre? Hasta la propia Carolina, que se opuso a la adopción en un principio, llegó a reconocerle con los años, y a decírselo al interesado, que contra todo pronóstico se portaba con Esteban mejor que un padre natural: mejor en cualquier caso que la madre del chico, desaparecida –a todos los efectos– sin dejar rastro, en América. ¿A qué viene entonces esta reaparición de Esteban? Leopoldo piensa: Esteban aún me quiere. Y esta idea le da repelús: Esteban me quiere, Esteban le quiere, Leopoldo quiere a Esteban, Esteban quiere a Leopoldo, yo te quiero, tú me quieres, se quieren... Todo esto, todas esas frases, tan comunes, ponen de relieve el repelús que le causa todo ello a Leopoldo. ¿Fue así como fue? ¿O no? Si hubiera sido así, ¿cómo habría dejado ahora de ser ya así? Ahora no es así: nunca fue así: nunca se quisieron, jamás se adoraron, nunca se amaron: da repelús pensar que hubiera podido ser así alguna vez, casi más repelús da pensar en eso que pensar que, aún ahora, siga siendo así. Nunca pudo formularse en términos de amor: ni filial ni de ningún tipo. ¿En qué términos entonces pudo formularse? Leopoldo decide que no se formuló en términos de ningún tipo:

tuvo lugar y no se dijo nada. Mientras sucedía no hubo nada que decir, y cuando dejó de suceder también dejó de haber algo que decir. Y Leopoldo quiere que así sea y decide que no puede querer ninguna otra cosa porque cualquier otra cosa referida a lo ocurrido entre ellos se impregnaría de inmediato de ese nos quisimos, se quisieron, me quiere... que da tanto repelús.

Indalecio Solís ha venido y se ha ido. Y Leopoldo no logra integrar esta última visita de Solís en su vida, ni siquiera, superficialmente, en su tarde. Esta tarde sin memoria, por consiguiente, le pesa al anochecer como algo muy voluminoso que pesara muy poco. No recuerda la conversación con Solís, de la misma manera que no recuerda qué comida le sirvió Virgilio a la hora del almuerzo. Sin duda fue algo parecido al día anterior: tan igual al día anterior que no puede recordarse, que no merece la pena recordarse. Vosotros sois la sal de la tierra –recuerda Leopoldo–, si la sal se torna insípida, con qué se le volverá el sabor. Esta noche Leopoldo tiene la vida ante sí como lo innecesario, como lo rutinario, como lo igual: en la medida que siente que esa vida es suya, contiene una apariencia de sabor. En el momento mismo, sin embargo, en que trata de saborear ese sabor, no sabe a nada, es soso: como si algo nuestro fuera a la vez de todos y constantemente lo perdiéramos de vista. De pronto todos los objetos que le rodean, su casa entera, sus criados, su chófer, su ex hijo adoptivo, su hermana Carolina, sus amistades olvidadas, su amigo de última hora Indalecio Solís..., esta vida de Leopoldo, tan insípida, no es culpable ni inocente, no conoce en rigor diferencia alguna entre presente, pasado, futuro, eternidad. Esta vida y su historia corren, como en los tiempos antiguos la escritura sobre el papel, sin reconocer signos de puntuación, sólo garrapateándose una palabra sobre otra, una frase sobre otra. Leopoldo no se acuerda de Kierkegaard ahora, y sin embargo su existencia, que, estéticamente considerada, es cómica, desde el punto de vista del espíritu es pecado, es penosa, es trágica. La sensación de paladear algo sin sabor, su propia vida, no le ocupa a Leopoldo sin más, no es en sí misma indiferente, sino que ocupa su conciencia como una acusación que le hace sentirse desdichado sin saber por qué. Su vida debería tener un sabor específico, mucho sabor, y le sabe a poco, le sabe a nada. No logra Leopoldo esta noche acusarse de ninguna falta en concreto, de ningún pecado en concreto: sólo su vida insípida como esta tarde que acaba de pasar, acompañado por Indalecio Solís, se acusa a sí misma de falta de sabor. ¿Es eso un pecado? Se siente Leopoldo desasosegado, angustiado, pero con una angustia escondida, disfrazada, que Leopoldo atribuye al aburrimiento, a la falta generalizada de signos de puntuación de su vida: los días se le echan encima unos de otros, como en una página se encadenan las frases sin signos de puntuación, de tal manera que, al tratar de leerlas, uno acaba dejándolo porque carece de sentido. La falta de sentido y de sabor de la propia vida viene a ser como una somnolencia. Leopoldo de la Cuesta se siente, en efecto, somnoliento esta noche, y sin embargo no quiere dormir: teme que al apagar la luz vuelva a presionar levemente sobre su conciencia la falta de sabor de su vida como una angustia imprecisa: una angustia por nada, ¿qué puede hacer? Puede comer algo. Para comer

272

algo tiene que ir a buscarlo a la cocina, abrir el frigorífico y ver qué hay. Esto es una novedad para Leopoldo, que está acostumbrado a que le sirvan las comidas a sus horas. También está acostumbrado a irse a dormir a su hora. Deambula por las salas, recorre desangelado las colecciones que tanto le entusiasmaron en su día. Esteban otra vez. De pronto echa de menos a Esteban. Me he precipitado con Esteban, piensa. Acordarse ahora de Esteban mientras deambula por sus salas de estar, es tan insípido como lo fue hace un rato tratar de recordar la velada con Indalecio Solís o lo que comió en el almuerzo. Tiene la sensación de que su conciencia achicada se ejerce sobre los objetos que se le van presentando como quien mastica chicle: una vez perdido el sabor a menta sólo queda la rumia de una goma de mascar insípida que puede durar horas. Decide ir a la cocina y atraviesa silenciosamente la antecocina y la cocina, abre el frigorífico: ha sobrado un filete de ternera empanado. Coge el filete, lo dobla en dos, y antes de retirarse piensa en Siloé y Virgilio, acostados en la misma cama al otro lado de la puerta que da paso a su lado de la casa. Tomará un whisky una vez instalado en su estudio. Ahora no tiene apetito, y la grasa del filete empanado le incomoda entre los dedos. Ha dejado todas las luces encendidas. La casa le parece dilatada e insípida como la continuación de su vida. Se sienta en un tresillo de flores donde nunca se sienta y se come el filete empanado. Entrecierra los ojos y siente una minúscula compasión por sí mismo que no parece confirmar o desconfirmar nada de cuanto ahora Leopoldo, al entrecerrar los ojos y encogerse de hombros, designa vagamente como la totalidad de su vida: una totalidad que es incapaz de percibir como tal y que deja a Leopoldo ahí sentado, en medio de las elegantes salas, atestadas de objetos valiosos y curiosos, con todas las lámparas encendidas en medio de la noche: el neutro futuro de lo igual que se sucede a sí mismo.

Siloé le había sentido. Le he sentido, Crisanta, le he sentido, contó a Crisanta por teléfono. «¡Cómo que le has sentido! ¿pero en dónde?» «En mi vientre le he sentido, como un hijo, como un crío que por las noches viene, pobrecillo, a comerme de mi mano y no me encuentra. También en las sienes le he sentido, como los días de jaquecas, no exagero. El corazón también me daba saltos. A la cocina le he sentido que venía, que serían ya las tres pasadas, porque yo estaba despierta y era esa hora en el despertadorcito luminoso de la mesilla de Virgilio, que me tuve un poco que incorporar para ver la hora por encima de su espalda y era ésa. Y no encendió la luz, no la encendió, fue derecho al frigorífico y lo abrió, a ver qué había, y como no había nada, se conoce que allí mismo el pobre se tuvo que conformar con un filete empanado de ternera que en previsión yo había dejado. Y a la noche siguiente dejé unas leches fritas y una ensaladita de tomate con pimiento rojo que a él le gusta sin apenas aliñar, por si acaso tenía sed le dejé una botella de leche abierta casi entera. Cada noche voy dejando algunas cosas desde entonces, cada noche algo distinto, unas cosas saladas y otras dulces, y veo qué prefiere, porque fijo va a comer todas las noches de mi mano, porque no nos oyen... Él lo sabe y yo lo sé, por la comida que le dejo fría, que le amo y que estoy despierta y que le oigo y que descalza iría a calentarle lo que hiciera falta, al baño maría o como fuese, todo, o freírle un par de huevos, por qué no, al fin y al cabo todo es suyo, como yo.» «Tú estás loca, tú estás mal de la cabeza, niña», sentenció Crisanta y volvió a sentenciarlo cuando se encontró con Siloé, cara a cara, en la cocina al día siguiente y dijo que estaba preocupada y que se quedaba sólo un rato, y se quedó de las cinco y media a las diez y media de la noche, esperando sin descanso que pasara cualquier cosa, y no pasó ninguna cosa, ni Siloé, cohibida como estaba, sintió luego a Leopoldo yendo y viniendo descalzo por la casa, sino sólo la tristeza de no poder, ni siquiera con Crisanta, abrir el corazón de par en par: con lo poco que abrió, ya pudo ver cómo Crisanta iba a tomarlo todo –abriese poco o mucho, daba igual– por la tremenda, como si el amor fuese un pecado y la pasión pecado contra Virgilio, contra la naturaleza, contra Dios y contra todo, porque aquello no podía, según Crisanta, ser sencillamente un adulterio y nada más que un adulterio y el peor.

Es cierto que a partir de la noche del filete empanado empezó Leopoldo a ir de madrugada a la cocina. No todos los días, pero sí con una cierta, caprichosa regularidad, que impedía a Siloé conciliar el sueño o retirarse a sus habitaciones sin dejar siempre en previsión platitos preparados, como un cebo. Leopoldo se dio cuenta de que la serie de comidas preparadas que iban quedando en las repisas del refrigerador eran más variadas y más numerosas, sin llegar nunca a ser una cantidad exagerada. Era una reproducción en miniatura de los platos que se servían en la mesa de Leopoldo en los almuerzos y en las cenas: como si guisara Siloé adrede, siempre un poquito más de todo, deliciosos restos fríos del menú. Esto también lo descubrió muy pronto Salva: que tampoco se dormía y que también había oído a Leopoldo deambular por la casa hasta altas horas de la madrugada. La casa a oscuras se volvió un lugar insomne que giraba alrededor de la cocina, recorrida a tientas y a solas por cada uno de los tres insomnes, e iluminada repentinamente por la fría luz del refrigerador, que al abrirse tintineaba como una gruta infantil de un país encantado. Lo risible y lo terrible se entrecruzaron a altas horas de la madrugada con frecuencia durante aquellos meses sin que se supiese nunca bien del todo si tomarlo todo a broma sería, en última instancia, más piadoso que tomarlo todo en serio. Todo era demasiado humano, que hubiera comentado Indalecio Solís de haber asistido o haber tenido noticia de aquellos prolongados desencuentros.

Por entonces comenzó a encontrar Leopoldo conveniente quedarse en cama hasta pasado el mediodía. Tomarse en su habitación un café con leche y una tostada que Virgilio le llevaba, junto con *El País*, a la cama. Ahí remoloneaba, con el café y el periódico hasta las dos. Alrededor de las dos almorzaba en el comedor en bata y se quedaba así, dando cabezadas, hasta la hora del té. Leopoldo comenzó a pensar que las noches que, en otoño y en invierno, se inician poco después de las cinco de la tarde eran más llevaderas que los días. Una vez echadas las cortinas de todas las habitaciones de la casa –e incluso sin echarlas–, todo quedaba en la penumbra, todas las salas con su mobiliario y sus vitrinas, encendidas éstas con una lucecita propia, como capillas laterales de una iglesia, de tal manera que recorrer las salas o sentarse en cualquiera de ellas era equivalente a visitar una cueva de Alí Babá tras otra, un encantamiento tras otro. Con toda facilidad Leopoldo ahora podía hacer memoria, si quería, de las circunstancias que rodearon la adquisición de todos los objetos: volvía a contemplarlos, individualizados por la luz de cada vitrina: podía extraerlos de sus cajas, o separarlos de sus peanas de madera forrada de terciopelo oscuro donde permanecían perfectamente limpios, en señal de que Virgilio no los descuidaba. Distribuir el tiempo de aquel modo acabó pareciéndole a Leopoldo una ocurrencia de importancia estética: durante todo el día dormía o dormitaba y al anochecer convertía su inmenso piso en un paisaje accidentado, como una línea costera, con entrantes y salientes, imaginariamente dibujada a partir de la geografía en penumbra de las salas y pasillos que se sucedían unos a otros con la única iluminación de las vitrinas y sus fantásticos objetos. Cada una de las vitrinas venía a ser como un diminuto pueblo de la costa al cual Leopoldo se iba acercando lentamente movido en cada acercamiento por el repentino interés que provocaba cada vez un distinto objeto y haciéndose de nuevo a la mar emocionado por la fascinación de los distantes puertos parpadeantes, separados entre sí por larguísimas playas oscuras, orladas por las rompientes de las olas ocultas a la vista por los sillones, los tapices o las puertas, como acantilados, calas retrocedidas a las cuales sólo por mar podía accederse fácilmente, con un fascinante nuevo amor en cada puerto, en cada armarito de caoba y de cristal. Se sentía Leopoldo ahora inmensamente interesado por sí mismo, por su figurada errancia marítima, que venía a ser como un repaso onírico, una repetición en sueños de las coleccionadas imágenes de toda una vida. Y al hallarse de algún modo todas aquellas colecciones de su casa conectadas durante largos años con Esteban, y también con Virgilio y Siloé los últimos diez años, Leopoldo tenía la sensación de que, al recorrer las salas de su casa en penumbra, recorría también las vidas en penumbra de esas tres personas y su propia vida adormecida, su propio yo, como quien lee antes de dormirse cada noche unas cuantas páginas de una novela leída ya antes muchas veces, que no depara ya sorpresas sino sólo un sentimiento de perfecta apropiación y de familiaridad, como un cuento que de niños nos contaban cada noche, como una nana, extraña sólo por la identidad con que parece repetirse, fuera de tiempo, con la misma actualidad que como objeto imaginario tuvo un día al ser oída por primera vez, sin miedo al porvenir. A todos estos sentimientos (caso de ser varios sentimientos y no uno solo, como una especie de letanía con invocaciones muy diversas en latín no del todo comprensible, que mecánicamente se recorren en oración, de tal manera que la oración y el recorrido acaban siendo al final la misma cosa) denominaba Leopoldo mi regreso o mi sentimiento de regreso. Y todo ello tenía la ventaja de estar acorde con alguna profundidad infantil del alma de Leopoldo y de parecer, al mismo tiempo, a la luz de la conciencia adulta del propio Leopoldo, un disparate, una locura. Estoy loco, por eso vivo así, se decía Leopoldo. Y esto era lo que cada vez con más detalle iba transmitiendo a Solís cada vez que se reunían: que había abandonado a estas alturas Leopoldo la zona de la luz de la conciencia para sumergirse en la inconsciencia, promotora de viajes y sorpresas y espantadas e incalculables alegrías imprevistas, todo un mundo, un submundo existente por debajo del nivel mental habitual, en la nocturnidad preternatural de la conciencia de Leopoldo abandonada al sueño. «*Le poète travaille!*», había exclamado Indalecio Solís al oírle contar todo esto.

No obstante deslizarse Leopoldo por su casa sin apenas ruido, su paso resultaba audible con toda claridad para Siloé que, desvelada, estaba atenta al menor ruido e incluso, también muy pronto, Salva pudo oírlo y desde que le oyó por primera vez tampoco se dormía ya en espera de que algo sucediese. Sólo Virgilio en este tiempo dormía apaciblemente. Cosa que a Siloé –a quien hubiese horrorizado compartir su escucha con Virgilio– parecía una indudable muestra de la falta de sensibilidad de su marido. Esto de la falta de sensibilidad de Virgilio era un dato cada vez más vivamente presente en el inventario que Siloé se hacía de las insoportables faltas de su esposo. Cada vez más, todo lo que Virgilio hacía, cobraba a ojos de Siloé, por exceso o por defecto, un tinte de fallo o de torpeza. Empezando por su propia física presencia junto a ella en la cama por las noches. «Tengo la sensación, Crisanta, cada noche, que me acuesto con un tronco de árbol que despide, aunque yo no le roce ni siquiera con un dedo, esa humedad de hojas podridas y de tierra que allá tienen los árboles una vez cortados, dejados caídos donde están, en medio de la selva, antes de que los recojan con camiones. Esa misma sensación me da Virgilio: que me da la espalda cuando duerme y la humedad que siento es el sudor que al dormir despide, un olor corporal, como a podrido, humedecido, a moho, como es tan negro además, y no se pone la chaqueta del pijama, sólo pantalones sin chaqueta, de noche es negro como un muro, que tengo la sensación de que me aplasta si por casualidad me quedo yo un poco traspuesta o si me duermo, hasta miedo me da que sin querer me aplaste, me apisone y me llegue yo a asfixiar sin darme tiempo a respirar ni abrir la boca ni a gritar. Lo que hago a veces es la almohada ponerla entre la espalda de él y yo para que haga un poco parapeto por si acaso, aunque la mayoría de la noche estoy ahora desvelada, pendiente nada más de las pisadas del señor, descalzas, que van y vienen, pobrecillo, a comerme de mi mano lo que dejé en el frigorífico a propósito.»

Aquello no podía seguir siempre siendo sólo, como para Leopoldo, un recorrido nocturno imaginario o casi imaginario, sino que, aunque sólo fuese por virtud de la creciente agitación que noche tras noche mantenía a

Siloé despabilada, por fin tuvieron que encontrarse. El primer encuentro tuvo para Siloé todo el encanto de la primera vez que dos amantes se encuentran impremeditadamente en una calle. Cada uno va a su asunto que no tiene que ver nada con el otro, el amor que va a iniciarse es el único asunto que tendrá que ver al mismo tiempo con los dos. Al encontrarse, los dos se maravillan. Y ninguno de los dos sabe qué decir. En este caso fue Siloé, quien más se sorprendió. Leopoldo sólo se llevó un pequeño susto, al abrir la puerta del refrigerador al mismo tiempo que a su izquierda oyó abrirse de golpe la puerta que daba a las habitaciones de Virgilio y Siloé. «Perdone, Siloé, la he despertado.» «No se preocupe, señor, estaba ya despierta ¿quiere el señor tomar algo caliente?» «No gracias acuéstese, no se preocupe.» «No es molestia, señor, se lo aseguro, cualquier cosa que quiera el señor la haré con gusto.» «Eso lo sé, Siloé, pero no quiero nada en especial, sólo tomarme una de estas empanadillas tan ricas que sobraron esta tarde.» «Están hechas con harina de maíz como el señor ha visto y mezclando dentro lo dulce y lo salado, con una alcaparrita por empanadilla.» «Son deliciosas, Siloé», dice Leopoldo, tomando dos empanadillas y cerrando la puerta del frigorífico. Siloé se retira suavemente.

Aquel encuentro, sin embargo, no causó en Siloé un suave efecto sino un sentimiento montañoso, como el levantamiento de una cordillera. La emoción fue tan intensa que Siloé consideró que para conservarla en la belleza de su intensidad no tenía más remedio que enfrentarse a Virgilio cara a cara: Virgilio tenía por fuerza que dejar de dormir con Siloé, irse a dormir a cualquier parte, a cualquiera de los otros tres dormitorios que aún quedaban sin usar en esa parte de la casa. Siloé llevaba queriendo ya hacía tiempo que Virgilio dejase su habitación e incluso aquel empleo y desapareciese de su vida. Siloé se daba cuenta de que separar a Virgilio de su vida no iba a ser tarea fácil. Para desprenderse de Virgilio tendría que empezar Siloé dando pequeños pasos, empujoncitos al principio. Y el primer paso fue, aprovechando la emoción de aquel primer encuentro con Leopoldo, fingir que la gran emoción que ahora sentía, la sentía por haber pasado lo que había pasado, topándose en mitad de la cocina, en camisón, con el señor y asegurando que no habría pasado nada semejante si Siloé hubiera podido conciliar el sueño durante la noche normalmente. Pero Siloé no había podido conciliar el sueño esa noche ni ninguna por culpa de Virgilio, que esa noche y todas sudaba y se movía y aplastaba a Siloé hasta sacarla de la cama. Siloé no tenía más remedio que mostrarse firme en esto de que Virgilio se fuese a dormir a otro dormitorio si los dos querían conservar sus puestos. Virgilio tenía que comprender –explicó Siloé con toda calma y hasta con paciencia– que, estando las cosas como estaban, Siloé no pudiendo pegar ojo por las noches, y teniendo Siloé que luego estar a punto para empezar al día siguiente las tareas de la casa, era imposible llevar a cabo todo ello sin un descanso nocturno suficiente. Ella también lo sentía mucho –declaró Siloé– porque había llegado a acostumbrarse a dormir con Virgilio, aunque, eso no, sin poder acostumbrarse a su olor ni a su sudor ni al peso muerto que se le venía encima cada noche. Ahora por fin Siloé había perdido el sueño por completo y Virgilio tendría que acostumbrarse a dormir solo como tantos hombres duermen solos cuando no tienen con quién. Virgilio no ofreció la menor oposición, sólo se declaró conforme con todo ello, con tal que a partir de ahora Siloé lograse dormir de un tirón toda la noche. Así quedó la cosa y Virgilio se instaló aquella misma noche en el dormitorio del pasillo que no tenía acceso a la cocina. Instalado ahí y una vez dormido, Virgilio no tendría la menor oportunidad de oír nada en absoluto y Siloé tendría el descanso suficiente como para pasarse la noche en vela si quería.

Liberada del peso de Virgilio, entregada al velar y al no dormir, Siloé se sintió muy a sus anchas. Pero la anchura misma de la cama doble que ahora se extendía abierta cada noche a disposición de Siloé, fue una trampa. Antes, con Virgilio a su lado, amontonado y húmedo como un tronco de árbol en la noche reptante de la selva, Siloé había podido entregarse al duermevela de esperar a oír los pasos de Leopoldo en la cocina hacia las tres de la mañana, intercalando Siloé, entre las arreboladas frondas de sus vigilias, sueñecitos, como carrerillas. Antes el proceso de irse quedando dormida e irse desvelando a tramos cortos permitía que Siloé, mal que bien, acabase sus noches descansada. Pero ahora, sin Virgilio a un lado, con el enorme trecho dejado por Virgilio, hueco y abierto en la cama como un valle o como un pozo, Siloé empezó a sentirse, al mismo tiempo que a sus anchas, estrechada e incluso maniatada por la inmensa posibilidad que el amplio lecho ahora ofrecía para quedarse dormida a pierna suelta. Eso fue lo que ocurrió dos noches consecutivas y ambas noches Leopoldo, por lo visto, acudió a repostar al frigorífico. A la tercera noche, sin embargo, y a la cuarta y a la quinta, que pasó Siloé sentada en una silla para no quedarse frita, Leopoldo no quiso acercarse a la cocina sino que se limitó a deambular por sus iluminadas salas hasta el alba, sin sentir, a lo que parece, la menor hambre. Siloé descubrió así que, sin Virgilio, sus imaginarias iban siendo menos y menos llevaderas cada vez, al mismo tiempo que durante el día Siloé se sentía invenciblemente somnolienta, irritada y agotada. Para colmo de males, este estado de ánimo poco propicio a los encuentros amorosos volvió a Siloé más atrevida y menos precavida a la hora de expresar sus emociones y deseos. Empezó a maltratar de palabra durante los almuerzos y cenas a Virgilio en presencia de Salva, quien ahora, apercibido de los hábitos nocturnos de Leopoldo y Siloé y a sabiendas de que Virgilio no dormía en el dormitorio conyugal, estaba atento para ver, antes de que se le viniese encima, por dónde iba acumulándose el tornado. Y Salva decidió que todo iba a venírsele de golpe encima si no lograba que Siloé dejase sus nocturnidades: para eso tenía que poner a Virgilio sobre aviso. Es curioso que Salva tuviese que darse cuenta precisamente entonces, en casa de Leopoldo, de lo difícil que era, si no lo tenía uno natural, el convertirse en bocas, en chota, en chusquel: o se lleva en la masa de la sangre y sale solo, o lo que sale es muy confuso y susceptible de interpretación.

Cada vez que Salva se reunía con el matrimonio al desayuno o a la comida o a la cena, e incluso no sentándose nunca Siloé a la mesa mientras comían Salva y Virgilio, e incluso yendo y viniendo y desapareciendo largos ratos en sus habitaciones, Siloé lograba, con su presente mal humor, hacer de aquellas reuniones con Virgilio, que hasta entonces Salva había disfrutado, un extraño purgatorio. Salva pensaba que si lograba contar a Virgilio que su mujer y Leopoldo se veían de madrugada en la cocina, esa estúpida relación se acabaría. Pero al mismo tiempo Salva se asustaba pensando en las consecuencias de aquella delación y temiendo que, una vez contada la verdad, todo fuese mucho peor. Para empezar, era difícil hacer entender nada a Virgilio sirviéndose sólo de indirectas. Virgilio venía a ser como una lona impermeable a cualquier murmuración impropia. Las indirectas resbalaban por Virgilio como una mansa lluvia que sólo logra que la lona impermeable brille aún más. Que Salva comentara que Leopoldo padecía insomnio y se pasaba las noches dando vueltas por la casa, despertándoles a todos, sólo servía para que Virgilio lamentara la situación profundamente sin darse por aludido. Aquella impermeabilidad de Virgilio acabó pareciendo a Salva una virtud moral. Por primera vez en su vida se le ocurrió a Salva que aquella incapacidad del negro para ver el mal o pensar mal de nadie, por obvio que fuese para todo el mundo, le alzaba por encima del común de los mortales y en especial del propio Salva, para situarle en el reino suprasensible de los héroes. El propio Salva se había situado a sí mismo en ese territorio en los años de cárcel, a fuerza de desprecio por los demás reclusos y los funcionarios y la institución penitenciaria entera. Pero ahora, al encontrarse con la actitud de Virgilio, incapaz de interpretar una indirecta, le pareció a Salva que su propio desprecio por todo lo carcelario, su autarquía de entonces era, comparada con la de Virgilio, una nimiedad. Cualquiera podía situarse, mentalmente al menos, por encima de todos los demás si al contemplar a los demás les despreciaba. Lo curioso era, en opinión de Salva, que Virgilio no parecía despreciar a nadie: ni a Leopoldo, ni a Salva, ni a su estúpida mujer, a quien trataba con constante afecto y cortesía. Todas las mujeres le parecían a Salva más o menos iguales entre sí e inferiores a los hombres. A excepción de su abuela, ninguna mujer jamás le había impresionado. Y Siloé, que confirmaba ahora uno por uno todos los prejuicios antifemeninos de Salva, era tratada por Virgilio con constante afecto y veneración. Y semejante trato, que en otras circunstancias de su vida hubiera parecido a Salva sólo propio de un perfecto gilipollas, ahora, en cambio, comenzaba a parecerle un elevado modo de salvar lo irritante y lo mezquino de esta vida sin dejar por eso que se perdiese nada en el desprecio. Salva había descubierto hacía ya tiempo que la única pega del desprecio es que quien desprecia el mundo a la vez lo desperdicia. Para Virgilio, al parecer, no había en el mundo nada despreciable y por consiguiente el mundo entero le valía y le servía y resultaba digno de apreciarse. Y esto fue para Salva una gran revelación, aunque era una revelación aún sin palabras. Salva no disponía de una gramática espiritual coherente para insertar, verbalizándolas, las emociones de admiración y de reconocimiento que Virgilio le inspiraba, así como tampoco tenía manera de diferenciar la admiración que sentía por Virgilio de la admiración y afecto que sentía por Leopoldo o, menos claramente, por Gabriel Arintero. Pensando en estas cosas se le ocurrió a Salva que quizá Gabriel Arintero era la persona adecuada para recomponer la situación que los encuentros nocturnos de Siloé y Leopoldo amenazaban con descomponer. Así fue como Salva por fin se decidió a telefonear al piso.

La intención de telefonear al piso resultó ser mejor idea y mejor último recurso que algo a ejecutar al día siguiente. A la hora de la ejecución todos los chotas y los bocas que Salva había padecido en el trullo se le aparecían engrudados en una repugnante imagen única que era la del propio Salva, el kíe insobornable, reblandecido ahora yéndole con cuentos a Arintero. Entre sentir que tenía que romper aquella imbécil relación de Leopoldo y Siloé a las tres de la mañana en la cocina comiendo empanadillas o metiéndose mano, que a ojos de Salva venía

285

a ser lo mismo, e informar a Virgilio o, para no escandalizar a Virgilio, contárselo todo a Gabriel Arintero por
teléfono o cara a cara, había un inmundo trecho, como
una letrina inmóvil, pestilente, que cruzar a pie. De pronto Salva se dio cuenta de que temía más que nada en el
mundo pringarse con aquello: contarlo era ya pringarse.
Para no pringarse era mejor callarlo que contarlo, y, sin
embargo, el no contarlo no sólo no impedía que ocurrie-
se, no obstaculizaba lo que ocurría en la cocina casi cada
noche, sino que lo aumentaba de tamaño en el sentido de
que Salva era incapaz ahora de no quererlo observar bien
escondido o de no situarse cada noche estratégicamente
en algún punto del laberíntico piso de Leopoldo para ver
o al menos para oír lo que pasaba entre los dos. Oírlo era,
en cierto modo, más repugnante para Salva que verlo con
sus propios ojos: les oía hablar a media voz, sentados en
el suelo, al amparo de un sillón, resguardados del círculo
luminoso de una lámpara de pie de porcelana –un jarrón
chino, en opinión de Salva muy valioso– como si se lo
montaran en el puto campo, sentados en la imaginaria
hierba de la alfombra, bajo las hojas y las flores de las
cortinas de cretona estampadas: mondos y lirondos, su-
midos en el flujo pegajoso de las vulvas, las lenguas y los
labios, los esfínteres a medio lamer y descargar, el gusto
a mierda en un embrollo intestinal que Salva aborrecía,
pero que no podía no contemplar o escuchar hipnotiza-
do: puestos ambos a gatas: el culo de Leopoldo, un culo
de jamona, blanco y temblón, como el de las hembras,
que le metían el dedo por el culo. Era la copulación del
sollozar y del lamer y del babosear, una pederastia intestinal de narices efebas y dedos supositorios y lombrices.
   Y esto todo, ventral, nutricional, acaimanado, era la
verdad de un llegar lejos en el alma-nenuco de Leopoldo:
un no parar a los principios, un abajarse para alzarse

desde la tripa al corazón, de la excreta a la ingesta por el conducto que sólo cada cual sabe del suyo, y que por lo regular nadie menciona por vergüenza, por debajo de la cual vergüenza, y como en nidos o nucleolos, hay vida, mucha más vida de la que parece, la vida uterina, la más pura, la más gástrica y fraterna, triturada, salivada, convertida en bolo alimenticio del amor y su recorrido por los jugos gástricos, los oligoelementos, las vitaminas, A, B, C, D... y el hierro y el magnesio y una parte de los carbohidratos por un lado y por otro, que viene a ser la paja lo que es, fárfula, lo que finalmente se detrita y filtra y expostula, dependiendo de más o menos pan, más o menos maíz o los frijoles, que confieren a todo resto un tono negro, pero no repugnante en modo alguno sino puerta, ámbito, ventana al mundo del amor, al lírico nenuco que Leopoldo, don Leopoldo, tenía recluido, escondido, repleto en bajos vientres, que gracias a ella, a Siloé, ahora emergía pestilente, como una serpiente excretatoria que se enrosca sobre sí en señal de salud y buena digestión, como el amor. Lo supiera Leopoldo o no, ¿qué le importaba? Ella, de dulce piel, lustrosa de papaya, por él lo sabía y lo entendía, como la madre tierra, que también lo sabe y se gestiona sola en los cuarenta días con sus noches de los aún no muertos, los pendientes, los divinos feroces comegentes que se nutren de lo fresco y cuando salen son tierra la mitad y carne la mitad, el propio iris de los ojos sería mitad flema y mitad tierra, un poco húmeda, depositada en la palma de la mano. ¿Y a qué venía esta emoción intensa del cagarse encima o ser cagada encima? Venía a demostrar que el amor, el más materno, el más intrauterino, empieza por los intestinos y los bajos altos hasta alzarse pecho arriba abriéndose paso entre las asaduras, los pulmones, los alveolos del corazón hasta llegar a la garganta y reforzar la nuez de adán y salirse

287

por la boca y las narices como un gran beso en forma de succión, como un gran vómito materno. El portal del amor, el anteportal, el preportal, el puro centro del recién nacido, el primer amor, el más primero, es como un gusanito en la barriga que forma el ombligo chiquitín de los niños prenatales, encapsulados en el corazón por donde profieren los balidos que reclaman el gran amor que las doncellas llevan en los pechos, como Siloé llevaba el pecho enamorado desde que llegó a la santa casa de Leopoldo. El cielo intestinal del amor larva, feto, pulpa, tierra, llanto y excrementos, incrementos de la verdad verdadera: Leopoldo había entendido y Siloé también había entendido que para hacerse con su sierva y acercarse a ella, tenía que volverse intestinal él mismo, como las estatuas de las diosas indias que Siloé había visto en algún documental, hechas un revoltijo intestinal de brazos, piernas y cabezas, giratorias todas en la inarticulación del verdadero amor. Por eso Siloé no dudó nunca, una vez traspasado el umbral bobalicón de comer empanadillas y filetes a altas horas de la madrugada, que lo que Leopoldo quería y ella misma siempre había querido era tener a Leopoldo bien atado por el nunca cortado cordón umbilical de su ser Siloé-virgen-con-niño. Una composición que sólo era verdaderamente mística y sagrada, en opinión de Siloé, si rehusaba toda exteriorización y se quedaba dentro del propio nasciturus, que significa corazón del embrión. Esto era una fe, naturalmente, ¿qué otra cosa podía ser? Siloé estaba persuadida de que cuanto más se adentrara en lo más indecible de los deseos de Leopoldo, más cerca estaría de ser la dueña de la casa aquella, la dueña del corazón de su señor. Para no manchar las alfombras y los suelos y los muebles con signos exteriores, con la interna riqueza de sus vientres, Siloé tenía cuidado, había tenido cuidado casi desde un principio, de extender bajo ellos dos un plástico de unos dos metros cuadrados que la pasión hacía crujir como una tierna nieve o como paja o como vida. El plástico mojado tenía un tacto resinoso, gelatinoso, como el tacto de las propias selvas.

Leopoldo está muy sorprendido. También está intrigado. No se siente avergonzado porque no cree que Siloé sea capaz de separarse lo suficiente de Leopoldo o de sí misma y considerar toda la escena en conjunto. Siloé no es una mirada exterior a Leopoldo que pueda descubrirle. Ni siquiera llega a ser una mirada humana: Siloé es sólo una configuración precisa de estímulos que, en el caso de Leopoldo, la inteligencia encanalla. Leopoldo decidió dejarse llevar por lo que parecía una escena de seducción: Siloé, en camisón delante de él, descalza, parecía querer seducirle. Leopoldo registró entonces una absoluta falta de atracción física por Siloé. Lo que en aquel momento le atrajo no fue ni el erotismo de la situación, ni su propia genitalidad, ni la ondulación de Siloé, como un renacuajo en una charca. Lo que le atrajo fue poder, de pronto, en su propia casa, a las tres de la madrugada, intimar hasta tal punto con su criada que sonara natural decir: «Desnúdate, Siloé, eso me encantaría. Yo también me desnudo, ¿ves? Desnudos como dos niños, mira, ni siquiera verte desnuda me provoca una erección. De niño me metía desnudo en la cama con Genoveva y pensaba, al sentir el cuerpo de Genoveva contra el mío, ¿qué tendré yo que hacer? Sólo me gusta estar así al calor, pegado a Genoveva, igual contigo. Aquí juntos, los dos, quedamos lejos de cualquier práctica vulgar, común, follar, como dicen, o corrernos, eso es vulgar, y además se acaba en un momento. ¿Me oyes el ruido de las tripas? He debido enfriarme, no me ha sentado bien la cena, he debido comer demasiadas empanadillas en la cocina, descalzo. Tengo como gana de cagar. Genoveva me limpiaba el culo. Genoveva me sostenía el pito para que meara contra los árboles en el parque y no me meara los pantalones, era maravilloso. Seguro que tú harías lo mismo por mí si te lo pidiera. Las mujeres, si os dejan, enseguida descubrís y amáis al niño que queda en cada hombre...» Esto, más o menos, es lo que recordaba Leopoldo haber dicho, quizá no todo de una vez sino por partes, al mismo tiempo que acariciaba a Siloé, como si fuera un niño, evitando adrede, porque no era un niño, acariciarla entre las piernas. Sus caricias eran torpes e indefinidas como las de los niños. Logró acariciar a Siloé como un niño, y ella respondió como un ama de cría, que es mejor aún que una madre. Lo fascinante, piensa Leopoldo, es el más/menos de esta situación: porque soy menos crío que un crío puedo hacer que todo esto suceda y contemplarlo desde fuera. Porque soy más crío que un crío estoy libre de culpa. También yo –piensa Leopoldo– fui humillado y maltratado. He accedido al extremo exterior de mi *toilette-training* y he entrado dentro para verlo con ojos de adulto. Y ahora que lo veo no sé del todo qué es lo que veo: no puedo decir que todo esto sea una asquerosidad porque tendría que darme asco y no me da asco. Ésta es mi intimidad intestinal y sagrada: una broma de mal gusto. Se sentía tentado Leopoldo, a ratos, por la posibilidad de referir sus experiencias sucias con Siloé a Indalecio Solís: empezando por atribuírselas quizá a otra persona o personas o incluso presentarlas formando parte de una como teoría acerca de cómo el más egregio amor humano nace *inter faeces et urinae*. Afirmar que jamás el amor se desprende de este momento originario y mantener que entre lo más profundo y lo más bajo hay una vinculación vocativa. Pero temía escandalizar a Indalecio Solís y temía, sobre todo, descolocarle mediante estas referencias, cambiarle el papel de contertulio ilustrado, que representaba viniendo un par de veces por semana a merendar con

Leopoldo: sustituyendo ese papel manejable por otro de confidente, que Leopoldo no estaba tan seguro de controlar como el primero. Parte de la excitación que el jugar a ensuciarse con Siloé tenía para Leopoldo, procedía de un sorprendente descontrol: como si, una vez puesto en situación, controlar sus esfínteres perdiera toda relevancia. Pero, a la vez, Leopoldo se congratulaba por haber descubierto una dimensión de Siloé insospechada en un principio (cuando todo se reducía a un coqueteo bobalicón por parte de la chica al estar a solas con Leopoldo).

Lo que por fin Leopoldo decidió que podía ser comentado con Solís era la relación alquímica entre las heces y el oro. Tratado en términos generales, todo se reducía a una referencia simbólica capaz de ilustrar el tránsito de lo más bajo a lo más alto. Así lo hizo, y Solís aportó, en efecto, una nota bibliográfica al asunto: sugirió Solís no sólo que entre el eros y el tánatos, entre lo excremental y lo creador, había una unión mística íntima –ésas fueron sus pedantes palabras–, sino que por ahí habían ido las investigaciones de George Bataille y su célebre ano solar: el sol como agujero de un gran culo o pozo negro que derramaba su luz excremental, a imagen del invertido culo de un mandril cósmico sobre los bañistas y en general sobre el mundo. Lo único interesante que añadió Indalecio Solís a estas referencias trivialmente cultas fue una nota de menosprecio que sorprendió a Leopoldo, enfriándole y haciendo que se congratulara a sí mismo por no haber contado a Solís nada real, verdadero o serio de su experiencia –así la denominaba Leopoldo– con Siloé. «En mi opinión –declaró Solís– Sartre fue el único intelectual poderoso que se ocupó en serio de estos asuntos y su relación con el imaginario individual y colectivo, mediante ese importante concepto suyo de la náusea y lo viscoso. Los excrementos son lo esencialmente viscoso, lo inesencial, lo accidental perecedero que, según Platón, no tiene una idea correspondiente y por consiguiente no puede ser pensado: las heces, la orina, las uñas, los dientes, la saliva, el flujo menstrual. Pero, invirtiendo los términos, si bien no puede ser pensado por la razón, puede ser mentado e indirectamente pensado, pues, por la sinrazón, como en la identificación irracional que encontramos en los pueblos primitivos entre el excremento y el maná: lo repulsivo y lo sagrado.» Solís –decidió Leopoldo– no daba más de sí y cambiaron de tema de conversación. Lo mentado por Leopoldo de la Cuesta en sus reuniones nocturnas con Siloé no correspondía en efecto con ninguna idea platónica, sino con un impulso sólo indirectamente descriptible dirigido a borrar y ser borrado, tachar y ser tachado, hundir y ser hundido, herir y ser herido, hacer enmudecer y enmudecer toda voz esforzada, como todo esfuerzo, toda intención recta. ¿Para qué puede servirme a mí a estas alturas de mi vida una intención recta?, ha concluido, en parte regocijado, en parte melancólico, Leopoldo después de hablar con Solís.

Salva está desconcertado. No entiende o no sabe cómo hacerse entender a sí mismo lo que ve por las noches: decide dejar de verlo, y durante todo el día se tranca en la garita del garaje y ni siquiera sube a comer por no ver a Siloé. El tiempo no transcurre. Toda actividad ha cesado en la casa. Se acumula el tiempo reducido a cero dentro de la cabeza de Salva. Salva tiene la sensación de que le zumban los oídos, como si viajara en un avión y al descender de pronto se le taponaran los oídos. A Virgilio le ha dicho que tiene trabajo en el garaje y Virgilio le baja un bocadillo y una botella de cerveza. Y Salva ha tenido que decirle a Virgilio, para que su disculpa no resulte inverosímil al cabo de unos días, que tendrá todos los días trabajo en el garaje a partir de ahora y que le gusta darse un garbeo por las noches y que por eso no sube a cenar, porque cenará fuera. Y Virgilio ha aceptado esta explicación, tan al filo ya de la inverosimilitud, con una sonrisa amable, como si todas las cosas de este mundo pudieran ser entendidas como asuntos normales y amables, que no perjudican a nadie. La cara de Virgilio le parece a Salva una talla de piedra pulimentada, repleta de su propio fulgor, su propia inteligibilidad oscura, que no refleja nada, sin embargo, ningún accidente exterior, extemporánea, sumida en su propio interior, obsidiana atenta sólo a las pausadas pulsaciones de su corazón atlético. Salva está sorprendido: en unos pocos meses ha pasado de considerar a Virgilio un puto negro a considerarle un atleta que se concentra en sus propios movimientos pausados antes de iniciar su carrera brillante. ¡Ojalá fuese así! –piensa Salva–. ¡Ojalá todo lo que está ocurriendo en esta casa fuese únicamente equivalente a los mil quinientos metros de un carrera difícil que Virgilio se dispone a comenzar, sólo atento al ritmo tranquilo de su corazón, dentro de un instante, al sonar el pistoletazo de salida! Pero lo que está ocurriendo en casa de Leopoldo de la Cuesta no se parece, a excepción de Virgilio, a una carrera de mil quinientos metros. Ni a ningún otro deporte. Salva piensa amargamente que ni siquiera se parece a un juego. Salva sabe que lo que está ocurriendo en la casa, esa repugnante relación entre Siloé y Leopoldo, acabará impregnándolo todo, trastornándoles a todos. Al salir de su cuarto de dormir cada mañana, al regresar cada noche, al encender la televisión, al meterse en la cama, tiene la sensación de que la casa entera huele a orines, a letrina. Y lo peor es que cada día que pasa, Salva se siente más incapaz de contárselo a nadie: le horroriza pensar en la expresión de la cara de Virgilio si Salva contara lo que ha visto. Y, descartado Virgilio, sustituido mentalmente por Arintero, cada día que pasa le parece menos posible a Salva contarle a Arintero lo que está sucediendo. Si se lo contara a Arintero tendría que incluirse él mismo: el propio Salva al contemplar esas escenas incomprensibles, y por el simple hecho de haberlas contemplado se ha vuelto encubridor y es ya cómplice. Al fin y al cabo, al observar oculto lo que sucede, Salva viene a ser ese cómplice que oculta el material robado por otros. No hay escapatoria: o bien Salva se convierte en delator, uno de esos aborrecibles chotas que iban con cuentos a los funcionarios, o bien se convierte en cómplice, en encubridor de los delitos que observa. Incluso ahora, que ha dejado hace tiempo de espiar a Leopoldo y a Siloé por las noches, tiene la sensación de que los recuerdos de esas escenas, almacenados en su conciencia, aumentan de tamaño, su vileza aumenta en frío como un crimen fríamente meditado, llevado a cabo en frío. Así, la luz del entendimiento que, según dicen, ilumina todas las cosas, también las agría y agranda ahora a ojos de Salva haciéndole sentirse culpable y para siempre perdido.

Una tarde Salva se encuentra en el portal con Gabriel Arintero. Salva tiene la sensación de que por primera vez en mucho tiempo la realidad presenta un aspecto benevolente. Es la primera vez que se ven desde que Salva dejó el piso. Salva tiene la sensación de encontrarse por primera vez en su vida con un hombre de buena voluntad. Y es curioso que Salva responda a la pregunta de Arintero acerca de cómo le van las cosas con un alegre: «Todo marcha sobre ruedas», sin que la punzante idea de estar mintiendo, incluso sin borrársele, perturbe ese primer momento en el portal. Arintero cuenta que viene a ver a Carolina y que tenía pensado preguntar por Salva y quedar con él más adelante. Mientras suben en el ascensor, Salva pregunta por la gente del piso. Quedan en que Salva se pasará por el piso la primera tarde libre que tenga. Todo sucede en un instante. El rápido ascensor de la casa de Leopoldo vuelve instantáneos todos los encuentros, todos los deseos, todos los pensamientos. Salva, por eso, sólo tiene tiempo de decir, entre el portal y la anteúltima planta donde está el piso de Carolina: «Tengo que hablar urgentemente contigo, es muy urgente.» Al oír eso, antes de que las puertas del ascensor silenciosamente se cierren de nuevo, Arintero tiene tiempo de volverse a Salva con gesto alarmado y preguntar qué es eso tan urgente. Salva tiene tiempo de decir sólo: «Te llamaré mañana.» Y así queda la cosa. El encuentro con Arintero tranquiliza a Salva lo bastante como para detenerse un rato en la antecocina a charlar con Virgilio, tomar una lata de cerveza entre los dos. Salva luego se mete en su cuarto, enciende la televisión y se queda dormido. Encontrarse con Arintero –piensa Salva antes de quedarse dormido– es la primera cosa admirable y tranquilizadora que le ha ocurrido en estos últimos tiempos.

Gabriel Arintero vuelve a Carolina esta tarde como quien regresa a su tierra natal, a su ciudad natal. Esta tarde es la primera vez desde que regresó a España que

Arintero tiene sensación de estar de vuelta. Ha llamado a Carolina hace unos días para hablar justo de esto: de cómo hasta esta tarde, hasta estos últimos días, Arintero ha vivido inmerso en la provisionalidad. Al dejar a Osvaldo, desaparecido sin más explicaciones en El Salvador, al verse obligado a regresar a España, agotado su permiso de estancia en el país, Gabriel Arintero se instaló en la provisionalidad como en la única posición posible para alguien que opta por situarse junto a los nuevos pobres de este mundo. Los nuevos pobres están por todas partes, en Madrid le asaltan por las calles cada vez que entra o sale del metro: son nuevos pobres todos los que como Osvaldo o Arintero o como los salvadoreños pobres no son dueños de su porvenir, no parecen tener más destino coherente que la indigencia y la inmovilidad. Contra ese destino se han enfrentado abiertamente los jesuitas de la UCA. Al hacerlo, sus individualidades se han vuelto funcionales y sus problemas personales –que los tendrán– se han vuelto accidentales respecto de su proyecto teológico y social y político. El ejemplo de esos jesuitas es lo único que Arintero trajo consigo a España, se comprometió con el grupo de ayuda a los ex convictos para imitar, en lo posible, el ejemplo de la gente de la UCA. Al decidir vivir en España como un salvadoreño pobre, al convertirse en voluntario anónimo comprometido con la rehabilitación de los drogadictos y los convictos, Gabriel Arintero ha sellado su destino con el sello de la provisionalidad y la trascendencia. Para que una cierta imagen de la fraternidad universal y completa se haga posible y real, Arintero vivirá al día, no buscará ningún empleo ni ningún acomodo excepto ese no-empleo y no-acomodo que es el piso de Carabanchel. No acomodarse implica también ajustarse a lo que le es dado en cada momento: el deseo amoroso, los sentimientos, el recuerdo de Osvaldo, sus necesidades afectivas, su futuro, su significación personal por mínima que sea, todo eso –decide Gabriel Arintero– forma parte de un lote único que se descuenta de la propia vida y que se deja a un lado como quien abandona la ciudad de su infancia y de su juventud, sus amistades de entonces, y emprende un viaje sin retorno que es una monótona y tenaz opción por todos los pobres y marginados del mundo. Ni siquiera durante todo ese tiempo Arintero se ha permitido pensar en Osvaldo, desear volver a encontrarse con él, desear ser feliz con él. Porque cualquiera de estos deseos –legítimos en sí mismos– a la larga reblandecerían la voluntad de Arintero, la intención más recta que ha tenido en su vida: querer ser individualmente feliz aquí y ahora, desear, como él ha deseado, vivir con Osvaldo es menos universal, menos importante que la ayuda que Arintero tiene que prestar a todos los demás, sean quienes sean. Todos los desconocidos actuales y posibles que Arintero reconoce en los anónimos rostros de los pobres y marginados de las calles, son sus hermanos. No hace falta hablar mucho para entender esto, para ver la verdad de esta esencia sin esencia, esta verdad implosiva que no contiene brillo alguno, sólo más y más desconocidos sucediéndose unos a otros cada vez, esperando la ayuda de Gabriel Arintero. Este proyecto es por definición impersonal, anónimo, provisional y absoluto: todo lo demás carece de importancia. Y así ha vivido Arintero desde que volvió a España hasta que, últimamente, ha vuelto, sin proponérselo, a recordar los recuerdos, a sentirse acometido por ocurrencias sentimentales que son todas, de una u otra manera, recuerdos. Por eso ha venido a visitar esta tarde a Carolina.

Arintero acaba de decir: «¿Te acuerdas, Carolina, de nosotros dos?» Carolina responde, de buen humor: «¿Cómo no voy a acordarme de nosotros dos? Aquí estamos.

Ésta es la prueba física de que nosotros dos nos acordamos de nosotros dos.» Y Carolina, que durante todo este tiempo ha hecho ya su composición de lugar y ha decidido que es de sobra, para el resto de la vida, tener a Gabriel de nuevo por Madrid, y que no hace falta que Gabriel sea mucho más que uno que viene de vez en cuando de visita (la visita más especial de todas, pero una visita al fin y al cabo), contempla a Gabriel y le encuentra de nuevo distinto del último Gabriel, del Gabriel salvadoreño, y muy parecido otra vez al antiquísimo Gabriel, al Gabriel estudiante de quien ella se enamoró cuando los dos eran estudiantes. ¿Es esto una ilusión? –reflexiona Carolina–. ¿O algo efectivamente sugerido por la presencia física de Arintero ante ella? No ha sido en realidad lo que Gabriel parece, sino lo que Gabriel dice, el origen del quiebro brusco de Carolina ante el Gabriel antepasado de sí mismo. La pregunta con que Gabriel ha comenzado la conversación le ha parecido más bien característica del Gabriel antepasado que del Gabriel actual: «¿Te acuerdas Carolina de nosotros dos?» Ésta es una pregunta del pasado que Carolina responde en el presente ahora de nuevo diciendo: «Para ser exacta te diré que no. No me acuerdo ya de nosotros dos tal como éramos, sino de nosotros dos tal como somos. Eso no es un recuerdo sino una percepción actual.» Y Gabriel Arintero sonríe y dice: «Así es. Pero yo he venido a verte hoy por ayer más bien que por hoy. Tengo que ver a Carolina, pensaba cuando te llamé. Tengo que verla para saber si, al verte, me veías tú a mí como yo era y yo a ti como tú eras. Ahora veo que no es así y me alegro.» Carolina contempla a Gabriel Arintero divertida aunque perpleja en el fondo. Ante ella el mismo hombre de quien tan ferozmente enamorada estuvo que, a diferencia de la mayoría de los hombres de su generación, apenas ha cambiado: el pelo canoso, que apenas ha perdido, la cara más delgada, amojamado todo él un tanto, quizá, cosa preferible a un absurdo Gabriel ajamonado y próspero. Gabriel, ahora mismo, ante ella, con su chaqueta gastada, no parece próspero, pero parece, en cambio, joven. El tiempo proporciona al Gabriel real, envejecido y flaco, una equivocidad óptica, como un líquido ambarino que le hace aparecer quebrado y joven, dorado y joven, a pesar de sus canas y su delgadez. Y Carolina comprende de pronto que Gabriel ha venido a verla porque está retrocediendo: el Gabriel que pregunta a su ex novia si le recuerda, les recuerda, a los dos, tal como eran, es un Gabriel derrotado, un antepasado de sí mismo, un fantasma desmemoriado, desactivado, que hace un recuento penoso de sí mismo. Y Carolina de la Cuesta, envuelta en su escepticismo y en ese su continuo sentido distanciado de los seres humanos y del mundo, se estremece pensando que ha llegado la hora de la venganza. Y por un instante toda su triste historia, todo su desamor se concentra en un único punto inextenso, intensamente verídico y pesado como el plomo: del oro al plomo. Entonces contempla a Gabriel y ve un personaje valeroso sometido como todos los seres humanos a las intermitencias del corazón, a la enfermedad del regreso, y, prefiriéndole con mucho al Gabriel Arintero de su juventud, decide ayudarle: «Me sorprende, Gabriel, verte al borde de la nostalgia. La nostalgia es un vertedero, una central repugnante de reciclaje de basuras. No hay nada detrás de nosotros que valga la pena recordar. Esto es exagerado, lo sé. Pero se parece más, creo yo, a lo que tú esperas de ti mismo. Y conste que no sé qué esperas de ti mismo, pero, las cosas como son, Gabriel, me lo figuro: esperas de ti mismo ser parte, una parte voluntaria y deliberada, de una tarea universal que te sobrepasa por todas partes y donde tú mismo resultarás dentro de poco irreconocible. Me figuro que lo que tú esperas de ti mismo es que llegue un día en que no sea posible reconocerte individualmente: serás uno más y estarás contento. Y lo confieso, no hay nada que me resulte más extraño que semejante idea, y sin embargo es la idea que mejor he entendido en mi vida.»

Carolina deja de hablar. Llena de nuevo de té humeante la taza vacía de Gabriel. Llena su propia taza. Arintero observa el delicado perfil de Carolina, su hermoso rostro cruzado por las líneas del tiempo, su hermosa palidez. Los finos labios curvos, sus nobles manos. Carolina ha llegado a ser una maravillosa imagen de una feminidad caída a estas alturas quizá ya en desuso. Para tener el aspecto que Carolina tiene ahora no sólo hacen falta los años y un determinado tipo de vida intelectual y espiritual, sino también toda una clase social entera, una clase ociosa, adinerada y, por lo tanto, independiente. Arintero se siente de pronto orgulloso al pensar que una mujer así se enamoró de él hace muchos años y aún, pasados todos esos años, es capaz de hablarle como si le amara, como si adivinara sus pensamientos. ¿Seré yo mismo capaz –piensa Arintero– de amar así a Osvaldo si aún vive, cuando pasen los años y el tiempo me desgaste como el tiempo ha desgastado a Carolina? Ésta es una pregunta que no tiene respuesta y Arintero permanece en silencio. El silencio de los dos y el silencio de la sala sobrevuelan a ras del corazón como a ras del agua turquesa del grabado de caza sobrevuelan unificados dos patos salvajes. ¿Resulta creíble, verosímil, empíricamente verdadero que Carolina y Gabriel se adivinen mutuamente ahora, salvando las ambigüedades y las trampas del amor no consumado, salvando las distancias que preservando a cada cual en su diferencia propia les identifican y hermanan a la vez en el final del otoño de esta estancia elegante y cerrada sobre sí misma, imagen de sus dos vidas?

De pronto, sacude a los dos silenciosos amigos un violento timbrazo en la puerta de entrada. Carolina se levanta, cruza la habitación, cruza el vestíbulo y abre la puerta de entrada. Ahí está Salva que ocupa todo el hueco de la puerta, todo el hueco de la atención de Carolina, de la atención también de Arintero que acaba de aparecer en el hueco de la puerta de la sala y pregunta: «¿Qué te ocurre, Salva, qué te pasa?» Carolina hace pasar a Salva a su cuarto de estar, hace que se siente en el sofá junto a Arintero, y sentada frente a ellos dos, ofrece a Salva una taza de té, una cerveza, una Coca-Cola. La naturalidad de los modales de Carolina, fruto de toda una vida sociable y equilibrada, tranquiliza a Salva, que, contemplado a la luz tranquila del fuego de la chimenea y de las pantallas, aparece ojeroso, demacrado, un enfermo. Salva no parece ya –piensa Arintero– el joven macarra que le acompañó a casa de Leopoldo hace tiempo: todo resto macarra ha desaparecido de su sencilla indumentaria e incluso el corte de pelo es ahora más convencional y le rejuvenece. Lo único curioso ahora es que Salva no parece capaz de pronunciar palabra. Rechaza las bebidas que Carolina le ofrece y también la taza de té y se limita a contemplar fijamente a Carolina, con una fijeza que a Carolina le parece una mirada más ausente que atenta, menos una mirada que el gesto desesperado de alguien que pide auxilio. Por eso trata amablemente de iniciar una conversación cualquiera y dice, dirigiéndose a Arintero: «Figúrate que Leopoldo está encantado con Salva, se van los dos de excursión por toda la provincia de Madrid, jamás lo hubiese creído, ¿no es estupendo?» Tras esto hay una pausa. Y en medio de la pausa, como si literalmente la pausa se partiera en dos y se abriera en su interior un boquete, se oye tartamudear a Salva: «Leopoldo, a eso vengo, Leopoldo...»

Encontrarse con Gabriel Arintero en el portal y decirle que tenía que hablar con él urgentemente hizo las veces de válvula de escape: la reconfortante presencia de Arintero en la casa disipó la niebla dubitante, angustiosa que Salva ha tenido en la cabeza todas estas semanas atrás. Por eso pudo subir a su cuarto, acostarse y dormirse. Sólo para, al cabo de una hora, despertarse sudoroso, sobresaltado, pensando que tiene que bajar a casa de Carolina y contarlo todo. En ese estado de ánimo baja al piso de abajo y llama al timbre. Hasta el momento mismo de sentarse en el sofá junto a Arintero, frente a Carolina, Salva ha mantenido en acto su intención de contarlo todo. Ahora que va a contarlo todo no puede articular ni una palabra. ¿Dónde está ahora el viejo kíe?, ¿a qué viene esta sequedad de boca que impide que sus pensamientos se formen en la boca como se formaban antes, en el tiempo de la labia?, ¿qué ha pasado con la labia del kíe?, ¿dónde está su petulancia?, ¿dónde queda ahora su agresivo regocijo de ex convicto a quien la cárcel no acogotó ni venció? Carolina y Gabriel Arintero le contemplan asombrados y también asustados: ¿qué puede estar ocurriéndole al chico? Parece que una gran angustia le impide articular palabra. ¿Se debe esta visible angustia, este visible miedo, sólo a que Salva está a punto de convertirse en un vulgar chota, un delator miserable y se siente angustiado por eso? El propio Salva, que paladea el acíbar de su boca reseca, se pregunta a sí mismo también si la angustia que siente procede sólo de saber que tan pronto como comience a hablar se convertirá en un bocas. Y Salva, convertido instantáneamente en reflexión pura, descubre que convertirse en un vulgar chivato carece de importancia comparado con tener que contar lo que cree que debe contar de Leopoldo y no poder contarlo. Lo que angustia a Salva ahora mismo es, sin más, la distancia que existe entre tener que contar algo a alguien y sentirse incapaz de hacerlo. Por eso se pone de pie. Salva, de pie ante Carolina y Arintero que permanecen sentados, con sus rostros amables alzados hacia Salva, parece altísimo ahora, un gigante maniatado por su propio discurso interior. Salva les parece ahora a los dos un personaje trágico. Y Salva es un personaje trágico ahora que, sin dejar de contemplar a sus dos amigos sentados ante él, se retira hacia atrás un par de pasos y dice: «Deseo contar lo que no debo contar. No voy a contar nada.» Salva se da media vuelta, sale de la habitación, cruza el vestíbulo, abre la puerta de entrada, sale cerrándola tras sí. Y el silencio resultante en la conciencia de Carolina de la Cuesta y de Arintero es un gran hueco oscuro que no saben cómo rellenar, que adivinan lleno a la vez, en Salva, de claridad y confusión, de esperanza y desesperación, de fatalidad avecindada en ellos tres, que por el momento tienen que limitarse a sobrellevar sin hacer comentarios. Salva ha logrado que su silencio sea oro en el corazón de Arintero y Carolina, sus dos únicos amigos.

Salva siente que su vida se ha convertido en un recorrido circular que comenzó al descubrir a altas horas de la madrugada el inverosímil comportamiento de Leopoldo y Siloé, que se prolongó durante unas cuantas noches en sesiones de espionaje, que Salva, luego, asqueado, interrumpió bruscamente y que, a partir de esa interrupción, se redujo todo a un deseo vehemente de contar lo ocurrido, ahogado por una intensa emoción que le prohíbe contarlo. Así, al subir al piso de Carolina, Salva estaba seguro de que sería capaz de contarlo todo de un tirón. Una vez allí no fue capaz de contar nada. El circuito se ha reducido ahora a estos dos únicos momentos terribles: deseo de contarlo, imposibilidad de contarlo. Y, tras la experiencia con Carolina y Arintero, esos dos momentos se han soldado en un solo punto atenazante, en un absoluto no poder. Salva se siente abandonado de todo poder y de toda fuerza. Se siente impotente. Y poco a poco va abriéndose en su conciencia la idea de que el gran impedimento que tiene para contar a los demás lo que ha visto procede de que no quiere volver a verlo. Y de que su conciencia al negarse a verlo, a recordarlo, se niega también a pensarlo, a entenderlo. Y Salva encuentra en esta situación una especie de disculpa: se dice a sí mismo: ¿Si no puedo entenderlo cómo voy a contarlo? Salva advierte que hay en esta elemental argumentación alojada, como una culebra, una excusa: si nadie puede contar con exactitud aquello que no entiende con exactitud, ¿no será preferible dejar el asunto en paz y olvidarlo? Al fin y al cabo –piensa Salva–, nadie puede obligarle a responder de las acciones de los demás. Las acciones de Leopoldo no pueden serle imputadas a Salva. El mero hecho de haber visto lo que hacían Leopoldo y Siloé no convierte a Salva en cómplice. La sensación de complicidad es más bien un temor al contagio que una complicidad real. Salva no puede hacer nada por evitar que Leopoldo y Siloé hagan lo que hacen. Y, puesto que lo hacen a escondidas y Salva sólo les ha descubierto por casualidad, ¿qué obligación tiene Salva de revelarlo? Salva se tranquiliza pensando que la actividad nocturna de Leopoldo y Siloé no perjudica a terceros. ¿Quiénes podrían ser terceros en este asunto? Un obvio «tercero» es Virgilio. Pero Virgilio no se ha enterado de nada. Es muy posible que si Salva le informara, Virgilio se negara a creerle y, en cualquier caso, es preferible que Virgilio no se entere. ¿Qué queda por hacer? Lo único que queda por hacer –piensa Salva– es considerar lo sucedido en sí mismo. Supongamos –piensa Salva– que lo que hacen a solas Leopoldo y Siloé fuese, en sí mismo, peligroso. Fabricar una bomba casera entre los dos sería en sí mismo peligroso. Pero lo que hacen los dos es sólo asqueroso. No contiene en sí mismo peligro alguno. ¿Qué mal hay en ello? Ningún mal. Da asco verlos pero no es nada malo –decide Salva.

Durante algún tiempo, un par de semanas o quizá más tiempo, Salva logra atenerse a esta idea de que el comportamiento de Leopoldo y Siloé es repugnante pero inocuo. Esta idea es lo suficientemente clara como para que quede clara también a ojos de Salva la no necesidad de contárselo a nadie. Así que Salva decide que su previa idea de que tenía que contar lo sucedido a alguien era errónea y que la noción correcta es la que ahora cada vez más claramente le embarga, a saber: Allá ellos, que se ensucien si quieren. Lo que hagan ellos no tiene nada que ver conmigo ni con nadie. Más vale olvidarlo.

Todas estas reflexiones que, con sus decisiones finales correspondientes, han tranquilizado a Salva, tienen el inconveniente de ser tranquilizadoras sólo en la medida en que son abstractas. Si Salva lograra quedarse sólo con lo sucedido en abstracto, como quien recuerda, por ejemplo, el argumento de una película o el tema de un libro, todo ello acabaría por olvidársele. Todo acaba por olvidársenos, piensa Salva. Y en confirmación de esto hace memoria de los muchos desagradables asuntos que ocurrieron en la cárcel a lo largo de diez años y que él conoció en detalle y que logró reducir a simples argumentos o asuntos abstractamente considerados. Reducido cualquier asqueroso asunto a sus términos más generales deja de parecer asqueroso para convertirse en ridículo o singular o absurdo. En estos términos ya no nos conmueve. Lo malo del asunto de Leopoldo y Siloé es que Salva no acaba de poder reducirlo del todo a un abstracto. Puede, sí, no pensar en ello, distraerse pensando en otra cosa, pero, cada vez que se encuentra con Leopoldo o Siloé, cada vez que tiene que cambiar con ellos unas pocas palabras, todo el asunto en su repugnante concreción aparece ante sus ojos. Y hay, además, otro aspecto en todo ello que cada vez va haciéndose más aparente: la relación entre Leopoldo y Salva se ha vuelto muy distante. Leopoldo no parece tener ganas estos días de dar paseos con Salva en el BMW, apenas sale de casa, apenas sale de su biblioteca, donde pasa el día quizá leyendo o quizá sólo dormitando en su gran sillón de orejas. Leopoldo recluido en sí mismo resulta ahora para Salva inaccesible y esto provoca en Salva una creciente irritación. Es irritante que después de las familiaridades del principio Leopoldo haya decidido bruscamente mantenerse a distancia. Salva culpa a Siloé de todo ello. Un buen día Salva decide que Siloé tiene culpa de todo. Siloé ha provocado a Leopoldo. Siloé ha coqueteado con Leopoldo. Siloé ha cometido adulterio con Leopoldo. Siloé ha puesto los cuernos a Virgilio. Siloé ha traicionado la noble confianza de Virgilio. Siloé ha trastornado el orden de la casa. Siloé impide que la rehabilitación de Salva llegue a buen fin. Siloé es una puta por culpa de la cual se vendrá todo abajo. Siloé debe ser echada de la casa. Leopoldo es una víctima. Virgilio es una víctima. Salva es una víctima. Y así, uno tras otro, todos los de la casa son víctimas de Siloé. Con Siloé es con quien Salva tiene que hablar. Pararle los pies.

Y Leopoldo no sabe qué le está pasando. Dado que Leopoldo sabe qué lleva haciendo, intermitentemente, desde hace tiempo, resultaría inverosímil decir que no sabe, en parte al menos, por qué hace lo que hace. Es parte esencial, sin embargo, del relato autobiográfico que Leopoldo hace de sí mismo estos días la progresiva desaparición del concepto de verosimilitud. Una parte del comportamiento de Leopoldo –y también del correlato autobiográfico que le acompaña– consiste en dejarse arrastrar, como quien se deja seducir, por el encadenamiento de las consecuencias de los actos, que muy pronto cobran, tras llevarse a cabo, una superfloración y ramificación consecuencial que hace olvidar los actos mismos. Leopoldo ha constatado, él también, esta superproducción de las consecuencias de sus actos. Esto le ha fascinado y le ha intrigado y le ha entretenido durante muchos días. Incluso tiene a mano, en su propia terraza, alguna imagen vegetal que parece corroborar esta desproporción entre una acción que viene a ser como una única semilla o una rama de un arbusto introducido en tierra, y la intensa producción de hierbas, ramas y en general intrincadas consecuencias vegetales con sólo que la semilla o la ramita iniciales dispongan de humedad y de calor suficientes. Así observa Leopoldo que, a partir de la insignificante acción de hablar con Siloé a altas horas de la madrugada, hace cosa de un mes, ha surgido toda una compleja floración de consecuencias, toda una intrincada selva, casi en su totalidad indeseada y casi en su totalidad risible y absurda, con la cual, por otra parte, Leopoldo tiene que enfrentarse, ya que algunas de esas consecuencias afectan a terceros (a Salva por ejemplo, o a Virgilio, o incluso al propio Leopoldo, que ha acabado por considerarse «tercero» en un asunto en que sólo figuraban inicialmente Siloé y Leopoldo). Pero el Leopoldo que figuraba como actor principal junto con Siloé en la acción inicial y el Leopoldo que a ojos de Leopoldo puede considerarse tercero en esa misma acción, son dos personajes muy distintos: uno es el Leopoldo procaz, noctámbulo, un envejecido ángel de la coprofilia. Otro, en cambio, es el Leopoldo maduro, racional, que examina todo esto a la luz del día en compañía de Indalecio Solís o a solas: es, en efecto, otro Leopoldo, un «tercero» que, bien mirado, podría considerarse víctima pasiva de una actividad irracional, un tanto inverosímil, que no procede de él en ningún sentido preciso.

Leopoldo de la Cuesta no llega a decir algo tan definitivo como que Leopoldo (por muy nocturno que sea) no es responsable de los actos de Leopoldo (por muy diurno que sea): Leopoldo de la Cuesta no entra en la, en su opinión, últimamente trivial cuestión de la imputabilidad de las acciones humanas. ¿Cómo, en efecto, hablar de imputabilidad o de responsabilidad cuando entre el acto inicial y la prodigiosa y acelerada selva de consecuencias y consecuencias de consecuencias hay tanta desproporción? Leopoldo de la Cuesta reconoce sin duda un cierto aire de sí mismo en todo ello: en una atmósfera suya, en el ámbito general espacio temporal de su casa sucede todo ello, actos y consecuencias de consecuencias de consecuencias. Pero entre continente y contenido sólo parecen darse, en última instancia, a ojos de Leopoldo, relaciones graduales de semejanzas y desemejanzas. En el laberinto de todos los parecidos de su mundo, como en un mar de níqueles centelleantes, todos los reflejos se parecían: del hecho de que una cosa se parezca a otra, sea simultánea a otra o siga a otra, no se siguen a su vez relaciones de causalidad estrictas. Leopoldo no se siente moralmente responsable de lo ocurrido en su casa porque, salvada la apariencia de consecuencialidad, reducida, como mucho, a simultaneidades o coincidencias o parecidos, todo ha resultado ser una inabarcable selva interior donde todos los viajeros se sienten por igual perdidos.

Leopoldo ha hecho todas estas tranquilizadoras reflexiones un tanto entrecortadamente. Leopoldo de la Cuesta se dice a sí mismo que no dispone de una teoría general. Todas sus observaciones, por lo tanto, son concretas, parciales, partículas de una totalidad presunta, que se postula a sí misma por virtud de abstractos mecanismos lingüísticos y hábitos mentales occidentales pero que no posee fuerza alguna o vigencia alguna. Existe la selva de las consecuencias y de los actos pero no existe ninguna totalidad última correspondiente: por eso nadie escapa de las selvas o, lo que es lo mismo, la selva es lo único que hay y no acaba nunca o no es nunca una totalidad comprensible desde fuera. Leopoldo de la Cuesta repite una y otra vez para sus adentros: Dentro de esta misma selva estamos envueltos todos: Leopoldo, Siloé, Virgilio, Salva, Esteban, Carolina, dejad toda esperanza una vez dentro. Y añade Leopoldo, sonriente: Y esta selva donde todos estamos sin poder salir no es, como el infierno de Dante, un terrible infierno, sino sólo un infierno más, más cómodo y tolerable que muchos, un infierno casi paradisiaco si no se empeña uno en pedir imposibles.

Leopoldo de la Cuesta no puede, sin embargo, eliminar con la misma facilidad con que elimina sus dificultades mentales las dificultades reales que presentan los otros: el infierno, sin duda, son los otros y este infierno que los otros son amenaza ahora realmente a Leopoldo. Salva se ha vuelto huraño. Siloé está cada día más loca. Virgilio parece cada día más sobresaltado y alarmado. Carolina contempla a su hermano cada día más pensativamente. Esteban ha aparecido dos fines de semana consecutivos derrumbado en el portal sin conocimiento. Parece ser que Esteban, finalmente, ha tenido que ser hospitalizado. Carolina se ha hecho cargo de todo, pero también ha reprochado a Leopoldo su inexplicable indiferencia. Leopoldo descubre que la selva, su selva, no ocupa la totalidad del universo mundo sino tan sólo una pequeña parte: fuera de la selva de Leopoldo hay hospitales, drogadicciones, víctimas, responsabilidades, mucha otra gente que Leopoldo desconoce, millones y millones de conciencias, millones de litros de aire libre. Por culpa de Esteban, entra en casa de Leopoldo el aire de la libertad, como una presencia asfixiante. Carolina hace responsable a Leopoldo de la situación de Esteban, su ex ahijado. Y esto ya no es la dulce envenenada selva interior cuya totalidad no puede recorrerse o pensarse, sino el vulgar mundo exterior que todos conocemos y reconocemos como nuestro y del cual Leopoldo de la Cuesta, quiera o no, forma parte.

Pero Leopoldo de la Cuesta no sólo ha rechazado toda responsabilidad en el asunto de Esteban, no sólo se ha negado a sacar consecuencias del hecho de que fue él quien trajo a su casa al pobre huérfano años atrás, sino que, al final, con el desasosiego de los hombres corpulentos, que sin apenas moverse en su sillón manotean o giran el cuello de derecha a izquierda o de izquierda a derecha o cierran los ojos o los abren, ha acabado pegando un grito estrafalario: ha extendido violentamente el brazo derecho y, sin moverse, petrificado, ha echado a su hermana de casa. Y Carolina, al levantarse y al irse, al contemplar por última vez a su hermano, congestionado e inmóvil, sentado en su sillón de orejas, frente a su atril con los periódicos del día, ha creído ver en su hermano, como quien examina al trasluz una radiografía, una gran zona irregular, lechosa, que le ocupa el rostro, como en los cuadros de Francis Bacon: un brochazo blanquecino, excesivo, desfigura de pronto el rostro familiar del retratado, aún perfectamente reconocible, a pesar de todo, en su desfiguración eterna.

Carolina examina su rostro en el espejo del tocador. Piensa: Todos somos inverosímiles rostros que se asemejan al vaciado de los cántaros/semblanzas de un furtivo ahora que contaban con espejos para observar lo tenue de sí mismos. Carolina recuerda estas dos líneas de un autor que ahora no recuerda, y suspira. Y a continuación, como si siguiera las instrucciones del poeta, observa en el espejo lo tenue de su imagen reflejada en el furtivo ahora del atardecer de primavera: la claridad blanca, fría y limpia de la luz que entra a raudales, la riada espejeante de la atardecida en su alta terraza delata las arrugas, las sombras, el desolador paso del tiempo. Han ingresado a Esteban en un hospital para inmediatamente después trasladarle a un centro de desintoxicación. Ha pasado la primera parte de esta tarde con Esteban en ese centro, y al salir y caminar por la acera y al abrir su paraguas para protegerse de la súbita lluvia primaveral mientras espera un taxi, Carolina de la Cuesta ha sentido una desolación inmensa, como un regusto mortal en la boca, un espasmo de angustia en el diafragma, una intensa sensación de no haber sabido ver a tiempo, prevenir a tiempo, preocuparse a tiempo por Esteban. Esteban apenas ha levantado la cabeza cuando Carolina le ha dicho que se iba. Se ha dejado acompañar por Carolina en el hospital y después, durante toda la mañana, sin apenas pronunciar palabra, sin querer comer nada, como un pelele, cuya figura hue-suda, sin embargo, cuyo rostro reconcentrado y huraño, rechaza toda compasión, toda comprensión, todo afecto. Nunca en todos sus años de enseñanza, en sus relaciones con chicas y chicos de la edad de Esteban, se ha sentido Carolina tan fuera de juego, tan neutralizada, tan ignora-da o tan culpable como estos últimos días con Esteban. El hecho de no ser realmente culpable, el hecho de sen-tirse culpable sin serlo, no alivia el corazón, al contrario: que pueda librarse con tanta facilidad de toda culpabili-dad, simplemente porque se mantuvo desde un principio al margen en el asunto de Esteban y Leopoldo, sólo sirve para inundar de amargura los pensamientos de Carolina. ¡Incluso dispone a sus propios ojos de una excusa válida y legítima que le hace saber a ciencia cierta que, sólo si quiere, sólo, por decirlo así, porque quiere, casi como un lujo, puede Carolina de la Cuesta graciosamente cargar con las culpas de su hermano y sentirse culpable en lugar de su hermano! Se detesta Carolina por eso más que por nada: por tener la posibilidad real y legítima de no consi-derarse culpable y, a pesar de todo, culpabilizarse. ¡Ni si-quiera soy culpable! –se repite amargamente Carolina–. ¡Ni siquiera soy verdaderamente culpable! Tengo que car-gar las culpas sobre mí, sin ser mías, como una reproduc-ción edulcorada, como una repugnante versión menor del cordero que cargó con las culpas del mundo sin ser verdaderamente culpable. De algún lado, quizá de sus genéricas reflexiones religiosas, surge la idea para Caroli-na de que Cristo cargó con toda la pena de la culpa, de cualquier culpa pasada, presente o futura, con indepen-dencia de que la noción de culpa o pecado original sea una falsa noción: un contenido mítico que ha falsificado en gran medida la teología cristiana. Carolina sabe ahora de pronto que puede cargar, si quiere, si es capaz, con la pena, con el peso de todas las penas, de todo lo ocurrido entre Esteban y Leopoldo. No tiene que pensar en distribuciones de culpa: basta que cargue con toda la pena, que eso es en último término lo que significa *pecato* en italiano, y piensa: Una pena que me hundiera e inutilizara sería también un subterfugio de mi conciencia para no sufrir pena alguna, una excesiva pena que me matara sería mucho menos terrible que la pena que me incrusta en todo lo ocurrido y me obliga a cargar con todo ello. Entonces es cuando Carolina, frente al espejo del tocador, con los ojos cerrados y las manos en la frente, decide que es el momento de ir en busca de Gabriel Arintero y contarle todo lo ocurrido y hablarlo todo entre los dos para sobrellevar la pena entre los dos.

Arintero y Carolina de la Cuesta se abrazaron conmovidos al final de aquella tarde. Carolina sintió que los ojos se le llenaban de lágrimas al abrazar en aquel momento y tan inesperadamente a su ex novio (por decirlo de algún modo) y Arintero tuvo la sensación de que los dos, al abrazarse, estaban a punto de llegar a algún sitio, dotado de la propiedad fantástica de la bilocación, alojado simultáneamente en dos tiempos cronológicamente distintos y esencialmente iguales entre sí. Al deshacerse el abrazo y contemplarse ambos fijamente (Arintero conservaba aún las manos sobre los hombros de Carolina y Carolina aún retenía con su brazo derecho la cintura de Arintero), Carolina dijo: «Tengo la sensación de que hemos llegado al final.» Y Arintero dijo: «Es curioso que yo tenga la sensación opuesta: al abrazarte pensé que todo comenzaba de nuevo.» Los dos sonrieron.

Durante la última semana pareció que todo cuanto se había ido demorando durante años, apareció de pronto de un domingo al domingo siguiente: habían encontrado a Esteban en el suelo del portal inconsciente y, tras llevarle al hospital, e ingresarle luego en un centro de rehabilitación para toxicómanos, la vida de Esteban, en opinión de Carolina, dio la impresión de ir a detenerse o a suspenderse por un tiempo de una manera inevitable aunque ficticia. El hecho de que de pronto Esteban fuese un adicto a la heroína hizo sentirse a Carolina, por primera vez, responsable en serio del muchacho, tan responsable, al menos, como irresponsable se había declarado Leopoldo. Este sentimiento de responsabilidad apareció mezclado con una gran dosis de sentimiento de culpabilidad, aunque era obvio que Carolina no tenía culpa alguna por lo sucedido a Esteban. Al decidirse a contar todo a Gabriel Arintero, Carolina se había sumergido en una acción cuyo final era precisamente este abrazo que tuvo la propiedad de tranquilizarla como si hubiera tomado un sedante fuerte. Llamar por teléfono, llegarse hasta el piso de Arintero, que no podía librar aquella tarde, verse encerrada con Arintero en su pequeña habitación, sentarse al borde de la cama de Arintero mientras que éste ocupaba la única silla de la habitación, contarle lo ocurrido a Esteban, contarle lo que sabía de la relación de Esteban con Leopoldo, todo ello había resultado tranquilizador para Carolina como si, por el simple hecho de contárselo a Arintero, todo ello llegase ya a buen fin. Arintero, a su vez, pensó que todo lo que Carolina le contaba constituía una serie completa de acontecimientos melancólicos que, al serle contados por Carolina aquella tarde, situaban la relación entre Carolina y él en una luz

314

nueva, ponían en marcha modos nuevos de hablarse y entenderse. Pero ¿qué modos nuevos podían ser éstos? A la vez que hablaba con Carolina, Arintero tenía fija en su mente la imagen de Osvaldo, su deseo de volver a verle: al final, Arintero sabía que acabaría volviendo a El Salvador si no tenía noticias de Osvaldo. A toda costa tenía que encontrarle. Y, con un nudo en la garganta, se dijo: Incluso si ha muerto tengo que buscarle. Esto introduce provisionalidad en mi situación de aquí, pero es una nueva clase de provisionalidad. Precisamente porque ni puedo ni quiero escapar al amor de Osvaldo, tampoco puedo ni quiero escapar a mi responsabilidad con Carolina ahora: sé, con toda la seguridad de mi conciencia más profunda, que ambos compromisos están entrelazados: si ahora sacara del tener que buscar a Osvaldo una justificación para abandonar a Carolina en este momento, estaría destruyendo mi amor por Osvaldo y destruyendo al propio Osvaldo con tanta seguridad como si le pegara un tiro en la nuca. Quizá toda esta rápida consideración hizo que la mirada de Arintero, sus gestos, su expresión, sirviese, casi sin palabras, para tranquilizar a Carolina. Al dejar el piso, pues, Carolina tuvo la sensación de que todas las cosas estaban ya en su sitio y también que lo que ella había llamado en un primer momento un final, podía verse ahora, como Gabriel había dicho, en términos de un comienzo que les ponía a los dos, a Gabriel y a ella, y también a Esteban, al borde de una nueva vida. Y este sentimiento de comenzar a su edad una nueva vida (aunque sólo consistiese en recoger los fragmentos de la vida anterior para rehabilitarlos) hizo que Carolina se sintiese intensamente feliz en aquel momento. De pronto comprendió que todas las idas y venidas de Gabriel, su larga ausencia de años, su experiencia con los teólogos de la liberación de El Salvador, su vida con Osvaldo, su regreso a España, sus trabajos como voluntario, todo ello había tenido lugar para llegar por fin a esta tarde, a este sentimiento primaveral de lluvia y hierba mojada y calles limpias y oscuras al atardecer y alegría: una alegría a medio camino entre la realidad y la magia. Y lo más notable era, en opinión de Carolina, que, por virtud de aquella mágica apariencia de buen fin, de acabamiento feliz que tenían todas las cosas, mientras un taxi la trasladaba de Carabanchel a su piso, Carolina podía dejar en segundo plano e incluso omitir todo el peso viscoso de la realidad real, esa capa de viscosidad e impenetrabilidad y de ciega necesidad que la magia tan fácilmente soslaya. Carolina podía pues abandonarse esta tarde a la benignidad de la primavera y de la hermosa lluvia oscura que pronto volvería a encharcar los parques de Madrid, las solitarias calles del anochecer sin necesidad de sentirse asustada por la irresponsable opacidad de los acontecimientos. Era, al menos, un momentáneo alivio esta sensación de bienestar. Y Carolina decidió que podía abandonarse brevemente a ella, porque toda tentación de huir, todo debilitamiento del corazón, había cesado.

Esteban se enganchó a la heroína este último año para demostrar que no tenía miedo a la muerte. La droga mata, se leía por todo el Madrid de finales de la movida, y a Esteban le gustó adoptar la pose de que para que lo que hay ver más vale morirse. No fue muy distinto de las litronas o los submarinos. A diferencia de beber, sin embargo, el caballo tenía el encanto añadido de la peligrosidad: el caballo les distanció a él, a otro chaval y a una chica, del grupo inicial del parque del Oeste: era un ritual distinto, era un ritual secreto, era un colocón más inesperado y violento que el del vino. Cuando quiso recordar estaba en ello. Conllevaba una apariencia desaseada, bohemia, unas maneras de reunirse, de esconderse, de chutarse, que Esteban aprendió a llamar subcultura y que tenía su acompañamiento musical: en el paseo de Camoens los conciertos de Asfalto y Barricada les unían a todos, gente de los barrios dormitorios y gente del centro, en un éxtasis desaseado, con un aura de marginación y desesperación que duraba toda una noche, se prolongaba en siestas de todo un sábado, y otra vez la noche como una presencia húmeda, estruendosa, comunitaria, solvente. En la noche no se contraían deudas, o, si se contraían, no se tenía la sensación de tener que pagarlas nunca: las anfetas metían prisa, tanta como la nieve o más, y el caballo era el sueño materno. Esteban se sentía esas noches como se sentían los dioses, según se dice: exaltado hasta el brinco y adormecido hasta los más vivos y dulces recuerdos de la infancia. Pillaban algo de costo entre todos. Al principio fue fácil, luego más difícil, luego cada cual miraba por sí mismo. Esteban se daba toda la prisa que podía y se observaba en el espejo, tratando de anticipar lo que él mismo denominaba su profundo deterioro. Entretanto, seguía viviendo en casa de Carolina y seguía pensando en la injusticia que Leopoldo había hecho con él: todo un lado de su internamiento en el caballo y en la nieve estaba destinado a deshacerle, en venganza, a ojos vistas. Es posible que precipitara adrede su deterioro físico, es posible, incluso, que lo exagerara un poco, en la medida en que, al seguir viviendo en casa de Carolina, se sentía observado, aunque no reprendido, y sabía que si se hundía para siempre en la drogadicción, su caso sería visible para todos, también para Leopoldo, su suicidio sería su venganza. Y todo esto eran, si bien se mira, niñerías y devaneos infantiles que no habrían llegado a más si hubiera Esteban sido capaz de controlar lo que él denominaba al principio, dándose un aire de poeta maldito ante sus colegas, «el espectáculo de mi autodestrucción». Lo malo fue que el caballo le enganchó y empezaron los monos y los pequeños hurtos y otros procedimientos y trampas para procurarse su dosis diaria. Entró en un circuito de corto recorrido que iba del pillar al chutarse, sin más interrupción –y era una interrupción angustiosa– que el tiempo que tardaba en pillar la papelina. Fue cosa de un año. Cuando le encontraron tirado en el portal de la casa de Leopoldo, se hallaba ya en malas condiciones, se sentía físicamente muy mal y se dejó por eso llevar al centro de rehabilitación y al piso de apoyo. Una vez allí, detestó todo y a todos. ¿Para qué dejarlo si era su venganza? Al cabo de unas semanas se escapó y volvió a chutarse, y fue en uno de esos intervalos, durmiendo en el piso de un desconocido, un colega circunstancial, cuando decidió sacarle dinero a Leopoldo.

Logró entrar en la casa por la puerta del garaje. Estaba muy nervioso. Se sentía muy enfermo. Pensó en pedir ayuda a Carolina. Casi llamó a su puerta, pero se detuvo pensando que si Carolina le encontraba en ese estado volvería a llevarle al centro de rehabilitación. Además deseaba que Leopoldo le viese así: deseaba presentarse ante Leopoldo con el mono, con el nerviosismo, con la violencia que su malestar aumentaba velozmente. Una vez en el interior del edificio, era fácil subir en el ascensor hasta el salón-vestíbulo de la casa de Leopoldo y ocultarse en cualquiera de las salas a esas horas del atardecer y de la noche. Agazapado tras un gracioso biombo verde oscuro que formaba un recoveco confortable al pie de un ventanal, oyó a Leopoldo abrir la puerta de su despacho y salir. Iba en zapatillas. Esteban pudo ver sus pies calzados en las zapatillas, chancleteando un poco, yendo y viniendo muy lentamente por la alfombra, sin más luz que la que procedía de la puerta abierta del despacho. Leopoldo solía llevar más dinero de bolsillo encima del que es imprescindible en estos tiempos de tarjetas de crédito. Esto es lo que Esteban había recordado con viveza en el piso en que pasó las últimas noches. Hubiera podido deslizarse hasta el cuarto de dormir de Leopoldo y robar el dinero: eso era fácil, pero no suficiente para intimidar a su ex tutor. Esteban deseaba sobre todo intimidarle, aterrarle. Se había provisto de un cuchillo de sierra que había encontrado en la cocina de su colega. Formaba parte del proyecto intimidatorio, el cuchillo tenía tanta importancia como las ojeras, el pelo revuelto o el aspecto desastrado. Esteban se imaginó a sí mismo: un yonqui amenazador, desconocido, que se yergue abruptamente ante Leopoldo como un mortal fantasma: esto aterraría a Leopoldo con toda seguridad. Esteban, en ese momento, agazapado, latente, estaba seguro de que Leopoldo era un cobarde y él mismo un personaje de gran intrepidez. El mono le hacía temblar intensamente. Sentado en el suelo, detrás del biombo, se abrazó las piernas con los brazos y metió la cabeza entre las piernas. Tenía derecho a hacer lo que estaba haciendo: pensar esto era como echar un sueñecito. De pronto, como un bocinazo, se encendió la elegante lámpara de porcelana china y oyó la voz de Leopoldo que inquiría fríamente: «¿Qué haces aquí, Esteban?» «He venido a pedirte un favor –masculló Esteban al ponerse de pie–, sólo te pido este favor.» «¿Tú te has mirado a un espejo? Estás hecho un asco.» En su intensa sensación de estar enfermo, en su malestar, se diluía el sentimiento de venganza o de odio en un deseo de llorar.

Lloraba. De pronto lloraba, la voz de Esteban llorosa imploraba: «Déjame diez mil pesetas –llegó a decir–, te lo pido por favor diez mil pesetas.» «¿Por qué no te tomas un baño caliente? ¿Te ha visto Carolina en este estado?» «Déjame diez mil pesetas.» Leopoldo giró en redondo y dio un par de pasos en dirección al despacho: «¡Diez mil pesetas! ¡Una ducha fría es lo que te hace falta!» Fue un solo movimiento circular sacarse el cuchillo que llevaba envuelto en un trapo y metido en la cintura y golpear con él a Leopoldo en el cuello. El pico del cuchillo hirió a Leopoldo en el cuello, que dio un traspié hacia delante. Al ver que se caía y que se quedaba boca abajo, Esteban se le echó encima e hincó las dos rodillas en la espalda de Leopoldo. Leopoldo hizo un movimiento brusco para quitarse a Esteban de la espalda. Y Esteban, sin saber cómo, con el cuchillo aún empuñado, pretendiendo quizá sólo amenazarle, volvió a hincar el cuchillo en el cuello, que giró, al parecer por sí solo, en brusco semicírculo. Leopoldo sangraba copiosamente. Le dio tiempo a decir: «Hijoputa, ¿por qué me haces esto?» Esteban, que se había incorporado, le pegó una patada en la cabeza al oírle y salió huyendo. Bajó corriendo por un Madrid vacío y cálido hacia el río Manzanares. Le detuvo un coche patrulla al final del parque del Oeste. Viendo sus ropas ensangrentadas le llevaron a la comisaría de Evaristo San Miguel. Esteban declaró que había matado a Leopoldo de la Cuesta. De comisaría telefonearon a Carolina a las tres de la madrugada. Virgilio, Siloé, Salva y Carolina encontraron a Leopoldo desangrado en la sala poco después.

Todo lo anterior, como es natural, ha envuelto también a Gabriel Arintero. Poco más de un mes ha transcurrido desde la muerte de Leopoldo. Ahora, tras ese tiempo que pareció componerse todo él de un único instante sobresaltado y sangriento, se ha reanudado una calma desfigurada, pegajosa, más terrible de sobrellevar, si cabe, que la noticia y las secuelas del crimen. Durante ese tiempo, Arintero se ha limitado a estar con todos ellos, que han ido rebotando, malheridos, sobre él, como sobre un punto fijo, la referencia más elemental, la más pobre, la más firme. Entre unas cosas y otras, Arintero no ha tenido apenas tiempo de reflexionar acerca de su posición en todo el asunto. Es consciente de haber estado donde tenía que estar y haber hecho lo poco que había que hacer por todos ellos. Apenas le ha costado esfuerzo. Lo mismo que le sobrevino el amor cuando conoció a Osvaldo y sobrevino después el cambio de su corazón de ponerse al servicio de aquella causa, aquella gente, lo mismo que, de regreso en Madrid, le sobrevinieron las obligaciones del piso, le han sobrevenido ahora la conciencia aterrorizada de Carolina, el desconcierto de Salva, el crimen de Esteban, y también, indirectamente, a través de Carolina, el desconcierto de hormiguero pisoteado de Virgilio y de Siloé, sumida en una depresión absoluta. Todo lo que Gabriel Arintero necesita hacer todos los días es repetir: Aquí es donde tengo que estar, con éstos es con quienes tengo que estar. Éste es el significado que ahora cobra mi decisión de identificarme con los salvadoreños, con los marginados, con los pobres. Y esta decisión no es formulable como una sensación de pertenencia a un grupo, o de dependencia afectiva, aunque ése fuera en parte su origen. Esta determinación es mi destino, una vez desprovista la palabra «destino» de toda connotación heroica o única o excepcional. Este destino que sólo yo debo cumplir podría ser el de cualquiera que, como yo, quisiera hacerlo suyo. Y se sentía Arintero, pensando estas cosas, poseído momentáneamente por la perplejidad: al fin y al cabo no dejaba de tener cierta razón al preguntarse: ¿Cómo puede ser mi destino, único y propio en este mundo, hacer algo que cualquiera podría hacer en mi lugar tan perfectamente como yo? Está atrapado. Gabriel Arintero descubre que ahora no puede dar ningún paso por virtud del cual aquello que le atrapa, aquellos que le atrapan, desaparezcan, siquiera momentánemente, y que le ponga delante otra vez aquella recordada forma de la libertad de la que disfrutaba, por lo menos a ratos, cuando decidió libremente suprimirla para dejarse atrapar en la celda de su destino común. Si Gabriel Arintero hubiera leído a Kafka, habría reconocido una intensa familiaridad entre sus reflexiones y la idea que Kafka tenía de la voluntad libre: «Tu voluntad es libre quiere decir: era libre cuando eligió el desierto. Pero no es libre, ya que tienes que ir a través del desierto, ya que todo camino toca cada palmo de desierto de un modo laberíntico.» Por suerte para Arintero, la acción arrumba todas las deliberaciones. Una vez en el desierto es libre Arintero para elegir cómo atravesarlo, para recorrerlo deprisa o despacio, para sentirse agobiado por el peso de su destino o enjuto, firme, alegre, en la estrechez de su común destino, cuya significación universal con frecuencia se le escapa, aunque nunca deje de ser imperativa. Arintero, pues, es un hombre acostumbrado a moverse ágilmente en lo estrecho, y esa cualidad, ahora, está siendo útil a Carolina, a Salva, a Virgilio y a Siloé: a cada cual a su privada manera. Y cada vez que Gabriel Arintero se acuerda de Osvaldo, perdido al otro lado del mar, tal vez asesinado en los montes salvadoreños, se le encoge el corazón pero no la decisión de amarle, que puede cumplir con él o sin él, en El Salvador o en Madrid, en cualquier punto invisible del aquí y el ahora donde su servicio, su presencia sea necesaria. Por eso, aunque suspire deseando volver a ver a Osvaldo, nada cambia.

Un día, a mediodía, mientras Arintero almuerza con los otros cuatro ocupantes del piso, suena el teléfono.

Uno de los chicos que se ha levantado a contestar le dice a Arintero: «Es para ti.» Arintero se pone al teléfono y oye a Carolina decir: «Gabriel, soy yo.» Y Carolina, al otro lado, da la impresión de estar conteniendo el aliento, como si hubiese llamado por teléfono en medio de una carrera agitada: «Tengo una buena noticia», oye decir a Carolina. Arintero en ese momento no reacciona, sorprendido por el tono vivo, agitado de Carolina, que ahora dice: «Acabo de hablar con Osvaldo por teléfono. Llama desde Guatemala.» Arintero piensa, y a la vez dice: «Es imposible, Osvaldo..., no es posible. ¿Qué está haciendo en Guatemala?» «Está a punto de tomar un avión para acá –contesta Carolina–, ¿no te alegras?» Y Arintero dice: «Sí, me alegro.» No se le ocurre ninguna otra contestación, ninguna otra pregunta, aunque dentro de un rato vayan a ocurrírsele todas a la vez. Carolina añade: «Dice que cree que llegará mañana. Me llama señora Carolina, que si tenía la gentileza de comunicarle con el señor Arintero. Lo encontré encantador.» Arintero comenta como dormido: «Es encantador.» «Le he dicho que se quede aquí a dormir, que tú igual no tienes sitio.» «No. No tengo. Ahora está lleno el piso.» «Por eso. Dice que viene para un mes. Como turista. Voy a irle a buscar al aeropuerto yo. Me lleva Salva en el coche. Ven tú también si quieres.» «Mañana por la mañana va a ser difícil. Mejor voy a verle a tu casa por la tarde, por la noche. Me llamáis aquí cuando lleguéis a casa.»

La alegría se dilata por sí sola. Pero también se concentra, se vuelve ligera como una ligera infusión que puede tomarse a cucharaditas. Arintero toma ahora, una tras otra, sus cucharaditas de alegría mientras vuelve a su puesto en la mesa con los chavales del piso. Ahora que Osvaldo vuelve, todo será llevadero, todo será increíblemente luminoso y profundo y pacífico. Ahora se contarán durante largas horas, o quizá a ratitos, lo que les ha ocurrido a los dos durante todo este tiempo. Arintero tiene la sensación de estar siendo premiado. No contaba con esto, no contaba con la gracia. Arintero desiste de interpretar todos estos datos tumultuosos que le alegran. Ahora que ni el espacio y el tiempo parecen prolongarse más allá de la llegada de Osvaldo, más allá de mañana, Arintero piensa que la alegría es muy fácil de expresar, y se siente simplificado. Todo seguirá siendo terrible en El Salvador –piensa ahora Arintero–, todo lo grande y lo pequeño seguirá siendo difícil e intrincado en este mundo, este único mundo que conocemos todos y que nos desorienta a todos. También para Carolina, para Salva, para Siloé, para Virgilio, para los internos de todas las cárceles, para todos los del piso de ahora y de después. Los chavales del piso han terminado ya el almuerzo y el postre, recogen los platos y los llevan a la cocina para fregarlos. Y encienden los cigarrillos. Y encienden el televisor. Y se sientan alrededor del televisor. Y también se sienta frente al televisor Gabriel Arintero. Envuelto en su alegría, Arintero somete a examen su determinación, su destino, su desierto bajo el cielo raso de esta habitación. Cielo raso y firmamento también de este mundo, que ahora ilumina el anuncio de la llegada de Osvaldo. De este examen surge la misma determinación otra vez, la misma voluntad de estar con todos los que están ahora y los que vengan nuevos. En la voluntad de aceptar su destino, que ahora, maravillosamente, incluye a Osvaldo, florecerá el universo. Todo seguirá igual, y, sin embargo, Gabriel Arintero no estará solo, estará con Osvaldo para desenredar entre todos el significado de esta existencia aquí y ahora presente.